UND NACHTS DER
WERWOLF

Und Nachts der Werwolf

15 schaurige Werwolfsgeschichten

Herausgegeben von Frank Festa

Weltbild

Besuchen Sie uns im Internet:
www.weltbild.de

Das Werk einschließlich aller seiner Teile ist urheberrechtlich geschützt.
Jede Verwendung außerhalb des Urhebergesetzes ist ohne Zustimmung
des Verlages unzulässig und strafbar. Dies gilt insbesondere für Verviel-
fältigungen, Übersetzungen, Mikroverfilmungen und die Einspeicherung
und Verarbeitung in elektronischen Systemen.

Weltbild Buchverlag
–Originalausgaben–
Copyright © 2009 by Verlagsgruppe Weltbild GmbH
Steinerne Furt, 86167 Augsburg
Alle Rechte vorbehalten

Projektleitung: Bettina Spangler
Umschlaggestaltung: *zeichenpool, München
Umschlagabbildungen: Shutterstock/ALXR (Krallenspur), Shutterstock/
cynoclub, Shutterstock/Lukiyanova Natalia/frenta (beide Wolf)
Satz: avak Publikationsdesign, München
Gesetzt aus der Adobe Garamond 11/12,5 pt
Druck und Bindung: CPI Moravia Books s.r.o., Pohorelice

Gedruckt auf chlorfrei gebleichtem Papier

Printed in the EU

ISBN 978-3-86800-215-7

Inhalt

Folgen Sie mir bitte – eine Einleitung 7

George McDonald
Der graue Wolf 11

Steve Vance
Der Mr-Hyde-Effekt 19

Rudyard Kipling
Das Zeichen des Tieres 70

Eric Count Stenbock
Die andere Seite (Eine bretonische Legende) 86

H. Warner Munn
Der Werwolf von Ponkert 102

John Donaldson
Pia! 145

Robert E. Howard
Wolfsgesicht 164

H. P. Lovecraft
Der Hund 196

Clemence Housman
Die Werwölfin 207

Peter Fleming
Die Jagdbeute 261

Clark Ashton Smith
Die Zauberin von Sylaire 277

Saki
Gabriel-Ernest 298

Manly Banister
Eena 307

Fritz Leiber
Der Wolfshund 326

Graham Masterton
Das Wolfsfell 347

Originaltitel und Copyrightvermerke 367

Folgen Sie mir bitte – eine Einleitung

Diese Auswahl vereint 15 Werwolfsgeschichten aus einem Zeitraum, der etwas mehr als 120 Jahre umspannt. Wir begeben uns also auf eine sehr lange und finstere Reise – Sie haben es ja so gewollt. Doch keine Angst, ich kenne mich aus. Verhalten Sie sich bitte ruhig und folgen Sie mir unauffällig.

Wir starten im Jahr 1871 mit einem echten Klassiker des Themas, George McDonalds »Der graue Wolf«, kommen sofort zu »Das Zeichen des Tieres« des *Dschungelbuch*-Autors Rudyard Kipling und zu Clemence Housmans »Die Werwölfin« (hier zum ersten Mal als ungekürzte deutsche Übersetzung). Dann eilen wir weiter zu den Erzählungen der modernen Meister des Schreckens wie H. P. Lovecraft, Fritz Leiber und Robert E. Howard, dem Schöpfer von *Conan, der Barbar,* und erreichen mit Graham Masterton (der verfilmte *Der Manitou* ist nur einer seiner vielen unheimlichen Bestseller) wieder unsere Gegenwart.

Doch die fantastischen Geschichten über Gespenster, Vampire, lebende Tote usw. reichen weit zurück bis zu den Ursprüngen der Menschheit. Scheinbar brauchen wir den Umgang mit dem Düsteren und Übernatürlichen, um unsere Ängste zu verstehen. Indem wir diese Geschichten lesen und weitererzählen, betreiben wir ein fantasievolles Spiel mit der Furcht, und dadurch wird diese Furcht gemildert – denn was man kennt, ist offenkundig weniger beängstigend. Jede Kultur und jede Zeit hat ihre eigenen Dämonen, das Thema lässt uns niemals los.

Geschichten über Personen, die ihre Gestalt in die eines Tieres wandeln können, wurden schon immer erzählt. Bereits die Zwitterwesen auf Höhlenmalereien lassen sich entsprechend interpretieren. Das älteste schriftliche Zeugnis über Werwölfe ist das auf Tontafeln überlieferte *Gilgamesch-Epos* aus dem Jahr 2000 vor Christus, in dem die Göttin Ishtar einen Schäfer in einen Wolf verwandelt. Aus der griechischen Literatur und Ovids *Metamorphosen* ist der Griechenkönig Lykaon bekannt, der von Zeus zu einem Wolf verzaubert wurde, da er dem Gott Menschenfleisch vorsetzte.

Es liegt nahe, dass man für solche Erzählungen in unterschiedlichen Ländern die lokale Tierwelt auswählte. In exotischeren Ländern gibt es die Verwandlungen in Leoparden, in Löwen und Hyänen, in Schlangen, Krokodile und Haie. Im europäischen Raum sind es Bären, Hirsche und besonders Wölfe gewesen.

Zur Zeit der Hexenverfolgung wurden auch zahlreiche Männer vor Gericht gebracht und hingerichtet – viele von ihnen, vor allem Hirten, die abseits der Städte lebten, wurden der Werwolfsverwandlung bezichtigt. Werwolfsprozesse traten meist wellenförmig in Gegenden auf, die unter einer Wolfsplage litten, wie etwa im französischen Jura, aber auch im Hunsrück, im Westerwald und im Nassauer Gebiet. Spuren des mittelalterlichen Glaubens lassen sich bis heute in unserer Sprache finden, etwa in Sprichwörtern wie »Der Mensch ist des Menschen Wolf« oder in dem aus der Bergpredigt stammenden Bild von »Wölfen im Schafspelz«.

Der deutsche Dichter Wilhelm Hertz schrieb 1862 mit *Der Werwolf* eine erste umfassende Studie zum Thema. 1865 erschien in England von Sabine Baring-Gould, einem jungen Theologen, unter dem Titel *The Book of Wer-Wolves* ein weiteres Buch, das in Kreisen britischer Werwolfsexperten bis heute noch gern zitiert wird. Während Hertz ein akademisches Werk vorgelegt hatte, dessen Zielsetzung darin bestand, das Phänomen der Werwölfe historisch und mythengeschichtlich aufzuarbeiten, richtete sich Baring-Gould an ein einfacheres Publikum, das nach gruseliger Lektüre lechzte.

Der erste Kinofilm über einen Werwolf erschien im Jahr 1935: *Werewolf of London*. Die Werwolfsmaske wirkte zwar noch sehr menschlich, war jedoch schon so gut gemacht, dass sie damals auf die Zuschauer sicherlich sehr furchterregend wirkte. Seither werden diese Kreaturen der Nacht in regelmäßigen Abständen vor die Kamera gezerrt und ihre Verwandlung mit Spezialeffekten immer spektakulärer in Szene gesetzt.

Obwohl der Werwolf – ähnlich wie die Mumie, der Zombie und vor allen der Vampir – zur klassischen Gestalt des Unheimlichen geworden ist, gibt es über ihn gar nicht so viele literarische Texte, wie man vielleicht glauben möchte. Bisher wurden in Deutschland auch erst zwei Anthologien mit Werwolfsgeschichten zusammengestellt. *Sieben Werwolf Stories* (Heyne, 1968) und *Von Werwölfen und anderen Tiermenschen* (Hanser, 1972). Als Übersetzung einer US-Ausgabe erschien 1993 außerdem noch *Das Beste vom Werwolf* (Bastei). Ein Grund für die literarische Vernachlässigung mag darin liegen, dass diese raue Figur nicht so wandlungsfähig und literarisch nutzbar ist wie die des dämonischen Blutsaugers.

Zwischen 1920 und 1950, in der Hochzeit der amerikanischen Groschenhefte, der sogenannten *pulps,* erschienen in diesen besonders viele Werwolf-Erzählungen. Das berühmteste dieser *pulps* war das auf unheimliche Geschichten spezialisierte *Weird Tales* – es wird oft »die Wiege der modernen Fantastik« genannt. Aus diesem legendären Magazin habe ich gleich sechs der besten Storys für dieses Buch ausgewählt.

Nach 1950 wurde es wieder stiller um unsere Lieblinge. Doch in den letzten Jahren wagt sich der Werwolf wieder ans Tageslicht. Er taucht jetzt öfter als Nebenfigur in diversen Filmen (*Van Helsing* oder *Underworld*) und in Horrorromanen auf, beispielsweise in den Vampir-Serien *Anita Blake* von Laurell K. Hamilton oder *Necroscope* von Brian Lumley. Aber wirklich überraschend ist, dass er sich nun völlig ungeniert in viele moderne Jugendbücher hineinschleicht – etwa in der Gestalt von Remus John Lupin, des Lehrers zur »Verteidigung gegen die Dunklen Künste« in Joanne K. Rowlings Saga um *Harry Potter* oder in Stephenie Meyers Bestsellern der *Bis(s)*-Serie.

Kein Zweifel: Der Werwolf ist zurück aus dem Dunkeln – und wenn wir nur angestrengt lauschen, hören wir, dass meine pelzigen Gefährten immer noch ihr uraltes, immerwährendes Lied durch die Nacht heulen.

Grüße aus dem Dunkeln
sendet
Frank Festa

Der graue Wolf

George McDonald

Es war zur Dämmerstunde eines Frühlingstages, als ein junger englischer Student, der bis zu den entlegensten Teilen Nordschottlands gewandert war, auf einer der Shetland-Inseln von einem heftigen Sturm überrascht wurde. Vergeblich sah er sich nach einer Herberge um, doch der Sturm hatte die Landschaft in tiefe Finsternis getaucht, und um ihn herum war nichts außer ödes Moor.

Trotzdem ging er einfach um des Gehens willen weiter. Schließlich gelangte er an den Rand einer Klippe und entdeckte ein paar Meter unter sich eine Felsnase, die ihm vielleicht Schutz vor dem stürmischen Wind bieten konnte. Er ließ sich an den Händen herunter und trat auf etwas, das unter seinen Füßen knirschte. Es waren die Knochen vieler kleiner Tiere, die überall vor einer winzigen Höhle in dem Fels herumlagen. Genau solch ein Schlupfloch hatte er gesucht. Er ging hinein und setzte sich auf einen Stein.

Der Sturm wurde immer heftiger, und als die Dunkelheit zunahm, wurde er unruhig, denn die Aussicht, die Nacht in dieser Höhle verbringen zu müssen, behagte ihm keineswegs. Er hatte sich von seinen Gefährten auf der gegenüberliegenden Seite der Insel getrennt. Der Gedanke, dass sie sich bestimmt große Sorgen um ihn machten, verstärkte seine Unruhe nur noch mehr.

Endlich ließ der Sturm etwas nach, und im selben Augenblick vernahm er Schritte, verstohlen und leise, wie von einem wilden Tier, die über die Knochen am Höhleneingang glitten. Er fuhr zusammen, obwohl ihm eigentlich hätte klar sein müssen, dass es auf der Insel keine gefährlichen Tiere geben konnte. Aber bevor er Zeit zum Nachdenken hatte, tauchte das Gesicht einer Frau in der Öffnung der Höhle auf.

Erleichtert sprach der Wanderer sie an. Bei dem Klang seiner Stimme schreckte sie zusammen. Er konnte sie nicht gut erkennen, denn sie war dem Dunkel der Höhle zugewandt.

»Können Sie mir sagen, wie ich durch das Moor nach Shielness finde?«, fragte er sie.

»Dazu ist es für heute schon zu spät«, antwortete sie. Ihre Stimme klang angenehm, und ihr Lächeln, das ihn bezauberte, zeigte strahlend weiße Zähne.

»Was soll ich dann tun?«

»Meine Mutter wird Ihnen Unterkunft gewähren, aber das ist alles, was sie Ihnen anzubieten vermag.«

»Das ist bei Weitem mehr, als ich mir noch vor einer Minute erhofft habe«, antwortete er. »Ich bin Ihnen überaus dankbar.«

Schweigend drehte sie sich um und verließ die Höhle. Der junge Mann folgte ihr.

Sie war barfuß, und ihre hübschen gebräunten Füße glitten einer Katze gleich über die spitzen Steine, als sie ihm auf einem Felsweg zur Küste voranging. Ihre Kleidung war dürftig und zerrissen, und ihr Haar wehte wirr im Wind. Sie schien etwa fünfundzwanzig Jahre alt zu sein und war geschmeidig und klein. Beim Gehen zogen und zerrten ihre langen Finger nervös an ihrem Rock. Ihr Gesicht war ganz grau und sah abgespannt aus, aber ihre Züge waren fein geschnitten und die Haut glatt. Ihre schmalen Nasenflügel zitterten wie Augenlider, und die makellos geformten Lippen wirkten so farblos, dass man meinen konnte, in ihnen fließe kein Blut. Über ihre Augen vermochte er nichts zu sagen, denn sie hielt die Lider gesenkt.

Am Fuß der Klippe stießen sie auf eine kleine Hütte, die an ihr lehnte und deren Innenraum aus einer Höhle in der Felsflanke bestand. Rauch stieg an der Felswand empor, und der angenehme Essensgeruch stimmte den hungrigen Studenten hoffnungsvoll.

Seine Führerin öffnete die Tür der Hütte. Er folgte ihr hinein und sah eine Frau, die sich in der Mitte des Raumes auf dem Boden über ein Feuer beugte, auf dem ein großer Fisch briet. Die Tochter sprach ein paar Worte, worauf sich die Mutter umwandte und den Fremden begrüßte. Sie hatte ein altes, stark gerunzeltes, ehrliches Gesicht und machte einen besorgten Eindruck. Sie staubte den einzigen Stuhl in der Hütte ab und stellte ihn für den Studenten neben das Feuer.

Durch das gegenüberliegende Fenster erblickte er einen kleinen Flecken gelben Sandes, auf den die erschöpften Wellen lustlos aufschlugen. Unter dem Fenster stand eine Bank, auf der sich die Tochter in einer ungewöhnlichen Haltung niederließ, das Kinn auf die Hand gestützt. Einen Moment später erhaschte der junge Mann zum ersten Mal einen flüchtigen Blick von ihren blauen Augen. Sie waren mit einem seltsamen Ausdruck von Verlangen, ja einer heftigen Gier auf ihn gerichtet. Aber als wäre sie sich bewusst, dass ihr Blick sie verriet, senkte sie sofort den Kopf. Genau in diesem Augenblick war ihr Gesicht trotz seiner Blässe beinahe schön.

Als der Fisch fertig war, wischte die alte Frau den Tisch aus rohen Kiefernbrettern sauber, verrückte ihn etwas, sodass er auf dem unebenen Boden sicher stand, und breitete ein Tischtuch aus feinem Leinen darüber aus. Dann legte sie den Fisch auf eine Holzplatte und forderte den Gast auf, sich zu bedienen. Da er kein Besteck sah, zog er ein Jagdmesser aus seiner Tasche, schnitt ein Stück von dem Fisch ab und bot es der Mutter an.

»Komm, mein Lämmchen«, sagte die alte Frau, und die Tochter trat an den Tisch heran. Aber ihre Nasenflügel und ihre Lippen bebten vor Abscheu.

Im nächsten Moment wandte sie sich um und lief aus der Hütte.

»Sie mag keinen Fisch«, erklärte die alte Frau, »und ich habe nichts anderes, was ich ihr geben könnte.«

»Sie scheint nicht ganz gesund zu sein«, erwiderte er.

Die Frau antwortete nur mit einem Seufzer. Sie aßen den Fisch mit etwas Roggenbrot. Als sie ihr Abendmahl beendet hatten, hörte der junge Mann ein Geräusch wie das Trappeln von Hundepfoten auf dem Sand vor der Tür. Aber bevor er dazu kam, aus dem Fenster zu schauen, öffnete sich die Tür und die junge Frau trat ein. Sie sah jetzt gesünder aus, vielleicht weil sie sich gerade das Gesicht gewaschen hatte. Sie zog einen Schemel ans Feuer ihm gegenüber. Als sie sich hinsetzte, erspähte der Student zu seiner Verwirrung, ja zu seinem Entsetzen durch einen Riss ihres Kleides einen einzelnen Blutstropfen auf ihrer weißen Haut.

Die alte Frau brachte einen Krug Whisky, setzte einen rostigen alten Kessel auf das Feuer und nahm ihren Platz davor ein. Sobald das Wasser kochte, bereitete sie es in einer Holzschale mit einem Schuss des Whiskys zu.

Unterdessen konnte der junge Mann den Blick nicht von der jungen Frau abwenden. Er war schließlich fasziniert, ja wahrhaftig bezaubert von ihr. Die meiste Zeit hielt sie die wunderschönen, mit dunklen Wimpern umrandeten Lider gesenkt. Entzückt starrte er sie an, denn der rote Schein der kleinen Öllampe verbarg ihre eigenartige Gesichtsfarbe. Aber sobald er einen verstohlenen Blick von ihr erhaschte, schauderte ihn bis in die Seele. Ein derart liebliches Gesicht und diese Gier in ihren Augen – er war hin- und hergerissen zwischen Anziehung und Abscheu.

Die Mutter drückte ihm die Schale in die Hand. Er trank ein wenig und reichte sie dann an die junge Frau weiter. Sie hob die Schale an ihre Lippen, und während sie einen kleinen Schluck nahm – nur einen ganz kleinen –, schaute sie ihn an. Er glaubte, dem Getränk müsse eine Droge beigemischt worden sein, die seinen Verstand beeinträchtigte. Ihr Haar schob sich glatt nach hinten und mit ihm gleichzeitig ihre Stirn, während der untere Teil ihres Gesichtes ihre blendend weißen Zähne, die seltsam hervorstanden, entblößte, als sie die Schale an ihre Lippen führte. Sie gab das Gefäß ihrer Mutter zurück, erhob sich und eilte aus der Hütte.

Mit einer gemurmelten Entschuldigung zeigte die alte Frau

in eine Ecke, wo ein Bett aus Heidekraut stand. Und der Student, erschöpft von den Strapazen des Tages und den merkwürdigen Begebenheiten des Abends, hüllte sich in seinen Umhang und legte sich darauf.

Kaum hatte er sich zur Ruhe begeben, als der Sturm von Neuem zu wüten begann. Der Wind blies so heftig durch die Ritzen der Hütte, dass er sich davor nur schützen konnte, indem er sich den Umhang über den Kopf zog. Er fand jedoch keinen Schlaf. So lag er lange da und lauschte dem Toben, das immer stärker wurde, bis die Gischt gegen das Fenster spritzte. Schließlich öffnete sich die Tür, und die junge Frau trat ein. Sie legte Holz aufs Feuer nach, zog die Bank davor und legte sich nieder in der gleichen seltsamen Haltung wie zuvor, das Kinn auf die Hand und den Ellbogen gestützt, und das Gesicht dem jungen Mann zugewandt. Er bewegte sich ein wenig; sie ließ den Kopf sinken und lag mit dem Gesicht nach unten, die Arme unter der Stirn verschränkt. Die Mutter war verschwunden.

Schläfrigkeit beschlich ihn. Eine Bewegung auf der Bank schreckte ihn wieder auf, und er glaubte eine vierbeinige Kreatur von der Größe eines riesigen Hundes zu sehen, die ruhig durch die Tür hinaustrottete. Er war sich sicher, einen eisigen Windstoß gespürt zu haben. Er blickte angestrengt durch die Dunkelheit und meinte die Augen des Mädchens zu sehen, die seinem Blick begegneten. Aber die glühenden Reste des zusammenfallenden Feuers ließen deutlich erkennen, dass die Bank leer war. Mit der Frage, was sie veranlasst haben könnte, bei einem solchen Sturm hinauszugehen, schlief er bald ein.

Mitten in der Nacht wurde er durch einen Schmerz in seiner Schulter hellwach. Er erblickte die funkelnden Augen und fletschenden Zähne eines Tieres dicht an seinem Gesicht. Es hatte die Klauen in seine Schulter gebohrt, mit dem Maul suchte es seine Kehle. Bevor es seine Fangzähne hineingraben konnte, hatte der junge Mann es mit einer Hand an der Kehle gepackt und suchte mit der anderen sein Messer.

Ein schrecklicher Kampf entbrannte, doch ungeachtet der

reißenden Klauen fand er schließlich sein Messer und öffnete es. Sein erster Versuch war fehlgeschlagen, und gerade holte er erneut aus, als das Tier mit einem Satz und einer heftigen Verrenkung sich aus seinem Griff wand und halb brüllend, halb heulend davonschoss.

Wieder hörte er, wie sich die Tür öffnete, wieder wehte der Wind kalt herein, aber diesmal hörte er nicht auf zu fauchen, Gischt sprühte über den Boden und traf auf sein Gesicht. Er sprang von seinem Lager auf und rannte zur Tür.

Es war eine wilde, stockfinstere Nacht, abgesehen von dem Weiß der schäumenden Wellen, die sich nur wenige Meter von der Hütte entfernt brachen. Der Wind toste, und es goss in Strömen. Ein schauerlicher Laut, der wie eine Mischung aus Weinen und Heulen klang, kam von irgendwoher aus dem Dunkel. Er ging wieder in die Hütte hinein und machte die Tür hinter sich zu, fand aber keine Möglichkeit, sie fest zu verschließen.

Die Lampe war beinahe erloschen, und er war sich nicht sicher, ob die junge Frau sich nun auf der Bank befand oder nicht. Er überwand einen starken Widerwillen, trat auf sie zu und streckte die Hände aus – die Bank war leer. Er nahm Platz und wartete auf die Morgendämmerung: Er traute sich nicht, sich wieder zum Schlafen hinzulegen.

Als die Dämmerung endlich anbrach, trat er immer wieder aus der Hütte und schaute sich um. Der Morgen war düster und böig und grau. Der Wind hatte zwar etwas nachgelassen, doch die Wellen wogten hoch. Er sehnte sich nach dem Sonnenaufgang und ging an dem kleinen Strand auf und ab.

Schließlich hörte er geschäftiges Treiben in der Hütte. Kurze Zeit später rief ihm die alte Frau von der Tür aus zu.

»Sie sind früh auf, Sir. Ich fürchte, Sie haben wohl nicht gut geschlafen.«

»Nicht sehr gut«, bestätigte er. »Aber wo ist denn Ihre Tochter?«

»Sie ist noch nicht wach«, erwiderte die Mutter. »Ich habe

leider nur ein dürftiges Frühstück für Sie. Aber Sie werden etwas Fisch bekommen und können ein Schlückchen dazu trinken. Mehr habe ich nicht.«

Er hatte kaum Appetit, wollte sie aber auch nicht verletzen, und so ließ er sich am Tisch nieder. Während sie frühstückten, kam die Tochter herein. Sie wandte jedoch ihr Gesicht ab und ging zum hintersten Teil der Hütte. Als sie nach ein, zwei Minuten wieder zurückkam, sah der junge Mann, dass ihr Haar klatschnass war und ihr Gesicht noch fahler als zuvor. Sie sah krank und schwach aus. Als sie den Blick hob, war die ganze Wildheit darin verschwunden und hatte einer Traurigkeit Platz gemacht. Um den Hals trug sie ein Baumwolltuch. Sie war auf zurückhaltende Weise höflich zu ihm und wich seinem Blick nicht mehr aus.

Er überlegte mehr und mehr, ob er der Versuchung nachgeben und eine weitere Nacht in der Hütte verbringen sollte, um zu sehen, was passieren würde, als die alte Frau das Wort ergriff.

»Das Wetter wird den ganzen Tag unbeständig bleiben, Sir. Sie sollten sich besser auf den Weg machen, sonst werden Ihre Freunde noch ohne Sie aufbrechen.«

Ehe er antworten konnte, bemerkte er einen solch flehenden Ausdruck in dem Gesicht des Mädchens, dass er verwirrt innehielt. Er schaute die Mutter an. Aus ihren Augen blitzte der Zorn. Sie stand auf und trat mit erhobener Hand zu ihrer Tochter, um sie zu schlagen. Mit einem Schrei beugte die junge Frau den Kopf.

Er sprang um den Tisch herum, um sich zwischen die beiden zu stellen. Aber die Mutter hatte die Tochter zu fassen bekommen, das Halstuch fiel herunter, und der junge Mann erblickte fünf blaue Flecke auf ihrem anmutigen Hals – die Abdrücke von vier Fingern und dem Daumen einer linken Hand.

Mit einem Schrei des Entsetzens stürzte er aus der Hütte, drehte sich aber an der Tür noch einmal um. Seine alte Gastgeberin lag reglos auf dem Boden, und ein großer grauer Wolf sprang auf ihn zu.

Er hatte keine Waffe zur Hand, und auch wenn er eine gehabt hätte, dann hätte ihm seine angeborene Ritterlichkeit niemals erlaubt, einer Frau etwas zuleide zu tun – selbst wenn sie in Gestalt eines Wolfes angriff. Instinktiv nahm er einen sicheren Stand ein, beugte sich mit halb ausgestreckten Armen und gewölbten Händen ein wenig nach vorn, bereit, wieder diesen Hals zu packen, auf dem er diese erbärmlichen Male hinterlassen hatte.

Aber die Kreatur wich beim Sprung geschickt seinem Griff aus. Gerade als er erwartete, jetzt die Reißzähne zu spüren, hielt die junge Frau ihre Arme um seinen Hals geschlungen und weinte an seiner Brust.

Im nächsten Augenblick riss sich der graue Wolf von ihm los und sprang heulend die Klippe hinauf. Der junge Mann beruhigte sich wieder, so schnell er konnte, und folgte dann dem Wolf, denn dies war der einzige Weg zum Moor hinauf, das er durchqueren musste, um seine Gefährten wiederzufinden.

Plötzlich vernahm er das Geräusch von zermalmenden Knochen – nicht als ob ein Tier an ihnen nagt, sondern als würden sie vor Wut und Enttäuschung zermahlen werden. Als er aufschaute, sah er dicht über sich den Eingang der kleinen Höhle, in der er am Tag zuvor Schutz gesucht hatte. Er nahm seinen ganzen Mut zusammen und ging langsam und leise daran vorbei. Aus dem Innern drang ein Stöhnen, in das sich ein Knurren mischte.

Oben angelangt, lief er so schnell er konnte durch das Moor, bevor er irgendwann einen Blick zurück riskierte. Als er sich schließlich umschaute, sah er das Mädchen. Es stand am Rand der Klippe vor dem grauen Hintergrund des Himmels und rang verzweifelt die Hände. Ein einsamer klagender Schrei überbrückte den Raum zwischen ihnen. Sie unternahm keinen Versuch, ihm zu folgen, und er erreichte sicher die gegenüberliegende Küste.

Der Mr-Hyde-Effekt

Steve Vance

1. In Anbetracht der Tatsachen

Loraine Powell war eine selbstbewusste Frau in einer Welt, die keineswegs mehr so frauenfeindlich wie früher war – so sah sie es jedenfalls. Sie war sichtlich stolz darauf, in einem so rauen und turbulenten Gewerbe wie dem Journalismus ihren Platz erobert zu haben, und das noch vor der Zeit, da es als angesagt galt, eine Frau im Team zu haben. Sie wies immer wieder gerne darauf hin, dass sie frei geboren worden war. Und sie war eine verdammt gute Schreiberin.

Sie kannte Douglas Morgan seit fast zehn Jahren und hatte ihn eigentlich gern. Doch sie sah ihn auch als ausgezeichnete Zielscheibe für ihren ätzenden Spott und ihre angeborene Skepsis. So sehr er sich auch anstrengen mochte, jedes Mal kam es zu einer erhitzten, wenn auch höflichen Debatte zwischen den beiden. Weil sie nur nüchterne Tatsachen, er hingegen wildeste Spekulationen vorbrachte, ging sie aus diesen Diskussionen stets siegreich hervor. Zumindest ihrer Meinung nach.

»Doug und Fergie«, begrüßte sie die beiden, während diese auf den Stühlen neben ihr Platz nahmen. »Ich dachte schon, wir müssten die Bergwacht nach euch suchen lassen. Es hätte ja auch sein können, dass diese Veranstaltung hier nicht spannend genug ist, um euch so weit nach draußen zu locken.«

»Sie belieben zu scherzen, Madame«, entgegnete Brad fast atemlos, als er sich auf den Stuhl quetschte. »Morgan der Gnadenlose würde eher Selbstmord begehen, als sich diese kleine Party hier entgehen zu lassen.«

»Und trotzdem seid ihr zu spät dran«, sagte Loraine in gespielter Verwirrung.

»Daran ist er schuld«, sagte Morgan und wies auf Ferguson. »Ich hab fast den ganzen Tag dafür gebraucht, um ihn überhaupt ausfindig zu machen.«

Der Fotograf warf ihm einen melodramatischen Blick zu. »Kann man es einem Menschen übel nehmen, dass er sich um seine äußere Erscheinung kümmert? Ich war gerade beim Friseur.«

»Man wird Ihnen vergeben«, versicherte sie ihm. Sie wandte sich an Doug und fragte: »Und wie geht's Ihrer Frau?«

»Gut, sehr gut. Sie wollte eigentlich mitkommen und sich dieses Ding ansehen, aber ich konnte keinen Ausweis für sie bekommen, und da ich so ein unglaublicher Chauvinist bin, habe ich mich dabei auch nicht sonderlich angestrengt. Sie hat gesagt, sie würde Sie mal zum Essen einladen, sobald Sie von diesem makrobiotischen Algentrip runter sind.«

Powell blickte unwillkürlich an ihrem schlanken Leib herab, der trotz ihrer sechsundvierzig Jahre noch immer sehr straff war. »Dann richten Sie ihr bitte aus, dass ich diesem makrobiotischen Algentrip meine grazile Figur und blühende Gesundheit verdanke ...«

»Ich auch«, fiel ihr Ferguson ins Wort, der gerade sein letztes Stück Kuchen verschlang.

»... aber dann und wann kann ich mir eine kleine Sünde erlauben, vor allem, wenn es sich dabei um ihren exzellenten Burgunderbraten handelt.« Sie sah hoch zu dem schweren Holzstuhl auf der beleuchteten Bühne vor ihnen. »Hoffentlich bringen sie diesen Psychopathen bald raus, damit wir noch fertig werden.«

»Vielleicht ist er gar kein Psychopath«, sagte Morgan.

Loraine lächelte vor sich hin. Das war der Startschuss.

»Ach nein? Und wie bezeichnen Sie einen Mann, der fünfzehn Menschen mit seinen Händen und Zähnen ermordet hat?«

»Als Werwolf.«

Sie lachte laut und zog die Aufmerksamkeit des Gouverneurs auf sich. »Ach, kommen Sie schon, Doug, wir reden hier nicht über Comics oder B-Filme. Sie glauben doch nicht wirklich, dass dem Kerl um Mitternacht ein Fell wachsen wird?«

Morgan bemerkte, dass er ihr wieder in die Falle gegangen war, doch er war zu sehr von der Sache betroffen, um einen Rückzieher zu machen. »Einige äußerst angesehene Personen haben an diese Krankheit geglaubt.«

»Zum Beispiel?«

Er versuchte sich an alle Unterlagen zu erinnern, die er seit Anfang der Suche gelesen hatte. »Montague Summers, Gelehrter, Schriftsteller ...«

»... und Priester. Doug, er *musste* an solche Dinge glauben. Berufsethos. Außerdem ist das schon sechzig Jahre her. Wie wäre es mit einigen aktuelleren Beispielen?«

»In Ordnung. Wie wäre es mit dem Zeitraum zwischen dem 27. Februar und dem 1. Mai 1971 in Texas – was, wie Sie sicher wissen, in den Vereinigten Staaten liegt –, als mindestens zwanzig Personen einen Wolfsmenschen sahen, der Kleiderreste trug? Niemand wurde angegriffen, aber ein fünfunddreißig Jahre alter Mann erlitt einen Herzinfarkt, als er das Wesen wie einen Hund aus einem Fischteich trinken sah.«

Loraine verdrehte die Augen. »Und ich soll nun tatsächlich glauben, dass ein Mann sich in ein Ungeheuer aus der Legende verwandelt, nur weil ein paar Bauerntrampel, die vermutlich mondsüchtig waren, eins gesehen haben wollen?«

Ferguson faltete die Hände und richtete die Augen gen Himmel. »Lieber Gott, verschone mich Unschuldslamm mit dem, was jetzt kommt.«

Erwartungsgemäß ging Morgan nun in die Offensive. »Das ist doch mal wieder eine typische Reaktion! Der liberale, wissenschaftliche Verstand greift zuerst den Beobachter an, anstatt das Beobachtete zu untersuchen.« Er atmete tief durch und wollte seine Attacke gerade fortsetzen, als sich auf der linken Seite der Bühne endlich etwas tat.

Nach einigen gespannten Sekunden trat der lange Gesuchte langsam ins Licht, begleitet von vier Polizisten mit ernsten Gesichtern, und nahm auf dem Holzstuhl Platz. Gerald Cummings sah ganz und gar nicht wie ein Massenmörder aus. Das dachte jedenfalls Blake Corbett, als er sich den Mann gut einprägte, um ihn in dem Buch, das er über diese Geschichte verfassen wollte, beschreiben zu können.

Cummings war etwas über einen Meter achtzig groß und wog vielleicht fünfundachtzig Kilogramm. Er hatte dichtes braunes Haar, graue Augen und eine ziemlich lange und schmale Nase. Man konnte ihm den College-Dozenten regelrecht ansehen. Dies schien ein Mann zu sein, der Vorlesungen in Englisch oder Philosophie hielt, aber man konnte sich kaum einen Grund dafür vorstellen, dass er an Hand- und Fußgelenken mit einer schweren Metallkette gefesselt war. Anscheinend fehlten ihm einige Zähne.

Nur einen Moment lang fürchtete Meg Talley, dass sie in Ohnmacht fallen werde, obwohl es noch fast zwei Stunden dauern würde, bis er wirklich eine Gefahr darstellte. Sie sog hörbar die Luft ein, und Blake klopfte ihr tröstend auf die Schulter.

Sie versuchte zu grinsen. »Na, wenigstens setzen sie nicht unsere Sicherheit aufs Spiel. Er ist so festgeschnürt, dass es mich wundert, dass die Wächter ihn nicht auf die Bühne tragen mussten.«

»Denk bloß nicht, dass die sich um *uns* sorgen«, entgegnete Nick. »Sie wollen ihm nur keine Fluchtmöglichkeit bieten.«

»Vielen Dank, Mr Optimismus.«

Einer der Wächter, ein Mann mit dunklen Augen und breiten Schultern, stellte sich vor den Stuhl und sprach in ein Mikrofon, das auf einem Metallständer befestigt war. »Meine Damen und Herren, bitte bleiben Sie auf Ihren Plätzen. Niemand sollte der Bühne näher als zwei Meter kommen. Wenn die Fotografen Nahaufnahmen machen wollen, möchten wir sie bitten, auf der Seite zu bleiben, um nicht die Filmkameras bei der Aufnahme des Interviews zu behindern.« Die Lampen der Fernsehteams waren alle im Moment von Cummings' Erscheinen erstrahlt. Ihr greller Schein verstärkte nur das Mitleid mit dem stillen Mann auf dem Stuhl.

Der Polizist setzte hinzu: »Während der nächsten halben Stunde wird Mr Cummings Ihre Fragen beantworten, und danach wird er in seine Zelle zurückgebracht, um medizinisch betreut zu werden. Sein Anwalt, Mr Daniel Arcari, befindet sich in der ersten Reihe.« Er zeigte auf einen nervös wirkenden Mann mit Halbglatze, der zögerlich nickte. »Er wird seinem Klienten während dieses eher ungewöhnlichen Vorgangs als Berater zur Seite stehen. Mr Cummings hat persönlich um die Gelegenheit gebeten, sich vor einer offiziellen Anhörung und der Anklage der Presse stellen zu dürfen, und somit auf das Recht verzichtet, eine Aussage zu verweigern, doch ich muss Sie darauf hinweisen, dass dieses Interview in Hinblick auf die Persönlichkeitsrechte von Mr Cummings jederzeit von ihm, Mr Arcari oder mir beendet werden kann. Mein Name ist Darrow, Sergeant Michael Darrow, und dies hier sind die Officers Henry Nestor, Robert Nozaka und R.L. Malory. Sobald ich dieses Mikrofon auf die richtige Höhe eingestellt habe, kann das Interview beginnen.«

Erwartungsgemäß standen die meisten der versammelten Journalisten auf und hoben die Hände, doch Doug Morgan schaltete einfach sein tragbares Aufnahmegerät ein (mit dem er das gesamte Interview für sich und seine Kollegen mitschneiden würde), und Brad Ferguson ging vor der Bühne in die Knie, um das Geschehen zu filmen.

Der große und lautstarke Max Coslo missachtete das Protokoll und erhob seine Stimme über das dumpfe Lärmen der anderen. »Fangen wir also an. Cummings, ich möchte gern wissen, ob Sie noch immer zu der Aussage stehen, die Sie den Behörden gegenüber gemacht haben: Behaupten Sie tatsächlich, für alle Verbrechen verantwortlich zu sein, die in den letzten Monaten mit dem sogenannten Tiermenschen in Verbindung gebracht wurden?«

Cummings antwortete mit einem leicht verschüchterten Lächeln: »Wir verschwenden also keine Zeit mit großen Einleitungen, auch gut. Um Ihre Frage zu beantworten: Ja, ich bin der Mörder all dieser unglücklichen Menschen.« Seine wohlklingende und kultivierte Stimme stand im Gegensatz zu diesem eiskalten Bekenntnis.

Corbett sah in die Richtung, in der Arcari saß. Der Rechtsanwalt wand sich und schwitzte. Er sah aus, als würde man ihn foltern. Der Autor vermutete, dass er gerade fieberhaft nach Argumenten für die Verteidigung seines Mandanten suchte, sollte es je zu einem Prozess kommen.

»Aha, Sie bekennen also Ihre Schuld und bitten uns gleichzeitig, an Ihre Unschuld zu glauben«, fuhr Coslo fort, der mit seiner melodramatischen Art die Lage unter Kontrolle gebracht hatte. »Wie wollen Sie irgendjemanden davon überzeugen?«

»Indem ich es Ihnen später zeige«, sagte Cummings, der sich sichtlich unwohl fühlte. »Wissen Sie, als ich diese Verbrechen beging, war ich nicht … ich selbst – im wahrsten Sinne des Wortes. Ich bin ein Werwolf, und als ich sie tötete, hatte ich keine Kontrolle über meine Taten.«

Wie erwartet löste dieses offene Eingeständnis eine Welle von Fragen und Zwischenrufen aus. Es gelang Coslo nur knapp, mit seiner nächsten Frage einen Reporter von CBS zu übertrumpfen. »Glauben Sie wirklich, dass die amerikanische Bevölkerung aus abergläubischen Narren besteht, Cummings?«

»Nein, das glaube ich nicht«, entgegnete der Mann. »Allgemein gesprochen würde ich den Intelligenzquotienten des durchschnittlichen Amerikaners als recht hoch bezeichnen. Ich bin nur das Opfer einer äußerst seltenen Krankheit, die …«

»Sie verwandeln sich in ein Tier!«, warf Coslo höhnisch ein.

Das Fragengewirr verstummte, als Cummings innehielt und nickte. »Auf gewisse Weise ja. In jeder ersten Vollmondnacht verändert sich um Mitternacht meine physische Gestalt. Ich bin mir sicher, dass Sie alle meinen Aufsatz gelesen haben, der davon handelt, dass Bakterien die Ursache für …«

Coslo wollte gerade wieder die Antwort unterbrechen, als Loraine Powell ihm zuvorkam. »Wir haben ihn gelesen, Mr Cummings, aber die Frage, die sich uns jetzt stellt, lautet: Wann und wie haben Sie sich mit dieser exotischen Krankheit angesteckt?«

Der gefesselte Mann seufzte. »Nun gut. Mit Ihrer Erlaubnis werde ich Ihnen die ganze Geschichte erzählen. Seit ich als Kind die Filme im Fernsehen gesehen habe, bin ich fasziniert von dem sogenannten Mr-Hyde-Effekt, der Befreiung der wilden und brutalen Anteile des menschlichen Wesens, indem man alle Hemmungen beseitigt. Damit einher geht die Veränderung der körperlichen Erscheinung, die durch einen äußeren Reiz hervorgerufen wird – deshalb leitet sich die Bezeichnung dieses Vorganges auch von Stevensons berühmter Figur ab. Die Geschichten, die mich am meisten fesselten, drehten sich um Werwölfe und andere mutierte Wesen. Natürlich hielt ich das alles wie jeder gebildete Mensch für Schöpfungen der Fantasie, bis ich selbst mit einigen ernsthaften Nachforschungen auf diesem Gebiet anfing. Ich stieß auf sehr merkwürdige Berichte und musste meine Ansichten gezwungenermaßen ändern.«

»Ich sagte ja, dass er sehr überzeugend schreibt«, flüsterte Corbett Meg zu.

»Letztes Jahr«, fuhr der Mann fort, »entdeckte ich einen Bericht über eine schreckliche Bestie, die vor ungefähr zwölf Jahren in regelmäßigen Abständen die umherziehenden indianischen Stämme auf der Halbinsel Baja im südlichsten Teil Kaliforniens angriff. Als Dozent für Filmwissenschaft am Blythe-Springs-Junior-College hatte ich viele Nachforschungen über die Legenden und die Filme mit Chaney, Hull, Reed, Cameron und all den anderen angestellt. Während ich mich in der Literatur über das Thema vergrub, stieß ich auf den traditionellen Werwolf der spanischen und später auch mexikanischen Sagen.«

»*Lobo hombre*«, sagte Corbett unvermittelt.

Cummings lächelte. »Oder *lobombre,* wie es manchmal abgekürzt wird. Der Wolfsmann. Im März beschloss ich, die Ferien für eine Art Feldstudie zu nutzen und wenn möglich auf die Ursprünge der Sage zu stoßen. So etwa wie Carlos Castaneda und Don Juan, wenn Sie wollen.« Seine Stimme war die eines geübten Sprechers, und fast alle Anwesenden waren von seiner Geschichte gefesselt. Nur Coslo war das leider nicht.

»Warum eigentlich Werwölfe, Cummings? Warum nicht Vampire oder lila Gürteltiere, die aus ihren Augen blaue Todesstrahlen schießen?« Die Worte des Reporters klangen derart sarkastisch und feindselig, dass Meg einen Moment lang Mitleid mit dem unsicheren Mann auf der Bühne hatte – bis sie sich wieder daran erinnerte, dass es sich bei ihm um einen brutalen Massenmörder handelte. Coslo fühlte sich anscheinend dazu berufen, eine Nation zu repräsentieren, der Unrecht geschehen war, und vielleicht hatte er recht damit.

Doch Cummings schien dieser unverhüllte Hass kalt zu lassen. »Ich habe bereits erklärt, dass mein Interesse sich von jeher auf dieses Thema gerichtet hat, und daher drehte sich natürlich auch ein Großteil meiner Untersuchungen um die Lykanthropie – wie auch um Aeluranthropie, Cynanthropie, Boanthropie und alle verwandten Phänomene. Wissen Sie, so gut wie jedes Land dieser Erde hat seine Legenden über Wertiere, und diese haben erstaunliche Parallelen zueinander. Und so wurde mir schon früh klar, dass dort, wo derartig viel Rauch ist ... nun ja, ich habe das Feuer gefunden.«

Les Tominsky, Sonderreporter des *Chicago Star,* betrat das Parkett. »Aber warum mexikanische Indianer? Warum keine Zigeuner oder europäische Völker?«

»Dafür hatte ich mehrere Gründe. An erster Stelle wollte ich die Menschen in ihrer eigenen Umgebung befragen, in der Landschaft, in der ihre Legenden entstanden. Zudem spreche ich recht gut Spanisch und mexikanische Dialekte, weshalb ich mir die Geschichten ohne Hilfe eines Dolmetschers anhören konnte.« Zum ersten Mal seit Anfang der Pressekonferenz nahm Cummings' Gesicht einen leicht verzagten Ausdruck an.

»Anfangs betrachtete ich die Reise nur als ein interessantes und lehrreiches Zwischenspiel, das mir vielleicht Stoff für einen Artikel liefern würde.«

»Wo stießen Sie auf diese Indianer?«, fragte der Mann von *ABC*.

Cummings' Gesicht hellte sich wieder merklich auf. »Ah ja, in den Bergen etwas nördlich von Santa Rosalia. Bei diesem Stamm handelt es sich um eine kuriose Mischung aus den indianischen Ureinwohnern und spanischen Elementen, und ihre Religion vereint den Katholizismus mit der Naturverehrung der Zeit vor Kolumbus. Ich mietete mir in San Diego einen Landrover und fuhr nach Santa Rosalia, wo ich mir ein Hotelzimmer nahm und den ersten Teil der Woche damit verbrachte, die Berge nach den umherziehenden Eingeborenen abzusuchen, ganz wie ein gewöhnlicher Völkerkundler. Es war am 23. März, einem Mittwoch, wenn ich mich recht entsinne, als ich auf einen kleinen nomadischen Stamm traf, mit dem ich auf zufriedenstellende Weise kommunizieren konnte. In jener Nacht war der Medizinmann des Stammes ein wenig betrunken von dem Branntwein, den ich mitgebracht hatte, und ich erhielt endlich einige Antworten auf meine Fragen über den *lobombre*. Man erzählte mir, dass es dieses Geschöpf tatsächlich gibt. Der *lobombre* sei ein verfluchtes Wesen und kein Opfer der Tollwut, wie ich es mir ausgemalt hatte. Der Letzte, von dem man in dieser Gegend wusste, hatte zwölf Jahre zuvor zweimal innerhalb von zwei Monaten ihren Stamm angegriffen. Im Gegensatz zu anderen Unglücklichen, die sich diese Krankheit zuzogen, hatte diese Kreatur nicht *caldaru*, den rituellen Selbstmord, vollzogen, der, so glaube ich, etwas mit Sprengstoff zu tun hat. Nachdem der *lobombre* sechzehn Menschen ermordet hatte, beschloss man, ihn zu vernichten. Der Medizinmann, Ugalde war sein Name, befragte die Götter und teilte seinem Stamm die rechte Methode mit, diese Aufgabe zu erfüllen.«

»Und die war?«, fragte jemand.

»Das wollte er mir nicht sagen. Ich wünschte, er hätte es getan. Ugalde behauptete, nach der Erlegung des Ungeheuers eine Probe von dessen Speichel genommen und mit einem traditionellen Zaubertrank vermischt zu haben, der unter anderem aus Kakteenherzen, Falkenblut, Ziegenhirn und dem Urin einer Schwangeren bestand. Über die Jahre war diese Mischung natürlich eingetrocknet, und er trug sie in einem Beutel um den Hals. Er gestattete mir, einen Blick darauf zu werfen. Ich war davon fasziniert, jedoch nicht überzeugt, also bat ich ihn um eine Probe zur Untersuchung, was er aber ablehnte.«

»Natürlich«, flüsterte Loraine mit triefendem Spott Morgan zu.

Cummings hatte sie nicht gehört. »Der alte Mann war völlig unvorhersehbar, zumindest für mich mit meinen angelsächsischen Vorurteilen. Er schüttete ein wenig von der Mixtur in eine Whiskyflasche.«

»Bäh«, sagte Meg.

»Konnten Sie denn *davon* etwas untersuchen?«, fragte Tominsky.

Cummings lachte unvermittelt und mit grausamer Kälte. »Oh ja, das konnte ich! Ugalde hielt mir ein Messer an die Kehle und befahl mir, zu trinken, sonst würde er mir den Hals aufschneiden.«

Im ganzen Raum hörte man, wie fast alle die Luft anhielten, was um so erstaunlicher war, da man es hier mit abgebrühten Medienprofis zu tun hatte. Doch eine solche Aussage hatten sie anscheinend nicht erwartet. Dieser allgemeine Schock hinterließ bei Morgan ein Gefühl der Zufriedenheit. Grundel dachte bei sich, wenn es sich bei diesem vernünftig und aufrichtig aussehenden Mann nur um einen weiteren irren Spinner handelte, dann war er zumindest ein verdammt guter Geschichtenerzähler.

»Haben Sie davon getrunken?«, fragte jemand, um die Geschichte wieder ins Rollen zu bringen.

»Natürlich. Ich hatte keine andere Wahl. Ich habe nie bezweifelt, dass dieser alte Mann mich tatsächlich getötet und meine Leiche vergraben hätte, ohne je wieder einen Gedanken an die Sache zu verschwenden. Ich trank davon, und es schmeckte ähnlich wie Säure, sehr unangenehm. Aber ich dachte, ich könnte die Mixtur schlucken und dann wieder erbrechen, bevor sie etwas anrichtete. Unglücklicherweise enthielt das Elixier einige hochwirksame natürliche Halluzinogene. In meiner Jugend habe ich mit vielen der Substanzen experimentiert, die man auf jedem zeitgenössischen Campus erhält, doch im Vergleich mit dieser Droge, was es auch war, wirkt gewöhnliches Haschisch wie Babynahrung. Bevor ich das Zeug wieder loswerden konnte, kam ich auf einen Trip wie jemand, der zum ersten Mal reines LSD nimmt.«

»Auf dem Trip ist er immer noch«, fügte Loraine hinzu.

»Richtig wach wurde ich erst im Morgengrauen des nächsten Tages, doch der Stamm war bereits weitergezogen. Da die Mischung keine Nachwirkungen zu haben schien, suchte ich mit dem Rover einen halben Tag lang nach Spuren der Indianer, bevor ich aufgab und zurück nach Santa Rosalia fuhr. Ich war zu der Schlussfolgerung gelangt, dass der Grund für die Krankheit, die ich hinter dem Werwolf vermutete, einfach nur regelmäßige Drogenräusche waren, die manchmal zu gewalttätigen Ausbrüchen führten. Ich machte mir weiter keine Sorgen um mich, bis ich nachts im Hotel war.«

Ein Journalist neben Nick wollte gerade eine Frage stellen, doch dieser bedeutete ihm schnell, still zu sein, sodass Cummings fortfahren konnte.

»Das war die Nacht des 24.« Es war eines der seltenen Male während des Interviews, dass die Stimme des Gefangenen zitterte. »Ich, äh ... es fällt mir sogar jetzt noch schwer ... es ist mir einfach peinlich. In jener Nacht schien der Vollmond, also stellte ich mich bei Anbruch der Nacht auf den Balkon ... einfach nur, um zu sehen ... ich glaubte nicht wirklich daran, und ich fühlte mich so dumm, vor allem, als nichts geschah. Dann beruhigte ich mich, ging wieder ins Zimmer und fing an, in mein Diktiergerät Notizen für meinen Artikel zu sprechen. Das tat ich bis Mitternacht, als mir furchtbar übel wurde.«

»Woraufhin Sie sich vor den nächsten Spiegel stellten und zusahen, wie Sie sich in Lon Chaney verwandelten«, warf Coslo ein.

Einer der anderen Reporter war so gefesselt von der Geschichte, dass ihm die Dutzende von angeschalteten Mikrofonen gleichgültig waren und er Max zurief: »Wirst du nun endlich dein Maul halten, Arschloch?«

Cummings lächelte schwach. »Nein, kein Chaney. Ich rannte ins Badezimmer, übergab mich und wurde ohnmächtig, bevor ich die Rezeption anrufen konnte. Als ich erwachte, ging gerade die Sonne auf, und ich lag auf einem unbebauten Feld, mit nichts als einer Unterhose am Leib. Ich musste fast vier Kilometer bis zur nächsten Straße laufen und per Anhalter zum Hotel zurückfahren. Mein Zimmer war verwüstet – wenn auch nicht so schlimm, dass ich es nicht wieder aufräumen konnte –, und das Diktiergerät war noch betriebsfähig, also spulte ich es zurück und hörte zu. Es war deutlich, und ... was soll ich sagen?

Ein Mord war geschehen, ein alter verwitweter Bauer. Ich las es nachmittags in der Zeitung.« Seine vorher so lineare Erzählung geriet immer mehr ins Stocken. »Ich verließ das Hotel, nahm den Rover und fuhr wieder in die Berge, aber ich konnte sie nicht finden ... Ich suchte zwei Wochen lang. Gott, ich hätte mir nie träumen lassen, dass ein Bakterium *zwölf* Jahre lang in einem derart getrockneten Zustand überleben könnte. Schließlich kam ich zurück in die Staaten, ließ den Rover irgendwo stehen und schlich mich nachts in meine Wohnung, um dort einige Kleider und meinen Wagen zu holen. Ähm«, er atmete tief durch, »mal sehen, was geschah als Nächstes? Mir wurde bewusst, dass etwas mit mir ganz und gar nicht in Ordnung war, und ich konnte mich halb an diese schreckliche Nacht und die Dinge, die ich getan hatte, erinnern. Ich hatte diesen alten Mann getötet.«

Arcari, der Rechtsanwalt, wand sich noch unbehaglicher auf seinem Stuhl und zischte: »Gerald! Sie können doch nicht ...«

»Daniel, sie haben ein *Recht* darauf!«

»Sie liefern ihnen belastende ...«

»Glauben Sie etwa, dass es mir *jetzt* noch etwas ausmacht, was mit mir geschieht, nach allem, was ich bereits zugegeben habe?«

Darrow sah so aus, als wolle er gleich die ganze Veranstaltung beenden, was für Corbett und die anderen an diesem Punkt völlig undenkbar gewesen wäre. Arcari schüttelte resigniert den Kopf, winkte ab und schrie fast: »Machen Sie nur, reden Sie! Ich versuche hier, meine Arbeit zu machen, und der Mann redet sich um Kopf und Kragen! Reden Sie nur!«

»Das habe ich auch vor!«, erwiderte Cummings. »Ich hatte Freunde in San Francisco, Herb und Lucille Godfrey, auf deren Hilfe ich vertraute, aber sie rieten mir bloß, einen Psychiater aufzusuchen, was wohl auch die meisten von Ihnen mir raten würden, trotz allem, was ... was bereits geschehen ist. Jedenfalls entschloss ich mich, den nächsten Vollmond abzuwarten, um sicherzustellen, dass es nicht einfach nur ein Traum gewesen war, den die ungewöhnlichen Umstände jener Nacht ausgelöst hatten. Ich überzeugte die beiden davon, mich in der Nacht des 23. Aprils in ihren Keller zu sperren. Dabei handelte es sich um einen soliden Betonkeller, und ich war mir sicher, dass er alles aushalten würde, doch ich hatte noch nicht begriffen, wie mächtig ... Die Krankheit verleiht mir eine unglaubliche Stärke. Ich ...« Er räusperte sich. »Ich brach aus und tötete sie beide.«

»Sergeant, ich kann nicht gestatten, dass das so weitergeht!«, rief Arcari. »Gerald hat gerade drei Morde gestanden, mit denen man ihn nicht einmal in Verbindung gebracht hat!«

»Was zählt das jetzt noch, Paul?«, fragte Cummings. »Fünfzehn oder achtzehn, wo ist da der Unterschied? Ist es nach einer gewissen Zahl nicht gleichgültig? Nach der heutigen

Nacht wird man mich entweder für vollkommen unzurechnungsfähig erklären oder sofort zum Tode verurteilen.«

»Er hat allerdings recht, wissen Sie«, sagte der Reporter von *NBC*. »Sie legen sich selbst die Schlinge um den Hals.«

Darrow hob die Hände. »Vielleicht wäre es das Beste, hier zu schließen, bis die rechtlichen Formalitäten abgewickelt sind.«

Von seinem Thron in der ersten Reihe aus war es Gouverneur Druitt ein Leichtes, die Aufmerksamkeit des Polizisten auf sich zu ziehen. »Sergeant«, sagte er leise mit ruhiger, aber machtvoller Autorität, »wir erlauben, dass das Interview wie geplant fortgeführt wird. Niemand wird Sie oder Mr Arcari zur Verantwortung ziehen.«

»Wie Sie wollen, Sir«, antwortete Darrow und zuckte die Achseln. »Fahren Sie fort, Mr Cummings.«

»Die Polizei von San Francisco hat ihre Leichen zwar gefunden, aber soweit ich weiß, suchen sie den Mörder im Drogenmilieu. Herb und Lucille hatten … nun ja, sie hatten Kontakte zu dieser Branche.« Der Mann versuchte unbeholfen, den Schweiß von seiner Stirn zu wischen, und Malory kam mit einem Taschentuch hinzu und half ihm.

»Warum haben Sie sich nicht der Polizei gestellt, nachdem Ihnen klar geworden war, was Sie getan hatten?«, fragte Clyde Tullamore von *Cable News Network*.

»Ich weiß nicht … ich bin auch nur ein Mensch, und ich hatte Angst. So wäre es wohl jedem von Ihnen in dieser Lage ergangen. Ich habe sogar die Polizei von San Francisco angerufen, doch ich war ziemlich betrunken, weshalb sie mich vermutlich für einen Spinner hielten. Ich dachte über Selbstmord nach, wie es laut Ugalde die meisten anderen Opfer dieser Seuche getan hatten, aber mir war klar, dass dieser Zustand beobachtet und untersucht werden muss … Ich entschloss mich, die Gegend zu verlassen, bevor man einen Zusammenhang mit den Morden an den Godfreys herstellen würde. Ich fuhr mehr oder weniger ziellos durchs Land. An den Mai und den Juni kann ich mich kaum mehr erinnern, und ich glaube nicht, dass ich da während meiner Anfälle jemanden getötet habe, kann mir aber nicht völlig sicher sein. Nach dem, was passiert war, hatte ich Angst davor, andere Freunde aufzusuchen, und im Juli mietete ich mir von meinem restlichen Geld eine kleine Wohnung außerhalb von Lynnview.

Im Verlauf der Monate schienen die Anfälle immer stärker zu werden. Alle psychologischen Hemmungen schwanden nach und nach, und ich konnte mich sogar an immer mehr Einzelheiten nach den Verwandlungen erinnern. Von den Gretlers und den Mitchells weiß ich ... noch alles, fast bis ins kleinste Detail.«

Erinnert er sich an mich?, fragte sich Meg Talley. *Sind meine Schreie gefangen in diesem wahnsinnigen Hirn, und wird er versuchen, seine Arbeit zu Ende zu führen?*

»Nach diesen Morden rannte ich fort, ohne Plan, ohne einen logischen Gedanken im Kopf. In der Zeit zwischen den Vollmondnächten hielt ich mich im Tal auf, und zu diesem Zeitpunkt lebte ich fast wie ein Tier. Im September glaubte ich, einen Sieg errungen zu haben. Ich fuhr nach Norden und befand mich in der Nacht der Verwandlung auf einer Landstraße weitab jeder Siedlung. Ich bin mir ganz sicher, dass ich damals niemanden tötete, außer ...« Er lachte kurz auf. »Außer man möchte eine ausgewachsene Kuh mitzählen, die ich aus irgendeinem Grund geschlachtet und auf meiner Motorhaube drapiert hatte.

Und so schöpfte ich Hoffnung, wenn auch nur schwache. In Montana konnte ich nicht mehr die Straße verlassen, bevor die Umwandlung begann, und als ich die Raststätte angriff, verlor ich meinen Wagen und was mir sonst noch geblieben war. Ich brach in eine kirchliche Sammelstelle ein, um Kleider zu stehlen, und sprang auf Güterzüge auf, um mich fortzubewegen. Ich stahl ein wenig, arbeitete ein wenig und schlug mich so durch. Als Nächstes kamen diese Penner in der Nähe von Charleston – ich glaube, dass sie vorhatten, mich auszurauben, kann mich aber nicht genau erinnern, weil ich gerade erst aus einem Zug geworfen worden war und mir ziemlich hart den Kopf gestoßen hatte. In Kansas City erwischte mich dann Ihre stets wachsame Polizei.

Und hier bin ich nun, bewacht und in Ketten gelegt, bezeichnet als psychopathischer Massenmörder, der sich einbildet, einer übernatürlichen Metamorphose unterworfen zu sein.«

»Und heute ist die Nacht der Nächte«, sagte Blake einigermaßen verstört.

»Ja. In wenigen Stunden werden Sie alle die Ehre haben, in den Käfig zu blicken, in den man mich sperren wird, und zu sehen, wie ein Albtraum Wirklichkeit wird. Außer natürlich, dass ich tatsächlich völlig wahnsinnig bin.«

»Puh«, flüsterte jemand hinter Doug und atmete nach langer Zeit aus.

Darrow warf einen Blick auf die Uhr. »Gibt es sonst noch Fragen?«

Ein Dutzend Stimmen antwortete ihm, doch wieder einmal siegten Max Coslos kräftige Lungen. »Was gedenken Sie hinsichtlich Ihrer Gerichtsverhandlung zu tun, Cummings?«

Der Mann zuckte die Achseln. »Wenn man mich für verhandlungsfähig erachtet, wird mir wahrscheinlich ein Antrag auf Unzurechnungsfähigkeit am besten helfen. Und wenn ich kein Werwolf bin, ist das die einzig logische Vorgehensweise.«

Coslo schnaubte verächtlich.

»Mr Cummings, wie stehen Sie zur Todesstrafe, und glauben Sie, dass sie in Ihrem Fall zur Anwendung kommen sollte?«, fragte eine Frau von der *BBC*.

Daniel Arcari fluchte leise vor sich hin.

»Um ganz ehrlich zu sein«, antwortete Cummings, »ist mir das ziemlich gleichgültig, da ich zu der Ansicht gelangt bin, dass ich nicht sterben kann.«

Wieder wurde der Raum von ungläubigem Gelächter und Überraschung erfüllt.

»Mir ist bewusst, dass sich das melodramatisch, lächerlich und wie der fadenscheinige Versuch anhört, die Theorie meiner angeblichen Geisteskrankheit zu untermauern, aber was mich betrifft, so ist es die Wahrheit. Um auf die Bakterientheorie als Erklärung für meinen Zustand zurückzukommen – ich glaube, dass sich diese erstaunliche mikrobiologische Lebensform in meinem System ausgebreitet und dauerhaft verwurzelt hat. Nun, da ich ihre Existenz akzeptiert habe, ist es kein großer Schritt mehr hin zu der Annahme, dass das Bakterium selbst zwar keine wirkliche Intelligenz besitzt, jedoch auf meine mentalen Vorgänge reagiert und sich meinen früheren Vorurteilen anpasst. Es weiß, wie ein körperlich gesunder Mensch auf diverse Reize zu reagieren hat, und mit der Fähigkeit, die Gesundheit des Krankheitsträgers zu schützen, hat es meinen biologischen Fingerabdruck kopiert und erhält mich in einem feststehenden Zustand völliger Gesundheit.«

»Völliger Gesundheit«, wiederholte Coslo.

»Ganz genau. Ich weiß sicher, dass meine Abwehrkräfte gegenüber gewöhnlichen Krankheiten um ein Vielfaches größer sind als zuvor. Wenn ich mich nun verletze, geht der Heilungsprozess schneller und wirksamer voran. Wenn man mich also hinrichtet, weiß ich nicht, ob mein symbiotisches zweites Leben mir zu sterben *gestatten* würde, solange das Führungsorgan – das Gehirn – und der Motor – das Herz – noch funktionstüchtig sind. Vielleicht kann man mich ertränken oder in die Luft sprengen, so wie die Selbstmorde der Indianer die Lage lösten, doch da die Infektion mit der Zeit immer stärker wird und jede Zelle meines Körpers durchdringt, muss ich bezweifeln, dass ich je altern oder sterben werde.«

»Großer Gott, was für eine Geschichte, wenn das alles stimmt«, flüsterte jemand.

»Das alles hört sich mehr nach einem Segen als nach einem Fluch an«, kommentierte der Mann von *Reuters*. »Sind diese körperlichen Vorteile es nicht wert, dass man einen Preis dafür bezahlt?«

»Oh«, stöhnte Cummings. »Warum sind wir hier in diesem Gebäude? Warum bin ich in all dieses Metall gepackt und von bewaffneten Männern umgeben? Wegen einer vorgefassten Meinung, die ich habe, oder, was wahrscheinlicher ist, wegen einer physischen Auswirkung der Krankheit, überkommt mich einmal im Monat eine rasende Wut, die mich völlig überwältigt, den Wuchs meiner Körperbehaarung beschleunigt und diese jämmerlichen Fingernägel durch harte Krallen ersetzt...«

»Sie wollen uns also damit sagen, dass Sie sich wirklich *körperlich* in ein Tier verwandeln«, unterbrach Coslo ihn spöttisch.

»Nein, das will ich nicht! Ich persönlich bezweifle, dass jemals irgendwer eine vollständige Umwandlung vom Mensch zum Tier durchgemacht hat. Doch diese Krankheit verursacht regelmäßig eine umfassende Veränderung meiner Struktur. Sie – sie verleiht mir außergewöhnliche Kraft und Wildheit, die erst nach dem Anfall abebbt. Sie erfüllt mich mit dem brennenden Verlangen, Menschen anzugreifen und in Stücke zu reißen! Sie verstärkt meine natürlichen negativen Gefühle, sodass sie nicht mehr zu kontrollieren sind, und stattet mich mit Unverwundbarkeit aus, indem sie die Zellerneuerung auf fantastische Weise beschleunigt! Man hat mehrere Male auf mich geschossen, ich kann mich gut daran erinnern, einmal sogar mit einer *Schrotflinte!* Und die Heilung dauerte nur Sekunden – Bruchteile von Sekunden!«

»Das kann ich nur bestätigen«, sagte Meg, der immer unbehaglicher zumute wurde. Was, wenn er sich bereits neunzig Minuten vor dem angekündigten Zeitpunkt einer Metamorphose unterziehen konnte?

»Ich weiß, dass Sie mir nicht glauben, und von vernünftigen Erwachsenen kann man das auch nicht erwarten, aber ... sehen Sie sich das an!« Er sperrte den Mund weit auf und zog die Lippen vom Zahnfleisch zurück. »Vor mehreren Jahren wurden mir zwei Weisheitszähne und ein Backenzahn entfernt. Sie können das in den Unterlagen beim Zahnarzt nachprüfen. Und in der ersten Nacht im März wurde ich mit neuen und kraftvolleren Zähnen ausgestattet, sehen Sie?« Für die Betrachter war es schwer, etwas außer der Tatsache zu erkennen, dass die oberen wie unteren Schneidezähne fehlten, was vier deutliche Löcher im Gebiss hinterließ. Er fuhr mit der Zunge über diese Löcher. »Diese ... Schneidezähne werden bei der Verwandlung durch richtige Reißzähne ersetzt, die ich dann bei Tagesanbruch wieder verliere. Zweifelsohne eine Art der Tarnung.«

»Wie erinnern Sie sich an diese Vorgänge?«, fragte Loraine.

»So wie man sich etwa an Träume erinnert. Manchmal ohne Zusammenhang und albtraumhaft, ein andermal so klar wie logische Gedanken. Jede Erinnerung ist von reinem Zorn gefärbt, und für gewöhnlich kann ich mich an den fesselndsten Moment des Anfalls – den Mord an einem oder mehreren Menschen – ziemlich deutlich erinnern. Meine ersten Erfahrungen im März, April und Mai waren nicht viel mehr als bruchstückhafte Eindrücke, so wie ein kubistisches Gemälde, aber seitdem werden die Dinge immer klarer, wenn auch meine Selbstbeherrschung keinerlei Kontrolle über meine Handlungen hat, soweit ich behaupten kann.« Er rutschte unbehaglich auf dem harten Stuhl herum.

»Meine Damen und Herren, ich muss Sie darum bitten, sich mit weiteren Fragen zu beeilen. Wir müssen den Gefangenen zurück in seine Zelle bringen«, wies Sergeant Darrow die Journalisten an.

»Ist es Ihnen möglich, andere mit dieser Krankheit anzustecken?«, fragte eine Frau mit französischem Akzent rasch.

»Ich bezweifle es nicht. Das ist das Schlimmste daran. Traditionell wird das Bakterium durch Bisse übertragen. Aber wenn Sie mir dieses Wort gestatten, hatte ich das *Glück,* alle meine Opfer getötet zu haben, weshalb ich niemanden anstecken konnte. Man hat mir gesagt, dass es zwei unverletzte Zeugen gibt, doch ob sie die Wahrheit sagen oder nicht, ist ...«

Mehrere laute Stimmen unterbrachen seine Erläuterung, und die lauteste und beharrlichste war die von Douglas Morgan. »Cummings, was ist, wenn heute Nacht nichts geschieht? Was, wenn man Ihnen den filmischen Beweis dafür zeigt, dass Sie einer Täuschung erlegen sind?« Er stellte diese Frage im Namen der nüchternen Logik, falls auch dies eine Niederlage werden sollte.

»Wenn ich letzten März dem Wahnsinn anheimgefallen bin, wollen Sie damit sagen?« Cummings lächelte gönnerhaft. »Dann hoffe ich, dass man mich für den Rest meines Lebens wegsperrt, sodass ich niemanden mehr verletzen kann.«

»Und *wenn* alles stimmt?« Diese Frage stellte Morgan für sich selbst.

Der angekettete Mann erwog still diese Frage. »Vielleicht gibt es eine Heilung, oder besser noch, einen Weg, sich diesen unglaublichen Zustand nutzbar zu machen. Großer Gott, das hoffe ich. Ich könnte die Entwicklung der Menschheit um einen gewaltigen Sprung voranbringen oder sie zunichte machen. Und wenn keine Heilung möglich sein sollte, dann müssen die Verantwortlichen sich darüber Gedanken machen, wie man mich auf ewig einsperren – oder hinrichten kann, ob man mir nun einen Pflock durchs Herz jagt, mich verbrennt, zerstückelt oder sonst was tut.«

»Das ist alles«, verkündete Darrow und löste sofort Rufe des Unmuts aus, die er mit Handbewegungen zu beruhigen suchte. »Mr Cummings wird bis ungefähr Viertel vor zwölf in sein Zimmer verbracht und unter Beobachtung durch die Ärzte gestellt, die für diesen Fall zuständig sind. Dann wird man ihn in Beobachtungsraum 3 bringen. Bis dahin steht es Ihnen frei, das Institut unter Aufsicht Ihrer Führung zu besichtigen. Vielen Dank.«

Morgan sah in gespanntem Schweigen zu, wie die Polizisten Cummings, der wegen der Ketten an seinen Füßen nur schlurfen konnte, aus dem Raum brachten. *Bin ich überzeugt?*, fragte Doug sich. Zum Teufel, er war fast so weit, nach Kreuz und Silberkugeln zu greifen, obwohl das Abtasten an der Tür natürlich sichergestellt hatte, dass niemand derartigen Werwolfsplunder hereingeschmuggelt hatte. Selbst wenn ein undenkbarer Zufall es so wollte, dass Cummings sich um Mitternacht nicht in einen wütenden Tiermenschen verwandelte, so war er doch ein geistiger Werwolf. Zumindest einer, der achtzehn Menschen oder mehr abgeschlachtet hatte.

»Wow«, zischte Loraine, nachdem die Gruppe den Hörsaal verlassen hatte, »er ist vielleicht nicht das, was er zu sein vorgibt, aber eines kann ich dir sagen, Doug, er hat mir eine Scheißangst eingejagt.«

Morgan versuchte zufrieden zu lächeln. Ferguson lachte und nahm eine weitere Filmrolle aus seiner Umhängetasche.

2. Das Feuer der Seele

Dorothy Taylor war erschöpft und aufgebracht, und die sterile Kälte der großen dunklen Cafeteria diente nicht gerade dazu, dieses Gefühl zu mildern. Der Raum war bevölkert von mindestens vierzig Reportern aus dem ganzen Land und der restlichen Welt. Sie sprachen leise miteinander und warteten Mitternacht ab, wenn sie diesen Mörder, dessen Namen sie vergessen hatte, wieder interviewen konnten. Dorothy war sich bewusst, dass sie auf einen vorhersehbaren Rückschlag überreagierte, doch sie hatte sich nach den ersten Treffen mit den Psychiatern derartig große Hoffnungen gemacht, nur um Walter so schwierig wie selten zuvor zu erleben. Also war es wohl nur natürlich, dass sie so hart auf dem Boden der Realität aufprallte.

Ja, sie hatten gesagt, dass es sich bei ihm um einen der ungewöhnlichsten Fälle handelte, mit denen sie je zu tun gehabt hätten, aber sie hatten ihr versichert, dass eine Behandlung möglich sei. Doch den ganzen Tag über hatte Walter sich unmöglich benommen – während aller Untersuchungen, Gespräche und Beobachtungen hatte er sich wie ein mittelalterlicher Krieger gebärdet. Er hatte theatralisch gebrüllt, in der Sprache der drittklassigen Autoren geredet, die ihm die Hintergründe für seine merkwürdige Krankheit geliefert hatten, und hinter der soliden Wirklichkeit, die sie und alle anderen normalen Menschen als Manifestation der realen Welt betrachteten, Szenen und Kreaturen gesehen, die nur in den vernebelten Höhlen seines Verstandes existierten. Er schien sehr nervös zu sein, als würde er sich auf etwas vorbereiten.

Und nun weigerte er sich auch noch, zu Bett zu gehen und sich für die nächste Testreihe auszuruhen, die für morgen veranschlagt war. Normalerweise liebte er es, in sein fantastisches Traumland zu entkommen, doch heute Nacht war das anders. Dorothy konnte seine Anspannung spüren.

»Ein Mahl, das den Königen der sieben Throne von Algrinth angemessen gewesen wäre«, sagte der riesige Mann, der ihr gegenübersaß.

Dorothy schloss müde und verzweifelt die Augen. Was konnte das nur in einem Jungen ausgelöst haben, der im Alter von zehn Jahren bereits eine Intelligenz an den Tag gelegt hatte, die ihn als Genie auszeichnete? Wie hatten die Gespenster aus den Geschichten von Fantasy-Schreibern in seine Seele dringen und sein Leben in eine Groteske verwandeln können? »Bist du satt geworden, Walter?«, fragte sie. Er hatte mehr als ein Dutzend belegter Brote verzehrt und ebenso viele Gläser Milch getrunken, und sie hoffte, dass das Essen ihn schläfrig machen würde. Nichts anderes konnte das nun bei ihm bewirken.

»Satt?«, wiederholte er mit seinem tiefen Bass. »Mein Leib ist angefüllt mit Speise, und ich habe den Dämon des Hungers aus meinem Fleisch verjagt und mich für den tödlichen Kampf gestärkt. Ja, es war genug, doch nun muss ich auch meinen Geist für die kommende Begegnung stählen.«

»Pst!«, zischte Dorothy, als sie sah, wie die Köpfe mehrerer Journalisten sich zu ihnen umwandten und sie anstarrten. Irgendjemand starrte immer ihren Bruder an, wenn schon nicht wegen seiner Reden und Taten, dann wegen seiner ungeheuerlichen Größe.

Obwohl er erst sechzehn Jahre alt war, hatte Walter bereits die zwei Meter überschritten, was hieß, dass es neben den geistigen Problemen in seinem Fall auch noch einige rein körperlicher Natur gab. Doch er war keiner dieser langgliedrigen, schwächlichen und zerbrechlichen Riesen, die üblicherweise unter pathologischem Wuchs litten. Die ziemlich überraschten Ärzte hatten Dorothy versichert, dass die Gesundheit ihres Bruders erstaunlich gut sei und er nicht einmal, wie sonst fast immer bei derart raschem Wachstum, an Kalziummangel litt. Dorothy hatte ihn Kraftakte vollbringen sehen, die sie davon überzeugt hatten, dass er zu den stärksten Menschen zählte, die je gelebt hatten. Wäre er nach den Standards der Gesellschaft geistig gesund gewesen, hätte man ihn fast für das erste Exemplar einer neuen Rasse halten können.

»Bist du jetzt müde, Walter?«, fragte Dorothy hoffnungsvoll. »Du kannst dich jederzeit hinlegen, wenn du möchtest.« Was für eine Umkehrung der Verhältnisse! Sonst unternahm sie alles in ihrer Macht Stehende, um ihn *wach* zu halten!

Er lachte, wenn auch eher nachdenklich als fröhlich. »Ja, gerne würde ich bei meinem Volk bleiben und bei meinen Gefährten ruhen, doch heute Nacht muss ich um meinen Platz in den Reihen der Unsterblichen kämpfen. Mein Körper schreit nach dem grausigen Schrecken, der mich herausgefordert hat! Ich bin hier, er ist hier, und doch hüllt er sich in tiefe Schatten, um mich in die Schlacht zu locken.« Walter sprang auf, wobei er fast den großen Tisch umwarf, und Dorothy eilte an seine Seite. »Bringt ihn mir, denn die Macht von Bärenarm wartet auf den Kampf!«

»Walter, Walter, bitte! Du machst hier – Walter, setz' dich hin!«, beschwor sie ihn und fühlte sich hilflos, was ihr erst wenige Male passiert war, seit sie ihren Bruder aus der Irrenanstalt geholt hatte. Er zitterte vor Wut. Sie hatte ihn glücklich, verärgert und verwirrt gesehen, doch nie zuvor in einem solchen Zustand. »Ich muss sonst die Ärzte rufen!«, sagte sie.

»Wie könnten die mir schon beistehen? Wie kann ich ruhen, wenn die Schicksalsgöttinnen das Verderben in unsere Mitte senden?«

Er war auf alles, was kommen mochte, vorbereitet. Sein Körper befand sich in der Gegenwart, sein Geist in der Vergangenheit. Walter Taylor war ein zweigeteilter Mensch.

»Heiliger Zwickel, seht euch diesen Riesen an!«, flüsterte Brad Ferguson, als sie ins Café kamen. »Der muss noch mehr wiegen als ich!«

»Er ist groß genug, um Karriere als Basketballspieler zu machen«, sagte Corbett.

»Er ist groß genug, um Karriere als Berg zu machen«, fügte Grundel hinzu.

»Ich glaube, er ist ein Patient«, sagte Loraine Powell mit Unbehagen. »Er sieht gewalttätig aus.«

Mehrere stämmige Männer in hellgrauen Uniformen betraten den Raum und versammelten sich professionell um den großen Mann, doch der Riese zuckte nur die Achseln und stieß sie von sich weg. Brad stand auf und fotografierte die Szene, während die meisten anderen in der Cafeteria ihre Stühle von den Tischen wegrückten, für den Fall, dass sie schnell fortlaufen mussten. Doch alle diese Vorbereitungen erwiesen sich als unnötig, denn der jungen Frau gelang es schließlich, den großen Mann genug zu beruhigen, um ihn langsam aus dem Raum zu führen. Das ganze Café schien sich zu entspannen.

»Puh, ich frage mich nur, was er hatte?«, fragte Meg, nachdem auch die Uniformierten im Gang verschwunden waren.

Nick Grundel kicherte. »Er lebt halt unter Zwergen.«

Morgan nickte. »Er hat sich seltsam verhalten, stimmt, aber habt ihr sein Gesicht gesehen? Er sah wie ein Junge aus.«

»Ein großer Junge«, verbesserte Loraine. »Aber gut, wann fängt die Vorstellung an?«

»In siebenunddreißig Minuten«, antwortete Doug. »Dann wird er sich verwandeln.«

»Sie sind doch ein unverbesserlicher Optimist! Wenn Mr

Psychopath Cummings tatsächlich zu denen gehört, denen nachts Reißzähne und Krallen wachsen, warum redet er dann davon, unverwundbar zu sein? In der guten alten Zeit konnte man einen Werwolf mit einem Messer, einer Pistole und manchmal sogar mit einem Stab verletzen. Früher bestimmte man einen Werwolf dadurch, dass man ihm in seiner tierischen Gestalt einen Arm oder ein Bein abhackte und dann nach einem Menschen suchte, der an gleicher Stelle frisch verletzt war.« Loraine schob ihre leere Teetasse in die Mitte des Tisches und zündete sich eine Filterzigarette an. Sie warf den anderen einen Blick zu wie eine Richterin, die die Geschworenen abweist.

»Vielleicht hat sich die Krankheit seit den Tagen des historischen Werwolfs verändert«, antwortete Morgan und benutzte damit Cummings' Rhetorik. »Das passiert oft genug bei Mikroben. Vielleicht liegt es auch daran, dass sein Hirn die von der Krankheit ausgelösten körperlichen Veränderungen steuert. Erinnern Sie sich zum Beispiel an Lon Chaney und Lorenzo Cameron, die in ihren Filmen nur durch Silber verletzt werden konnten und denen normale Kugeln nichts ausmachten?«

»Ich muss Ihnen wohl glauben, da ich kein Horrorfilmfan bin, aber verstehe ich Sie richtig, dass wir es hier mit einem mental erzeugten Monster zu tun haben? Eine Art psychosomatischer Lykanthrop?«

Es war ihr wieder gelungen, die Lage für einen Witz auszunutzen, wie Morgan mit einem Seufzer anerkennen musste, doch seine Antwort stand noch aus. »Wir haben Augenzeugen dafür, dass er aus nächster Nähe mit einer Schrotflinte beschossen wurde und sich innerhalb von Sekunden davon erholte.«

»Die Zeugenaussage eines entsetzten Mannes, der gerade sechs scheußliche Morde miterlebt hatte«, warf Ferguson ein, der Loraine weder unterstützen noch angreifen wollte. »Ich würde gerne mal sehen, wie er auf eine .44er Magnum reagiert, die an seiner Schläfe losgeht.«

»Dieses Mädchen hat vermutlich einfach danebengeschossen«, sagte Powell.

»Mit einer *Schrotflinte?*«, fragte Morgan. »Sie hätte fünfundvierzig Grad neben ihn schießen können und trotzdem noch einen Treffer gelandet!«

»Und danach hat er seinen zerfetzten Bauch wieder genäht, wie eine Hausfrau einen Strumpf stopft, nur hundertmal schneller«, sagte die Journalistin höhnisch.

»Sie sollten sich nicht über etwas lustig machen, bevor Sie wissen, ob es stimmt oder nicht«, murrte Meg Talley. Ihr war beim Gedanken an die kommende Vorstellung ganz und gar nicht wohl zumute, obwohl diese den Beweis erbringen würde, dass sie in jener Nacht im August weder betrunken gewesen war noch unter Drogen gestanden hatte.

Loraine war fast gerührt von Megs offensichtlicher Ehrlichkeit, weshalb sie die Diskussion lieber auf die Einzelheiten lenkte.

»Wie ist das mit dem Fell? Erscheint es zu Anfang der Verwandlung aus dem Nichts und verschwindet im Morgengrauen auf die gleiche Weise?«

»Wenn Sie gestatten«, sagte Grundel, bevor Doug antworten konnte. »Miss Powell, würden Sie einen Schimpansen als haariges Tier bezeichnen?«

»Natürlich«, erwiderte sie. »Warum?«

»Wussten Sie, dass ein durchschnittlicher Mann an der Anzahl gemessen mehr Haare am Körper hat als ein Schimpanse? Natürlich ist das Fell des Affen länger und dichter, aber wenn es sich wirklich um eine dramatische Veränderung von Cummings' gesamtem biologischen System handelt, wie wir annehmen, wäre es da nicht logisch, dass das Wachstum seiner natürlichen Körperbehaarung um ein Vielfaches beschleunigt wird? Und was das Verschwinden angeht, so haben wir mehr als einmal die Büschel gesehen, die er hinterlässt.«

Powell hob die Hände. »Genug! Ich gebe auf! Wie kann ich mich als Einzelkämpferin gegen euch alle behaupten? Ich muss jedoch zugeben, dass eure Geschichte sehr nett und aufgeräumt klingt.«

»Wenn Sie ihn für einen Moment beruhigen könnten, werden wir ihm ein Beruhigungsmittel verabreichen, das ihn bis morgen früh durchschlafen lässt«, sagte der Arzt, und Walter kannte das Wort, wenn es sich dabei auch nur um technischen Unsinn der Äußeren Welt handelte. Er wusste, dass sie ihn unter Drogen setzen wollten, damit er die wichtigste Nacht seines Lebens verpasste. Fast war er versucht, von diesem Angebot Gebrauch zu machen.

Ola, Eldreda, Ulrica, Gerda und seine Freunde Konrad und Lambert riefen ihn noch immer auf die Andere Seite, wo er endlich seinen wohlverdienten Lohn erhalten sollte: ein Leben der Behaglichkeit und des edlen Wettstreits. Doch Walter (was im Teutonischen ›mächtiger Krieger‹ bedeutete) war nicht der, für den sie ihn hielten. Er konnte diese Herausforderung nicht ausschlagen.

»Ich glaube, es wird jetzt gehen«, sagte das Mädchen, »aber es ist vielleicht am besten, wenn Sie ihm die Spritze geben. Bist du jetzt müde, Walter? Du kannst zu Bett gehen, wenn du möchtest. Es gibt jetzt keine Tests mehr, und es ist fast Mitternacht.«

Der flehentliche Ton ihrer Stimme berührte ihn tief im Innern. »Nein, meine Kleine, kein Schlaf und keine Drogen. Du brauchst mich. Die Welt braucht mein Schwert und meinen rechten Arm.«

»Ich rufe die Pfleger zurück«, sagte der Doktor.

»Warten Sie, Doktor, bitte«, sagte das Mädchen. »Walter, du weißt, was passiert, wenn diese Männer zurückkommen: Sie werden dich fesseln und zum Schlafen zwingen. Warum also lässt du dir die Spritze nicht freiwillig geben? Tu's für mich, ja?«

Für sie. Ihre Rede war erfüllt vom Atem der Göttin Ironie, denn sie wusste nicht, wie bald schon er der einzige Schutz für ihr Leben sein würde – heute Nacht noch, in diesem Reich des

Wahnsinns. Er wusste, dass sie auf niemanden sonst zählen konnte.

Doch in ihren Worten lag auch Wahrheit. Wenn es genug dieser Narren gab, um ihn zu überwältigen und ihn irgendwo anzubinden, dann müsste er sich aus diesen Fesseln befreien, doch würde das Zeit und Kraft verlangen, die er besser für die Schlacht aufhob. Die Droge? Die war ein heimtückischer Feind, die ihn von innen heraus bekämpfte, doch selbst das konnte er bewältigen, und der Krieg würde schneller entschieden sein, wenn er ohne Fesseln war.

»Ja, Mädchen, ich gestatte es«, sagte er sanft und wurde entlohnt von dem wieder aufflammenden Licht ihrer Augen. Innerhalb einer Minute ließ der Arzt die stählerne Nadel in seinen gewaltigen Unterarm gleiten, und das Gift breitete sich in seinem Körper aus.

»Nun kannst du ruhen und deine Probleme vergessen«, sagte sie ihm, als er auf dem übergroßen Bett lag.

Fast hätte er ihr offenbart, welcher Schrecken und welches Ausmaß an Tod die kommenden Stunden bringen würden, welches Böse sie und ihr Volk überwältigen würde, wenn er nicht da wäre, um sich dem Angriff entgegenzustellen, doch er ersparte ihr dieses Wissen. Sie würde es bald genug mit eigenen Augen sehen.

»Walter, es ist gut, dass du zu uns zurückkehrst«, sagte Konrad am Rand der Finsternis, die Walter umschlang.

»Doch nur für kurze Zeit, mein Bruder«, entgegnete er, »denn bald muss ich den Sendboten der Götter des Bösen bekämpfen.«

So komme nur, du schändliche Kreatur aus den roten Kratern und stinkenden Schluchten der Hölle! Walter Bärenarm und sein unbesiegtes Schwert sind bereit!

Die ganze Zeit über spielten sie Musik, dachte der Mann, wie in den Gängen eines modernen Krankenhauses oder in der telefonischen Warteschleife einer großen Firma. Die Musik war gedämpft und, wenn man so wollte, therapeutisch, und sie passte sich perfekt der erhabenen Atmosphäre des Ortes an. Man hörte sie in den Hallen und Hörsälen – vermutlich sogar in den Labors, wenn die Forscher es wünschten –, und an der Wand jeden Raumes befand sich ein Knopf, um die Lautstärke einzustellen. Er mochte Musik.

Die Wächter schienen sehr nervös, und die Pfleger umschwärmten ihn wie weiß gekleidete Elfen, die mit reinem Herzen dem Weihnachtsmann zur Hand gehen. Das konnte nur eines bedeuten: Mitternacht war nahe.

Gleich würde man ihn in die Beobachtungskammer bringen, die seines Rufes wegen eher einem Bunker aus dem Zweiten Weltkrieg glich. Ja, sie nahmen seine Geschichte ernst, selbst wenn sie nicht zugaben, an Monstren zu glauben. Doch alle Beweise zeigten, dass er fast zwanzig Menschenleben ohne Hilfe einer Waffe ausgelöscht hatte. Die wirklich Wahnsinnigen jagten selbst den abgebrühtesten Verbrechern Angst ein, und ihn hielt man auf jeden Fall für eine der wahnsinnigsten Gestalten, die je in einer dunklen Straße gelauert hatten.

Während man ihn vorsichtig vom Bett zu einer Apparatur aus Schaumstoff und Stahl führte, entzog der Mann sich dem geschäftigen Geplapper und konzentrierte sich auf eine wunderschöne Frauenstimme, die aus einem Lautsprecher oben in der Wand kam. Linda Ronstadt. Ein sanftes, trauriges Lied von 1970, ›Long, Long Time‹. Er lächelte vor sich hin.

Liebeslieder, um dabei zu sterben.

Jedes Mitglied der Gruppe begann, individuelle Symptome von Nervosität zu zeigen, als sie von der Cafeteria zum Beobachtungsraum gingen. Die junge Fremdenführerin von vorhin, Audrey Tucker, brachte die vier und einige weitere Personen in den Beobachtungsraum, wobei sie weiterhin ihr poliertes Geschwätz von sich gab. Sie wies auf Labors hin, wo vor Kurzem erst historische medizinische Entdeckungen gemacht worden waren, und sie zählte die verschiedenen Arten auf, durch die das

Institut die Steuergelder zurückbezahlte. Der Anblick erinnerte Corbett an einen Beamten der NASA, der um eine vergleichsweise geringe Summe bettelt, um die größte Forschungsmission der Menschheit fortsetzen zu können.

Brad Ferguson riss hinter vorgehaltener Hand obszöne Witze, und Loraine Powell hatte sich eine Aura gleichgültiger Überlegenheit bewahrt, doch sie alle waren erpicht darauf, die Erregung zu verbergen, die von ihnen ebenso wie von den anderen Journalisten Besitz ergriffen hatte.

Morgan hatte in der Cafeteria fünf oder sechs Tassen Kaffee getrunken, um seine Konzentration zu schärfen, was eine völlig sinnlose Übung gewesen war. Er sagte sich, es liege an dem vielen Koffein, dass seine Hände nun leicht zitterten, doch er wusste genau, dass seine Nervosität damit nichts zu tun hatte.

»Hier werden sich die Vertreter der Presse während der Untersuchung des Patienten aufhalten«, sagte Audrey, als sie die Gruppe in einen großen halbrunden Raum führte, der neben der Beobachtungskammer lag, in der Cummings sich während seiner mitternächtlichen Prüfung aufhalten würde.

Der Beobachtungsraum erstreckte sich vom Eingang zu einer Glaswand, die ihn vom Nebenzimmer trennte. In mehreren Reihen weich gepolsterter Sessel konnten gut dreihundert Menschen Platz nehmen. Von jeder Stelle aus hatte man guten Einblick in die Beobachtungskammer, und die Zeugen, die gerade eintraten, konnten dort schon eine größere Anzahl weiß gekleideter Männer und Frauen sehen, die anscheinend Vorbereitungen für die Ankunft ihres berühmten Patienten trafen.

»Bitte nehmen Sie Platz«, wies Audrey sie an. »Alle Gespräche, die im Nebenraum stattfinden, werden dank der hochempfindlichen Empfänger in der Beobachtungskammer, die mit den Lautsprechern hier verbunden sind, klar zu verstehen sein. Ich befinde mich im hinteren Teil des Raumes für den Fall, dass Sie noch etwas benötigen.« Dann bewegte sie sich in Richtung der beiden Ausgänge, durch die immer weitere aufgeregte Reporter in den Raum strömten.

Meg holte tief Luft, hielt einen Moment lang den Atem an und ließ dann einen Seufzer entweichen, den ihre Freunde auf beiden Seiten hören konnten.

»Die Nerven sind ziemlich angespannt, wie?«, meinte Nick.

Sie nickte. »Mein Magen fühlt sich an, als würde das gesamte Gebäude gerade von der Erde verschluckt werden.«

»So fühle ich mich jedes Mal, wenn ich mir ein Endspiel anschaue.«

»Ja, oder einen Kampf der Schwergewichtsklasse«, fügte Blake hinzu, der dankbar die Gelegenheit ergriff, von seiner angeborenen Feigheit abzulenken. »Selbst wenn ich es mir nur im Fernsehen anschaue, bin ich vermutlich nervöser als die Boxer selbst.«

»Ich glaube, das hier ist doch etwas anderes«, versicherte Meg ihnen. »Ich kann nur hoffen, dass sie ihn fest in einem soliden Käfig angebunden haben, wenn Mitternacht ist.«

»Darüber sollten Sie sich keine Gedanken machen«, sagte Brad. »Sie haben beim Interview ja seine Ketten gesehen, und da war er noch in seiner normalen Phase. Glauben Sie nicht, dass so viel Stahl ihn halten kann?«

»Nein«, entgegnete sie schlicht.

»Nein?«, wiederholte Loraine, die zugehört hatte. »Meine Liebe, selbst wenn man Ihrer Vermutung glaubt, dass er sich durch seine Krankheit verwandelt, haben wir es doch immer noch mit einem menschlichen Wesen zu tun. So stark kann kein Mensch sein!«

»Ich befand mich in einem Auto, das er wie einen Karton umwarf«, antwortete Meg.

»Das soll also heißen ...«

Bevor Powell zu Ende reden konnte, ging eine Welle aufgeregter Unterhaltung durch die Menge, und alle Augen richteten sich auf das durchsichtige, dicke und angeblich unzerbrechliche Glasfenster, das die obere Hälfte der Wand vor ihnen in Anspruch nahm. Eine Tür in dem steril wirkenden Raum dahinter öffnete sich, und eine Gruppe blau und weiß

Uniformierter marschierte hinein. Mit ihren Körpern schirmten sie eine große Konstruktion auf Rädern ab. Es war kein Geheimnis, wer sich in diesem sonderbaren Gefährt befand.

»Ein Bett!«, rief Meg ungewollt laut. »Sie haben ihn an ein Bett gebunden!«

Grundel erhob sich, ignorierte die empörten Rufe hinter ihm und spähte so gut er konnte über die Köpfe der Wächter hinweg, als diese sich gerade der Mitte der Beobachtungskammer näherten. »Ein ziemlich infernalisches Bett, Süße«, sagte er. Und als die Polizisten und Pfleger sich ein wenig davon entfernten, konnten auch die anderen sehen, was er meinte.

Es war insofern ein Bett, als dass es eine große Matratze hatte, die auf beräderten Beinen lag, doch der Rahmen war aus dickem, glänzendem Metall gefertigt und durch diagonale Streben zwischen den Beinen verstärkt. An den Seiten des Bettes waren schwere Gurte aus schwarzem Leder befestigt. Diese Riemen waren um Arme, Beine, Brust und Stirn von Gerald Cummings gebunden. Es erweckte den Eindruck, dass kein Mensch, nicht einmal mit der Kraft des Wahnsinns, sich aus diesem Gefängnis auf Rädern befreien könnte.

»Das wird ihn nicht halten können«, flüsterte Meg atemlos. »Oh Gott, sie hätten ihn in einen Käfig sperren müssen.«

Wenn jemand sie gehört hatte, dann schenkte man ihr keine Beachtung, denn die Aufmerksamkeit aller einhundertdreiundsechzig Menschen im Raum war auf den Mann auf dem Bett und die Ärzte und Schwestern in seiner Umgebung gerichtet.

Niemand, nicht einmal die vier jungen Fremdenführerinnen im hinteren Teil des Raumes, bemerkten, wie ein lässig gekleideter junger Mann namens William Pembroke durch die noch immer offene Tür auf den Gang entwischte. Dieser junge Mann glaubte, in einem anderen Teil des Gebäudes etwas Wichtigeres zu tun zu haben.

»Jetzt ist es gleich so weit, nicht wahr?« Audrey Tuckers Versprechen wurde eingelöst, denn jeder im Zuschauerraum konnte Gerald Cummings' Worte hören, die an einen Wächter gerichtet waren, der neben ihm stand.

»War schön, euch gekannt zu haben«, flüsterte Brad rasch, bevor er seinen Sitz verließ und sich im Gang zur Rechten positionierte. Einen Moment lang glaubte Meg, ihre Furcht sei auf den großen Mann übergesprungen, doch als sie sah, wie er flink auf die Fensterscheibe zukroch, wurde ihr schnell klar, dass er nur den Anforderungen seines Berufs nachkam und sich einige Meter weiter vorne den richtigen Fleck für bessere Aufnahmen suchte.

Morgan war überrascht, dass seine Anspannung immer weiter abzuklingen schien, während sich vor ihm das Drama vorbereitete. Er wurde zu einem kühlen, unbeteiligten Betrachter. Er war jetzt ein Beobachter und nicht länger nur ein menschlicher Teilnehmer dieser merkwürdigen Vorführung. *Was geschieht jetzt in seinem Kopf?*, fragte der Reporter sich. *Es sind nur noch wenige Minuten bis zur Stunde null. Was wird die tierische Wut in ihm auslösen, die bereits achtzehn Menschenleben gefordert hat? Ist es die seltenste Krankheit der Welt oder der jähzornige Schrecken des Wahnsinns?*

In der Beobachtungskammer befreite man Cummings' Kopf vom Riemen und hob ihn sachte an, damit er aus einer Wassertasse trinken konnte. Ein Arzt fuhr mit schnellen und geschickten Fingern durch die braunen Haare des Mannes, um vier strategische Punkte auf dessen Schädel ausfindig zu machen, wo man dünne Kabel anbrachte, die mit der Anzeigetafel verbunden waren. Doug wunderte sich, dass man Cummings' Haar dafür nicht abrasiert hatte. Vermutlich wollte man sogar einem mutmaßlichen Massenmörder unnötige Zumutungen ersparen, zumindest bis er schuldig gesprochen war.

»Wie viel Uhr ist es, Doktor Gurren?«, fragte Cummings den Mann, der die Kabel an seinem Kopf angebracht hatte.

»Sieben Minuten vor zwölf«, antwortete der andere ruhig.

»Noch sieben Minuten, sieben Minuten«, sagte der Gefangene, und Corbett konnte Nervosität aus der zuvor so kontrollierten Dozentenstimme heraushören. Cummings sah auf das Bett herab, auf dem er lag. »Wollen Sie mich denn nicht irgendwo einsperren? In einen Käfig oder so? Ich habe schon zu viele getötet ... ich will nicht, dass noch ein Unglück geschieht.«

»Junger Mann, das Gerüst, an dem Sie befestigt sind, ist so gestaltet, dass es dem Angriff zwölf ausgewachsener Männer standhalten würde«, versicherte Gurren ihm. »Sie brauchen sich keine Sorgen darum zu machen, unabsichtlich jemanden zu verletzen.«

»In Ordnung, in Ordnung«, sagte Cummings, dessen Atem rascher ging. Der Stirnriemen war nach der Befestigung der Kabel nicht wieder angelegt worden, und er konnte seinen Hals in alle Richtungen bewegen und durch das große Fenster auf die versammelten Journalisten und Fotografen blicken, die dort das Geschehen aufzeichneten. »Ich sehe, dass der Zuschauerraum bereit ist für die große Vorstellung.« Das war eine unangenehme Überraschung für Corbett, der geglaubt hatte, dass die Scheibe nur einseitig durchsichtig sei und ihn von dem Augenmerk des Gefangenen abschirmen werde. »Da draußen sind gar nicht so viele Wissenschaftler, wie ich erwartet hätte«, fügte Cummings hinzu.

»Die meisten dieser Leute sind von der Presse«, bestätigte Gurren, »ganz wie Sie es gewünscht haben.«

»Keine Sorge. Meine Persönlichkeitsrechte stehen hier nicht zur Debatte. Zudem bezweifle ich, dass nach heute Nacht noch irgendeine Verhandlung nötig ist.« Der frühere College-Dozent beugte sich so weit vor, wie die Riemen ihm das gestatteten, und zwinkerte den Zuschauern zu. »Ich hoffe, dass Sie einige gute Fotos bekommen.«

»Das werde ich«, sagte Brad Ferguson zu sich selbst.

Cummings legte sich wieder zurück und schloss die Augen. Er schien nicht stillhalten zu können. »Wie viel Uhr haben wir jetzt?«

»Noch fünf Minuten.«

Er nickte. »Das kann ein Augenblick oder eine Ewigkeit sein. Wissen Sie, kurz nachdem all das angefangen hatte, glaubte ich, wenn ich jeden Sichtkontakt mit dem Vollmond meide, könnte ich meinem eigenen Körper ein Schnippchen schlagen und den Anfall umgehen. Das war natürlich eine vergebliche Hoffnung. Irgendwie weiß ich immer, wann Mitternacht ist, auch wenn der Mond schon wieder untergegangen ist.«

Das müßige Gerede ging noch einige Minuten weiter, während weitere Kabel an speziellen Stellen von Cummings' Körper befestigt wurden. Er trug nur ein loses Krankenhemd, was das Anbringen der Geräte erleichterte. Als Cummings erneut nach der Uhrzeit fragte, sah Meg aus reiner Gewohnheit auf ihre Uhr und bemerkte, dass es nur noch zwei Minuten bis Mitternacht waren. Deshalb war sie überrascht von Gurrens Antwort. »Drei Minuten nach zwölf.«

Cummings' Augen weiteten sich zornig, und er zog die Lippen von seinen seltsam geformten Zähnen zurück. »Lügen Sie mich nicht an, Doktor! Versuchen Sie's nicht mit diesen kleinen psychologischen Spielchen, denn ich werde wissen, wie viel Uhr es ist, ob ich eine Uhr habe oder nicht! Wir werden es alle wissen! In Montana fuhr ich praktisch schlafend umher, aber als es anfing ... verdammt, ich wusste, wann es anfing, und das ohne eine Uhr!«

»So blättert die kultivierte Fassade eines Massenmörders ab«, flüsterte Nick Meg zu. Sie blieb still, und in ihrem blassen Gesicht waren die Lippen dünn und weiß.

»Ich will etwas!«, schrie Cummings unvermittelt.

Die Ärzte und Schwestern in der Beobachtungskammer scharten sich um ihn, und die Digitalanzeige stieg und fiel gemäß dem Wutausbruch des Mannes. Einzig Gurren schien seine Entschlossenheit beizubehalten. »Was möchten Sie?«, fragte er.

»Ein Sedativum, irgendein Mittel, das mich umhaut!«, erwiderte Cummings im gleichen dringlichen Ton. »Ich weiß, dass es nichts – hören Sie, wenn – wenn Sie mich massiv unter Drogen setzen ... Ich möchte das nicht noch einmal durchmachen, bitte!«

»Kein Beruhigungsmittel, denke ich«, sagte der Arzt in ruhigem Ton zu dem panischen Mann.

»Doktor, bitte, Sie begreifen nicht! Ich *muss* etwas haben, um da durchzukommen! Ich werde komplett irrsinnig, wenn Sie mir nicht helfen!«

»Nein, Gerald. Wir müssen Ihre Reaktionen beobachten, um eine passende Erklärung für Ihre ...«

Cummings wandte abrupt sein Gesicht von dem Mann an seiner Seite ab. »Dann halten Sie Ihr Maul! Halten Sie Ihr Maul und lassen Sie mich in Ruhe!«

»Jetzt wird's lustig«, sagte Loraine Doug spöttisch ins Ohr. »Der vorhersehbare Atavismus. Sehen Sie zu, wie aus ihrem sogenannten Werwolf ein schreiender, heulender und vermutlich schäumender Hysteriker wird!«

Morgan sagte nichts, denn jetzt war nur noch die Zeit gegen ihn, und die verging sehr rasch.

Die Sekunden verstrichen. Cummings warf sich in seinem Gefängnis aus Stahl und Leder von einer Seite auf die andere und stöhnte rau, wie ein Kind, dessen Albtraum zu schrecklich ist, um zu schreien. Dann versteifte er sich und überließ seinen Körper einer Reihe fast spastischer Zuckungen.

»Wow! Ich wette, dass ich nicht mal zehn Prozent davon auf KXLR ausstrahlen darf, wenn es durch die Zensur gegangen ist«, prophezeite Ferguson. Er ließ die Filmkamera laufen und machte gleichzeitig Standfotos.

»Bringt mich fort von hier!«, schrie Cummings. Die Zuckungen wurden immer heftiger und schienen der Anfang eines epileptischen Anfalls zu sein. Sein Gesicht war puterrot, und seine Augen rollten irrsinnig hin und her. »Bringt die Leute weg von mir, Ihr Idioten!«

Blake Corbett sah sich rasch um und erkannte, dass keiner der Anwesenden noch den Ausdruck spöttischen Zweifels im

Gesicht hatte, mit dem sie heute Abend angekommen waren. Meg biss sich auf die Lippen und starrte wie gebannt auf das bizarre Geschehen jenseits der Glasscheibe.

Cummings wand sich mittlerweile wie eine Schlange. Endlich hatte Gurren eine Beruhigungsspritze für den Fall vorbereitet, dass der Gefangene sich in den eng geschnürten Riemen selbst verletzen würde. Cummings schrie: »Keine Zeit mehr... keine... Zeit! Oh Gott, hilf mir, wenn es dich gibt! Ich will es nicht! Lass mich gehen! Lass mich gehen, lass mich gehen!«

Mitternacht, dachte Morgan. *Jetzt!*

»Großer Gott, sehen Sie sich mal die Anzeigetafel an!«, rief jemand und zeigte auf die digitalen Ziffern an der Wand, die wie verrückt flackerten.

»Was für eine Darbietung!«, keuchte Loraine Powell.

Jetzt, verdammt, jetzt!

Und Cummings schrie. Zuerst war es noch ein hoher, gebrochener und lang gezogener Schrei eines gequälten Menschen. Doch während Morgan auf die wild schwankenden Ziffern auf der Tafel sah, veränderte der Ton des Schreies sich dramatisch. Er wurde tiefer und rauer, und ein tiefes Vibrato floss in den Ruf. Ein Klang wie aus dem Urwald. Verwirrt sah Doug auf das Bett, wo jede grausige Fantasie seines Lebens wahr wurde. Sein Geist wurde eins mit Blake, Meg und Nick, und sie alle nahmen den schrecklichen Anblick in sich auf.

Die Menschen in beiden Räumen waren erstarrt. Niemand sprach, niemand regte sich. Alle sahen zu, wie Gerald Cummings' Krämpfe endeten und er sich mit weit aufgerissenen Augen und Mund zurücklegte. Seine Lippen zogen sich von den vorstehenden Zähnen und den vier Lücken zurück, und sein Atem war so laut wie der Wind. Doch es war seine Gesichtshaut, welche die Aufmerksamkeit der Zuschauer auf sich zog, da sie dunkler zu werden und seitlich seines Kopfes hinabzufließen schien. Einen Moment lang sah es so aus, als würde sein Fleisch unerhört schnell altern und sich von seinem Schädel abschälen, doch ein genauerer Blick zeigte den Betrachtern, dass die Verdunkelung von seinem Gesichtshaar herrührte, das gleichmäßig und deutlich sichtbar von der Stirn bis zum Hals wuchs. Langes, braunes Haar.

»Gütiger Heiland«, flüsterte ein Mann im Zuschauerraum.

Dann wurde es wieder still, und Cummings' Verwandlung ging weiter. Der leere Blick seiner Augen wurde ersetzt durch lodernden Zorn. Sein Mund bewegte sich wortlos, und man erkannte vier frische Reißzähne, von seinem eigenen Blut bedeckt, so lang und scharf wie die eines Raubtieres seiner Größe. Sie sahen aus wie Dolche.

Nachdem die Kreatur tief eingeatmet hatte, gab sie einen wilden Freudenschrei von sich, in dem menschliche Schwäche oder Mitleid keinen Platz mehr hatten. Er war nun wieder er selbst, und er gierte nach seiner einzigen Nahrung.

»Oh, mein Gott!«, schrie Meg Talley, das Letzte, was man in der ausbrechenden Panik noch verstehen konnte.

Die Hölle brach los um die vier, die schon seit Monaten an all das geglaubt hatten. Reporter und Laborhelfer schrien in einer Mischung aus Schrecken, Schock und hysterischem Gelächter. Andere starrten einfach nur wort- und atemlos vor sich hin. Ferguson stieß sich sogar den Kopf an der Glasscheibe, als er nach vorne kroch, um bessere Bilder von diesem unglaublichen Ereignis zu machen, dessen Zeuge er gerade wurde.

Während diese rein menschlichen Reaktionen in beiden Räumen stattfanden, kämpfte Cummings so heftig gegen das Leder, das ihn auf dem schweren Bett hielt, dass dieses wie ein störrisches Pferd, dem man die Sporen gab, auf und ab hüpfte. Durch diese Aktivität wurden die Ärzte, Wissenschaftler und Polizisten in der Nähe des Gefangenen aus ihrer Erstarrung gerissen. Sie stürzten auf ihn zu und versuchten, ihn mit Drogen oder Schlägen zu beruhigen. Sie hatten noch immer nicht begriffen, womit sie es eigentlich zu tun hatten.

»Geht weg von ihm, ihr verdammten Ärsche!«, schrie Ferguson hysterisch. »Ich kann ihn nicht filmen, geht zurück!«

Douglas Morgan hatte fast eine Minute lang den Atem angehalten, als Loraine ihm voller Aufregung auf die Schulter schlug und rief: »Sie hatten recht, Doug, er ist ein Monster! Ich hätte es im Leben nicht geglaubt!« Abrupt hörte sie auf, ihm auf die Schulter zu schlagen, und grub stattdessen ihre langen Fingernägel schmerzhaft in seinen rechten Arm. »Außer es ist ein Trick ...«

»Was für ein Scheiß-Trick denn?«, fragte er streng. »Spiegel? Schminke? Loraine, der Mann hat sich *verwandelt* – seine Zähne, seine Haare, mein Gott, nicht einmal Sie können das jetzt noch leugnen!«

Blake erwischte sich dabei, wie er aufstand und um einen Platz zwischen den Fotografen am Fenster kämpfte, und Nick und Doug waren an seiner Seite.

Morgan hielt sein Diktiergerät nahe an den Mund, um die Stimmenflut in seiner Umgebung zu übertönen, und er schrie fast in das Mikrofon, um die Wirklichkeit des Augenblicks festzuhalten. Diese sich drängelnden und fluchenden Männer und Frauen waren allesamt erfahrene Journalisten und Forscher, die genug Scharfsinn besaßen, um jede Täuschung zu erkennen, doch ihre leidenschaftlichen Gesichter verrieten Corbett, dass niemand von ihnen bezweifelte, Zeugen eines Geschehens zu sein, das alle Erklärungen der modernen Wissenschaft überstieg.

Seit Beginn der Verwandlung waren die erstaunten Stimmen in der Beobachtungskammer eher gedämpft gewesen, doch als Corbett, Morgan und Grundel sich mit ihren Ellbogen Platz am Fenster verschafften, änderte sich der Ton der Rufe. Der Krach stieg immer weiter an, und Bestürzung verdrängte die Aufregung. Das stete Hämmern des großen Bettes beim Aufprallen auf dem Boden enthielt jetzt eine schrille Note protestierenden Metalls, und die rund dreißig Leute in der Nähe des Gefangenen wandten sich ab und liefen in Richtung der zwei Ausgänge. Der Grund ihrer Panik wurde in aller Deutlichkeit offenbar, als der Raum sich leerte.

Das Bett, von dem es geheißen hatte, es könne einem Dutzend starker Männer standhalten, lag wie ein zerschmettertes Spielzeug umgekippt auf dem Boden, und Gerald Cummings wurde nur noch von einem einzigen Riemen am linken Fußknöchel gehalten. Auch der leistete nur noch eine Sekunde lang Widerstand.

»Er hat sich befreit!«, schrie jemand, und dieser Ruf gab den Startschuss für eine Massenpanik. Die zuvor noch so analytischen und nüchternen Mitarbeiter des Instituts zerrten hysterisch aneinander, um als Erste aus der Tür zu kommen und der dämonischen Kreatur zu entrinnen. Es war jedoch um wenige Sekunden zu spät, um alle retten zu können. Cummings, der wegen seiner aufrechten Haltung und seiner vorstehenden Reißzähne mehr einem Affen als einem Wolf glich, riss sich mit einem Ruck seiner Krallenhand das weiße Nachthemd vom Leib und zeigte seinen großen, schlanken Körper, der von pelzigen Haaren bedeckt war. Dann sprang er ohne größere Anstrengung in die flüchtende Menge und erwischte einen kleinen, dünnen Mann im Nacken.

Die Bestie hob den sich verzweifelt wehrenden Mann über ihren Kopf, als wiege er nicht mehr als ein Kind, und hielt ihn für einen Moment so, während sie einen hasserfüllten Schrei von sich gab, dem nichts gleichkam, was irgendjemand im Raum je gehört hatte. Dann warf Cummings den plötzlich schlaffen Körper an eine Wand voller elektronischer Geräte, die mehr als drei Meter entfernt war. Der Mann prallte mit solcher Wucht auf die Schalttafel, dass der gesamte Stromkreislauf der Maschinen mit Blitzen und wütend knisternden Drähten kurzschloss.

Meg schrie sich die Seele aus dem Leib. Es schien, als müssten ihre Stimmbänder unter der Anstrengung zerreißen, doch sie blieb wie festgefroren auf ihrem Stuhl und konnte ihre starren Augen nicht von dem grauenhaften Wahnsinn im Nebenraum abwenden.

Wie zur Antwort brüllte die ganze Menge in purem Entsetzen.

»… mit der Kraft eines gewaltigen Tieres! Cummings hat den Mann ohne jede Mühe von sich geschleudert!« Morgan hörte seine eigene Stimme diese Worte in das Aufnahmegerät schreien. Sie stürzten aus ihm heraus, als lenke ihn ein unsichtbarer Bauchredner, denn er war davon überzeugt, dass er viel zu sehr unter Schock stand, um auch nur zu murmeln. Doch trotzdem sprach er, und er näherte sich dem Fenster immer weiter, um besser sehen zu können. »Jetzt nähert er sich dem schreienden Menschenhaufen, der von seiner eigenen Größe an der Flucht gehindert wird, und sein Kopf bewegt sich katzengleich von einer Seite auf die andere, als suche er nach dem nächsten Opfer seiner …«

Die sich gegenüberliegenden Ausgänge der Beobachtungskammer ließen einige fliehen, aber das panische Verhalten derer, die hinter den wenigen Glücklichen zurückblieben, hatte zur Folge, dass die Mehrheit noch weitere Momente in der unmittelbaren Nähe der Kreatur ausharren musste. Cummings stand einen Augenblick lang auf den Ballen seiner bloßen Füße und entschloss sich dann, nach links zu gehen. Seine Hände tauchten in den entsetzten Haufen ein und erwischten zwei Ärzte.

Eines der Opfer, ein Mann mit wildem Blick, wurde mit geringem Kraftaufwand über den Boden geschleudert und überschlug sich wie ein Akrobat. Das zweite Opfer, eine um sich schlagende Frau, wurde mit einer Hand auf den Boden gewuchtet und dort festgehalten.

Cummings knurrte undeutlich, aber definitiv bedrohlich, und sein offenes Maul riss ihr die Kehle auf. Fleisch und Blut liefen seinen Hals herab, als er sich wieder erhob, und wurden fast sofort von dem exotischen Bakterium zersetzt, das seinen Körper bewohnte, und in weitere Energie für seine umgestaltete Form verwandelte.

»Wir müssen hier raus und Hilfe holen!«, rief Les Tominsky in plötzlicher Einsicht.

»Warte! Die Polizei ist doch hier *drin!*«, erwiderte Max Coslo.

Wie zur Antwort auf diese Aussage befreiten sich vier uniformierte Polizisten aus der hysterischen Menge und umstellten das wütende Monster. Blake erkannte die Männer, die Cummings bereits beim Interview bewacht hatten: Darrow, Malory, Nestor und Nozaka. Mit gezogenen Pistolen drängten sie die restlichen Wissenschaftler und Ärzte weg von der Bestie.

»Cummings!«, rief Darrow. »Bleiben Sie stehen oder wir eröffnen das Feuer!«

Mit der gleichen Wildheit wie gegenüber den Laborhelfern kam die Kreatur auf den nächststehenden Polizisten zu. Blutrinnsale aus dem aufgerissenen Hals der Frau liefen über Cummings' Kinn, und seine Wut schien ungebrochen, als er nach dem Gesicht des Mannes griff. Der Officer bekämpfte seine Panik und wartete bis zum letzten Moment, bevor er den Abzug seiner Waffe betätigte.

Ein ungewöhnlich lauter Knall übertönte alle Schreie, und Morgan wimmerte. Cummings fiel plötzlich zurück und gab einen wahnsinnigen Schmerzensschrei von sich. Instinktiv dachte Doug, der zuvor schon gesehen hatte, was Kugeln mit einem menschlichen Körper anrichten: *Er ist tot, es ist vorbei.* Doch dieses gemischte Gefühl von Erleichterung und Verlust war voreilig.

Der verwandelte Mann wälzte sich auf dem Boden und strampelte vor Schmerz mit den Beinen, warf sich dann auf die rechte Schulter, schnellte hoch und war wieder auf den Beinen. Er brüllte trotzig und zeigte nicht die Spur einer Verletzung. Man konnte nur noch einen roten Spritzer im Fell sehen, wo die Kugel eingedrungen war.

»Um Himmels willen, er ist *geheilt!*«, rief einer der Ärzte im Zuschauerraum voller Erstaunen.

Der Polizist feuerte erneut, und die drei anderen taten es ihm nach. Die Luft war erfüllt vom Blitzen und Donnern ihrer Pistolen. Corbett duckte sich wie alle anderen im Raum, als drei Geschosse ihr Ziel verfehlten und die Sichtscheibe durchschlugen. Mit unmenschlicher Verbissenheit hielt Ferguson seine Stellung und filmte die groteske Szene, wie Cummings durch den Raum geschleudert und von der Salve fast zerfetzt wurde. Doch sein betäubter Verstand weigerte sich, das zu glauben, was seine Kamera festhielt. Nichts und niemand konnte einen derartigen Beschuss überleben ... aber Cummings tat es.

Die Polizisten feuerten ihre gesamte Munition auf ihn, doch sein Körper nahm die Kugeln einfach auf und schied sie wieder aus, während die Wunden schneller wieder verheilten, als die Polizisten erneut schießen konnten. Selbst die schlimmsten Wunden schlossen sich innerhalb von Sekunden, und die unglaubliche Symbiose aus menschlichem Verstand und der außergewöhnlichsten Krankheit der Welt erbrachte den endgültigen Beweis, dass dieses Wesen unbesiegbar war.

Die Polizisten konnten das ebenso wenig glauben wie Ferguson, doch als die Kreatur erneut aufstand, heil und noch immer vor Wut schäumend, mussten sie hinnehmen, dass sie Cummings nicht mit ihren mittlerweile leeren Schusswaffen aufhalten konnten. Sie setzten dennoch ihren Angriff fort, so wie sie es in der Ausbildung gelernt hatten – und aus schierer Verzweiflung.

Es war eine heldenhafte Tat, aber eine sinnlose. Cummings verwandelte sich in einen mörderischen Derwisch und grub seine Krallen und Zähne in ihr Fleisch und ihre Muskeln. Einer der Männer sprang dem Monster auf den Rücken und versuchte, ihn mit seinem Gewicht zu Boden zu zwingen, doch eine Hand griff nach seiner Kleidung, riss ihn herunter und schleuderte ihn mit derartiger Wucht gegen die Wand, dass sein Hinterkopf aufplatzte. Eine rote Spur blieb zurück, als er zu Boden rutschte.

Malory behielt die Pistole in der Rechten, als er auf das Ungeheuer zuschoss, tänzelnd wie ein Preisboxer. Er benutzte den Griff der Waffe, um mit aller Kraft in das grausige Gesicht zu schlagen. Cummings schwankte tatsächlich kurz zurück, doch der Angriff war viel zu schwach gewesen, um seine Wut aufzuhalten. Er umklammerte Malorys Gesicht mit einer Hand, drückte zu und zerquetschte den Kopf des Mannes.

Ein dritter Polizist hatte genug erlebt, um einzusehen, dass alles andere als Flucht reiner Selbstmord war, und so schloss er sich denen an, die aus dem Raum strömten. Doch er hatte diesen Entschluss zu spät gefasst, um sein Leben zu retten. Nick spähte gerade über den Rand des Fensters und sah, wie der Mann unter dem springenden Werwolf begraben wurde.

Nur noch Darrow war übrig, um sich dem schrecklichen Ding entgegenzustellen, das seine Männer zerrissen hatte. Er rannte nicht weg und griff nicht an, wie es die anderen getan hatten, sondern überdachte seine Lage mit überraschender Klarheit, entfernte sich langsam und vorsichtig von Cummings, der noch immer mit dem dritten toten Polizisten beschäftigt war, und lud seine Dienstwaffe. Als das Geschöpf seine Aufmerksamkeit auf die letzten Zivilisten lenkte, die noch auf die Ausgänge zurannten, richtete Darrow den Lauf der Pistole auf die Stellen, die bei jedem Menschen die verletzlichsten waren: den Kopf und die Wirbelsäule. Drei Schüsse folgten rasch aufeinander. Wieder wurde Cummings beim Einschlag der Kugeln von den Füßen gerissen, und seine widerhallenden Schreie bezeugten den brennenden Schmerz, den die Wunden ihm zufügten. Wiederum jedoch dauerte das nicht länger als einen Moment, und als Darrow sein Magazin erneut entleert hatte, kam die grauenhafte Kreatur wie der Tod selbst auf ihn zu.

»Mach dich raus da!«, hörte Grundel sich schreien. »Renn, du blöder Idiot!« Und nur wenige Zentimeter neben ihm rief Corbett: »Pass auf, Darrow!«

Der Polizist versuchte panisch, seine Pistole zu laden, als Cummings ihn erreichte und ihn durch den ganzen Raum schleuderte. Dann verschwand das Biest durch die Tür, um seine flüchtende Beute zu verfolgen, und in der Hand trug es Sergeant Darrows Unterarm.

»Leute, ich glaube, wir sollten unsere Ärsche hier raus bewegen«, flüsterte Grundel drängend, der zum ersten Mal um sein persönliches Wohlergehen besorgt war.

Die eisige Atmosphäre, in der die Zuschauer ungläubig erstarrt waren, zerbrach mit diesen Worten und der Erkenntnis, dass Cummings kein Opfer im Gang vor der Beobachtungskammer gefunden hatte und sie nun durchs Glas anstarrte. Die Reporter und Wissenschaftler strömten in die Seitengänge, die zu den beiden Türen führten, doch wegen dieser instinktiven Flucht wiederholten sie nur den verhängnisvollen Massenauflauf, der im Nebenraum stattgefunden hatte. Männer und Frauen fielen übereinander, während sie über den Teppichboden liefen. Einige von ihnen versuchten, diesem Trubel zu entgehen, indem sie über die Sessel und Sofas kletterten. Ein Teil der Journalisten hieb sogar auf die Menge ein, welche die Fluchtwege verstopfte, mit ihren schweren Kameras und den unersetzlichen Filmen darin.

Die Beobachtungskammer war zu dem Zeitpunkt bereits von allen verlassen worden, die laufen konnten, und außer dem tobenden Cummings befanden sich dort noch acht verletzte oder tote Körper auf dem Kachelboden, der von dem Blut, das er vergossen hatte, rot gefärbt war. Wollust und Wut durchströmten seinen Leib.

Der Werwolf sah sich in dem fast stillen Raum um, fand aber keinen Feind mehr, den er hätte zerreißen, kein sich wehrendes Bündel aus heißem Fleisch und Blut mehr, an dem er sich hätte laben können. Sein scharfer Blick suchte nach neuen Opfern und erfasste lauernd die panische Menge im Zuschauerraum.

Das Hirn in Gerald Cummings' Kopf war nicht das eines tumben Tieres, es gehörte einem intelligenten und gebildeten Mann, der den enormen Zwängen und Freiheiten seines Zustandes unterworfen war. Er wusste, dass die Scheibe, die er sah, aus Glas bestand, wenn dahinter auch keine analytische Erwägung über Material oder Sinn und Zweck stand. Ihm waren zwar die Prinzipien des Glases unklar, er wusste aber, dass diese fast unsichtbare Grenze ihn von den Objekten seiner unstillbaren Begierde trennte.

Ein großer Mann in weißem Kittel lag ihm zu Füßen. Er war verletzt, aber noch nicht tot, und ihm war bewusst, was mit ihm geschah, als die unglaublich starken Hände der Kreatur sich um seine Schulter und seinen Schenkel schlossen.

»Nein, lass mich gehen, bitte lass mich los ...« Seine Stimme war schwach vor Schreck und Furcht, wurde aber lauter, als der Werwolf ihn über den Kopf hob. »Lass mich runter! So hilf mir doch jemand! Um Gottes willen, haltet ihn auf!«

Cummings hob den schweren Körper hoch über seinen Kopf, während er die Reporter im Zuschauerraum beobachtete, die durch eine weitere Tür verschwanden. Er hasste Türen mit infernalischer Leidenschaft. Die Wonne und Lust, die ihn antrieben, waren verwundet, sobald nur ein Mensch ihm entkam, und so schleuderte er voller Zorn und Abscheu brüllend den schweren Mann ins Fenster.

Corbett und Grundel waren bereits über die großen Sofas im Zuschauerraum geklettert und hatten in wortloser Übereinkunft Meg in ihre Mitte genommen, die noch immer von der Wiedergeburt ihrer tiefsten Ängste betäubt war. Sie zogen sie in die Menschenflut, die hin zu den Türen strömte, und waren daher mehr als ein Dutzend Meter vom Fenster entfernt, als dieses zerschmettert wurde. Doch Morgan war kurz nach Beginn der Flucht von einem muskulösen Reporter auf die Knie gestoßen worden, und wegen des heillosen Durcheinanders um ihn herum kam er nur langsam wieder auf die Beine. Genau hinter ihm zerbrach das Glas, und Splitter hagelten auf ihn herab. Der Mann, der zu einer lebenden Rakete geworden war, flog über seinen Kopf in die Menschenmenge vor ihm. Einige Leute stürzten zu Boden, doch Morgan ignorierte ihre Schreie und wandte sich um, um Cummings aus dem zerschmetterten Fenster spähen zu sehen. Er sah aus wie ein gemalter Dämon aus einem antiken Tempel.

Er hörte einen Schrei – vielleicht war es sein eigener –, und der Werwolf sprang in die Menschenmenge. Doug hatte Glück, dass so viele andere Leute da waren, um die Bedürfnisse des Ungeheuers zu stillen, sodass ihm selbst nur wenig Aufmerksamkeit geschenkt wurde. In rasendem Zorn schoss ein langer Arm an ihm vorbei und verursachte einen Schnitt in seiner Brust, als wären sein Hemd und Mantel dünn wie Folie. Sofort quoll Blut aus der Wunde, doch es fühlte sich eiskalt an, nicht warm.

Die Kreatur sprang an Doug vorbei auf den Rücken einer Frau, und Morgan versuchte, ihn von ihr wegzurammen, wie er es beim Football gelernt hatte. Doch als er die haarigen Schulterblätter traf, drehte Cummings sich halbwegs um und schlug ihn zu Boden. Der Unterarm, der auf das Gesicht des Reporters traf, war so hart wie ein Baseballschläger, und beim Sturz verlor er fast das Bewusstsein.

Morgan kam schwankend wieder auf die Füße und wurde von etwas getroffen – entweder ein weiterer Schlag von Cummings oder eines seiner Opfer, das an ihm vorbeiflog –, und er fiel über die Rückenlehne eines Sofas neben ihm und auf die Sitzfläche dahinter.

Trotz seiner Benommenheit bekam er den Terror weiterhin mit. Mindestens ein Dutzend Menschen hatte den Raum nicht mehr verlassen können, bevor der Angriff losging, und die Bestie verwandelte sich in einen rasenden Derwisch in ihrer Mitte, der in jede Richtung um sich schlug und überall, wo seine messerscharfen Krallen zuschlugen, Fleisch zerriss. Die Schreie der Opfer waren so laut wie beim Anblick der Morde in der Beobachtungskammer, doch nun lag ihnen verzweifelter Schmerz zugrunde, nicht mehr nur der Schrecken des Betrachters.

Morgans Schwindel ließ langsam nach, sodass er aus der Sicherheit (so hoffte er jedenfalls) der Sofalehne das Gemetzel vor ihm beobachten konnte. Er war nicht mehr fähig, die Augen vor dem grausigen Geschehen zu verschließen, obwohl er kurz davor stand, das Bewusstsein zu verlieren, um nicht wahnsinnig zu werden.

Er sah dem Tod einer weiteren Frau zu, der Cummings die

Kehle zerriss, und dann war ein Mann an der Reihe, dessen Kopf zu einer unkenntlichen Masse zerstampft wurde, als er seinen Angreifer um Gnade anflehte. Jemand, den Doug vage als ABC-Berichterstatter erkannte, fügte sich in die Reihe ein, als er versuchte, seine beiden Vorgänger zu retten, indem er mit einem Metallstuhl auf den Rücken des Monsters einschlug, doch er war schon ausgeweidet, bevor er flüchten konnte. Morgan versuchte, sich zu bewegen, entweder um Cummings anzugreifen oder zu fliehen oder *irgendwas* zu tun, aber sein Körper blieb starr wie eine tote Zelle, die sein wild hämmerndes Herz umschloss.

Schließlich endete das Gemetzel. Die Kreatur ließ ihr letztes Opfer fallen und sah sich in dem rot besudelten Raum um. Nun, da es niemanden mehr gab, den er hätte retten können, verhielt Doug sich ruhig und hoffte, dass er sich tot stellen konnte, sollten diese schrecklichen Augen ihn streifen. Er hielt sogar den Atem an, damit man ihn nicht hören konnte. Doch obwohl die zerschundenen Körper nur schwaches Stöhnen von sich gaben, war irgendwo hinter Morgan ein summendes Flüstern zu hören, das den zornigen Blick der Augen auf sich zog, bevor es abrupt erstarb.

Das Herz des Reporters war zu Stein geworden, als der Werwolf sich in seine Richtung drehte, um die Quelle des Geräusches ausfindig zu machen, und so blieb es auch, als die Bestie ihre Aufmerksamkeit wieder abgewandt hatte. Das tiefe Knurren, das aus ihrem langen Hals drang, war nicht mehr als eine unbewusste Drohung, während Cummings schnüffelte. Nach einem kurzen Blick auf das, was er angerichtet hatte, schritt er über die Körper seiner Opfer hinweg und verschwand im Korridor. Morgan schloss die Augen und seufzte, um die Luft zu befreien, die so lange schon in seinen Lungen gefangen gewesen war.

»Hilf mir«, röchelte eine blutüberströmte Gestalt auf dem Boden vor Doug so schwach, dass es kaum mehr als ein Flüstern war.

Eine kräftigere und aufgeregtere Stimme übertönte das Flehen fast schon ekstatisch: »Ich hab's, Morgan! Morgan, lebst du noch? Ich hab' alles auf Film!«

Doug drehte schmerzhaft den Kopf und fragte trocken: »Ferguson?«

Plötzlich stand der große Mann neben ihm und riss ihn hoch. »Ich bin froh, dass du's überstanden hast, Mann! Das ist bestimmt der großartigste Filmbericht seit den Tagen Sir Humphry Davys! Verdammt, es ist unglaublich! Eine Aufzeichnung der Verwandlung und des Angriffs eines wahrhaftigen *Werwolfs,* das ist absolut sensa...«

»Ferguson!«, platzte Doug heraus. »Bist du wahnsinnig? Wir müssen hier raus, bevor er zurückkommt!«

Brad sah verwirrt aus. Blut strömte aus einem Schnitt auf seiner rechten Wange, und sein Hemd war durch einen kurzen Kontakt mit Cummings' Krallen zerfetzt worden, doch er schien sich keines Schmerzes und keiner Gefahr bewusst zu sein. »Sicher, Doug, aber diese *Aufnahmen!* Ich hab' alles vom Moment der Verwandlung bis dahin, als er durchs Fenster brach und über uns kam! Als er mich niederschlug ...«

Morgan stand schwankend auf und ergriff Ferguson am Arm. Er war sich nun sicher, dass er es hier mit einer sonderbaren Art von Schock zu tun hatte, unter der Brad angesichts der Tatsache litt, in diesem fensterlosen Festungsgebäude mit einer grausigen Vernichtungsmaschine eingesperrt zu sein. »Jetzt verschone mich doch endlich mit deinen beschissenen Aufnahmen! Du und ich – und diese anderen Leute, wenn sie noch am Leben sind – müssen hier raus und ihn irgendwie aufhalten!«

»In Ordnung, Doug, beruhige dich«, erwiderte Ferguson. »Du leidest nur unter einem Schock, das ist alles.«

»*Ich* leide unter einem Schock?«, entgegnete Morgan ungläubig.

»Nimm's leicht, Mann, wir suchen sofort nach Hilfe.«

Nach diesem Entgegenkommen vonseiten des Fotografen

erkannte Morgan plötzlich, dass er vorhatte, hinaus in diesen stillen Korridor zu gehen, wo dieses Monster auf der Suche nach weiteren Opfern seiner unstillbaren Gier herumschlich. Mit einem Schlag war er sich nicht mehr so sicher, ob er wirklich das tun könnte, was getan werden musste.

Brad bewahrte sich sein anscheinend kühles Auftreten. »Ich habe gehört, wie jemand vor einem Moment um Hilfe bat«, sagte er gleichgültig.

»Da«, antwortete Morgan und wies auf einen Körper, der sich nicht mehr bewegte.

Ferguson beugte sich vor und suchte nach Lebenszeichen. »Zu spät. Ist aber auch kein Wunder; sieh dir mal diese ...«

»Raus hier«, sagte Doug rasch. Seine Angst brachte ihn in eine fürchterliche Zwickmühle: Einerseits wollte er ganz gewiss nicht raus in diesen Korridor, wo Cummings nach Frischfleisch suchte, andererseits bot ihm dieser Raum voller Toter und Sterbender auch nicht mehr Schutz als der Gang. Verbrecher kehren immer an den Tatort zurück, so hieß es, warum also sollte ein Ungeheuer nicht zu seinem Schlachtfeld zurückkehren? Doug schritt über mehrere reglose Leiber auf den Ausgang zu.

Sein Herz blieb stehen, als eine große Hand auf seine rechte Schulter fiel. »Moment mal, Doug«, sagte Ferguson.

»Um Gottes willen, Brad!«, zischte er. »Was soll das?«

Ferguson hatte unerklärlicherweise noch den Nerv, ihm zuzuzwinkern. »Wir wollen doch nicht etwa geradewegs diesem Ding in die Arme laufen, oder?«

»Und was zum Teufel schlägst du stattdessen vor?«, fragte Morgan lauter, als er beabsichtigt hatte.

»Warum halten wir nicht einfach ein paar Sekunden lang den Mund?«

Verwirrt und noch immer zutiefst entsetzt stimmte Douglas zu. Ferguson und er standen an der Tür und lauschten in den Gang hinaus. Zuerst hörten sie nichts. Als sich ihr Pulsschlag jedoch wieder beruhigte und das Hämmern in ihren Ohren nachließ, nahmen sie die normalen, unterschwelligen Geräusche des Gebäudes wahr: Zu ihrer Rechten hörten sie das schwache Knistern einer Neonröhre, die ersetzt werden musste, und das stete Brummen eines Getränkeautomaten, beides Apparate, die ihrer gewöhnlichen Pflicht nachkamen – in einer Welt jedoch, die nun alles andere als gewöhnlich war. Zu ihrer Linken hörten sie ein sehr schwaches, fast geflüstertes Stöhnen, das von einer Frau ungefähr fünfzig Meter entfernt zu kommen schien. Eines von Cummings' Opfern?

»Da lang«, sagte Brad und zog Morgan nach rechts.

»Wir sollten erst ...«, fing Doug an, doch Brad ignorierte ihn und zerrte ihn mit wie ein Schlachtschiff ein Fischerboot.

Im Gang war es kalt, eiskalt. Die Luft war hart und schneidend, sodass es für Morgan schwer war, sich fortzubewegen, auch wenn Ferguson vor ihm eine Schneise schlug. *Die Furcht,* so dachte er sarkastisch, *der alte Mann, der schon alles gesehen hat, ist derart verängstigt, dass er sich gleich in die Hose scheißen wird, wenn er es nicht schon getan hat.*

Ferguson schien seine Gedanken gelesen zu haben. »Es ist jetzt anders, nicht, jetzt, wo es wahr ist?«, bemerkte er scharfsinnig.

»Da hast du verdammt recht«, antwortete Morgan gepresst. »Vorher wollte ich dabei sein, um später darüber schreiben zu können; jetzt hoffe ich nur noch, dass es ein Später geben wird.«

Das Zeichen des Tieres

Rudyard Kipling

Deine Götter und meine Götter –
weißt Du, weiß ich, welche die stärkeren sind?
Spruch der Einheimischen

Östlich von Suez endet auf irgendeine Art die direkte Kontrolle der Vorsehung. Die Menschen werden dort der Macht der Götter und Teufel Asiens überlassen, und die Vorsehung, wie sie die englische Kirche lehrt, übt nur noch gelegentlich eine verminderte Vorsorge, wenn es sich um Engländer handelt.

Diese Theorie ist die Ursache manches überflüssigen Grässlichen in Indien, und ich musste sie erwähnen, um meine Geschichte zu erklären.

Mein Freund Strickland vom Polizeidepartement, der die Eingeborenen Indiens so genau kennt, wie es überhaupt möglich ist, kann die Tatsachen bezeugen.

Dumoise, unser Arzt, beobachtete ebenfalls, was Strickland und ich sahen. Der Schluss aber, den er aus dem Augenschein zog, war ganz falsch. Er ist nun tot und starb auf eine sehr seltsame Weise, die anderswo beschrieben worden ist.

Fleete kam nach Indien, um die Verwaltung eines kleinen Vermögens nebst Landbesitz nahe Dharmsala, im Himalaja, zu übernehmen, den er von einem Onkel geerbt hatte. Er war ein großer, schwerfälliger, heiterer und harmloser Mann. Seine Kenntnis der Eingeborenen war natürlich beschränkt, und er klagte über die Schwierigkeiten der Sprache. Er kam von seinem Anwesen in den Bergen, um Neujahr in der Station zu feiern, und wohnte bei Strickland.

Am Neujahrsabend war ein großes Festessen im Klub, und es war eine gehörig feuchtfröhliche Nacht. Wenn Leute von den äußersten Grenzen des Kaiserreiches zusammenkommen, dürfen sie wohl ausgelassen sein. Das Grenzgebiet hatte ein Kontingent von mit Läusekämmen handelnden Hausierern geliefert, die vielleicht kaum zwanzig weiße Gesichter im Jahr sahen und gewöhnt waren, fünfzehn Meilen zum Essen zu reiten, unter dem Risiko, von einer Kugel getroffen zu werden, statt zu essen und zu trinken. Sie benutzten die ungewohnte Sicherheit, um Billard mit einem zusammengerollten Stachelschwein zu spielen, das sie im Garten gefunden hatten.

Ein halbes Dutzend Pflanzer, die vom Süden gekommen waren, erzählten derbe Geschichten. Alle Welt war da, es gab keinen Unterschied zwischen Rang und Stand. Man nahm die Inventur der Toten und dienstunfähig gewordenen des verflossenen Jahres auf. Es war eine sehr feuchte Nacht, und ich erinnere mich, dass wir »Auld Lang Syne« sangen und uns gegenseitig treue Freundschaft schworen. Später gingen einige von uns hin und eroberten Birma, andere versuchten, den Sudan zu erschließen und fielen in jenem entsetzlichen Gemetzel vor Suakin, andere erlangten Abzeichen und Medaillen, andere heirateten, was schlimm war, und der Rest von uns blieb in seinen Ketten und suchte aufgrund ungenügender Erfahrungen Geld zu machen.

Fleete begann den Abend mit Sherry und Bitterem, trank Champagner vom Anfang der Mahlzeit bis zum Dessert, dann rauen kratzenden Capri, stark wie Whisky, nahm Benediktiner zum Kaffee, vier oder fünf Whiskys mit Soda, um besser Billard spielen zu können, Bier um halb drei Uhr und schloss mit einem alten Brandy. So war es natürlich, dass er, als er um halb vier Uhr morgens bei vierzehn Grad Kälte ins Freie trat, wütend wurde, weil sein Pferd hustete, und dass er mit Bocksprüngen versuchte, in den Sattel zu kommen. Das Pferd ging durch und rannte in den Stall, Strickland und ich mussten die Unehren-Garde bilden und Fleete nach Hause bringen.

Unser Weg führte durch den Bazar, dicht an einem kleinen Tempel des Affengottes Hanuman vorüber, der eine hohe Gottheit ist und große Ehrfurcht verlangt. Alle Götter haben hervorragende Eigenschaften wie alle Priester. Persönlich lege ich Hanuman große Bedeutung bei und bin seinem Volk, den großen, grauen Bergaffen, wohlgesinnt. Wer von uns kann wissen, wann er einen Freund nötig hat?

Es war Licht im Tempel, und als wir vorübergingen, hörten wir Männerstimmen Hymnen singen. In einem einheimischen Tempel erheben die Priester sich zu jeder Stunde der Nacht, ihrem Gott Ehre zu erweisen. Bevor wir ihn zurückhalten konnten, rannte Fleete die Tempelstufen hinauf, klopfte zwei Priestern auf den Rücken und rieb mit der Asche seines Zigarrenstummels ein Zeichen auf die Stirn des roten Steinbildes.

Strickland versuchte ihn fortzuziehen, aber Fleete setzte sich und sprach feierlich: »Seht ihr das? Das Zeichen des Tieres! Ich hab's gemacht. Ist es nicht famos?«

Innerhalb einer Minute wurde es im Tempel lebendig und laut. Strickland, der wusste, was bei Götterentweihung herauskommen kann, sagte, es könnte etwas passieren. Durch seine offizielle Stellung, seinen langen Aufenthalt in der Gegend und die Neigung, sich unter die Eingeborenen zu mischen, war er den Priestern bekannt. Das brachte ihn in peinliche Verlegenheit.

Fleete saß auf der Erde, weigerte sich aufzustehen und sagte: »Der gute alte Hanuman ist ein grandioses Rückenkissen.«

Plötzlich, ohne jede Warnung, stürzte aus einem Schlupfwinkel hinter der Bildsäule des Gottes eine silbern bemalte Gestalt hervor. Sie war vollkommen nackt, trotz der bittern Eiseskälte, der Körper erschien wie angelaufenes Silber, denn es war, wie die Bibel sagt: »Ein Aussätziger, so weiß wie Schnee«. Er hatte kein Gesicht mehr, denn er war seit mehreren Jahren aussätzig, und sein Übel lag schwer auf ihm.

Wir beide bückten uns, um Fleete mit Gewalt emporzuziehen, und der Tempel wurde voller und voller von Menschen, die aus der Erde zu wachsen schienen. Da schlüpfte der Silberne mit einem Ton, der dem Miauen eines Fischotters glich, unter unseren Armen durch. Mit beiden Armen umfasste er Fleete, und ehe wir ihn fortreißen konnten, stieß er seinen Kopf gegen die Brust von Fleete. Dann zog er sich in einen Winkel zurück und saß miauend da, während die Menge alle Türen versperrte.

Die Priester waren in höchster Erregung gewesen, bis der Silberne Fleete berührte – dieses »Sich-Einwühlen« in Fleete schien sie besänftigt zu haben.

Nach einigen Minuten des Schweigens trat einer der Priester zu Strickland und sagte in einwandfreiem Englisch: »Führt Euren Freund fort. Er ist mit Hanuman fertig, aber Hanuman nicht mit ihm.«

Die Menge gab Raum, und wir brachten Fleete auf die Straße.

Strickland war wütend. Er sagte, wir hätten alle drei erschossen werden können, und Fleete sollte seinen Sternen danken, dass er ohne Schaden davongekommen sei. Fleete dankte keinem. Er wolle zu Bett gehen, meinte er. Er war völlig betrunken.

Wir gingen vorwärts, Strickland ärgerlich und schweigsam. Fleete wurde von Schüttelfrost und Schweiß befallen. Er sagte, dass die Gerüche aus dem Bazar aufdringlich seien, und wunderte sich, dass die Schlachthäuser so nahe den englischen Wohnungen stehen durften. »Riecht ihr denn das Blut nicht?«, fragte er.

Endlich, die Dämmerung begann schon, hatten wir ihn ins Bett gebracht, und Strickland forderte mich auf, noch einen Whisky und Soda mit ihm zu trinken. Beim Trinken sprach er über den Skandal im Tempel und gestand, dass die Sache ihn ganz aus der Fassung gebracht habe. Strickland wollte keinesfalls von den Eingeborenen mystifiziert werden, da es gerade seine Aufgabe war, sie mit ihren eigenen Waffen zu schlagen. Bis jetzt hat er darin noch keinen Erfolg gehabt; in fünfzehn oder zwanzig Jahren wird er vielleicht einen kleinen Fortschritt gemacht haben.

»Hätten sie uns lieber halb tot geschlagen«, sagte er, »statt uns anzumiauen. Ich möchte wissen, was das bedeuten soll. Das gefällt mir gar nicht.«

Ich äußerte, dass die Verwaltung des Tempels wahrscheinlich eine Anklage wegen Beleidigung ihrer Religion gegen uns stellen werde. Es gab einen Paragrafen im indischen Strafgesetzbuch, der genau auf Fleetes Vergehen passte. Strickland sagte, er wünsche und hoffe sehr, dass das geschehen werde. Beim Fortgehen blickte ich noch einmal in Fleetes Zimmer und sah ihn auf der Seite liegen, sich seine Brust kratzend. Dann ging ich frierend, bedrückt und traurig um sieben Uhr morgens ins Bett.

Um ein Uhr ritt ich zu Stricklands Haus, um mich nach Fleete zu erkundigen. Dass sein Kopf ganz schön schmerzte, konnte ich mir wohl denken.

Fleete saß beim Frühstück und schien sich nicht wohl zu fühlen. Seine gute Laune war vorüber; er schimpfte mit dem Koch, weil sein Kotelett zu dunkel gebraten war. Ein Mann, der nach einer feuchten Nacht rohes Fleisch essen kann, ist ein Kuriosum. Das sagte ich Fleete.

Er lachte: »Ihr züchtet hierzulande sonderbare Mosquitos«, sagte er. »Mir haben sie ganze Stücke herausgebissen, aber nur an einer Stelle.«

»Lass mich noch mal die Stiche sehen«, sagte Strickland. »Sie sind wohl seit dem Morgen schon nicht mehr so geschwollen.«

Während die Koteletts gebraten wurden, öffnete Fleete sein Hemd und zeigte uns über seiner linken Brust ein Zeichen, das vollkommen der schwarzen Rosette eines Leoparden glich – den fünf oder sechs im Kreis stehenden unregelmäßigen Flecken auf dem Fell eines Leoparden.

Strickland murmelte: »Heute morgen war es nur rot. Jetzt ist es schwarz geworden.«

Fleete rannte zu einem der Spiegel.

»Wahrhaftig!«, rief er. »Das ist abscheulich. Was ist das?«

Wir kamen zu keiner Antwort, weil gerade die Koteletts gebracht wurden, rot und saftig. Fleete verschlang drei davon und das auf höchst unangenehme Art. Er kaute nur mit den linken Backenzähnen und drehte den Kopf über die rechte Schulter, wenn er das Fleisch schnappte. Als er fertig war, schien er zu bemerken, dass er sich sonderbar benommen hatte, denn er sagte entschuldigend: »In meinem Leben bin ich noch nie so hungrig gewesen. Ich habe geschlungen wie ein Tier.«

Nach dem Frühstück bat Strickland mich: »Geh nicht. Bleib hier, und zwar für die Nacht.«

Da mein Haus kaum drei Meilen von Stricklands Haus entfernt lag, erschien mir dieses Verlangen sonderbar. Aber Strickland bestand darauf und wollte eben etwas hinzufügen, als Fleete uns unterbrach und fast verschämt sagte, dass er schon wieder hungrig sei. Strickland schickte einen Boten nach meinem Haus, um meine Bettsachen und ein Pferd zu holen. Wir drei gingen unterdessen hinunter in die Ställe, um die Zeit zu überbrücken, bis wir ausreiten konnten.

Fünf Pferde standen in den Ställen. Nie werde ich den Auftritt vergessen, als wir versuchten, sie zu inspizieren. Sie schienen toll geworden zu sein. Sie bäumten sich, schrien und rissen beinahe ihre Haltepfähle heraus. Sie schwitzten und zitterten, schäumten und waren wie rasend vor Furcht. Bei Stricklands Pferden, die ihn so gut wie seine Hunde kannten, war es besonders erstaunlich. Wir verließen den Stall aus Furcht, dass sich die Tiere in ihrer Panik erdrosseln könnten. Dann kehrte Strickland um und rief mich. Die Pferde waren noch in Furcht, aber sie ließen sich streicheln und liebkosen und legten uns den Kopf an die Brust.

»Sie fürchten sich nicht vor *uns*«, sagte Strickland. »Weißt du, ich würde drei Monatsgehälter darum geben, wenn Outrage reden könnte.«

Aber Outrage war stumm und konnte nur seinen Herrn liebkosen und seine Nüstern aufblähen, wie es so die Art der Pferde ist, wenn sie etwas erklären wollen und nicht können. Fleete kam zurück, als wir noch im Stall waren, und sobald die Tiere ihn erblickten, brach der Tumult wieder los. Wir mussten hinauseilen, um nicht einen Hufschlag abzubekommen.

Strickland sagte: »Sie scheinen dich nicht zu mögen, Fleete.«

»Unsinn«, antwortete Fleete, »meine Stute folgt mir wie ein Hund.«

Er ging zu ihr. Sie war in einer Einzäunung, wo sie sich frei bewegen konnte, aber als er den Torriegel zurückschob, schlug sie aus, warf ihn nieder und sprang mit einem Satz in den Garten.

Ich lachte, Strickland aber blieb ernst. Er fasste seinen Schnurrbart mit beiden Händen und riss, als ob er ihn ausreißen wollte. Anstatt sein Pferd zurückzujagen, gähnte Fleete nur und sagte, er sei schläfrig. Er ging ins Haus und legte sich schlafen – eine sonderbare Art, den Neujahrstag zu verbringen.

Strickland setzte sich mit mir in den Stall und fragte, ob ich irgendetwas Auffälliges in Fleetes Benehmen bemerkt hätte. Ich antwortete, er habe sein Essen wie ein Tier verschlungen, aber das komme wohl daher, dass er so allein in den Bergen und entfernt von jeder gebildeten, besseren Gesellschaft lebe.

Strickland blieb ernst, ich glaube, er hörte mir gar nicht zu, denn seine nächsten Worte bezogen sich auf das Zeichen an Fleetes Brust. Ich äußerte, es könne am Ende von spanischen Fliegen herrühren oder wäre vielleicht ein neu hervortretendes und zum ersten Mal sichtbares Muttermal. Dass es abstoßend aussehe, fanden wir beide, und Strickland fügte hinzu, dass ich ein Narr sei.

»Ich kann dir noch nicht sagen, was ich denke«, fuhr er fort, »denn du würdest mich für verrückt halten, aber du musst die nächsten paar Tage bei mir bleiben, wenn du kannst. Ich wünsche, dass du Fleete beobachtest; aber sprich nicht aus, was du denkst, bis ich selbst mir meine Meinung gebildet habe.«

»Aber heute Abend esse ich außerhalb.«

»Ich auch, und Fleete ebenfalls, falls er seine Absicht nicht geändert hat.«

Wir gingen im Garten umher und rauchten, ohne dabei zu sprechen – denn wir waren Freunde, und sprechen verdirbt guten Tabak –, bis unsere Pfeifen zu Ende waren. Dann wollten wir Fleete wecken, doch er war schon wach und lief in seinem Zimmer unruhig auf und ab.

»Hört, ich muss mehr Koteletts essen«, sagte er. »Kann ich sie bekommen?«

Wir lachten und erwiderten: »Geh, zieh dich um. Die Ponys werden gleich da sein.«

»Schön«, sagte Fleete. »Ich werde mich umziehen, aber erst nachdem ich die Koteletts bekommen habe – wieder halb roh, bestellt das, ja?«

Er schien es ganz Ernst zu meinen. Es war vier Uhr, und um ein Uhr hatten wir gefrühstückt, trotzdem verlangte er hartnäckig nach rohen Koteletts. Dann zog er seinen Reitanzug an und kam auf die Veranda. Das Pony – seine Stute war noch nicht wieder eingefangen – wollte ihn nicht nahe an sich heranlassen. Alle drei Pferde waren nicht zu führen – sie waren rasend vor Furcht. Endlich sagte Fleete, er wolle zu Hause bleiben und sich etwas zu essen geben lassen.

Strickland und ich ritten beunruhigt fort. Als wir am Tempel des Hanuman vorbeiritten, trat der Silberne heraus und miaute uns an.

»Er ist kein regulärer Priester des Tempels«, sagte Strickland. »Ich hätte Lust, ihn festnehmen zu lassen.«

An diesem Abend war kein Feuer in unserem Galopp auf der Rennbahn. Die Pferde waren matt und bewegten sich, als wären sie ganz abgeritten.

»Der Schreck nach dem Frühstück war zu viel für sie«, sagte Strickland. Das war die einzige Bemerkung, die er während des

Rittes machte. Ein- oder zweimal hörte ich ihn leise fluchen, aber das war nichts Seltenes bei ihm.

Wir kehrten in der Dunkelheit, um sieben Uhr, zurück. Es brannte kein Licht im Bungalow.

»Nachlässige Strolche sind meine Diener!«, sagte Strickland.

Mein Pferd bäumte sich vor etwas auf dem Fahrweg auf. Es war Fleete.

»Was kriechst du denn da im Garten herum?« fragte Strickland.

Beide Pferde sprangen plötzlich zur Seite und hätten uns fast abgeworfen. Wir stiegen beim Stall ab und kehrten zu Fleete zurück, der auf Händen und Knien unter den Orangenbüschen herumkroch.

»Was, zum Teufel, ist los mit dir?«, rief Strickland.

»Nichts, nichts in der Welt«, äußerte Fleete schnell und schwer verständlich. »Ich arbeitete im Garten, botanisiere, wisst ihr. Der Geruch der Erde ist entzückend. Ich will einen Spaziergang machen, einen langen Spaziergang, die ganze Nacht hindurch.«

Da begriff ich, dass etwas Ungewöhnliches vorging, und sagte zu Strickland: »Ich speise besser nicht auswärts!«

»Dank dir«, erwiderte Strickland. »He, Fleete, steh auf, du holst dir da ja das Fieber. Komm herein zum Essen. Wir wollen die Lampen anzünden. Wir werden alle zu Hause speisen.«

Fleete stand unwillig auf und murmelte: »Keine Lampen – keine Lampen. Es ist viel hübscher hier. Lasst uns draußen essen. Mehr Koteletts – haufenweise, und roh – blutig und zäh.«

Ein Dezemberabend im Norden Indiens ist bitterkalt, und Fleetes Vorschlag war der eines Wahnsinnigen.

»Komm herein«, sagte Strickland streng. »Komm augenblicklich herein.«

Fleete kam. Als die Lampen gebracht wurden, sahen wir, dass er buchstäblich von Kopf bis Fuß mit Schmutz bedeckt war. Er musste sich im Garten herumgewälzt haben. Er schauderte vor dem Licht zurück und ging in sein Zimmer. Seine

Augen waren schrecklich anzusehen. Es war ein grünes Licht hinter, nicht in ihnen, falls man mich verstehen kann, und seine Unterlippe hing herunter.

»Es wird etwas Schlimmes geschehen – etwas sehr Schlimmes – in dieser Nacht«, sagte Strickland. »Behalte dein Reitzeug an.«

Wir warteten und warteten auf Fleetes Rückkehr und bestellten mittlerweile das Essen. Wir hörten ihn in seinem Zimmer rumoren, aber Licht hatte er nicht angezündet. Plötzlich erscholl aus dem Zimmer das lang gezogene Geheul eines Wolfes.

Man spricht oft leichthin von gerinnendem Blut und sich empor sträubendem Haar. Beide Empfindungen sind wirklich schrecklich und man sollte nicht darüber scherzen. Mein Herz stand still, als sei es von einem Messer durchstochen worden und Strickland wurde so bleich wie das Tischtuch.

Das Geheul wiederholte sich und wurde von einem anderen Geheul, weit über die Felder her, beantwortet. Das setzte dem Entsetzlichen die Krone auf. Strickland stürzte in Fleetes Zimmer. Ich folgte, und wir sahen Fleete aus dem Fenster klettern. Tierische Laute drangen tief aus seiner Kehle. Er konnte nicht antworten, als wir ihn anschrien. Er spuckte nur.

Ich erinnere mich nicht ganz genau, was folgte, glaube aber, Strickland muss ihm einen betäubenden Schlag mit dem Stiefelknecht gegeben haben, sonst hätte ich nicht auf seiner Brust sitzen können. Fleete konnte nicht sprechen, er vermochte nur zu knurren, und sein Knurren war das eines Wolfes, nicht eines Menschen. Der menschliche Geist musste im Laufe des Tages mehr und mehr geschwunden und im Zwielicht erloschen sein. Wir hatten es jetzt mit einem Tier zu tun, das einst Fleete gewesen war.

Dies Geschehnis lag jenseits aller menschlichen und vernunftgemäßen Erfahrung. Ich versuchte von »Hydrophobia«, also der Tollwut, als Erklärung zu reden, aber das Wort wollte nicht über meine Lippen, denn ich wusste, dass es nicht stimmte.

Wir banden dieses Tier mit Lederriemen, banden Hände und Füße zusammen und knebelten es mit einem Schuhanzieher. Das ist ein sehr wirksamer Knebel, wenn man ihn richtig anzuwenden weiß. Dann schleppten wir das Tier ins Esszimmer und schickten einen Mann zu Dumoise, dem Arzt, mit der Bitte, dass er sofort kommen solle.

Nachdem wir den Boten losgeschickt hatten und wieder zu Atem gekommen waren, sagte Strickland: »Es nützt nichts. Dies ist keine Aufgabe für einen Arzt.«

Ich wusste, dass er die Wahrheit sprach.

Der Kopf des Tieres war frei, und es warf ihn von einer Seite auf die andere. Wäre jetzt jemand eingetreten, er hätte meinen können, wir hätten einem Wolf das Fell abgezogen, und das war von allen die abscheulichste Idee. Strickland saß da, das Kinn auf die Faust gestützt, schweigend und das Tier beobachtend, wie es sich auf der Erde wand. Das Hemd war bei einigen Knöpfen aufgerissen und ließ auf der linken Brust die schwarze Rosette frei, die wie eine Blase hervorstand.

In der Stille unserer Wache hörten wir draußen etwas wie einen weiblichen Fischotter miauen. Wir sprangen beide auf, und ich – ich rede von mir allein, nicht von Strickland – fühlte mich krank, richtig physisch krank. Wir sagten uns, dass es nur eine Katze sein könne.

Dumoise traf ein. Nie sah ich einen Arzt so berufswidrig erschrocken. Er sagte, es sei ein erschütternder Fall von Hydrophobia, gegen den nichts getan werden könne. Lindernde Mittel würden die Agonie nur verlängern. Das Tier hatte Schaum vor dem Mund. Wir sagten Dumoise, dass Fleete ein- oder zweimal von Hunden gebissen worden sei, wie jeder, der ein halbes Dutzend Terrier hält, ab und zu auf einen kleinen Biss gefasst sein müsse.

Dumoise konnte keine Hilfe leisten und nur versichern, dass Fleete an Hydrophobia sterbe. Die Bestie heulte gerade, da es ihr gelungen war, den Schuhanzieher auszuspeien. Dumoise erklärte, dass er bereit sei, die Todesursache zu bescheinigen, und dass das Ende nahe sei. Er war ein guter kleiner Kerl und bot an, bei uns zu bleiben, aber Strickland lehnte das ab. Er wollte Dumoise das Neujahrsfest nicht verderben, bat ihn aber, die wahre Ursache vom Tode Fleetes nicht bekanntzugeben.

Dumoise verließ uns, tief bewegt. Als wir das Rollen seines Wagens nicht mehr hörten, teilte Strickland mir flüsternd seinen Argwohn mit, der so unglaublich war, dass er selber ihn nicht laut auszusprechen wagte. Und ich, der ich Stricklands Verdacht teilte, schämte mich so, dies einzugestehen, dass ich vorgab, es nicht zu glauben, und sagte: »Selbst wenn der Silberne Fleete behext hätte wegen der Beleidigung Hanumans, so hätte die Strafe nicht so rasch folgen können.«

Während ich dies flüsternd aussprach, wurde der Schrei draußen wieder laut und das Tier verfiel erneut in Krämpfe, sodass wir fürchteten, die Stricke, die es hielten, könnten reißen.

»Halt Wache!«, sagte Strickland. »Wenn dies sich sechsmal wiederholt, nehme ich das Gesetz in meine eigene Hand und befehle dir, mir zu helfen.«

Er ging in sein Zimmer und kehrte nach einigen Minuten zurück, mit dem Lauf einer alten Schrotflinte, einem Stück Angelschnur, einigen dicken Stricken und seiner schweren hölzernen Bettgestell. Ich berichtete, die Schüttelkrämpfe seien stets kurz nach dem Geschrei gefolgt und das Tier schien merklich schwächer zu werden.

Strickland murmelte: »Aber er kann ihm doch nicht das Leben nehmen! Er kann ihm doch nicht das Leben nehmen!«

Ich sagte, obgleich ich wusste, dass ich gegen meine Überzeugung sprach: »Es wird eine Katze sein. Hätte der Silberne Schuld, würde er dann wagen, hierherzukommen?«

Strickland zündete Holz auf dem Herd an, legte den Flintenlauf in die Glut des Feuers, breitete das Tauwerk auf dem Tische aus und brach einen Spazierstock in zwei Stücke. Ein Meter Fischleine, aus Darm geflochten, mit Draht umwickelt, wie sie zum Masheerfisch-Fang gebraucht wird, knotete er mit beiden Enden zusammen. Dann sagte er: »Wie können wir ihn greifen? Er muss lebendig und unverletzt gefangen werden.«

Ich antwortete, wir müssten auf die Vorsehung bauen. »Lass uns mit Polo-Stöcken leise hinausgehen in das Buschwerk vor dem Haus. Der Mensch oder das Tier, das so schreit, muss sich um das Haus herum bewegen, so regelmäßig wie eine Nachtwache. Wir könnten im Gebüsch warten, bis er herankommt, und ihn überfallen.«

Strickland stimmte dem Vorschlag bei. Wir schlüpften vom Badezimmerfenster auf die Veranda und über den Fahrweg ins Gebüsch.

Im Mondlicht sahen wir den Aussätzigen um die Ecke des Hauses kommen. Er war vollkommen nackt. Von Zeit zu Zeit miaute er und tanzte mit seinem Schatten. Es war ein entsetzlicher Anblick, und als ich mir den armen Fleete vorstellte, der durch dies widerwärtige Geschöpf in solche Erniedrigung gebannt war, da schob ich jeden Zweifel beiseite und beschloss, Strickland vorbehaltlos zu helfen.

Der Aussätzige blieb einen Augenblick vor dem Eingang stehen, und wir sprangen mit unseren Stöcken auf ihn los. Er war sonderbar kräftig, und wir fürchteten, dass er entwischte oder gefährlich verwundet würde, ehe wir ihn fest gepackt hatten. Wir hatten geglaubt, dass Aussätzige schwache Kreaturen wären, aber das erwies sich als falsch. Strickland schlug ihm die Beine weg, sodass er niederfiel, und ich setzte meinen Fuß auf seinen Nacken. Er miaute grässlich. Selbst durch meinen Reitstiefel hindurch konnte ich fühlen, dass sein Fleisch nicht das Fleisch eines gesunden Menschen war. Er schlug nach uns mit den Stummeln seiner Hände und Füße. Wir schlangen den Riemen einer Hundepeitsche um ihn, den wir unter den Armhöhlen verknoteten, und schleppten ihn rückwärts in die Vorhalle und in das Esszimmer, wo das Tier lag. Dort banden wir ihn mit weiteren Lederriemen fest. Er wehrte sich nicht; er miaute nur.

Die Szene, die nun folgte, als wir ihn dem Tier gegenüberstellten, ist nicht zu beschreiben. Das Tier krümmte sich, als sei es mit Strychnin vergiftet, und stöhnte zum Erbarmen.

Strickland nickte vor sich hin. »Ich glaube, ich hatte recht. Nun wollen wir ihn auffordern, diesen Fall zu kurieren.«

Aber der Aussätzige miaute nur. Strickland wickelte sich ein Tuch um die Hand und nahm den Flintenlauf aus dem Feuer. Ich steckte den zerbrochenen Spazierstock durch den Knoten der Fischleine und schnallte den Aussätzigen bequem in Stricklands Bettgestell. Ich begriff damals, wie Männer, Frauen und kleine Kinder es ertragen konnten, eine Hexe lebendig verbrennen zu sehen.

Das Tier lag jammernd auf dem Boden. Auch wenn der Silberne kein vollständiges Gesicht mehr hatte, konnte man doch einen Ausdruck des Schreckens unter dem zähen Brei, der es ersetzte, sich verbreiten sehen, so wie Hitzewellen über glühendes Eisen spielen.

Strickland bedeckte seine Augen mit den Händen, dann gingen wir ans Werk. Mehr soll nicht gedruckt werden.

Der Tag begann zu dämmern, da endlich sprach der Aussätzige. Sein Miauen hatte uns bis dahin nicht zufriedenstellen können. Das Tier war ohnmächtig vor Erschöpfung und das Haus ganz still. Wir banden den Aussätzigen los und befahlen ihm, den bösen Geist zu vertreiben. Er kroch zu dem Tier hin und legte ihm seine Hand auf die linke Brust. Das war alles. Dann fiel er, das Gesicht nach unten, hin und winselte, tief Atem holend.

Wir beobachteten das Tier und sahen Fleetes Seele in seine Augen zurückkehren. Seine Stirn bedeckte sich mit Schweiß, und die Augen – es waren wieder menschliche Augen – schlossen sich.

Wir warteten eine Stunde. Fleete schlief tief. Wir brachten ihn in sein Zimmer und befahlen dem Aussätzigen, zu gehen. Wir gaben ihm das Bettgestell, die Decke, um seine Nacktheit zu bedecken, die Handschuhe, die Tücher, mit denen wir ihn berührt, und die Peitschenschnur, mit der wir ihn gebunden hatten. Er hüllte sich in die Decke und ging, weder sprechend noch miauend, in den frühen Morgen hinaus.

Strickland trocknete sich die Stirn und setzte sich. Ein Nachtgong, weit entfernt in der Stadt, schlug sieben Uhr an.

»Genau vierundzwanzig Stunden!«, sagte Strickland. »Und ich habe genug getan, um meine Entlassung aus dem Dienst gewiss zu machen, und nebenbei vielleicht permanentes Quartier im Irrenhaus zu erlangen. Glaubst du, dass wir wach sind?«

Der glühend heiße Flintenlauf war zu Boden gefallen und hatte den Teppich versengt. Der Geruch war durchaus real.

Um elf Uhr morgens gingen wir zu Fleete, um ihn zu wecken. Wir bemerkten, dass die schwarze Leopard-Rosette auf seiner Brust verschwunden war. Er war müde, noch schlaftrunken, aber sobald er uns erblickte, rief er: »Oh, zum Teufel, ihr Burschen, ich wünsch' euch ein glückliches Neujahr! Trinkt nur niemals alles durcheinander. Ich bin halb tot davon.«

»Danke für deine Freundlichkeit. Du kommst aber zu spät«, sagte Strickland. »Heute ist der Zweite. Du hast geschlafen wie ein Toter.«

Die Tür wurde geöffnet, der kleine Dumoise steckte den Kopf herein. Er war zu Fuß gekommen und glaubte, wir bereiteten uns vor, Fleete in den Sarg zu legen.

»Ich habe eine Magd mitgebracht«, sagte Dumoise. »Ich schätze, sie wird machen können, was nötig ist.«

»Auf jeden Fall«, rief Fleete fröhlich, im Bett sich aufrichtend, »wollen wir die Frau sehen.«

Dumoise verstummte. Strickland führte ihn hinaus und erklärte, es müsse wohl eine falsche Diagnose gewesen sein. Dumoise blieb stumm und verließ hastig das Haus. Er betrachtete seinen ärztlichen Ruf als angetastet.

Strickland ging ebenfalls fort. Als er zurückkam, erzählte er mir, er sei in dem Tempel Hanumans gewesen und habe um Verzeihung für die Schmähung des Gottes gebeten. Man hatte ihm aber feierlich versichert, dass kein weißer Mann jemals das

Götterbild berührt habe; er sei ein sehr ehrenhaften Mann, leide aber an Sinnestäuschungen.

»Was sagst du dazu?«, fragte Strickland.

»Es gibt mehr Dinge ...«

Aber Strickland hasst dieses Zitat. Er sagt, es sei abgenutzt.

Es kam noch etwas anderes vor, das mich fast ebenso erschreckte wie die Vorgänge der Nacht. Als Fleete angekleidet ins Esszimmer trat, schnüffelte er. Er hatte eine seltsame Art, seine Nase zu bewegen, wenn er schnüffelte. »Scheußlich hündischer Geruch hier«, sagte er. »Du solltest deine Hunde sauberer halten. Versuche es mit Schwefel, Strick.«

Strickland antwortete nicht. Er griff nach einer Stuhllehne, und ein heftiger Weinkrampf befiel ihn. Es ist schrecklich, einen starken Mann weinen zu sehen. Ich wusste, wir hatten in diesem Raum um Fleetes Seele gerungen, hatten uns erniedrigt, und auch ich lachte und keuchte und gurgelte krampfhaft, während Fleete wohl dachte, wir wären beide verrückt geworden. Wir haben ihm nie gesagt, was wir für ihn getan haben.

Die andere Seite
(Eine bretonische Legende)

Eric Count Stenbock

A la joyeuse Messe noire

Nicht, dass ich es mögen würde, aber man fühlt sich danach so viel besser – oh, Dank sei Euch, Mère Yvonne, ja, nur noch einen kleinen Tropfen.« Also sprachen die alten Weiber ihrem heißen Brandy mit Wasser zu (obwohl sie ihn natürlich nur als Medizin gegen ihr Rheuma nahmen), während sie alle um das große Feuer herum saßen und Mère Pinquèle ihre Geschichte fortsetzte.

»Oh ja, wenn sie dann auf der Spitze des Berges ankommen, steht da ein Altar mit sechs ziemlich schwarzen Kerzen darauf und mit einem gewissen Etwas dazwischen, das keiner ganz klar erkennen kann, und der alte schwarze Widder mit dem Mannsgesicht fängt an, die Messe in einer Art von Kauderwelsch zu lesen, das keiner versteht, und zwei seltsame schwarze Dinger wie Affen huschen mit dem Buch und den Messkännchen herum – und da gibt es auch Musik, so eine Musik. Da sind Geschöpfe, die obere Hälfte wie Katzen und der untere Teil wie Männer, nur dass ihre Beine ganz mit dichtem schwarzen Haar bedeckt sind, und sie spielen auf den Dudelsäcken, und wenn sie zum Hochgebet kommen, dann ...«

Inmitten der alten Weiber lag auf dem Kaminvorleger vor dem Feuer ein Junge, dessen große hübsche Augen weit aufgerissen waren und dessen Glieder in Schreckensverzückung bebten.

»Ist das alles wahr, Mère Pinquèle?«, fragte er.

»Oh, ziemlich wahr, und nicht nur das, der beste Teil kommt erst noch, denn sie nehmen ein Kind und …«

Hier zeigte Mère Pinquèle ihre hauerähnlichen Zähne.

»Oh, Mère Pinquèle, seid Ihr auch eine Hexe?«

»Sei still, Gabriel«, sagte Mère Yvonne, »wie kannst du so etwas Schlimmes sagen? Nun, Gott befohlen, der Junge sollte schon seit Ewigkeiten im Bett sein.«

Gerade in diesem Augenblick erschauerten alle, und alle außer Mère Pinquèle machten das Kreuzzeichen, denn sie vernahmen den schrecklichsten aller schrecklichen Laute – das Heulen eines Wolfs, das mit dreimaligem scharfen Bellen beginnt und sich dann zu einem lang hinziehenden Heulen voller Grausamkeit und gleichzeitiger Verzweiflung erhebt und schließlich in einem gewisperten Knurren verklingt, das mit ewiger Bosheit beladen ist.

Da gab es einen Wald und ein Dorf und einen Bach; das Dorf lag auf der einen Seite des Bachs, und niemand wagte es, ihn auf die andere Seite hin zu überqueren.

Dort, wo das Dorf lag, war alles grün und froh und fruchtbar und ertragreich; auf der anderen Seite trieben die Bäume nie grüne Blätter aus, und ein dunkler Schatten hing sogar am Mittag über ihnen, und zur Nachtzeit konnte man die Wölfe heulen hören – die Werwölfe und die Wolfsmänner und die Mannwölfe und jene völlig gottlosen Männer, die sich jedes Jahr für neun Tage in Wölfe verwandeln, doch auf der grünen Seite war nie ein Wolf zu sehen, auch wenn nur ein kleiner, rinnender Bach wie ein silberner Streifen dazwischenfloss.

Nun war es Frühling, und die alten Weiber saßen nicht länger um das Feuer, sondern vor ihren Häuschen und sonnten sich, und jede fühlte sich so glücklich, dass sie aufhörten, Geschichten über die »andere Seite« zu erzählen. Doch Gabriel streifte an dem Bach entlang, wie er es gewohnt war, und wurde von einer seltsamen, mit heftigem Grauen vermischten Anziehungskraft von drüben her angelockt.

Die Mitschüler mochten Gabriel nicht; alle verlachten und verspotteten ihn, weil er weniger grausam und von Natur aus sanfter war als der Rest, und wie ein seltener und schöner Vogel, der aus seinem Käfig entkommen ist, von den gewöhnlichen Spatzen zu Tode gehackt wird, so erging es auch Gabriel unter seinen Mitschülern. Jeder wunderte sich, dass Mère Yvonne, jene dralle und wackere Matrone, einen solchen Sohn mit seltsam verträumten Augen hervorgebracht hatte, der, wie sie sagten, »pas comme les autres gamins« war. Seine einzigen Freunde waren der Abbé Félicien, in dessen Messe er jeden Morgen diente, und ein kleines Mädchen namens Carmeille, die ihn liebte – warum, das konnte niemand verstehen.

Die Sonne hatte schon zu sinken begonnen, als Gabriel noch den Bach entlangwanderte und erfüllt war von vagem Schrecken und unwiderstehlicher Faszination. Die Sonne sank, und der Mond stieg auf, der Vollmond, sehr groß und sehr klar, und das Mondlicht durchflutete den Wald sowohl auf dieser als auch auf der »anderen Seite«, und gerade dort, an der »anderen Seite« des Baches, sah Gabriel eine große tiefblaue Blume überhängen, deren seltsamer berauschender Duft ihn erreichte und ihn sogar dort, wo er stand, bannte.

»Wenn ich nur einen Schritt hinübermachen könnte«, dachte er, »nichts könnte mir etwas antun, wenn ich nur diese eine Blume pflückte, und niemand würde überhaupt wissen, dass ich dort drüben war«, denn die Dorfbewohner betrachteten jeden mit Hass und Argwohn, von dem die Rede ging, er sei auf die »andere Seite« hinübergeschritten. Und als er so Mut gesammelt hatte, sprang er leichthin auf die andere Seite des Baches. Dann brach der Mond hinter einer Wolke hervor und strahlte mit ungewöhnlichem Glanz, und Gabriel sah, dass sich vor ihm weite Felder derselben blauen Blumen erstreckten, eine hübscher als die andere, und da er sich nicht entschließen konnte, ob er nur eine oder mehrere Blumen nehmen sollte, ging er weiter und weiter, und der Mond schien sehr hell, und ein seltsamer unsichtbarer Vogel sang beinahe wie eine Nachtigall, nur lauter und lieblicher, und Gabriels Herz war erfüllt von einem unbekannten Verlangen, und der Mond schien, und die Nachtigall sang. Doch plötzlich bedeckte eine schwarze Wolke den Mond völlig, und alles war schwarze, äußerste Dunkelheit, und durch die Dunkelheit hörte er Wölfe in der schrecklichen Hitze der Jagd heulen und schreien, und vor ihm zog eine schauerliche Prozession von Wölfen vorbei (schwarze Wölfe mit roten, feurigen Augen), und unter ihnen waren Männer, die die Köpfe von Wölfen besaßen, und Wölfe mit Männerköpfen, und über sie hinweg flogen Eulen (schwarze Eulen mit feurigen Augen) und Fledermäuse und lange, schlangengleiche schwarze Geschöpfe, und zu allerletzt ritt auf einem riesigen schwarzen Widder mit einem scheußlichen Menschengesicht der Wolfshüter heran, auf dessen Antlitz ein ewiger Schatten lag; doch sie setzten ihre Jagd fort und liefen an Gabriel vorüber, und als sie vorüber waren, schien der Mond strahlender denn je, und die seltsame Nachtigall sang wieder, und die seltsamen starkblauen Blumen lagen vor ihm in Matten zur Rechten und zur Linken.

Doch nun war ein Geschöpf dort, das vorher nicht da gewesen war: Inmitten der tiefblauen Blumen wandelte eine daher mit golden schimmerndem Haar, und einmal drehte sie sich um, und ihre Augen waren von derselben Farbe wie die seltsamen blauen Blumen, und sie wandelte fort, und Gabriel hatte keine Wahl, als ihr zu folgen. Doch als eine Wolke vor dem Mond vorüberzog, sah er nicht länger eine wunderschöne Frau, sondern einen Wolf; so machte er in äußerstem Schrecken kehrt und floh, wobei er eine der seltsamen Blumen am Wege pflückte, und er sprang abermals über den Bach und rannte heim.

Als er nach Hause kam, konnte Gabriel nicht widerstehen, seinen Schatz der Mutter zu zeigen, obwohl er wusste, dass sie ihn nicht guthieße; doch als sie die seltsame blaue Blume sah, wurde Mère Yvonne bleich und sagte: »Aber mein Kind, wo bist du gewesen? Das ist mit Sicherheit die Hexenblume«, und während sie dies sagte, schnappte sie ihm die Blume fort und warf sie in die Ecke, und sofort verwehte all ihre Schönheit und ihr seltsamer Duft, und sie sah verkohlt aus, so als wäre sie verbrannt worden. Nun setzte sich Gabriel still und recht mürrisch an den Tisch; ohne zu Abend gegessen zu haben, ging er zu Bett, doch er schlief nicht, sondern wartete und wartete, bis alles im Hause ruhig war. Dann schlich er in seinem langen weißen Nachthemd barfuß über die kalten Steinplatten hinunter und las rasch die verkohlte und verblichene Blume auf und barg sie an seiner warmen Brust nächst seinem Herzen, und sofort erblühte die Blume lieblicher denn je. Er fiel in einen tiefen Schlaf, doch durch seinen Schlaf hindurch schien er eine sanfte, tiefe Stimme zu hören, die unter seinem Fenster in einer seltsamen Sprache sang (in der die feinen Laute ineinander verschmolzen), doch er konnte kein Wort außer seinem eigenen Namen verstehen.

Als er am Morgen fortging, um in der Messe zu dienen, behielt er die Blume immer noch nahe bei seinem Herzen. Da nun der Priester die Messe begann und sagte: »*Introibo ad altare Dei*«, antwortete Gabriel: »*Qui nequiquam laetificavit juventutem meam.*« Und der Abbé Félicien drehte sich um, als er diese merkwürdige Antwort hörte, und sah, dass das Gesicht des Jungen totenbleich, sein Blick starr und seine Glieder steif waren, und als der Priester ihn ansah, fiel Gabriel ohnmächtig zu Boden, sodass der Sakristan ihn nach Hause tragen und einen anderen Messdiener für den Abbé Félicien suchen musste.

Als nun der Abbé Félicien kam, um nach ihn zu sehen, fühlte Gabriel eine seltsame Abneigung dagegen, von der blauen Blume zu berichten, und täuschte so zum ersten Mal den Priester.

Am Nachmittag, als sich der Sonnenuntergang näherte, fühlte er sich besser, und Carmeille kam ihn besuchen und bat ihn, mit ihr hinaus an die frische Luft zu gehen. So gingen sie Hand in Hand hinaus, der dunkelhaarige, gazellenäugige

Junge und das hübsche Mädchen mit dem welligen Haar, und irgendetwas, was auch immer, führte seine Schritte (halb bewusst und doch wieder nicht, denn er konnte nicht anders, als dorthin zu gehen) zu dem Bach, und sie setzten sich zusammen am Ufer nieder.

Gabriel dachte, er müsse wenigstens Carmeille von seinem Geheimnis erzählen, und so nahm er die Blume von seinem Busen und sagte: »Schau her, Carmeille, hast du jemals eine so schöne Blume wie diese gesehen?« Doch Carmeille wurde bleich und matt und sagte: »Oh Gabriel, was ist das für eine Blume? Ich habe sie bloß angerührt und doch gefühlt, wie mich etwas Seltsames überkommen hat. Nein, nein, ich mag ihren Duft nicht, es stimmt etwas nicht mit ihr, oh lieber Gabriel, lass sie mich bitte wegwerfen«, und bevor er Zeit für eine Antwort hatte, hatte sie die Blume fortgeschleudert, die abermals all ihre Schönheit und ihren Wohlgeruch verlor und so verkohlt aussah, als sei sie verbrannt worden. Doch plötzlich erschien dort, wo die Blume auf dieser Seite des Bächleins niedergefallen war, ein Wolf, der dastand und die Kinder anstarrte. Carmeille sagte: »Was sollen wir bloß tun?«, und klammerte sich an Gabriel, doch der Wolf blickte sie unverwandt an, und Gabriel erkannte in den Augen des Wolfes die seltsamen tiefen blauen Augen der Wolfsfrau, die er auf der »anderen Seite« gesehen hatte, und so sagte er: »Bleib hier, Carmeille, schau, sie sieht uns freundlich an und wird uns nichts tun.«

»Aber es ist ein Wolf«, sagte Carmeille, und sie erschauerte vor Angst, doch erneut sagte Gabriel schleppend: »Sie wird uns nichts tun.« Dann ergriff Carmeille Gabriels Hand in schrecklicher Angst und zog ihn hinter sich her, bis sie das Dorf erreichten, wo sie Alarm schlug und alle Burschen des Ortes sich daraufhin versammelten. Sie hatten niemals zuvor einen Wolf auf dieser Seite des Baches gesehen; deshalb regten sie sich sehr auf und beschlossen eine große Wolfsjagd für den folgenden Tag, doch Gabriel saß still abseits und sagte kein Wort. In jener Nacht konnte Gabriel weder schlafen noch sich dazu bringen, seine Gebete aufzusagen. Er saß in seinem kleinen Zimmer bei dem Fenster, sein Hemd war an der Kehle geöffnet, und er hielt die seltsame blaue Blume über seinem Herzen.

In dieser Nacht hörte er abermals eine Stimme unter seinem Fenster in derselben sanften, feinen, fließenden Sprache wie zuvor singen:

Ma zála liràl va jé
Cwamûlo zhajéla je
Cárma urádi el javé
Járma, symai – carmé –
Zhála javály thra je
al vû al vlaûle va azré
Safralje vairálje va já?
Cárma seràja
Lâja lâja
Luzhà!

Und als er hinausschaute, konnte er die silbernen Schatten auf dem glimmernden Licht goldenen Haars herumgleiten sehen, und die seltsamen Augen leuchteten dunkelblau durch die Nacht, und es schien ihm, als müsse er ihr folgen. So wanderte er halb angezogen und barfuß, wie er war, mit starren Augen wie in einem Traum leise die Treppe hinunter und hinaus in die Nacht.

Immer wieder drehte sie sich um und schaute ihn mit ihren seltsamen blauen Augen voller Zärtlichkeit und Leidenschaft an, und voller Traurigkeit, die jenseits der Traurigkeit menschlicher Wesen lag – und wie er es vorher gewusst hatte, führte sie ihn zum Ufer des Baches. Dann nahm sie seine Hand und sagte ungezwungen: »Willst du mir nicht hinüberhelfen, Gabriel?«

Da erschien es ihm, als habe er sie sein ganzes Leben lang gekannt – so ging er mit ihr auf die »andere Seite«, doch jetzt sah er niemanden mehr bei sich. Als er noch einmal schaute, standen neben ihm *zwei Wölfe.* In wahnsinniger Angst ergriff er (der zuvor nie daran gedacht hatte, ein lebendes Wesen zu töten) einen nahebei liegenden Holzscheit und schlug es einem der Wölfe über den Schädel.

Sofort sah er die Wolfsfrau an seiner Seite. Blut strömte aus ihrer Stirn und befleckte ihr wunderbares goldenes Haar, und während sie ihm einen Blick unendlichen Vorwurfs zuwarf, sagte sie: »Wer hat das getan?«

Dann flüsterte sie einige Worte zu dem anderen Wolf, der über den Bach sprang und seinen Weg auf das Dorf zu nahm, und zu Gabriel gewandt sagte sie: »Oh Gabriel, wie konntest du mich schlagen, mich, die ich dich so lange und so innig geliebt hätte.« Da erschien es ihm wieder, als hätte er sie sein ganzes Leben hindurch gekannt, aber er fühlte sich benommen und sagte nichts. Doch sie hob ein dunkelgrünes merkwürdig geformtes Blatt auf, hielt es an ihre Stirn und sagte: »Gabriel, küss diese Stelle, und alles wird wieder gut.« So küsste er sie, wie sie ihn gebeten hatte, und er fühlte den Geschmack von Blut in seinem Mund, und dann verließ ihn das Bewusstsein.

Wieder sah er den Wolfshüter mit seinem schrecklichen Gefolge um sich herum, doch dieses Mal waren sie nicht mit einer Jagd beschäftigt, sondern saßen in seltsamem Konklave in einem Kreis, und die schwarzen Eulen saßen in den Bäumen, und die schwarzen Fledermäuse hingen von den Ästen herunter. Gabriel stand allein in der Mitte. Hundert böse Augen starrten ihn an. Sie schienen zu überlegen, was mit ihm gemacht werden sollte, und sprachen in derselben seltsamen Zunge, die er in den Liedern unter seinem Fenster gehört hatte. Plötzlich fühlte er, wie eine Hand die seine drückte, und er sah die rätselhafte Wolfsfrau an seiner Seite.

Dann hub etwas an, das eine Art von Anrufung sein mochte, in welcher menschliche oder halbmenschliche Kreaturen zu heulen und Tiere mit menschlichen Worten zu reden schienen, jedoch in der unbekannten Sprache. Dann äußerte der Wolfs-

93

hüter, dessen Antlitz von ewigen Schatten verschleiert war, einige Worte mit einer Stimme, die von weit herzukommen schien, doch alles, was Gabriel verstehen konnte, war sein eigener Name und der ihre, Lilith. Dann fühlte er, wie Arme ihn umschlangen.

Gabriel erwachte – in seinem eigenen Zimmer –, so war es nur ein Traum gewesen – doch was für ein schrecklicher Traum. Ja, war es denn sein eigenes Zimmer? Natürlich, da hing sein Mantel über dem Stuhl – ja, aber – das Kreuz – wo waren das Kreuz und das Weihwasserkesselchen und der geweihte Palmzweig und das alte Bild Unserer Lieben Frau *Perpetuae Salutis* mit dem Ewigen Licht davor, vor dem er die an jedem Tag gesammelten Blumen aufgestellt hatte, nicht jedoch die blaue Blume?

Jeden Morgen erhob er seine noch traumbeladenen Augen zu dem Bild und sagte das Ave-Maria und machte das Kreuzzeichen, das der Seele Frieden bringt – doch wie entsetzlich, wie verrückt, es war nicht da, überhaupt nicht da. Nein, er konnte mit Sicherheit nicht wach sein, zumindest noch nicht *völlig* wach; er würde gleich das Segenszeichen machen und wäre erlöst von dieser angstvollen Illusion – ja, aber das Zeichen, er wollte das Zeichen machen – oh, aber was war das Zeichen? Hatte er es vergessen? Oder war sein Arm gelähmt? Nein, er konnte ihn bewegen. Dann hatte er es also vergessen – und das Gebet – er musste sich doch daran erinnern. *A-vae-nunc-mortis-fructus*. Nein, so lautete es gewiss nicht, aber so ähnlich bestimmt – ja, er war wach, er konnte sich auf jeden Fall bewegen – er musste sich dessen versichern – er musste aufstehen – er würde die graue alte Kirche mit den fein gespitzten Giebeln sehen, die im Licht der Morgendämmerung badeten, und sogleich würde die tiefe, feierliche Glocke läuten, und er würde hinunterlaufen und seine rote Soutane und das spitzenbesetzte Chorhemd anziehen und die großen Kerzen auf dem Altar entzünden und ehrfurchtsvoll warten, um den guten und gnädigen Abbé Félicien anzukleiden und jedes Kleidungsstück zu küssen, während er es mit ehrerbietigen Händen aufhob.

Aber dies war gewiss nicht das Licht der Morgendämmerung – es war eher der Sonnenuntergang! Er sprang von seinem kleinen weißen Bett auf, und ein unbestimmter Schrecken überkam ihn, er zitterte und musste sich an dem Stuhl festhalten, bevor er das Fenster erreichen konnte. Nein, die feierlichen Türme der grauen Kirche waren nicht sichtbar – er befand sich in den Tiefen des Waldes, jedoch in einem Teil, den er nie zuvor gesehen hatte – aber gewiss hatte er jeden Teil desselben erkundet, also musste es die »andere Seite« sein. Dem Schrecken folgte eine Trägheit und ein Abgespanntsein, die nicht ohne Reiz waren – Passivität, Ergebung, Hingabe –; er fühlte sozusagen die starke Liebkosung eines anderen Willens, der wie Wasser über ihn floss und ihn mit unsichtbaren Händen in ein unfühlbares Gewand kleidete; so zog er sich beinahe mechanisch an und ging, wie ihm schien, dieselben Stufen nach unten, die er für gewöhnlich herabrannte und sprang. Die breiten Steinfliesen schienen einzigartig schön und schillernd in vielen seltsamen Farben – wie kam es, dass er dies nie zuvor bemerkt hatte? – doch er verlor allmählich die Kraft des Verwunderns – er betrat den unteren Raum – der übliche Kaffee und die Croissants lagen auf dem Tisch.

»Nun, Gabriel, wie spät du heute bist.« Die Stimme war sehr süß, doch der Tonfall seltsam – und da saß Lilith, die geheimnisvolle Wolfsfrau. Ihr gleißendes Goldhaar war locker in einem losen Knoten zusammengebunden, und eine Stickarbeit, auf der sie merkwürdige schlangenhafte Muster zeichnete, lag auf dem Schoß ihres maisfarbenen Gewandes – und sie schaute Gabriel unverwandt mit ihren wundervollen dunkelblauen Augen an und sagte: »Nun, Gabriel, du bist spät heute«, und Gabriel antwortete: »Ich war müde gestern, gib mir etwas Kaffee.«

Ein Traum in einem Traum – ja, er hatte sie während seines ganzen Lebens gekannt, und sie lebten zusammen; hatten sie es nicht immer getan? Und sie würde ihn durch die Lichtungen des Waldes führen und Blumen für ihn sammeln, die er nie zuvor gesehen hatte, und ihm Geschichten in ihrer seltsamen tiefen Stimme erzählen, die unablässig von den feinen Vibrationen von Geigensaiten begleitet zu werden schien, und ihn währenddessen starr mit ihren wunderbaren blauen Augen ansehen.

Nach und nach schien die Flamme der Lebenskraft, die in ihm brannte, schwächer und schwächer zu werden, und seine geschmeidigen, wendigen Glieder wurden träge und üppig – doch er war beständig erfüllt von einer matten Zufriedenheit, und ein Wille, der nicht sein eigener war, überschattete ihn beständig.

Eines Tages sah er während ihrer Wanderungen eine seltsame dunkelblaue Blume gleich den Augen Liliths, und ein plötzliches Halberinnern blitzte durch seine Gedanken.

»Was ist das für eine blaue Blume?«, fragte er, und Lilith erzitterte und sagte nichts, doch als sie weitergingen, kamen sie zu einem Bach – der Bach, dachte er, und er fühlte, wie seine Fesseln von ihm abfielen, und er schickte sich an, über den Bach zu springen; doch Lilith ergriff ihn am Arm und hielt ihn mit all ihrer Kraft zurück, und während sie am ganzen Leibe zitterte, sagte sie: »Versprich mir, Gabriel, dass du ihn niemals überqueren wirst.« Doch er sagte: »Sag mir, was das für eine blaue Blume ist und warum du mir das nicht sagen willst.« Und sie sagte: »Schau auf den Bach, Gabriel.« Und er schaute hin und sah, dass, obwohl es wie das Trennungsflüsschen aussah, es doch nicht dasselbe war; die Wasser flossen nicht.

Als Gabriel unverwandt auf die reglosen Wasser blickte, war es ihm, als nehme er Stimmen wahr – wie eine Ahnung der Totenvesper. *»Hei mihi quia incolatus sum«*, und dann wieder *»De profundis clamavi ad te«* – oh dieser Schleier, dieser alles überschattende Schleier! Warum konnte er nicht richtig hören und sehen, und warum konnte er sich nur wie jemand erinnern, der durch einen dreifachen halb durchsichtigen Vorhang schaute? Ja, sie beteten für ihn – aber wo waren sie? Er hörte wieder Liliths Stimme in geflüsterter Angst: »Komm fort!«

Dann sagte er, diesmal in einförmiger Rede: »Was ist das für eine blaue Blume, und wozu wird sie benutzt?«

Und die tiefe erbebende Stimme antwortete: »Sie heißt *lûli uzhûri;* zwei Tropfen davon auf das Gesicht des Schläfers, und er wird *schlafen.*«

Er war wie ein Kind in ihrer Hand und duldete es, dass sie ihn von dort wegführte; dennoch pflückte er gleichgültig eine der blauen Blumen und hielt sie in seiner Hand nach unten. Was meinte sie? Würde der Schläfer erwachen? Würde die blaue Blume einen Fleck hinterlassen? Könnte der Fleck weggewischt werden?

Als er aber bei der frühen Dämmerung im Schlafe lag, hörte er von fern Stimmen, die für ihn beteten – der Abbé Félicien, Carmeille, auch seine Mutter; dann trafen einige vertraute Worte seine Ohren: »*Libera me a porta inferni.*« Es wurde eine Messe für seine Seelenruhe gelesen, das wusste er. Nein, er konnte nicht bleiben, er würde über den Bach springen, er kannte den Weg – er hatte vergessen, dass der Bach nicht mehr floss. Ah, aber Lilith wusste es – was sollte er tun? Die blaue Blume – da lag sie nahe bei seinem Bett – er verstand jetzt; so schlich er sehr leise dorthin, wo Lilith lag und schlief; ihr langes Haar glitzerte golden und leuchtete wie ein Heiligenschein um sie. Er rieb zwei Tropfen auf ihre Stirn, sie seufzte einmal, und ein Schatten übernatürlicher Angst huschte über ihr wunderschönes Gesicht. Er floh – Schrecken, Reue und Hoffnung zerrten an seiner Seele und machten seine Füße flink.

Er kam an den Bach – er sah nicht, dass das Wasser nicht floss – natürlich war dies der Bach der Trennung; ein Satz, und er sollte wieder bei den Menschen sein. Er sprang hinüber und …

Eine Wandlung war über ihn gekommen – was war es? Er konnte es nicht sagen – war er auf allen vieren gelaufen? Ja, sicherlich. Er schaute in den Bach, dessen reglose Wasser fest wie ein Spiegel waren, und dort, oh Grauen, erblickte er sich selbst; oder war er es nicht selbst? Sein Kopf und sein Gesicht, ja; aber sein Körper war in den eines Wolfs verwandelt. Gar als er sich noch anschaute, hörte er hinter sich ein scheußliches, spottendes Gelächter. Er drehte sich um – dort, in einem Schein roten unheimlichen Lichts, sah er jemanden, dessen Körper menschlich war, doch dessen Haupt das Haupt eines Wolfs war, mit Augen unendlicher Bosheit, und während dieses scheußliche Geschöpf mit einer lauten menschlichen Stimme lachte, konnte Gabriel, als er zu sprechen versuchte, nur das gedehnte Heulen eines Wolfs ausstoßen.

Doch wir wollen unsere Gedanken von den fremdartigen Dingen auf der »anderen Seite« zu dem einfachen menschlichen Dorf hinüberbringen, in dem Gabriel früher gewohnt hatte. Mère Yvonne war nicht sonderlich überrascht, als Gabriel nicht zum Frühstück erschien – das tat er oft nicht, so geistesabwesend war er, und diesmal sagte sie: »Ich nehme an, dass er mit den anderen auf die Wolfsjagd gegangen ist.« Es war nicht so, dass Gabriel der Jagd ergeben war, doch, wie sie weise sagte, »man konnte nie wissen, was er als Nächstes tun würde«. Die Jungen sagten: »Natürlich drückt sich dieser Tölpel von Gabriel vor der Jagd und versteckt sich; er hat Angst davor, bei der Wolfshatz mitzumachen; nun, er würde nicht einmal eine Katze töten«, denn ihr einziger Begriff von Vortrefflichkeit war das Schlachten – demnach war der Ruhm umso größer, je größer das Spiel war. Sie waren jetzt hauptsächlich beschränkt auf Katzen und Spatzen, doch sie alle hofften, später einmal Armeegeneräle zu werden.

Und dennoch waren diese Kinder ihr ganzes Leben hindurch in den sanften Worten Christi unterrichtet worden – aber leider fällt beinahe die gesamte Saat an den Wegesrand, sodass sie keine Blume oder Frucht hervorbringen kann; wie wenig wissen diese von Leid und bitterer Qual oder erkennen die volle Bedeutung der Worte an jene, von denen geschrieben steht: »Einige fielen zwischen die Dornen.«

Die Wolfsjagd war insofern ein Erfolg, als dass sie tatsächlich einen Wolf sahen, andererseits aber kein Erfolg, da sie ihn nicht töten konnten, bevor er über den Bach auf die »andere Seite« sprang, wo sie natürlich zu ängstlich waren, um ihn zu verfolgen. Keine Empfindung ist stärker in die Köpfe gewöhnlicher Menschen eingepflanzt und intensiver als Hass und Angst hinsichtlich etwas ›Seltsamem‹.

Die Tage gingen vorüber, doch Gabriel war nirgendwo gesehen worden, und Mère Yvonne begann schließlich klar zu erkennen, wie sehr sie ihren einzigen Sohn liebte, der ihr so unähnlich war, dass sie sich selbst als Gegenstand des Mitleids für andere Mütter gesehen hatte – die Gans und das Schwanenei. Die Leute suchten und gaben vor zu suchen, sie gingen sogar so weit, die Tümpel zu durchseihen, was die Kinder sehr unterhaltsam fanden, denn es ermöglichte ihnen, eine große Anzahl von Wasserratten zu töten, und Carmeille saß in einer Ecke und weinte den ganzen Tag lang. Mère Pinquèle saß ebenso in einer Ecke und jammerte in sich hinein und meinte, sie habe ja immer gesagt, dass es mit Gabriel kein gutes Ende nehmen würde. Der Abbé Félicien sah bleich und besorgt aus, sagte aber sehr wenig, außer zu Gott und zu jenen, die bei Gott wohnten.

Schließlich, als Gabriel nicht zu finden war, nahmen sie an, dass er nirgendwo war – das heißt *tot*. (Ihre Kenntnis von anderen Örtlichkeiten war so beschränkt, dass es ihnen nicht einmal in den Sinn kam, er könnte anderswo als im Dorf leben.) So kam man überein, dass ein leerer Katafalk in der Kirche aufgestellt werden sollte, mit großen Kerzen darum, und Mère Yvonne sagte alle Gebete auf, die in ihrem Gebetbuch standen; gleichgültig gegen deren Angemessenheit, begann sie am Anfang und hörte am Schluss auf – sie ließ nicht einmal die liturgischen Anweisungen aus. Und Carmeille saß in der Ecke der kleinen Seitenkapelle und weinte und weinte. Und der Abbé Félicien veranlasste die Jungen, die Vesper für die Toten zu singen (dies fanden sie nicht so unterhaltsam wie das Durchseihen des Weihers), und er sagte am folgenden Morgen, in der Stille der frühen Dämmerung, die Totenklage und das Requiem – *und das hörte Gabriel.*

Dann erhielt der Abbé Félicien die Nachricht, einem Kranken die Letzte Ölung zu spenden.

So brachen sie in einer feierlichen Prozession mit großen Fackeln auf, und ihr Weg führte entlang des Bachs der Trennung.

Als er zu sprechen versuchte, konnte er nur das gedehnte Heulen eines Wolfs ausstoßen – der beängstigendste aller tierischen Laute.

Er heulte und heulte erneut – vielleicht würde Lilith ihn hören! Vielleicht konnte sie ihn retten? Dann erinnerte er sich an die blaue Blume – der Anfang und das Ende all seines Leids. Seine Rufe schreckten all die Bewohner des Waldes auf – die Wölfe, die Wolfsmänner und die Mannwölfe. Er floh vor ihnen in peinigendem Schrecken – hinter ihm war der Wolfshüter; er saß auf einem schwarzen Widder mit menschlichem Gesicht, und sein Antlitz war in ewigen Schatten gehüllt.

Nur einmal drehte sich Gabriel um, um hinter sich zu schauen – denn in dem Schreien und Heulen der bestialischen Jagd hörte er eine zitternde Stimme, die vor Schmerzen jammerte. Und da erblickte er Lilith unter ihnen; auch ihr Körper war der eines Wolfs, beinahe verborgen unter den Massen ihres glitzernden goldenen Haares; auf ihrer Stirn war ein blauer Fleck von gleicher Farbe wie ihre rätselhaften Augen, die nun von Tränen verschleiert waren, die sie nicht zu vergießen vermochte.

Der Weg der Letzten Ölung führte entlang des Bachs der Trennung.

Sie hörten das beängstigende Heulen von fern; die Fackelträger wurden blass und erzitterten – doch Abbé Félicien, der das Ziborium hochhielt, sagte: »Sie können uns nichts tun.«

Plötzlich kam die ganze schreckliche Jagd in Sicht. Gabriel sprang über den Bach, der Abbé Félicien hielt das heilige Sakrament vor ihn, und Gabriel wurde seine Gestalt wiedergegeben, und er sank nieder in demütiger Anbetung. Doch der Abbé Félicien hielt immer noch das heilige Ziborium hoch, und die Leute fielen in furchtbarer Angst auf die Knie, das Gesicht des Priesters hingegen schien in göttlichem Glanz zu strahlen. Dann hielt der Wolfshüter in seinen Händen die Gestalt von etwas Schrecklichem und Unbegreiflichem in die Höhe – eine Monstranz mit dem Sakrament der Hölle, und dreimal erhob er es in Verspottung des gesegneten Ritus der Benediktion. Und beim dritten Mal gingen Feuerströme von seinen Fingern aus, und die ganze »andere Seite« des Waldes fing Feuer, und große Dunkelheit lag über allem.

Alle, die dort waren und es gesehen und gehört hatten, behielten den Eindruck davon für den Rest ihres Lebens – nicht einmal in der Todesstunde war die Erinnerung daran aus ihrem Gedächtnis verdrängt. Über jede Vorstellung hinaus schreckliche Schreie waren bis zum Einbruch der Nacht zu hören – dann ging der Regen nieder.

Die »andere Seite« ist harmlos nun – nichts als verkohlte Asche; doch niemand wagt hinüberzugehen, außer Gabriel allein – denn einmal im Jahr kommt für neun Tage ein seltsamer Wahnsinn über ihn.

Der Werwolf von Ponkert

H. Warner Munn

Es sind nicht Männer, nicht Weiber,
Nicht Tier- und nicht Menschenleiber,
Es sind nachtwandelnde Geister.
  Edgar Allen Poe, *Die Glocken*

Prolog

Wenn ich früher Frankreich bereiste, verzichtete ich niemals darauf, in einem bestimmten Gasthaus etwa fünfzig Kilometer von Paris entfernt einzukehren. Ich werde Ihnen keine näheren Angaben machen, wie Sie dorthin finden, denn es ist meine persönliche Entdeckung, und ich will sie durchaus nicht mit anderen teilen. Die Tatsache, dass in diesem Gasthaus sehr hübsche Kellnerinnen arbeiten, ist rein zufällig, der eigentliche Grund für meine Besuche war die vorzügliche Qualität des Weines.

Viele Nächte haben der alte Pierre und ich dort gesessen und bis in die frühen Morgenstunden geraucht und getrunken. Dabei erzählten wir von unseren vielen gefährlichen und unheimlichen Abenteuern in den verschiedensten Teilen der Welt. Pierre war ebenfalls ein Weltenbummler und Abenteurer gewesen, bevor es ihn in dieses ruhige Provinzdorf verschlagen hatte, wo er seinen Lebensabend verbrachte.

Eines Nachts – oder eines Morgens, sollte ich wohl besser sagen – wurde Pierre unter dem Einfluss seines Nektars unbesonnen und ließ so ein paar Worte fallen, die so vieldeutig waren, dass ich sofort ein Geheimnis witterte.

Als er wieder nüchtern war, verlangte ich eine Erklärung. Da er schon zu viel gesagt hatte, erkannte er, dass er mir diese Bitte nicht mehr einfach abschlagen konnte. Er zeigte mir als Beweis für seine dunklen Anspielungen auf einen schrecklichen Vorfall in der Geschichte seiner Familie ein Buch. Es war in handgearbeitetes Leder gebunden und mit einer silbernen Schließe versehen. Schlug man es auf, offenbarte es einen in altem Latein unleserlich geschriebenen Text. Offensichtlich war er auf Pergament verfasst worden, das inzwischen vergilbt war, aber ursprünglich erstaunlich hell gewesen sein muss.

Das Buch enthielt nur vier quadratische Blätter von jeweils etwa dreißig Zentimetern Größe, die an einem schmalen Holzrücken befestigt waren. Sie waren nur auf einer Seite beschrieben, vollständig bedeckt mit diesem dicht gedrängten, schwer entzifferbarem lateinischen Text.

Auf der Rückseite des Buches waren zwei eiserne Ösen angebracht, an denen mehrere schwere verrostete Kettenglieder hingen. Offensichtlich war es, wie die meisten kostbaren Bücher, die in der Vergangenheit der Öffentlichkeit zugänglich waren, angekettet gewesen, um Diebstahl zu verhindern.

Leider verstehe ich keine anderen Sprachen außer Französisch und Englisch. Mein Freund musste es mir also beim Vorlesen übersetzen, was er auch tat.

Als ich mich von der Erstarrung erholte, die mich nach diesem kuriosen Bericht befallen hatte, bat ich meinen Freund, ihn mir noch einmal vorzulesen – diesmal jedoch langsam. Während er las, schrieb ich mit. Und hier ist nun die Geschichte. Sie können sie für wahr halten oder nicht, das bleibt Ihnen überlassen. Auf Ungarisch erzählt, auf Latein aufgeschrieben, ins moderne Französisch übersetzt und daraus ins Englische, ist es wahrscheinlich, dass der Text ein wenig verstümmelt und ausgefeilt ist. Zweifellos wimmelt es deshalb darin nun von Anachronismen, aber wie dem auch sei, so ist unbestritten das einzige bekannte authentische Dokument über die Erlebnisse eines Werwolfs – von ihm selbst diktiert.

I

Da mir nur noch wenige Stunden zu leben bleiben, diktiere ich das Folgende in der Hoffnung, dass anderen mein Beispiel als Warnung dienen und sie daraus Nutzen ziehen mögen. Der Priester hat mir nahegelegt, ihm meine Geschichte zu erzählen, damit er sie aufschreiben kann.

Mein Name ist Wladislaw Brenryk. Zwanzig Jahre lang lebte ich in dem Dorf, in dem ich geboren wurde, einem kleinen Ort im nordöstlichen Teil Ungarns. Meine Eltern waren arm, und ich musste hart arbeiten – und zwar härter, als mir lieb war, denn ich war träge veranlagt. Also gebrauchte ich meinen Verstand, um meine Hände zu schonen, und ich war clever, das muss ich schon sagen. Ich war zum Handeln und Feilschen geboren. Keiner der Jungen, mit denen ich heranwuchs, konnte mir das Wasser reichen, wenn es um Geschäfte ging.

Die Zeit verstrich, und bevor ich das Mannesalter erreichte, wurde mein Vater von der Pest dahingerafft. Obwohl meine Mutter dagegen immun war (als Mädchen hatte sie bereits die Pest gehabt und sie überlebt), gab sie sich bald auf, wurde schwächer und schwächer und gesellte sich schließlich zu meinem Vater im Himmel. Der Priester unseres Dorfes sagte, dass Probleme mit ihren Lungen zu ihrem Tod geführt hätten, aber ich weiß es besser, denn sie hatten sich beide sehr geliebt.

Zum ersten Mal in meinem Leben mutterseelenallein, konnte ich es nicht länger ertragen, in der Umgebung meiner glücklichen Kindheit zu bleiben. So machte ich mich eines schönen Frühlingsmorgens auf, trug auf dem Rücken nur solche Habseligkeiten, von denen ich mich nicht trennen konnte, und um meine Taille eine Geldkatze, vollgestopft mit den Erlösen aus meinen Geschäften und dem Verkauf unseres Häuschens.

Einige Jahre lang wanderte ich umher. Für einige Zeit arbeitete ich als Pferdehändler, dann wieder verkaufte ich Schmuck und kleine Gebrauchsartikel. Schließlich ließ ich mich in Ponkert nieder und eröffnete ein kleines Geschäft, in dem ich schöne Seidenstoffe, Schmuck und Schwertgriffe anbot. Es waren die Schwertgriffe, die sich am besten verkauften. Sie waren reich verziert mit goldenem Filigran und über und über mit Edelsteinen besetzt. Oberhäupter und wohlhabende Adelige kamen von weit her oder schickten Boten, um sie zu erwerben. Ich wurde bekannt für meine Ehrlichkeit und Kulanz, gleichermaßen erlangte ich eine weniger beneidenswerte Berühmtheit als Geizhals. Es stimmte wohl, dass ich sparsam und bedächtig war, aber ich möchte den sehen, der beweisen will, dass ich knauserig war.

Ich hatte das Geschäft für die Nacht geschlossen und die Pferde für die lange Heimfahrt angeschirrt, als ich mir das erste Mal wünschte, in dem Dorf zu leben statt so weit entfernt. Sonst genoss ich immer die Fahrt, denn ein Mann kann auf einer langen Fahrt viel nachdenken. Sie ließ mich die alltäglichen Sorgen und Zänkereien vergessen, sodass ich mich, wenn ich zu Hause angekommen war, voll und ganz meiner lieben Frau und meiner kleinen Tochter widmen konnte.

Was mich an diesem Tag der langen Heimfahrt mit Angst entgegensehen ließ, waren die vielen Goldstücke in meinem Ranzen. Ich war noch nie auf dieser Straße belästigt worden, aber andere hatte man ausgeraubt und zum Teil verzehrt. Überall um sie herum waren Spuren von Menschen und von Tieren im Schnee zu sehen gewesen. Anscheinend, so dachte ich damals, hatte eine Räuberbande sie niedergeschlagen und den Wölfen überlassen.

Aber diese ganze Sache enthielt einen beunruhigenden Aspekt: Die Leichen waren nicht nur schrecklich verstümmelt und die Tierspuren in ihrer Nähe außergewöhnlich groß für Wölfe, sondern den Spuren nach hatten die Männer keine Schuhe getragen! Barfüßige Männer, die im Schnee durch die Wälder streiften mit der geringen Wahrscheinlichkeit, ein Opfer aufzuspüren, das gezwungen werden konnte, sein Ver-

105

mögen herzugeben! Die Vorstellung an sich war unmöglich. Wenn ich damals nur gewusst hätte, was ich heute weiß, dann wäre mein Leben anders verlaufen. Aber es sollte nicht so sein.

Um zu meiner Geschichte zurückzukehren: Es war bekannt, dass ich einen großen Geldbetrag bei mir trug, denn an jenem Nachmittag hatte der Anführer einer großen tatarischen Karawane mein Geschäft aufgesucht und sechs meiner besten Schwertgriffe gekauft und ihren Gegenwert in Gold beglichen. Ich hatte also genug Grund zur Sorge. Ich sah mich nach irgendeiner Waffe um und fand eine kurze Eisenstange, die ich unter den Felldecken des Pferdeschlittens verstaute. Dann setzte ich die Stuten in Trab, und schon machten wir uns auf den langen Heimweg.

Eine ganze Weile bewegten wir uns knarrend dahin, die Schlittenkufen schleiften laut über den fest gebackenen Schnee. Frost lag in der Luft, und die Sterne glänzten kalt auf den dunklen Wald hernieder und erhellten die Straße nur schwach. Der Mond war noch nicht aufgegangen.

Ich bog von der großen Landstraße ab und nahm den schmalen Weg am Fluss entlang. So ließ ich zwar den Wald hinter mir, aber dafür war das Fahren viel anstrengender. Dem Wind ausgesetzt, hatte der Schnee, der am Morgen gefallen war, Verwehungen gebildet, die jetzt den Weg versperrten. Ich überlegte, den Weg zu verlassen und mich auf die spiegelglatte Oberfläche des Flusses zu begeben, die zur Linken hell glänzte. Doch dies hätte einen Umweg von mindestens einer Meile bedeutet, denn der Fluss vollführte vor unserem Haus eine große Biegung und über eine längere Strecke verhinderten kleine Bäume und Büsche ein Durchkommen.

Der Mond zeigte sich nun über dem Hügel, den ich gerade hinter mir gelassen hatte. Als mich die Strahlen trafen, wurde ich plötzlich von einem völlig unerklärlichen Entsetzen gepackt. Dieses absonderliche Gefühl hielt mich starr in meinem Sitz fest. Es schien, als hätte sich eine Hand aus Eis plötzlich auf meinen Nacken gelegt.

Offenbar hatten auch die Stuten diese seltsame Erregung gespürt, denn sie erhöhten unmerklich ihr Tempo, ohne dass ich sie dazu anspornte. Tatsächlich hätte ich nicht einmal einen Muskel rühren können, während ich unter diesem Bann stand.

Kurz darauf fuhren wir in den Talkessel am Fuß des Hügels hinein, und die Macht, die mich hatte erstarren lassen, löste sich von mir. Ein seltsames Gefühl der Begeisterung und Glückseligkeit überflutete mich, als sei ich einer schrecklichen und unvorstellbaren Gefahr entronnen.

»Hü!«, rief ich und knallte mit meiner Peitsche.

Die Stuten reagierten vortrefflich und wir machten uns daran, den nächsten Hügel hinaufzufahren. Da mischte sich auf einmal ein teuflisches Heulen in den Wind, ganz schwach nur aus der Ferne. Ich hielt die Stuten an und stellte mich im Schlitten auf, um besser lauschen zu können.

Schwach und gedämpft durch die Entfernung erklangen die Rufe. Dann wurden sie immer lauter, als die Tiere sich näherten. Über den Hügel, den ich gerade hinter mir gelassen hatte, kam das teuflische Rudel schon herangestürmt! Sie waren mir auf der Spur. Es lag klar auf der Hand, dass sie mich angreifen würden, bevor ich mein Haus erreicht hätte.

Ich hatte nur eine Chance und die ergriff ich. Ich schnalzte den Pferden zu und lenkte sie auf den zugefrorenen Fluss zu, der wie eine gerade, glatte Fahrbahn dalag. Solange sich die Stuten auf den Beinen hielten, war ich in Sicherheit. Aber falls eine Pferd straucheln sollte …!

Dann warf der gleiche Bann des Entsetzens wieder seinen eisigen Mantel über mich. Ich sank zurück, die Stuten gingen durch und wir fegten wie ein Blitz über den Fluss.

Kleine Wölkchen gleich Diamantstaub stoben von dem Eis auf und landeten in meinen Schoß, während die eisenbeschlagenen Hufe klickten und klackten. Und weiter preschten wir, während ich im Schlitten wie ein Stein saß, unfähig, einen Muskel zu bewegen. Schneller und schneller rasten wir zwischen den bewachsenen Böschungen, die den zugefrorenen Dammweg säumten.

Schwächer hallte das dämonische Geheul hinter mir her, bis es schließlich ganz verstummte und die Pferde allmählich ihr wildes Tempo mäßigten.

Nun löste sich der Bann von mir, und er sollte mich auch nicht mehr befallen. Die Stuten fielen in Trab, wurden langsamer und schritten schließlich gemächlich dahin, ihr schnaubender Atem ließ ihre dunklen zitternden Flanken in der frostigen Luft erbleichen.

Dann fuhren wir um die Biegung herum und vor mir erblickte ich schwarzes Wasser. Hier war es wohl oder übel vorbei mit dem Vorwärtskommen. Es blieb nichts anderes übrig, als kehrtzumachen und irgendwo, wo weniger Gestrüpp wuchs, auf das Ufer hinaufzufahren und dann ins Flachland hinein und heimwärts.

Ich riss an den Zügeln und wir schwenkten um. In diesem völlig unvorbereiteten Augenblick brach ein wüstes Durcheinander aus.

Ein hämisches Glucksen ertönte unheilvoll vom weiter entfernten Ufer, und fünf riesige graue Schatten stürmten über das Eis auf mich zu.

Ich war schon immer ein impulsiver Mensch gewesen; fast instinktiv machte ich kehrt und peitschte auf die Stuten ein. Sie bäumten sich auf – und wir stürzten mitten in die anstürmende Masse von Körpern hinein. Dieser resolute Schritt überraschte die Tiere völlig und stoppte sie. Sie sprengten auseinander, und ich hatte es geschafft: Vor mir war der Weg frei. Aber so einfach sollte ich nicht davonkommen.

Lautlos trotteten aus dem Schutz eines überhängenden Felsens zwei weitere Tiere, das eine ein wahrer Riese, ausgemergelt und grau, das andere klein und schwarz. Knurrend warf sich das graue Tier auf die Pferde, die sich vor Entsetzen aufbäumten und austraten. Die anderen Wölfe griffen mich an.

Durch das Kampfgewühl, das folgte, durch den Höllenlärm, schnitt sich wie ein Messer der Aufschrei eines Pferdes. Eines lag am Boden! Ich spürte, wie der Schlitten zur Seite kippte, schwere Körper stießen nach mir, scharfe Zähne rissen an mir, aber ich hielt stand, bis mich ein Tier mit voller Wucht ansprang und mich auf den Boden des Schlittens warf. Dabei prallte es selbst zurück und schnellte auf die andere Seite.

Etwas legte sich wie von selbst in meine Hand, etwas Kaltes und Metallisches. Ich hob meinen Arm, schlug zu, spürte, wie Stahl auf Knochen traf, spürte, wie Knochen unter meinem Schlag zermalmte. Wie ein Wilder schlug ich mit der Eisenstange um mich und verschaffte mir Luft. Aufrecht stand ich da und wartete auf den Angriff.

Aber es folgte kein sofortiger Angriff. Offensichtlich stellte die Eisenstange eine zu große Bedrohung für sie dar, denn ein Tier nach dem anderen setzte sich, um zu warten. Den Rachen weit aufgerissen und die Zunge heraushängend, ruhten sie sich hechelnd von der langen Verfolgung aus.

Während ich im Schlitten stand und sie beobachtete, schien es mir, als würden sie angesichts meiner schrecklichen Not teuflisch lachen. Wie ich bald herausfinden sollte, taten sie das auch!

Ich nahm hinter mir ein Geräusch wahr. Ein leises Geräusch, so wie es der Wind verursacht, wenn er ein verwelktes Blatt über das blanke Eis weht. Ein Geräusch wie abgestorbene Zweige, die im Wind rascheln. Ein schwaches Kratzen von Krallen, ein Tappen von Pfoten. Als ich mich umdrehte, blickte ich geradewegs in die rot glühenden Augen des schwarzen Wolfes!

Ich schrie heiser auf, holte aus und ließ die Eisenstange mit meiner ganzen Kraft, die ich aufbieten konnte, niedersausen. Unglücklicherweise für mich und für Ungarn warf sich der große graue Wolf dazwischen und wurde stattdessen getroffen, direkt zwischen den Augen.

Er winselte, würgte, ein Blutstrom ergoss sich aus dem Maul

und den Nasenlöchern. Krampfartig öffneten und schlossen sich die Lider. Dann brach das Tier zusammen. Die Stange hatte sich zur Hälfte durch seinen Kopf gebohrt.

Ich wirbelte herum in der Erwartung, von den restlichen sechs überwältigt zu werden. Aber zu meiner großen Überraschung hatte sich der Angriffswille der Tiere, die ich aus den Augenwinkeln beobachtet hatte, als ich nach dem schwarzen Wolf geschlagen hatte, gelegt. Nun schlichen sie wieder und wieder um den Schlitten herum.

Während sie ihre Runden drehten, folgte die verwundete Stute ihnen mit schmerzerfüllten Augen. Die andere, die unverletzt war, mühte sich währenddessen unentwegt, um freizukommen. Als der schwarze Anführer in dem kreisenden Rudel an mir vorüberging, drehte auch ich mich langsam mit, um ihn stets im Blickfeld zu haben. Mein Instinkt sagte mir, dass von ihm die größte Gefahr drohte.

Jetzt fiel mir etwas Merkwürdiges auf: Alle fünf grauen Tiere trugen an einem Riemen um den Hals einen etwa faustgroßen Lederbeutel. Die Beutel hingen flach und schlaff herab, so als wären sie leer. Nur das schwarze Tier, so gut ich auch hinsah, schien keinen zu tragen.

Dann, als sei es einstimmig beschlossen worden, blieben sie auf einmal wie angewurzelt stehen und ließen sich auf die Hinterläufe nieder. Das, worauf sie gewartet hatten, war wohl endlich eingetreten. Eine Art stummes Signal schien gegeben worden zu sein. Gleichzeitig hoben sie die Köpfe und stießen ein langes, leises Wehklagen aus, das alle Trostlosigkeit und Einsamkeit der Ewigkeit zu enthalten schien. Danach rührten sie sich nicht mehr und gaben auch keinen Laut von sich.

Es herrschte Totenstille. Selbst der Wind, der gerade noch im Unterholz gespielt hatte, war immer schwächer geworden und hatte sich schließlich gelegt. Nur das mühsame Schnaufen der zwei Stuten und das heisere Hecheln der Tiere waren zu vernehmen.

Kleine rote Augen, gemein und glitzernd wie Höllenfunken, strahlten mich durch das reflektierte Licht des inzwischen aufgegangenen Mondes bösartig an.

In dieser mir unerklärlichen Pause hatte ich Zeit, die ganze Vollendung der Falle zu begreifen. Wie ich bereits erklärte, machte der Fluss hier eine große Biegung, und während ich den Weg über dem Bogen genommen hatte, hatten sie den Flusslauf verlassen und waren bis an die Stromschnellen gelaufen – die Route ihrer Verfolgungsjagd entsprach sozusagen der Sehne des Bogens.

Zum ersten Mal konnte ich sie jetzt sorgfältig in Augenschein nehmen und feststellen, welche Art von Tieren mich in ihrer Gewalt hielt. Es waren alles andere als Wölfe, wie ich anfangs geglaubt hatte. Es handelte sich um graue, hundeartige Tiere, abgesehen von dem Anführer, der schwarz war und eher die Größe und Gestalt eines Wolfes hatte. Aber ansonsten glichen sie sich alle sehr: eine hohe kluge Stirn, unter der rote Schweinsäuglein funkelten, mit einem teuflischen Flackern in ihrem Blick. Wenn sie liefen, bewegten sie sich mit großen Sprüngen wie Hasen. Doch das Grauenerregendste war, dass sie nicht den geringsten Ansatz eines Schwanzes besaßen und fast unbehaart waren!

Sie liefen so im Kreis herum, dass ich, während ich mich auf der Hut vor einem möglichen Angriff mitdrehte, immer vier von den sechs im Auge behalten konnte. Das kleinere schwarze Tier lief direkt vor mir, ließ die Zunge heraushängen und schien in Vorfreude auf einen grausigen Scherz, der noch kommen sollte, in sich hineinzulachen. Zwei befanden sich ständig hinter mir, wie ich mich auch drehte. Aber die Nacht war so still, dass ich gehört hätte, wenn sie zum Sprung ansetzten.

Während ich die Tiere beobachtete, fiel mir plötzlich auf, dass sie nicht länger mich anstarrten, sondern etwas anderes hinter mir, etwas auf dem Boden. Einen Angriff fürchtend, wirbelte ich herum, aber nichts hatte sich an dem Kreis verändert.

111

Vor mir, auf dem blanken Eis, war nichts, aber hier und dort zog sich eine weiße Linie über den Fluss, verursacht durch den Schnee, der in einzelne Risse geweht war. Jetzt bemerkte ich, dass quer über einer solchen Linie, noch innerhalb des Kreises, der Kadaver des Wolfes lag, den ich mit der Stange erschlagen hatte. Die vier Tiere, die ich jetzt im Blickfeld hatte, beobachteten ihn aufmerksam. Ich sah ebenfalls genauer hin, alle meine Sinne in Alarmbereitschaft. Das verdrehte, tote Tier kam mir jetzt irgendwie proportionierter vor, irgendwie länger, eher von menschlicher Gestalt.

Dann – oh mein Gott! Werde ich denn niemals diesen Augenblick vergessen? Ich sah auf seine rechte Vorderpfote oder dorthin, wo seine rechte Vorderpfote hätte sein sollen, aber nicht war. Eine weiße, unbehaarte Hand hatte ihren Platz eingenommen! Ich schrie laut, mit heiserer Stimme, umklammerte meine Eisenstange, sprang von dem Schlitten und stürzte mich in das Rudel, das sich erhob und darauf wartete, mich in Empfang zu nehmen.

Von diesem Augenblick bis zu meiner Heimkehr am folgenden Morgen ist in meiner Erinnerung alles verschwommen. Ich weiß von einer schwarzen Gestalt, die aufrecht vor mir stand, erinnere mich an feurige Augen, die mich fixierten wie eine Steinstatue, an den Befehl, mich zu entkleiden, und an einen stechenden, brennenden Schmerz in der Armbeuge, dort, wo die Hauptschlagader liegt.

Noch dunkler erinnere ich mich an einen Moment großer Qual, das Gefühl, als ob all meine Knochen verschoben und wieder eingerenkt worden wären, einen Chor aus Jaulen und Heulen, um mich willkommen zu heißen, ein schnelles Laufen auf allen vieren über das Eis und einen schrillen Schrei, wie ihn nur ein Pferd in tödlicher Angst von sich gibt!

Deutlich sehe ich vor Augen, wie ich das rohe Fleisch und das Blut meiner eigenen Stute verschlinge, gemeinsam mit fletschenden Bestien um mich herum, die sind wie ich selbst, und die sich alle vollfressen.

Wie ich schließlich nach Hause kam, weiß ich wirklich nicht. Das Nächste, woran ich mich erinnere, ist ein warmes Zimmer und das Gesicht meiner geliebten Frau, das sich über das meine beugt. Danach lag ich fast eine Woche im Delirium. Ich redete unentwegt wirres Zeug, wie man mir später berichtete, über Wölfe, die eigentlich keine Wölfe seien, und einen schwarzen Teufel mit Augen wie glühende Kohlen.

II

Nach meiner Genesung suchte ich den Schauplatz dieser Erlebnisse auf, aber das Eis war im verfrühten Tauwetter geschmolzen. Dort, wo ich gefangen genommen worden war, wälzte sich nur noch der angeschwollene Fluss dahin. Zuerst glaubte ich, dass meine halb erinnerten irren Fantasien dem Delirium entsprungen waren. Aber eines Nachts im Vorfrühling, als ich im Halbschlaf im Bett lag, ereignete sich etwas, was mir diese Hoffnung raubte. Ich vernahm das lang anhaltende, schwermütige Heulen eines Wolfes!

Rufend und bittend zog es mich zum Fenster in der Hoffnung, den mitternächtlichen Räuber zu sehen, aber draußen war nichts zu erkennen. Also wollte ich wieder ins Bett gehen. Während ich mich vom Fenster abwandte, erscholl es wieder. Von diesem eindringlichen Ruf ging eine so starke Anziehung aus, dass ich nicht widerstehen konnte. Leise öffnete ich das Fenster und verschmolz mit der Dunkelheit der Nacht.

Es war ein warmer Frühlingsabend. Auf bloßen Füßen tappte ich lautlos durch den Wald, in eine Richtung gelenkt, die zu seinem dichtesten Teil führte. Ich muss mindestens einen Kilometer unter dem Einfluss einer seltsamen Hochstimmung, die über mich gekommen war, gelaufen sein, einem Liebhaber gleich, der zu einem Stelldichein mit seiner Geliebten geht.

Dann hallte der heulende Ruf erneut. Es traf mich wie ein Schock, denn mir wurde klar, dass in dem Wald abgesehen von den üblichen Nachtgeräuschen absolute Stille herrschte. Ich begriff die Wahrheit! Der Laut existierte in Wirklichkeit gar nicht, sondern ich hörte ihn im Geiste und nicht mit meinen Ohren.

Zum Umkehren war es bereits zu spät. Eine Gestalt richtete sich auf. Ich erkannte in ihr den Meister, wie er sich selbst nannte, und wir ihn ebenfalls. Unter einem Willen, der nicht der meine war, entledigte ich mich meines Nachtgewands, verbarg es in einem hohlen Baum, den der Meister mir zeigte, und sank zu Boden – als Tier!

Der Meister hatte mein Blut getrunken – und die alte Geschichte, die ich niemals so richtig geglaubt hatte, erwies sich als wahr, nämlich dass ein Werwolf, der das Blut eines Menschen trinkt, eine Macht über diesen besitzt, die durch nichts gebrochen werden kann, und dass das Opfer schließlich ebenfalls zum Werwolf wird.

Wir stürmten los in die Nacht, und später stießen die anderen fünf zu uns. Im Wald machten wir Pause. Hier verwandelte sich der Meister, und ich ebenfalls. Wir standen uns gegenüber und zum ersten Mal vernahm ich seine Stimme.

»Wägt gut ab!«, krächzte er. »Wägt gut ab! Heißt ihr diesen Mann im Rudel willkommen?« Aus seiner Stimme und seinem Verhalten schloss ich, dass er rein mechanisch sprach und für diesen Anlass feste Wendungen benutzte.

Zustimmendes Geheul erhob sich.

»Wäge gut ab!«, redete er mich an. »Wäge gut ab! Möchtest du einer von diesen sein?« Dabei zeigte er auf das Rudel.

Ich bedeckte mit den Händen meine Augen und wich zurück.

»Denke gut nach.« Er packte mit einer Klaue meine nackte Schulter und sprach jetzt in mein Ohr: »Willst du dich meiner Bande freier Gefährten anschließen oder willst du ihnen heute Nacht als Mahl dienen?«

Ich konnte mir gut vorstellen, dass sich dabei ein totenkopfartiges Grinsen über sein Gesicht ausbreitete, obwohl ich meine Augen noch immer mit den Händen bedeckte.

»Du hast die Wahl«, sagte er. »Den Armen tun wir nichts zuleide, nur den Reichen, obwohl wir ihnen hin und wieder eine Kuh oder ein Pferd wegnehmen, denn das steht uns zu. Aber die Reichen ermorden wir und ihr feines Gold gehört uns. Ich selbst nehme nichts davon, meine Gefährten bekommen alles. Was meinst du dazu?«

So laut ich konnte schrie ich: »Nein!« Ich sah ihm herausfordernd ins Gesicht. Ein Blick über seine Schulter zeigte mir, dass das Rudel langsam näher rückte, verstohlen und mit einem erwartungsvollen, begehrlichen Ausdruck.

»Ha!«, triumphierte er, da ich angesichts dieser Bedrohung erbleichte, »wo ist denn dein Mut geblieben? Triff deine Wahl. Stirb hier und jetzt oder gib das Versprechen ab, mir unerschütterlich zu gehorchen, nicht einen Deut von meinen Befehlen abzuweichen, welche es auch sein mögen, und mein williger Sklave zu sein. Ich werde dich reich machen, wie du es dir nicht einmal in deinen kühnsten Träumen vorstellen kannst, deine Leute werden sich in Zobel und Hermelin kleiden, und selbst der König wird stolz darauf sein, dich zum Freund zu haben. Nun, was meinst du?«

Ich zögerte, versuchte, Zeit zu gewinnen. »Warum hast du mich ausgewählt? Ich habe dir nie etwas getan und kenne dich nicht einmal. Es gibt mit Sicherheit Hunderte andere, die stärker sind als ich, und eher bereit, dir zu folgen. Warum nimmst du nicht die anderen?«

»Es müssen sieben im Rudel sein«, antwortete er einfach. »Du hast einen erschlagen, darum musst du seinen Platz einnehmen. Das ist nur gerecht.«

Gerechtigkeit! Ich lachte ihm ins Gesicht. Soll das Gerechtigkeit sein, wenn ein Mann, der um sein Leben gekämpft hat, zugrundegehen soll, weil er einen seiner Feinde erschlagen hat?

Mein Lachen ließ ihn wütend werden. »Genug gezögert!«, rief er ungeduldig. »Nun, entscheide dich! Tod oder Leben. Was willst du? Gibst du das Versprechen?«

Welch schreckliche Wahl wurde mir da geboten! Ein grauenvoller Tod in den Fängen von Bestien, die überhaupt nicht existieren sollten. Und nie würde jemand erfahren, dass ich der Versuchung einer solchen Verlängerung meines Lebens widerstanden hätte. Oder eine noch grauenvollere Existenz als eine dieser unnatürlichen Kreaturen, halb Mensch, halb dämonische Bestie! Doch wenn ich den Tod wählte, dürfte es wenig Hoffnung auf ein Leben nach dem Tode im Himmel für mich geben, und meine Frau und meine Tochter wären auf sich selbst gestellt.

Wenn ich mich für das Leben entschied, dürfte ich große Abenteuer erleben, die meiner prosaischen Existenz eine gewisse Würze verleihen würden. Ich würde reich werden und könnte sogar einen Titel erwerben. Außerdem würde vielleicht etwas geschehen, das mich vor dem Schicksal verschonen würde, das mich andernfalls irgendwann zwangsläufig ereilen würde. Wundert es Sie da, dass ich mich so entschied und nicht anders? Hätten Sie nicht die gleiche Wahl getroffen, in meiner Zwangslage?

»Ich willige ein!«, antwortete ich also dem Meister.

Aber, mein Gott, hätte ich mich doch nur für den Tod entschieden!

Die Dinge, die ich in jener Nacht sah, hörte und tat, hinterließen einen Fleck auf meiner Seele, der bis in alle Ewigkeit dort haften wird. Aber schließlich war es vorüber, und wir trennten uns, jeder ging wieder nach Hause. Wohin sich der Meister begab, wusste niemand.

An dem Baum nahm ich wieder meine menschliche Gestalt an. Dabei fielen mir die Geschehnisse ein, die sich in jener Nacht zugetragen hatten. Ich fiel bäuchlings ins Gras, schrie, fluchte und weinte, während ich an das Schicksal dachte, das mich erwartete. Ich war auf alle Ewigkeit verdammt!

Ich war ein Werwolf geworden. Das galt auch für meine Gefährten – und natürlich auch für den Meister. Wir aßen Menschenfleisch, tranken Blut und zerbissen Knochen, um daraus das letzte Quäntchen Nahrung herauszuquetschen, um unseren heftigen Hunger zu stillen. Wir aßen auch in menschlicher Gestalt tüchtig, stellten aber immer mehr fest, dass die alltägliche Nahrung den Appetit nicht so befriedigte, wie es rohes Fleisch und Blut vermochten.

Allmählich gingen wir dazu über, nur noch Blut zu trinken. Davon, das glaube ich felsenfest, ernährte sich der Meister ausschließlich. Seine ganze Erscheinung bestätigte das. Er war unglaublich alt und, wie ich vermute, unsterblich – er könnte immer noch leben, denn niemand sah seine Leiche, obwohl man mir sagt, dass er tot ist.

Sein Gesicht glich einem zerknitterten, zerfetzten Stück Pergament, so alt, dass es kohlschwarz war. Seine Augen dagegen strahlten vor Jugend, es war, als führten sie ein Eigenleben. Allmählich, ganz allmählich, veränderte sich auch unser Gesichtsausdruck, und wir waren im Begriff, uns in echte Vampire zu verwandeln, als uns eine selbst verursachte Katastrophe ereilte.

Ich will nicht lange bei dem Jahr verweilen, in dem ich der Sklave des Meisters war, denn unsere dunklen und blutigen Taten waren zu zahlreich, um sie in allen Einzelheiten zu schildern. Manche Nächte streiften wir suchend umher und kehrten mit leeren Händen zurück, aber gewöhnlich ließen wir Tod und Zerstörung hinter uns. Meist jedoch wurden wir zu einem geplanten Raubzug zusammengerufen, der darin gipfelte, dass am nächsten Tag jeder von uns etwas reicher war.

Wir fanden Vergnügen daran, Pferde und Vieh zu töten. Bei diesen Gelegenheiten waren wir regelrecht blutdürstig, manchmal wichen wir sogar von unserem ursprünglichen Weg ab, um eine reizvolle Witterung von Ochs oder Kuh aufzunehmen. Dafür verurteile ich mich nicht, denn bei diesen Gemetzeln wurden keine menschlichen Seelen vernichtet, die sich nach ihrem Tod in Dämonen verwandeln würden. Aber der Gedanke an jene, die wegen mir auf ewig verdammt sind, lässt mich schaudern!

Es gibt jedoch ein Ereignis, bei dem wir Menschen töteten,

über das ich mir nie Gewissensbisse machte. Wir hatten die Spur eines Schlittens verfolgt, in dem wohlhabende Ausländer saßen, ein alter Mann und seine zwei Enkelsöhne im Alter von drei bis fünf Jahren. Nach mehreren Kilometern holten wir schließlich den Schlitten ein. Er war zur Seite gestürzt, die drei Reisenden lagen erstochen im dunkel gefärbten Schnee da, der von den vielen Spuren von Pferden und Menschen aufgewühlt war. Die Pferde selbst waren verschwunden. Voller Wut, nicht über die Tat – denn wir hatten ja nicht weniger beabsichtigt –, sondern über den Verlust unserer erhofften Beute, nahmen wir die Spur der Räuber auf, die in Richtung Berge führte. Es waren fünf berittene Männer. Sie spornten ihre Pferde zum Äußersten an, als wir das Hungerlied sangen, dumpf bellend, während wir liefen. Doch sie waren zu langsam für uns. Einen nach dem anderen rissen wir zu Boden, brachten die Mörder um und raubten die Diebe aus. Es war ein grausamer und grässlicher Spaß.

Aber oft konnte ich mich nicht auf diese Weise aufmuntern. Meistens waren es die Hilflosen und Harmlosen, die wir aus dem Leben rissen. Wir wurden immer grausamer. Von Tag zu Tag stumpften wir mehr ab und gewöhnten uns zunehmend an unser Los. Nur noch selten empfand meine Seele Ekel, so wie es bei meiner ersten Verwandlung der Fall gewesen war.

In einer dieser Situationen schlich ich mich in die Dorfkirche. Es war spät in der Nacht, und außer mir war niemand in dem Gebäude. Ich kniete vor dem Altar und erleichterte meine Seele. Ich beichtete alles den nicht hörenden Ohren des Großherzigen, demütigte mich und kroch auf dem Boden herum. Stundenlang, so schien es mir, betete ich und bat um ein Zeichen, eine kleine Hoffnung, dass ich nicht auf ewig verdammt sein würde – aber nichts geschah!

Ich fluchte, weinte und betete, eine Zeit lang muss ich wie irre gewesen sein. Schließlich ging ich. An der Kirchentür entblößte ich das Haupt und schaute zum Himmel empor. Dort zogen dunkle Wolken schnell dahin und verbargen die Sterne.

Ich stellte mich auf Zehenspitzen, drohte den vorbeirasenden Wolken mit der Faust, verfluchte Gott und wartete auf einen Blitzschlag. Aber der kam nicht. Nur ein leichter Regen fiel nieder, und als ich heimkam, war ich bis auf die Haut durchgeweicht. Mir war jetzt noch schwerer ums Herz als vor meinem Aufbruch.

Doch selbst da, so geheimnisvoll sind die Wege des Herrn, rückte meine Erlösung in greifbare Nähe – in entsetzlicher Gestalt. Denn in jener Nacht kam mir der Gedanke, der zu unser aller Vernichtung führen sollte.

III

Manchmal begegnete ich in den Straßen des Dorfes Leuten, die mich mit einem verstörten Gesichtsausdruck verstohlen anzusehen schienen. Sie wandten sich zwar schnell wieder ab, aber so halfen sie mir herauszufinden, wer die anderen Mitglieder des Rudels waren. Im Laufe der Zeit wurde ich kühner und sicherer und sprach einige von ihnen an, um meine Vermutungen bestätigt zu finden.

Einem nach dem anderen fühlte ich auf den Zahn, aber nur Simon, der Schmied, teilte meine Empfindungen gegenüber unserem grausamen Treiben. Alle anderen genossen die fröhliche Jagd und konnten nicht, da waren wir uns sicher, davon überzeugt werden, gegen diese abseitige Versklavung zu revoltieren.

Aber in dem Maße, in dem wir unempfindlicher und skrupelloser wurden, gefühlloser gegenüber dem Leiden, das wir verursachten, wurden wir auch gieriger und raublustiger. Und hier fanden Simon und ich eine Schwachstelle, um anzugreifen. Wie ich bereits erwähnte, nahm der Meister nie etwas von dem Geld, dem Schmuck oder anderen tragbaren Wertsachen an sich, die wir bei den Leichen oder zwischen ihren Habseligkeiten fanden.

Also ließ ich mal hier ein Wort fallen, mal dort eine Andeutung, stellte einem, wenn ich mit ihm allein war, vage Fragen, und Simon machte es genauso. Der Kern all unserer Argumente war: »Was nimmt sich eigentlich der Meister?«

Das war durchaus eine angemessene Frage, denn es war für alle offensichtlich, dass der Meister nicht umsonst Anführer war. Er erhielt etwas von jeder Leiche, denn stets ging er erst allein zu ihr hin, während wir im Kreis saßen und ungeduldig auf das Signal warteten, vorzupreschen.

Für mich lag es auf der Hand, dass es nichts anderes war als das Lebensblut der Ermordeten, das den Meister am Leben hielt! Simon und ich sagten zwar nichts dergleichen, aber wir beeinflussten allmählich die Meinung der anderen dahingehend, dass der Meister die unsterblichen Seelen in sich aufnahm und ihm so ewiges Leben verliehen wurde.

Dieser atemberaubende Gedanke eröffnete großartige Möglichkeiten in den Köpfen der meisten – und wie wir zuerst dachten, in den Köpfen aller. Später sollte ich jedoch zu meinem Leid erfahren, dass nicht alle so leichtgläubig waren. Aber ihre Unzufriedenheit wuchs, sie konnten sich bei unseren Raubzügen kaum noch zügeln, so lange zu warten, bis sie endlich an der Reihe waren. Denn in ihnen arbeitete es, und es ging ihnen nicht mehr aus dem Kopf, wie kitzelnde Würmer im Aas, und zwar die Frage: »Warum sollte ich nicht selbst unsterblich werden?«

So schürten wir Zwietracht und Auflehnung, und so verursachte ich unwissentlich mein weiteres Verderben und, seltsam genug, auch meine Erlösung.

Meine Frau war eine herzensgute Frau, und ich bin mir sicher, dass sie mich genauso liebte, wie ich sie liebte. Aber genau diese Liebe wurde uns zum Verhängnis. Alle Menschen haben die eine oder die andere Schwäche, und sie war keine Ausnahme von der Regel. Sie war eifersüchtig – krankhaft eifersüchtig!

Meine häufige Abwesenheit, von der ich glaubte, sie sei unbemerkt geblieben, hatte ich doch darauf geachtet, nicht das leiseste Geräusch zu verursachen, wenn ich das Fenster öffnete und das Haus verließ, war wochenlang beobachtet worden.

Später fand ich heraus, dass das einzige weibliche Mitglied unseres Rudels, Mutter Molla, dem Meister erzählt hatte, was Simon und ich in Gang gesetzt hatten. Aber mit seinen feinen Sinnen hatte er bereits die fast unmerklichen Zeichen der Revolte gegen seine absolute Macht wahrgenommen. Entschlossen, diese von allem Anfang an niederzuschlagen, gedachte er, ein Exempel an einem zu statuieren, um mit dieser neuen Angst die anderen stärker an sich zu binden. Ich habe nicht die leiseste Ahnung, warum er sich für mich entschied und nicht für Simon, vielleicht, weil ich intelligenter war als die restlichen ungebildeten Strohköpfe, die zum Rudel gehörten. Aber wie dem auch sei, ich wurde zum Opfer auserkoren, und so ging er es an, mich auf ewig an sich zu binden.

Er bediente sich der Hilfe der alten Molla, die als Hexe galt und dem Teufel ihre Seele verkauft haben sollte. Wie sie es schaffte, dass meine Frau sie ins Haus ließ, sollte ich nie herausfinden. Wahrscheinlich verschaffte sie sich unter einem fadenscheinigen Vorwand Zutritt, etwa abgetragene Kleidung zu erbetteln oder sich irgendein Küchengerät auszuborgen.

Bevor sie wieder ging, erwähnte sie beiläufig, dass sie mich vor Sonnenaufgang gesehen habe, als ich an ihrer Hütte vorbeigekommen sei. In jenem Teil des Waldes gab es nur zwei Häuser, Mutter Mollas Haus und das des Köhlers, der Fiermann hieß. Trotzdem wäre das Ganze gut gegangen, hätte die alte Hexe nicht angedeutet, dass Fiermann eine junge und schöne Tochter habe und dass er sich selbst sehr oft über Nacht in der Stadt aufhielte. Und so wurde der Same des Argwohns in das Herz meiner Frau gepflanzt.

Sie erzählte mir, dass sie die Alte aus dem Haus gewiesen und ihr mit einem Tritt über die Türschwelle geholfen habe. Als die alte Hexe sich aus dem Matsch hochraffte, hätte sie noch geschrien: »Pass auf dich auf, eine halbe Stunde vor Mitternacht.« Daraufhin sei sie von dannen gehumpelt und habe dabei vor sich hingekichert.

Der Schaden war angerichtet. Zuerst wollte meine Frau die Sache nicht weiterverfolgen, aber dann ließ es ihr doch keine Ruhe und quälte ihr Herz. Um ihren Argwohn zu zerstreuen, entfernte sie einen Astknoten in der Trennwand. Und in jener Nacht, als ich zu Bett gegangen war, blieb sie auf und beobachtete mich.

Sie sah, wie ich die Decken zurückwarf und vollständig angekleidet aus dem Bett stieg, dann lautlos über den Boden ging und langsam und behutsam das Fenster öffnete und in der mondbeleuchteten Nacht verschwand. Zuerst, erzählte sie mir später, war sie entsetzt und todunglücklich, hielt sie mich doch für untreu. Sie überlegte, mich zu verlassen oder sich selbst zu töten, um mir nicht länger im Weg zu stehen. Aber allmählich änderten sich ihre Gefühle. Schließlich blieb nur noch Hass übrig. Sie entschied, weiter zu beobachten und abzuwarten, was geschehen würde. Sie saß bei dem Astloch, bis ich heimkehrte, gerade als der Hahn krähte. Dann legte sie sich ins Bett und wälzte sich bis zum Morgen schlaflos hin und her.

Nacht für Nacht wartete sie, manchmal erfolglos, denn nicht in jeder Nacht ließ uns der stumme Aufruf zu unserem Treffpunkt kommen. Aber als ich mich innerhalb von drei Wochen acht Mal davongestohlen hatte und sie sich davon überzeugt hatte, dass Fiermann ebenfalls nicht anwesend war, indem sie seine Tochter geschickt ausfragte, wuchs ihr Argwohn. Er war auch bei dem Rudel, aber das wusste niemand. Also beschloss sie, mich mit den Tatsachen zu konfrontieren und von mir eine Entscheidung zu verlangen, zwischen ihr, der Mutter meines Kindes, oder dieser emporgekommenen Kaminkehrerin (ich benutze ihre eigenen Worte).

Die ganze Zeit über wirkte der Geist des Meisters auf sie ein. Sie meinte zwar, ihren eigenen Weg zu gehen, in Wirklichkeit folgte sie jedoch den Plänen, die mein Meister für sie geschmiedet hatte.

Eines Nachts hörte ich das stumme Heulen, das mir immer, wenn ich in menschlicher Gestalt war, einen Schauder über den Rücken jagte. Ich hatte es schon seit mehreren Tagen erwartet und war deshalb stets bis Mitternacht angekleidet geblieben, um dem Ruf rasch Folge zu leisten.

Ich trat behutsam ans Fenster und löste den Riegel, der es verschloss, und wollte es öffnen. Was war das? Es klemmte! Ich zog fester, aber ohne Erfolg.

Nun, dann musste ich wohl die Tür nehmen. Es war zwar gefährlich, könnte aber klappen. Auf jeden Fall war alles besser, als mich innerhalb des Hauses in eine Bestie zu verwandeln. Ich drehte mich um – und nahm ein winziges gelbes Licht wahr. Jemand stand mit einer angezündeten Kerze auf der anderen Seite der Trennwand, und langsam öffnete sich die Tür!

Mir war sofort klar, dass ich entdeckt worden war. Ich sprang auf das Bett zu in der Absicht, mich schlafend zu stellen, bis meine Frau wieder gegangen war. Aber die Tür flog jetzt mit einem Rums auf. Sie stand mit einem verächtlichen Gesichtsausdruck in der Tür, die Kerze, die sie emporhielt, warf ihre Strahlen auf mich. Es war zu spät, um auf ein Entrinnen zu hoffen, und so versuchte ich, mich mit großer Unvefrorenheit zu behaupten.

»Nun, was ist los?«, fragte ich freundlich.

»Was hast du am Fenster gemacht?«

»Es ist so heiß hier, darum wollte ich Luft hereinlassen.«

»Um Luft hereinzulassen oder dich hinaus?«, traf es mich, obwohl leise gesprochen, wie ein Donnerschlag.

Ich war sprachlos, und dann erzählte sie mir die ganze Geschichte. Die ganzen Lügen, die von der alten Molla in die Welt gesetzt worden waren, um sie in Unruhe zu versetzen, ließen sich in meinem Bewusstsein zu einem Haufen wirrer Worte nieder.

Wieder erscholl das Heulen, das nur ich hören konnte. Ich meinte darin eine Spur von Zorn wegen meiner Verspätung auszumachen.

»Zuerst«, sagte sie, »habe ich es nicht geglaubt, aber als ich es mit meinen eigenen Augen sah ...«

»Schweig!« Ich brüllte mit einer solchen Heftigkeit, dass das Fenster klirrte.

»Ich will angehört werden! Ich habe das Fenster vernagelt, und du wirst heute Nacht nicht durch diese Tür gehen!«

Sie schlug die Tür zu und stellte sich beherzt davor! In diesem Augenblick liebte ich sie aus vollem Herzen. Diese gesegnete, kluge kleine Frau, die so mutig dastand, ließ mich vergessen, warum ich gehen musste. Ich machte einen Schritt auf sie zu – und dieser lang gezogene schaurige Klagelaut, der nur in meinem Gehirn widerhallte, klang noch zorniger – und näher!

Hin- und hergerissen zwischen zwei Wünschen, rührte ich mich nicht vom Fleck. Mein Gesicht muss eine Maske des Schreckens und der Qual gewesen sein, denn sie sah mich erst verwundert und dann voller Mitleid an.

»Was ist los, mein Lieber?«, flüsterte sie. »Habe ich dir also doch Unrecht getan? Warum sagst du es mir nicht, Liebling?«

Dann spürte ich, wie die Schmerzen, die der Verwandlung vorausgingen, anfingen, und wusste, dass es bald so weit sein würde. Ich ergriff einen schweren Stuhl, schleuderte ihn durch das Fenster und folgte ihm selbst genauso schnell. Wenn ich jetzt noch entkommen sollte, dann durfte keine Sekunde vergeudet werden.

Mit einer Schnelligkeit, die ich ihr überhaupt nicht zugetraut hätte, lief sie auf mich zu. Ich kauerte im Fenster mit den Händen an der Seite und einem Knie auf der Fensterbank und versuchte, nach draußen zu gelangen.

Sie packte mich am Haar und zog meinen Kopf zurück, während sie schrie: »Nein! Nein! Nein! Du wirst nicht gehen. Du gehörst zu mir, und ich werde dich aufhalten! Dieses Flittchen Stanoska kann heute Nacht lange auf dich warten!«

Dann zerrte sie so heftig an mir, dass ich auf den Rücken fiel. Alles war verloren! Es war zu spät! Auch wenn ich äußerlich noch die Gestalt eines Mannes hatte, dachte ich bereits wie ein Tier. Ich habe oft daran gedacht, dass die Verwandlung zuerst im Kopf stattfindet und später erst im Körper.

Ich schrie diabolisch auf, und ein anderer Schrei außerhalb des Hauses drang laut durch das zerbrochene Fenster.

Sie erblasste jetzt und wich gegen den Tisch zurück, voller Furcht angesichts meines wilden und zweifellos unheimlichen Verhaltens. Ich sprang auf die Füße, zerrte wie verrückt an meinen Kleidern, riss sie mir vom Leib. In mir machte sich jetzt die ganze panische Angst eines wilden Tieres vor einengender Kleidung oder so etwas wie einer Falle breit.

Als ich ganz ausgezogen war, heulte ich wieder laut auf. Ich fiel auf alle viere – eine missgestaltete Kreatur, die niemals hätte existieren dürfen. Ich war zu einer wilden Bestie geworden! Aber ich war es nicht, der auf dem Bauch kriechend sich auf die von Grauen gepackte Gestalt am Tisch zu bewegte, das Fell vor Hass gesträubt. Ich war es nicht – das schwöre ich bei Gott, der bald über mich richten wird –, der sich duckte und sprang und mit scharfen weißen Fängen diese schöne weiße Kehle, die ich so oft liebkost hatte, zerriss!

Bei einem Geräusch von draußen drehte ich mich herum, über meinem Opfer stehend und bereit, um meine Beute zu kämpfen.

Mit den Vorderpfoten auf der Fensterbank, zeigte sich durch die zerbrochene Scheibe der Kopf eines Wolfes. Mit einem höllischen Ausdruck warf er kurz einen Blick auf die Tür des nächsten Zimmers, in dem unser kleines Mädchen in seiner Krippe schlief. Dann richtete er seine Augen in einem stummen Befehl auf mich.

Ich war es, der menschliche Geist, der für einen Moment die abscheuliche Form, die mein Körper angenommen hatte, beherrschte. Es war der Mann, ich selbst, der diese dünnen tierischen Lippen zu einem stummen, drohenden Grinsen kräuselte, der sich nach vorn pirschte, steifbeinig, die Rückenhaare aufgestellt und auf Rache erpicht!

So schnell, wie der Kopf erschienen war, verschwand er auch

wieder und tauchte plötzlich wieder auf, merkwürdigerweise in verwandelter Form. Seine Umrisse waren weniger klar, alles schien vor meinen Augen zu verschwimmen. Ich wurde von Schwindel ergriffen und dann nahm der Wolfskopf deutlich die unergründliche pergamentartige Maske des Meisters an. Diese jungen Augen, hinter denen rauchige Flammen züngelten, starrten hasserfüllt in die meinen.

Ich fühlte mich schwach. Erneut übernahm das Tier die Kontrolle und ich vergaß mein menschliches Erbe. Verloren waren alle Erinnerungen an Liebe oder Rache. Ich, der Werwolf, schlich durch die Tür hinüber zu der Wiege, stand selbstgefällig da, während Blut von meinen Pfoten auf das saubere Hemd meines kleinen Mädchens tropfte. Dann schnappte ich mit den Zähnen nach seinem Kleid und, sein schwächliches Strampeln und seine Schreie nicht beachtend, setzte ich zu einem großen, makellosen Sprung durch das zerbrochene Fenster an, meinen Beitrag zu dem makabren Festmahl im Maul!

Dann gibt es wieder eine dieser merkwürdigen Lücken in meinen gequälten Erinnerungen, die mich manchmal heimsuchten. Ich erinnere mich schwach an das Knurren und Fauchen von kämpfenden Tieren und noch schwächer an Geräusche von Schüssen, aber das muss das Delirium infolge meiner Wunden sein, denn zu dieser nächtlichen Zeit konnte unmöglich jemand unterwegs gewesen sein.

Bald war es vorbei. Vorbei! Ich, der Letzte unserer Linie, nahm die entsetzliche Jagd auf, unbeschwert und hocherfreut.

Talabwärts brauste das Höllenpack mit dem Meister an der Spitze. Schaum aus meinem blutigen Maul hinterließ rosarote Tupfer im Schnee, während wir weiterrasten und den Hügel erklommen einer Welle gleich, die sich am Strand bricht. So schnell wir es vermochten, preschten wir dahin, der Meister weiterhin vorweg, während der Rest des Rudels ihm in unterschiedlichen Abständen folgte.

Plötzlich, mitten im Vorwärtssprung, wendete er und stellte

sich uns entgegen. Das Tier, das sich direkt vor mir und hinter dem Meister befand, grub die Pfoten in den Boden, um einen Zusammenstoß zu vermeiden, und kam ins Schlittern. Ich war so schnell gelaufen, dass ich nicht mehr abbremsen konnte, und schlug auf meinen Kameraden auf. Im nächsten Augenblick lagen wir zuunterst eines ringenden, kratzenden, schnappenden Haufens.

Eine Weile kämpften wir miteinander in dem Gewühl, während der Meister dasaß, die Zunge ließ er aus seinem ausgemergelten grinsenden Rachen heraushängen, den Atem stieß er in weißen, feuchten Wölkchen aus.

Dann setzten wir uns auch, ein belämmert dreinblickendes Räuberpack. In diesem Moment spürte ich dieses zerrende, zerreißende Gefühl in mir, das immer der Verwandlung unserer Körper von einer Form in die andere vorausging. Meine Knochen verschoben sich leicht; ich wurde mir meines Menschseins bewusst und richtete mich auf.

Auch meine Gefährten waren in Menschen verwandelt worden und hatten sich erhoben. Was für ein Gegensatz! Sechs Männer, jeder von ihnen von riesiger Kraft, und dennoch gebunden bis zum Tod und darüber hinaus – gebunden an ein Wesen, das ich nicht als Mensch bezeichnen kann. Eine schwarze Kreatur, nicht besonders groß, die jeden von uns mit der bloßen Hand hätte zermalmen können. Alle sechs Männer gehorchten sklavisch jedem ihrer Befehle und hatten eine Todesangst vor ihr. Nur zwei von uns waren noch Mensch genug, um zu erfassen, dass wir auf ewig verdammt waren und es keine Fluchtmöglichkeit gab. Der Blick in ihre Gesichter zeigte dies klar und deutlich, denn die tief eingeschnittenen Furchen darin entmenschlichten sie und offenbarten unsere schnell fortschreitende Entwicklung zum Tier.

Auch ich veränderte mich. Meine Freunde hatte mir in der letzten Zeit oft gesagt, wie schlecht ich aussähe. Sie hatten mir geraten, mich mehr auszuruhen, da ich offensichtlich meine Energien überstrapazierte; aber ich hatte das Thema so schnell ich konnte gewechselt, da ich den wahren Grund für mein Aussehen nur zu gut wusste.

Der Meister starrte mich an. Eine unwiderstehliche Kraft zog mich zu ihm hin. Während ich mich auf ihn zu bewegte, bildeten die anderen einen kleinen Kreis um uns beide.

Er hob seine Hand, Pfote oder Klaue – was genau, kann ich nicht sagen, denn sie ähnelte allen dreien. Er sprach mit schriller Stimme, zum letzten Mal während meiner Bekanntschaft mit ihm.

»Gefährten.« Er grinste mich boshaft an. Mir wurde heiß vor Zorn, ich schwieg jedoch. »Ich habe euch heute Nacht gerufen, um euch zu warnen. Überlasst es mir, zu tun, was ich für angebracht halte, und euch wird es gut ergehen – aber wenn ihr auch nur einen Augenblick versucht, euch in meine Pläne einzumischen oder gegen mich zu handeln, werdet ihr den Tag verfluchen, an dem ihr geboren seid.«

Dann verlor er die Beherrschung. »Ihr Narren«, kreischte er, »verfluchte unwissende Bauerntölpel, ihr, die ihr glaubt, mich töten zu können, da mir noch nicht einmal die Elemente etwas anhaben können! Idioten, unbeholfene Dummköpfe, die ihr versucht habt, euch gegen die Intelligenz von tausend Jahren zu verschwören, hört zu, was ich euch zu sagen habe!«

Wie vom Donner gerührt von seinem plötzlichen Ausbruch, wankten und taumelten wir angesichts der Enthüllung, die nun folgten.

»Von Anfang an«, schrie er, »durchschaute ich eure dumme Intrige gegen mich und lachte mir ins Fäustchen. Jeder Schritt, den ihr unternommen habt, jedes Wort, das ihr in der scheinbaren Ungestörtheit eurer Hütten gesprochen habt, kannte ich lange, bevor ihr überhaupt davon wusstet. Das ist nichts Neues für mich. Achtundvierzig Mal wurde versucht, mich zu hintergehen, und achtundvierzig Mal habe ich das Problem auf die gleiche Weise gelöst. Ich habe ein Exempel an einem von euch statuiert, um den Rest von euch zu warnen, und da steht er.«

Blitzschnell wirbelte er herum und schlug mit einer asch-
grauen Klaue nach meinem Gesicht. Mir war schon eine Weile
klar gewesen, wohin seine Rede führte, ich war also vorbereitet,
und bei diesem plötzlichen Schlag sprang ich ihm an die Kehle.
Wir gingen zusammen zu Boden, und er wäre auf der Stelle
gestorben, wenn uns die anderen nicht auseinandergerissen
hätten. Arme blinde Narren! Im Nu stand er aufgerichtet da
und rieb sich die Kehle, wo ich sie gepackt hatte. Wieder
krächzte er, mich keines Blickes würdigend, während ich von
drei Männern festgehalten wurde.

»Ihr alle habt Kinder, Frauen oder Eltern, die auf euch angewiesen sind. Darauf habe ich geachtet, bevor ich euch auser-
wählt habe, denn genau das war mir ein wichtiges Anliegen.
Ich kann jeden von euch jederzeit in ein Tier verwandeln,
durch Willenskraft allein, wo immer ich mich auch aufhalten
mag. Wenn ihr mir morgen immer noch Widerstand leistet,
werde ich dich verwandeln ... oder dich.« Dabei richtete er
blitzschnell hintereinander seine Pfote auf einige der Männer.

Aus dem Kreis riefen einige: »Nein! Nein! Tue das nicht! Ich
bin dein. Meister, du bist unser Vater, mach mit uns, was immer du willst!«

Triumphierend lachte er auf, dort in der verschneiten Ebene
unter dem Sternenhimmel. Dann richtete er den Blick auf
mich. Er ergriff mein Kinn und zwang mich, ihm in die Augen
zu sehen. Er knurrte: »Und du? Was sagst du jetzt?«

Ich konnte diesen brennenden Augen nicht widerstehen.
»Meister«, bettelte ich, »ich bin dein williger Sklave.«

»Dann verschwinde wieder in deiner Höhle«, rief er und
versetzte mir einen Stoß, der mich in den Schnee stürzen ließ,
»und warte dort, bis ich dich rufe.«

Die Männer verwandelten sich wieder in Tiere und jagten
Richtung Wald davon. Obwohl ich versuchte, ihnen zu folgen,
konnte ich mich nicht rühren, bis ihr Heulen in der Ferne ver-
hallt war. Schließlich erhob ich mich und kehrte in mein trüb-
seliges Heim zurück.

Was dann folgte, übergehe ich. Ich glaube nicht, dass ich meine Gedanken schildern kann, während ich durch die Nacht stolperte, dem Erfrierungstod nahe, da ich unbekleidet war.

Die Dämmerung brach gerade herein, als ich die vier Mauern erblickte, die ich unlängst noch als Heim bezeichnet hatte. Ich taumelte hinein und sank auf einen Stuhl, zu schwach, um ein Feuer im Kamin anzuzünden.

Erst nach einer Weile zog ich mich mechanisch an, machte ein Feuer und überlegte, wo ich die Tote verstecken sollte, die im Nebenzimmer lag. Ein Plan nach dem anderen kam mir in den Sinn, aber alle wurden schnell als unbrauchbar verworfen. Ich saß am Tisch und vergrub erschöpft den Kopf in den Armen. Zwischendurch muss ich eingenickt sein.

Plötzlich wurde ich aus meiner dumpfen Apathie gerissen: Es hatte leise, zaghaft an der Tür geklopft. Mein erster Gedanke war, dass man mich entdeckt hatte. Ein Zittern ergriff mich, das aber schnell wieder verging. Dennoch war ich zu schwach, um aufzustehen. Wieder hörte ich das Klopfen, dann ein Knirschen von stockenden Schritten auf dem bereiften Kiesweg.

Auf einmal hatte sich in meinem armen gequälten Gehirn ein Plan herausgebildet. Ich nahm meinen ganzen Willen zusammen, hastete zur Tür und riss sie weit auf. Es war niemand zu sehen.

Verwirrt sah ich mich um, argwöhnte weitere Hexerei. Dann erspähte ich zwischen zwei Bäumen, die die Straße säumten, eine Gestalt, die langsam auf das Dorf zuging.

»Hey da!«, rief ich ihm zu und legte meine Hände an den Mund. »Was willst du? Komm zurück!«

Als die Gestalt sich umwandte und auf mich zukam, erkannte ich den Schwachkopf, der während der Sommermonate humpelnd von Dorf zu Dorf wanderte und Nahrung und Obdach von besser gestellten Leuten erbettelte oder für sie arbeitete, wenn die Not ihn dazu zwang.

»Warum klopfst du an meine Tür?«, fragte ich so freundlich ich konnte, als er herangekommen war.

»Ich war gestern Abend schon hier«, antwortete er, »und die Dame des Hauses sagte, dass sie allein sei und mich nicht hereinlassen kann. Aber ich solle später noch einmal kommen, wenn ihr Mann wieder zurückgekehrt sei, dann schenke sie mir ein paar alte Kleidungsstücke und noch etwas Geld. Darum habe ich bei den Kühen geschlafen, und jetzt bin ich wieder da.«

Ich zwang mich mit ruhiger Stimme zu sprechen. »Du bist ein guter Bursche und wenn du mir einen Gefallen tust, werde ich dafür sorgen, dass du neue Kleidung und viel Geld bekommst. Hier ist der Beweis, dass ich es gut meine.« Und ich warf ihm ein Goldstück vor die Füße.

Wie wild kroch er im Schmutz herum. Aber ich lachte nicht, so lächerlich mir sein Tun zu einer anderen Zeit auch erschienen wäre. Er winselte in seinem Eifer, sich davonzumachen. Aber dann sah er mir ins Gesicht und duckte sich wie ein Hund, der einen Schlag erwartet.

Meine Seelenqual muss sich in meinem Gesicht gespiegelt haben, denn er schrak zurück, seine ganze Freude war dahin und er stammelte voller Furcht: »Was soll ich denn für Euch tun, Herr?«

Sein bedauernswerter Anblick traf mich ins Herz, und die Wörter, die mir auf der Zunge lagen, erstarben. Ich werde nie jemandem preisgeben, welche Absicht ich gehegt hatte, aber etwas Edleres und Reineres, als ich je erlebt hatte, belebte meine Seele. Ich richtete mich zu meiner vollen Größe auf, funkelte trotzig den bebenden armen Kerl an und rief: »Geh nach Ponkert. Weck die Menschen und bring die Soldaten aus der Kaserne her. Sag ihnen, dass ich ein Werwolf bin und dass ich meine Frau ermordet habe!«

Die Augen quollen ihm fast aus dem Kopf und seine kraftlosen, gelähmten Glieder trugen ihn taumelnd den Weg hinunter. Derweil blickte er über die Schulter, als erwarte er, mich in einen Werwolf verwandeln zu sehen, der ihn raubgierig verfolgt. Am Ende des Weges angelangt, erinnerte er sich daran, zu fliehen, warf das Goldstück hin und bewegte sich mit einem sonderbaren schwankenden Gang in Richtung Dorf.

Nun setzte ein leichter Wind ein und wirbelte Schnee und Blätter auf. Das runde böse Auge des gelben Metalls blinzelte die Morgensonne an, bis sich ein kleiner Wirbel von Staub auf dem Goldstück niederließ und seinen Schimmer verbarg. Auch wenn ich es nicht mehr sehen konnte, so wusste ich doch, dass es da lag, dieses Etwas, für das alle Menschen sich versklaven, sich bekriegen und sterben, das Etwas, das alle Menschen so sehr begehren, und wenn sie es haben, so stellt es sie doch nicht zufrieden. Der Kampf darum hatte mehr Seelen verkrüppelt und verdammt als alles andere auf Erden.

Ich ging ins Haus, schloss die Tür und ließ es draußen im Schmutz liegen, woher es kam und wohin es auch gehörte.

Vielleicht waren zehn Minuten vergangen, vielleicht auch ein Jahr, während ich am Tisch saß, den Kopf in den Armen vergraben. Ich erinnere mich nur noch, dass mich ein dumpfer Lärm von vielen Stimmen draußen aus diesem Zustand riss. Ich öffnete die Tür und trat hinaus, nichts Geringeres als den sofortigen Tod erwartend.

Etwa fünfzig Menschen drängten die Straße vorwärts. Als sie mich dort wartend stehen sahen, scharten sie sich zusammen, jeder begierig darauf, das Ende mitzuerleben, aber niemand mutig genug, in vorderster Reihe zu stehen und als Erster dem gefürchteten Werwolf zu begegnen.

Einige aus der Menge wurden bestürmt, damit sie sich zu mir wagten, aber niemand war auf diesen Ruhm erpicht. Schließlich trat ein Gerber hervor, der nur seinen Lederschurz trug und einen riesigen Fischspeer in der rechten Hand hielt. »Kommt«, rief er, »wer folgt mir, wenn ich vorausgehe?«

Just in diesem Augenblick waren vom fernen Ende der Straße Hufschläge zu vernehmen.

»Wer jetzt noch kommt, muss sich beeilen«, dachte ich mir, »wenn er das Ende noch miterleben will.«

Der Gerber hielt dem immer größer werdenden Mob eine flammende Rede, aber vergeblich, niemand wollte der Erste sein. Was für ein Augenblick! Trotz meiner hoffnungslosen Lage musste ich triumphieren. So viele gegen einen, und kein Mann wagte, sich zu bewegen!

Zuletzt gab der Gerber die Hoffnung auf Beistand auf und kam langsam auf mich zu. Er blickte hin und wieder zurück, um sich eines offenen Rückzugsweges zu vergewissern, falls ein solcher notwendig werden sollte.

Ich glaube, hätte ich in diesem Moment einen Satz in ihre Richtung gemacht, wäre die ganze Schafherde schreiend geflüchtet. Aber ich rührte mich nicht. Ich leistete auch nicht den geringsten Widerstand, als der Gerber mich an der Schulter ergriff und den Speer für den Todesstoß bereithielt. Warum sollte ich auch? Das Leben war für mich sinnlos geworden!

Da ich mich nicht wehrte, ließ der Gerber meine Schulter los und packte den Speer mit beiden Händen. Als er sich vor mir aufrichtete, traten die mächtigen Muskeln an seinen nackten Armen und seiner Brust hervor wie Seile. Die ganze Versammlung hielt den Atem an.

In diese Totenstille brach jetzt das laute Klappern von Hufen, das alle Köpfe herumreißen ließ, als wären sie gleichzeitig von einem Faden gezogen worden. Direkt in die Menge hinein, die auseinanderreilte, trabte ein großes schwarzes Pferd, auf dem ein hochgewachsener Mann in der Uniform der königlichen Soldaten saß.

Während er sich näherte, schlug er mit der flachen Seite seines langen Schwertes schnell nach rechts und links. Es fegte nieder auf den Kopf des Gerbers und der Speer fiel zu Boden. Der Mann stürzte wie ein mit dem Beil geschlachteter Ochse, während sich der Speer zur Hälfte seiner Länge in den Boden neben der Tür bohrte.

»Dieser Mann gehört mir!«, brüllte der Soldat. »Dem König

und mir! Er wird mit mir gehen, um verurteilt und bestraft zu werden; falls ihr ihn anfasst, dann auf eigene Gefahr.«

Die Menge murmelte wütend, wich aber zurück angesichts des Ansturms einer halben Kompanie Soldaten, die ihrem Hauptmann gefolgt waren.

IV

»Und so, meine Herren«, schloss ich meinen Bericht in der Gefängniskaserne in Ponkert, »seht Ihr, wohin mich die Machenschaften dieser Kreatur gebracht haben. Ich bitte nicht um mein Leben, denn ich werde froh sein zu sterben. Ja, es ist auch nur gerecht, dass ich sterben werde. Doch lasst mich Rache üben und ich werde von Herzen gern auf alle Ewigkeit in der Hölle schmoren.«

Zuerst glaubte ich, dass der Offizier mir diese Bitte abschlagen würde, denn er grübelte lange, bevor er sprach.

»Könnt Ihr«, fragte er schließlich, »diese schreckliche Bande in eine Falle locken, wenn ich und meine Männer Euch Unterstützung geben?«

Ich sprang von meinem Stuhl auf: »Gebt mir ein Dutzend bewaffneter Männer und keine dieser Bestien wird morgen früh noch am Leben sein!«

Von meiner Begeisterung mitgerissen, rief er: »Ihr werdet fünfzig Mann bekommen und ich selbst werde sie anführen.« Dann, etwas ruhiger, fügte er hinzu: »Euch ist klar, dass wir keinen am Leben lassen können? Dass alle sterben müssen? Alle?«

Ich nickte und sah ihm in die Augen. »Ich verstehe. Ihr könnt nach unserem Sieg mit mir tun, was Euch beliebt. Ich werde keinen Widerstand leisten, denn ich bin sehr müde und werde froh sein, mich ausruhen zu können. Aber bis dahin bin ich Euer Mann!«

»Ihr seid mutig«, meinte er, »und ich wünschte, ich müsste

nicht tun, was ich tun muss. Können wir uns die Hände reichen, bevor wir aufbrechen?«, fragte er dann fast schüchtern.

Ich sagte nichts, aber unsere Hände fanden sich zu einem festen Griff. Als er sich umwandte, glaubte ich, Feuchtigkeit auf seinen Wangen zu sehen. Er war ein wahrer Mann. Ich wünschte, ich wäre ihm früher begegnet. Wir hätten vielleicht Freunde sein können, aber genug davon.

Nicht weit von Ponkert entfernt liegt ein Wald, der so dicht ist, dass selbst zur Mittagszeit nur trübes Dämmerlicht in ihn dringt. Hier rastete das Rudel manchmal. Nachts diente er uns als Treffpunkt. Auf diesem Wissen baute ich meine Pläne auf.

Ich zerriss meine Kleidung und verschmierte sie mit Blut, wickelte mir eine blutige Bandage um den Kopf, und die Soldaten fesselten mir die Hände auf den Rücken und legten mir ein Seil um den Hals.

Gegen Abend brachen wir auf. Insgesamt waren wir etwa achtzig Mann, darunter auch die Bauern, die uns mit improvisierten Waffen wie Heugabeln und Knüppeln folgten, Waffen, die zwar schwerfällig, aber tödlich waren.

Wir marschierten mitten durch den Wald. Ich befand mich zwischen den Menschen, taumelte mit gesenktem Kopf vorwärts, als sei ich völlig erschöpft, was ich in Wirklichkeit auch war. Hin und wieder zog der Soldat, der das Ende des Stricks hielt, kräftig daran, sodass ich fast stürzte. Bei einer dieser Gelegenheiten hörte ich ein verdrossenes ersticktes Knurren aus einem Dickicht, an dem wir vorbeigingen. Offensichtlich hatte ich das als Einziger vernommen. Ich hob vorsichtig den Kopf und sah, wie sich eine Gestalt lautlos in die dunkleren Schatten fortstahl.

Ich war bemerkt worden: Alles lief genau nach Plan.

Dann verließen wir den Wald und traten wieder ins Sonnenlicht hinaus. Zwischen dem Forst und den Hügeln schlängelte sich der Fluss, der mir damals so schlecht gedient hatte. Auf einem Hügel ragte ein großes Schloss, das einst den Fluss und die Handelswege, die die Ebene auf der anderen Seite durchzogen, beherrscht hatte. Aber das war schon sehr lange her, die Erbauer des Schlosses waren längst verstorben, auch ihre Söhne und deren Söhne, falls es jemals solche gegeben hatte. Alleine das Schloss legte Zeugnis davon ab, dass sie je gelebt hatten.

Im Laufe der Jahre hatten verschiedene Räuberbanden diese gewaltige steinerne Anlage besetzt gehalten, und außerhalb und innerhalb ihrer Mauern waren Kriege geführt worden. Allmählich hatten die Zeit und die Elemente ungehindert ihren Einfluss ausgeübt, bis eines Tages der Hauptturm umstürzte und den Rest des Schlosses unter sich begrub.

Aber eine dicke Steinmauer, die einst das Schloss umgeben hatte, war noch erhalten geblieben. Sie bildete jetzt ein hohes Rechteck um den Schuttberg in der Mitte. Unter diesem imposanten Monument ruhten die Letzten, die hier gelebt hatten, und es hieß, dass ihre Geister noch immer in den Ruinen umgingen. Aber ich hatte nie welche gesehen und kannte auch keinen, dem das widerfahren war. Auf beiden Seiten der Mauer waren Eisentore eingelassen. Sie waren noch gut erhalten, aber so rostig, dass sie nicht zu öffnen waren und wir eine andere Möglichkeit finden mussten, um uns Zugang zu verschaffen.

Schließlich entdeckten wir einen riesigen Baum, der, von einem starken Sturm entwurzelt, mit der Krone gegen die Mauer umgestürzt war und eine sanft ansteigende Brücke bildete, die die Mauer mit dem Erdboden verband. Um in den Hof zu gelangen, mussten wir darüberlaufen, aber das war kein Problem, da an dieser Stelle ein großer Teil der Mauer eingerissen und nicht mehr so hoch war. Hier gingen wir hinunter, ich weiterhin an dem Strick, der mich so gepeinigt hatte, und bereiteten unsere Falle vor.

Der Plan war sehr einfach: Ich war der Köder. Wir wussten, dass das Rudel, wenn die Zeit für die Verwandlung gekommen war, meiner Spur folgen würde, sofern der Meister nicht gewarnt war. Sobald sie innerhalb der Mauern waren, konnten sie uns nicht mehr entkommen. Wir konnten sie dann erschlagen, denn wir waren mehr als zehn gegen einen, auch wenn viele der Bauern sich zuvor geweigert hatten, das Spukschloss zu betreten, und schon ins Dorf zurückgekehrt waren.

Schließlich ging es auf Mitternacht zu. Aus weiter Ferne vernahm ich ganz schwach die Rufe aus dem Wald.

»Bald ist es so weit«, flüsterte ich dem Hauptmann zu, mit dem ich in der Einfriedung stand. »Ich höre, wie sie sich sammeln.«

»Macht euch bereit«, warnte er die Männer. »Versteckt euch zwischen den Felsen. Sie kommen!«

Gespannt warteten wir, obgleich jetzt niemand zu sehen war, außer dem Hauptmann und zwei oder drei Soldaten, die bei dem Schuttberg standen.

Während ich neben einem großen Haufen Steinblöcke kauerte, hörte ich jemand mit schneidender Stimme »Jetzt!« rufen.

Flackernde Lichter tanzten vor meinen Augen. Dann verfinsterte sich alles und ich fiel nach vorn aufs Gesicht. Man hatte mich von hinten niedergeknüppelt.

Als ich das Bewusstsein wiedererlangte, leuchteten die Sterne droben noch hell, aber sie interessierten mich nicht mehr. Mein einziger Gedanke war, wie ich diesen zweibeinigen Kreaturen entkommen konnte, die mich gefangen hielten. Ich war wieder zum Tier geworden!

Es war das erste Mal gewesen, dass die Verwandlung ohne mein Wissen vonstatten gegangen war. Ich konnte mich nicht mehr an meine Vergangenheit erinnern und soviel ich wusste, war ich immer nur auf vier Beinen gelaufen.

Sofort wurde mir klar, dass ich eindringlich gerufen wurde. Aus den Augenwinkeln erblickte ich einen Mann, der neben mir stand, aber etwas weiter fort. Vielleicht vermochte ich zu entkommen!

Ich richtete mich auf und spannte meine Muskeln für den

Sprung an. Ich würde über die Mauer springen, ich würde um mein Leben fliehen, ich würde ... und dann krachte ein ungeheures Gewicht auf meinen Rücken und brach mir beide Hinterbeine.

Der Schmerz war unerträglich! Ich stieß einen grauenvollen Schrei aus, der von ermutigendem und wütendem Geheul auf der anderen Seite der Mauer erwidert wurde. Dann sprangen nacheinander fünf riesige graue Wölfe über die Mauer. Sie waren meiner Spur gefolgt und gekommen, um mich zu befreien. Sie dachten nicht im Traum daran, dass sie in eine Falle gelockt wurden.

Die Soldaten waren klüger als ich gewesen, denn sie hatten vorausgesehen, was mir entgangen war: dass, falls meine Geschichte der Wahrheit entsprach, ich sie zwangsläufig an meine Gefährten verraten hätte, sobald ich wieder zum Tier geworden war.

Zwischen Mann und wildem Tier kann es keinen Kompromiss geben, darum hatten sie mich betäubt und dann einen schweren Stein herabfallen lassen, um mich am Boden festzunageln. Statt das Rudel zu warnen, schrie ich um Hilfe, denn der plötzliche Schmerz ließ mich alle anderen Gefühle vergessen.

Überall herrschte Verwirrung. Tierisches Geheul und menschliche Schreie vermischten sich mit dem Klirren von Waffen und wildem Knurren. Hin und wieder unterbrach ein Schuss den Tumult, aber diese neuen Waffen sind nicht schnell genug, um von praktischem Nutzen zu sein, sodass es im Grunde ein Nahkampf war.

Die fünf schlugen sich tapferer, als ich es in meinen Träumen für möglich gehalten hätte. Mit blitzschnellen Bewegungen sprangen sie vor und wieder zurück und konnten einem Mann die Kehle herausreißen, bevor dieser auch nur an Verteidigung denken konnte. Die Verwirrung war so groß, das Gedränge so dicht, dass ein Soldat seinen Kameraden aus Versehen tötete. Das geschah sogar zweimal.

Gerade waren nur noch vier Tiere zu sehen, hin und her rasten sie, kämpften um ihr Leben wie in die Enge getriebene Ratten. Sie versuchten, sich zur Mauer durchzuschlagen, dorthin, woher sie gekommen waren. Einer musste getötet worden sein!

Aber nein! Da erblickte ich das fünfte Tier, die alte Molla. Sie riss mit scharfen weißen Fängen an etwas, das halb unter ihr lag. Ein Soldat schlich sich von hinten an sie heran und stieß ihr unter Einsatz seiner ganzen körperlichen Kraft eine Lanze durch den Leib. Doch nicht nur ich alleine hatte diesen Stoß beobachtet. Im nächsten Augenblick ging der Soldat zu Boden und war inmitten des wütend knurrenden Rudels nicht mehr zu sehen. Das Rudel bildete mehrere Sekunden lang ein Knäuel von Leibern, und im Nu sprangen die Soldaten dazu und ihre Lanzen und Knüppel sausten auf und nieder. Bevor Mutter Molla die Ecke erreichten konnte, auf die sie langsam zukroch, hustete sie ihr Leben in blutigen Bläschen aus. Die anderen des Rudels hatten sie gerächt, dann starben sie selbst.

In diesem kritischen Augenblick spähte ein Kopf über die Mauer und zwei glühend rote Augen überblickten die Lage. Warum der Meister später gekommen war, vermag ich nicht zu erklären. Aber welche Fehler er auch immer haben mochte, ein Feigling war er jedenfalls nicht. Das Erste, was die Soldaten von seiner Anwesenheit mitbekamen, war der Anblick eines schwarzen Wolfes, der herabsprang und auf dem Haufen von Leichen, seinen ehemaligen Vasallen, landete.

Mit einem weiteren Satz war er inmitten der Soldaten und kämpfte mit Fängen und Klauen. Die Männer wurden wie Schafe zersprengt, kehrten aber zurück und zogen einen dichten Kreis um ihn. Jetzt war ihm jeglicher Fluchtweg versperrt. Nun hatte er nur noch eine Chance, da lebend herauszukommen: Er musste sich so schnell bewegen, dass die Soldaten keine Waffe auf ihn richten konnten, ohne einen der ihren zu gefährden.

Der Meister erkannte klar, dass alles verloren und Flucht

seine einzige Hoffnung war. Er warf mir einen ermutigenden Blick zu, während ich mit Schaum vor dem Maul tobte, nach dem kalten, unnachgiebigen Fels, der mich niederhielt, schnappte und meine Zähne daran zerbiss.

Er rannte wie wahnsinnig in dem Kreis herum und suchte eine Schwachstelle. Die Soldaten rückten immer näher, stießen hin und wieder zu, wenn er an ihnen vorbeilief, aber verletzten ihn nicht.

Mit heißer roter Zunge, die ihm aus dem geifernden Rachen heraushing, raste er in dem Kordon von Feinden umher. Bald stand sein Plan fest – er sprang mitten im Schritt direkt auf einen Bauerntölpel zu, der eine Heugabel schwang. Der arme Narr schlug unbeholfen zu, statt auszuweichen. Dies sollte sein letzter Fehler sein, denn er verfehlte sein Ziel. Im Nu hatte der Meister ihm die Kehle zerfetzt und hetzte auf die Burgmauer zu.

Jetzt war der Weg frei. Schnee stob überall um ihn herum auf, aber offenbar war er unter einem Glücksstern geboren, denn keines der abgefeuerten Geschosse traf ihn. Als er die Mauer erreichte, hob er mit dem tollkühnsten Sprung, den ich je gesehen hatte, vom Boden ab und hing mit den Vorderpfoten so lange, wie ein Mensch vielleicht bis zehn zählt, hoch in der Luft. Während unzählige Kugeln in das uralte Mauerwerk um ihn herum einschlugen, versuchte er wie wild mit den Hinterpfoten Halt zu finden, zog sich hinauf, und war verschwunden!

Seine Jäger stürmten zu den verrosteten Toren, aber in ihrer übermäßigen Hast durchkreuzten sie ihre eigenen Bemühungen, und als sie endlich ins Freie kamen, lag die Ebene wie ausgestorben da. Über dem Hügel im Osten erklang nun ein verächtliches, höhnisches Geheul. Das Lebewohl des Meisters! Von jenem Tag an bis heute wurde er nie wieder in Ponkert gesehen. So endete seine Herrschaft.

* * *

Und auch mein Martyrium ist nun zu Ende. Der Meister ist vertrieben und mit ihm die Angst, die das Dorf beherrscht hat. Von dem ganzen Rudel, das das Land meilenweit heimgesucht hat, bin ich als Einziger noch am Leben. Irgendwo streift der Meister vielleicht noch immer umher, lautlos, verstohlen, in der kalten Dunkelheit unserer Nächte, aber ich bin mir sicher, dass er nie mehr nach Ponkert zurückkehren wird, und dafür habe ich einen guten Grund.

Als seine Macht im alten Schlosshof zerfiel und er gezwungen war, zu fliehen, gaben mir sein letzter Blick und Ruf zu verstehen, dass er zurückkehren und mich aus meinem Gefängnis befreien würde. Ein Funken Menschlichkeit muss in diesem grausamen Herzen gesteckt haben, etwas, das ihm nicht erlaubte, diejenigen, die ihm Treue geschworen hatten, im Stich zu lassen. Davon zeugt allein dieser herrliche Sprung von der Hofmauer direkt in seine Feinde hinein, um das einzige überlebende Mitglied seiner Bande zu retten.

Und er kehrte wirklich zurück!

Während ich im Kerker lag und mich von meinen gebrochenen Beinen und anderen Verletzungen erholte – denn ich muss bei guter Gesundheit sein, bevor ich mein Verbrechen sühnen darf –, hörte ich eines Nachts, etwa eine Woche nach dem Kampf, das alte vertraute stumme Heulen.

Ich erkannte den Ruf des Meisters und antwortete. Ich dachte an all die Dinge, die ich ihm gern erzählen wollte, konnte aber nicht durch die dicke Steinmauer. Im Geist ging ich all die Bemühungen durch, die ich unternommen hatte, um seiner schrecklichen Versklavung zu entrinnen. Angefangen mit dem unfreiwilligen Mord an meiner Frau und meinem Kind bis zu dem Augenblick, in dem ich ihn über die Mauer flüchten sah, berichtete ich alles, ohne ein Wort auszusprechen.

Ich weiß, dass er es hörte, denn nach einer Weile der Stille erhob sich direkt außerhalb der Kerkermauer ein Wolfsgeheul, das das Blut zum Gefrieren brachte. Höher und höher schwoll es an, ein lang anhaltender schluchzender Klagelaut voller Hass, ein wogendes Crescendo, das sich zu einem kehligen Murmeln verlor und schließlich von dem eiligen Getrampel schwerer Schritte und dem Getöse von explodierendem Schießpulver übertönt wurde.

Ein Blitz nach dem anderen zerriss die samtige Nacht. Sie vermischten sich mit den Schreien der Soldaten, die aus den Fenstern schossen. Und irgendwann in dem Tumult wandte der Meister Ponkert für immer den Rücken zu, da bin ich mir sicher.

Allein in der Welt, ohne Freunde und verzweifelt, werde ich morgen diese sterbliche Hülle verlassen, die solch seltsame Veränderungen erlebt hat.

Ich gehe ohne Widerwillen, denn ich habe nichts, wofür es sich noch zu leben lohnt. Je früher ich gehe, umso schneller büße ich meine Sünden ab und gelange schließlich dorthin, wo ich erwartet werde. Denn ich kann nicht glauben, dass ich auf ewig Qualen ausstehen soll.

Dennoch würde ich sogar auf diese Glückseligkeit verzichten zugunsten einer größeren: nämlich wieder ein Tier zu sein. Um zu spüren, wie meine Reißzähne in die schwarze faltige Kehle des Meisters sinken und sein warmes Blut in meinen Rachen spritzt. Oh, diesen Feind zu zerschlitzen, zu zerreißen, zu zerfetzen und ihn voll und ganz in meiner Gewalt zu haben! Zu spüren, wie seine Knochen zwischen meinen kräftigen Zähnen zerbrechen, und mit ihnen sein Fleisch zerreißt!

Manchmal denke ich, dass er vielleicht nur einer wie ich war, einst in Versuchung geführt wurde, fiel und dann immer tiefer und tiefer sank. Vielleicht war auch er wie ich schwach und von Anfang an verdammt.

Sie sagen mir, dass jeder Schmerz, den ich jetzt erleide, meine Strafe im Jenseits verkürzen wird. Was für Schmerzen es auf Erden sein werden, weiß ich nicht. Vielleicht werde ich aufs Rad geflochten oder auf der Folterbank gestreckt, aber ich füge mich und bin auf alles gefasst.

Aber eins ist mir gewiss, denn sie haben mir gesagt, dass mir die Haut bei lebendigem Leibe abgezogen wird. Man wird sie wie das Fell eines Tieres gerben und darauf meine düstere und trostlose Geschichte schreiben, damit alle, die des Lesens mächtig sind, sie lesen!

Ich habe von so etwas noch nie gehört, aber ich hege keine Zweifel, dass es mir angetan wird. Doch es ist mir gleich. So sehr habe ich im Herzen und in Gedanken gelitten, dass kein körperlicher Schmerz meine Qualen übersteigen kann. Ich füge mich. Möge es demjenigen, der es liest, eine Warnung sein! Allen, die ich gekannt habe, sage ich Lebewohl. Lebewohl!

Als ich das Manuskript fertig gestellt hatte, saß ich eine Zeit lang nachdenklich da. Dieses Buch war also auf menschliche Haut geschrieben worden, die Haut, die einst Pierres Vorfahr umgeben hatte.

»Hast du mir nicht erzählt«, wandte ich mich an den alten Mann, »dass die Person in der Erzählung dein Vorfahr väterlicherseits war? Aber hier heißt es, dass sein einziges Kind von ihm selbst ermordet wurde. Wie erklärst du das?«

»Du erinnerst dich vielleicht an die Stelle in seinem Bericht, dass nach seinem fluchtartigen Aufbruch unmittelbar im Anschluss an die Tat völlige Leere in seinem Kopf herrschte, abgesehen von einer vagen Erinnerung an Gewehrschüsse. Was ist wahrscheinlicher, als dass jemand von dem Geheul in der Nacht geweckt wurde und blind um sich geschossen hat? Unter dieser Annahme ist es einleuchtend, dass die Tiere, erschreckt von dem unerwarteten Lärm, ihre Beute zurückließen. So erzählt es jedenfalls die Legende, die das Buch seit Jahrhunderten begleitet. Außerdem heißt es, dass das Buch immer im Besitz der ungarischen Nachfahren verblieben ist. Daher vermute ich angesichts der Tatsache, dass mir das Buch von meinem Vater übergeben wurde, der es wiederum von seinem Vater erhielt, dass in meinen Adern das verdünnte Erbe des Werwolfs fließt.«

»Das mag ja alles stimmen«, meinte ich. »Aber in den Wochen, die er im Kerker zubrachte, wird er doch sicher informiert worden sein, dass sein kleines Mädchen überlebt hat. Trotzdem erwähnt er es in seinem Bericht mit keinem Wort, so als wüsste er nichts von ihrer Rettung.«

»Ah, das verwirrte mich auch, als ich zum ersten Mal von dieser Geschichte erfuhr. Aber ich bin der festen Überzeugung, dass ihm diese Information absichtlich vorenthalten wurde, um ihm neben seiner körperlichen Bestrafung noch zusätzlich seelische Qualen zu bereiten. Warum sollten sie sich die Mühe machen, die Seele eines Mannes zu erleichtern, der für so viele Verbrechen verantwortlich war?« In seinen Augen funkelte solch ein grausames Glitzern auf, dass ich nichts mehr dazu sagen wollte.

Nach meinem Aufbruch beglückwünschte ich mich selbst dafür, das Glück zu haben, im prosaischen zwanzigsten Jahrhundert zu leben und nicht in jener vom Aberglauben durchdrungenen Zeit, die wir mit Müh und Not hinter uns gelassen haben. Denn selbst abergläubische Vorstellungen müssen einen Anfang haben, und wer weiß, wie viel Wahrheit am Ende in dieser verrückten Geschichte liegt?

In das Gasthaus bin ich nie wieder zurückgekehrt. Ich hatte es mir zwar oft vorgenommen, aber die täglichen Geschäfte waren wichtiger, und durch diese Verzögerungen erübrigte sich schließlich die Reise, denn Pierre ist inzwischen tot. Er hinterließ weder Verwandte noch Freunde außer mir. Deshalb bin ich jetzt im Besitz des Buches. Es lag die ganze Zeit vor mir, während ich die Geschichte, die in ihm enthalten ist, noch einmal aufschrieb. Die Welt mag sie lesen und sie verächtlich belächeln.

Pia!

John Donaldson

Ich war nicht besonders begeistert über die Party, hauptsächlich weil es ein nasser, stürmischer Abend war, typisch für den Winter in Portland. Aber Mathilde wollte hingehen, und ich bin schließlich nur der Ehemann.

Mein Einkommen in der Werbebranche ermöglichte mir eine Belegschaft von einem Dutzend Leute, die für Bilder und Texte verantwortlich waren, dazu das Recht, zu brüllen und zu diktieren, das Privileg einer Spät-am-Vormittag-im-Büro-früh-zu-Hause-Existenz sowie Unterkunft und Verpflegung in meinem Haus mit zehn Zimmern im Irvington-Distrikt. Dort endete meine Autorität, und Mathilde übernahm das Regiment. Ich war nur ein Ehemann – und ich liebte es.

Hutch war der Gastgeber der Party. Wie ich unter der ehelichen Fuchtel stehend, war Hutch ein alter Haudegen, der im Begriff stand, schnell in die Spitzenklasse des Werbebereichs aufzusteigen. Seine Wohnung in den Bell Manor Arms wies darauf hin, dass er bereit war, sich niederzulassen und sich ein Magengeschwür zu züchten. Seine Frau Ruth war die schönste Frau, die ich je gesehen habe. Ich grübelte über ihre hinreißende Figur nach, während ich meinen Tom Collins kippte.

Die Wohnung bot uns acht Leuten genügend Platz. Der alte Dunton – der stets ein Auge für weibliche Schönheit übrig hatte – war Hutchs Boss und drückte sich unaufhörlich vor dem Missfallen seiner jungen, schmallippigen Ehefrau Pia. Es war weithin bekannt, dass Pia den alten Dunton wegen seines Geldes geheiratet hatte und dass sie ihm die ganze Zeit das Leben schwermachte. Er konterte, indem er seinen Reichtum auf der Jagd nach anderen, willigeren Frauen einsetzte, aber Pia blieb tugendhaft. Ich weiß es.

Paul und Jill Montgomery waren noch jung genug, um vollkommen ineinander verliebt zu sein. Sie waren nur aus Gründen der dort gebotenen Geschäftskontakte zu unserer Gruppe gestoßen. Paul arbeitete im Versicherungswesen, und Jill war Model für Hüte und Kleider in einem Kaufhaus in der Innenstadt.

»... deshalb habe ich zu ihm gesagt, dass er total übergeschnappt ist, und ihn gefragt, warum er nicht in sein Heimatland zurückkehrt.« Der alte Dunton kicherte nervös und warf Ruth anzügliche Blicke zu.

Ruth, die sehr wohl um ihren Charme wusste, lächelte, als sie ihm einen Martini servierte. »Und was meinte er dazu?«

»Er erwiderte, dass es alte Dummköpfe wie ich wären, die die Wahrheit durch Spott verleumden und auf diese Weise dem Bösen Sicherheit bieten würden.« Dunton lächelte: »Und dass er sich sicher sei, dass ich zu den Ersten gehöre, die sterben werden.« Er brach jetzt in gackerndes Gelächter aus. »Er wird sich die Radieschen von unten ansehen, bevor ich an der Reihe bin.«

Ich griff nach Mathildes Hand. Sie saß neben mir auf der Couch. »Wovon schwafelt er da?«, fragte ich.

Mathilde gab einen Laut von sich, der ihrem Unwillen Ausdruck verlieh. »Steig aus deinem Wagen, Junge, und hör zu.« Als ihr klar wurde, dass ich wirklich nicht verstanden hatte, um was es ging, erklärte sie es mir. »Dunton hat in dem Stockwerk über uns Zwischenstation gemacht, bevor er zur Party kam. Er kennt da einen Doktor Chives – oder Cheeves ...«

»Und Chives hat zu ihm gesagt, dass er mit seinem lockeren Leben aufhören soll?«

»Ja. Chives-Cheeves hat zu Dunton gesagt, dass ihn die Kobolde holen würden, wenn er seine Einstellung nicht ändert.«

»Wie nett. Ruth!«, rief ich und schwenkte mein leeres Glas. »Spiel Gastgeberin!«

Mathilde zog an meinem Arm. »Nein. Ernsthaft, Chet, offenbar ist Cheeves ein Okkultist. Er war früher mal Doktor der Psychologie, aber wechselte dann über zum Studium der schwarzen Magie, als er überzeugt war, dass die meisten Halluzinationen einem immergleichen Muster entsprechen. Und dann zog er das volle Programm durch und widmete sein Leben dem Schutz von uns skeptischeren Sterblichen.«

»Schön. Ruth!« Ich wedelte erneut mit meinem leeren Glas in der Luft herum.

Mathilde schüttelte mich. »Hör mal zu, Blödmann. Cheeves ist kein Quacksalber. Er hat zu Dunton gesagt, dass heute Nacht Vollmond ist. Und dass Dunton vorsichtig sein soll. Und dass ...«

»Und dass ein riesiger, brutaler Vampir durchs Fenster hereinfliegen und das wenige Blut aussaugen würde, das der alte Dunton noch in seinen alkoholhaltigen Adern hat. Ich frage mich, ob ein betrunkener Vampir überhaupt fliegen könnte ...«

Mathilde runzelte die Stirn und rückte von mir ab. Ich konnte erkennen, dass ich mich wohl wieder einmal auf eine stumme Duldermiene gefasst machen musste.

»Sieh mal, mein Kätzchen. Du glaubst doch eigentlich nicht an all diese Geschichten von Gespenstern und Werwölfen. Warum machst du dir Sorgen?«

Sie taute ein wenig auf. »Nein, Chet. Ich schätze, eigentlich nicht. Aber ich glaube ...«

»... er kann anscheinend Vibrationen spüren.« Hutchs tiefe Stimme platzte dröhnend in unsere Unterhaltung. »Er sagt, er hätte einige telepathische Fähigkeiten entwickelt und könne erkennen, wenn eine der Urkräfte erscheint.«

»Aber warum hat er diese Sache mit Mr Dunton so betont?«, fragte Jill Montgomery. »Und warum ausgerechnet heute Nacht?«

»Heute Nacht ist die Nacht des Vollmondes«, antwortete Hutch und sah uns alle entschuldigend an. »Doktor Cheeves sagt, er hätte die Vibrationen, die sich in dieser Wohnung ansammeln, schon seit langer Zeit gespürt.«

Ich stand auf und ging zu Hutch hinüber, der die Gruppe in seinem Bann hielt.

»Hutch, du klingst, als ob du an diesen Haufen von Spukgeschichten glauben würdest.«

Ruth schob mich sanft zu einem Sessel. »Du hast noch nicht die ganze Geschichte gehört, Chet«, wies sie mich leise zurecht. »Hör erst mal zu, bevor du etwas sagst.«

Hutch fuhr sich besorgt mit den Fingern durch das Haar und setzte sich auf die Tischkante. Von da an richtete er die Geschichte hauptsächlich an mich.

»Ich habe Doktor Cheeves ungefähr vor anderthalb Jahren kennengelernt, als wir in diese Wohnung eingezogen sind, und zufälligerweise hat Ruth an der Universität bei ihm studiert.« Hutch warf seiner reizenden Frau einen Blick zu, und sie nickte bestätigend. »Da er die halbe Familie schon kannte, entwickelte sich daraus eine gute Bekanntschaft zwischen uns dreien. Er erzählte uns, dass er mit dem Lehren aufgehört hat, um dem Gebiet des Okkulten genauere Forschungen zu widmen. Er erwähnte das genaue Thema nicht sehr oft, und erst vor drei Monaten brachte er diese Sache mit den ›Vibrationen‹ zur Sprache. Als ich das zum ersten Mal hörte, habe ich gelacht und es darauf zurückgeführt, dass er überarbeitet war. Ich dachte, dass er vielleicht eine Pause brauchte.« Er hielt inne und trank schnell sein Glas aus. Ruth nahm es ihm aus der Hand, während ich mich bequem zurücklehnte, um mir eine nette Gespenstergeschichte anzuhören.

»Ihr alle, jeder und jede Einzelne, wart schon oft in unserer Wohnung.« Hutch sah allen Leuten in die Augen und hielt an, als ich an der Reihe war. »Als Doktor Cheeves eines Tages herunterkam, spürte er die Vibrationen der Urkraft. Aber die Spuren waren nebulös. Er konnte die Person, die dafür verantwortlich ist, nicht identifizieren. Und darum sind wir heute Abend hier alle versammelt.«

Pia Dunton stand langsam auf. »Soll das heißen, es gibt den Verdacht, dass jemand von uns eine ... Urkraft ist?«

Hutch nickte. »Um genau zu sein, ein Werwolf!«

Der alte Dunton brach in schallendes Gelächter aus. »Hutch, mein Junge«, keuchte er am Ende seines Gegackers, »ich wusste, dass Sie Urlaub brauchen. Betrachten Sie sich als zwei Wochen in den Urlaub entlassen, beginnend mit morgen.« Er gluckste ausgelassen.

Keine andere Stimme unterbrach die absolute Stille. Ich sah gedankenvoll die anderen Mitglieder der Gruppe an, Leute, die ich bisher für geistig ziemlich gesund und normal gehalten hatte. Sowohl Hutch als auch Ruth blieben stumm und blickten ernst drein. Paul und Jill waren jung und leicht zu beeinflussen. Pia hatte ein bleiches Gesicht, wahrscheinlich aufgrund ihrer mysteriösen europäischen Herkunft, und selbst Mathilde war ruhig und zurückhaltend. Die einzige Normalität stellte der alte Dunton dar, der lüstern auf die beiden Spitzen unter Ruths Satinbluse starrte.

Und dann flackerten die Lichter und gingen aus.

Natürlich. Es war ein Spiel. Ich hatte gerade genug Gin in meinem Organismus, um bei dem Spaß mitzumachen. Auf Zehenspitzen schlich ich zur Tür, während die anderen aus verschiedenen Gründen ängstlich aufkeuchten. Ich drehte den Schlüssel im Schloss, um die Tür abzuschließen, beugte mich nach unten und schob ihn unter dem Türschlitz durch, hinaus in den Gang. Ich sollte das hier besser gründlich machen, riet ich mir selbst und schlich verstohlen hinüber zum Telefon an der Wand. Mit einem Ruck riss ich daran und spürte, wie sich die Kabelverbindung löste.

Auf dem Weg zurück zu meinem Platz bemerkte ich plötzlich einen scharfen Geruch und zündete mein Feuerzeug an. Direkt vor mir stand Pia, die Augen geweitet und dunkel. Sie hatte schon immer das verrückteste Parfüm benutzt.

Ich unterbrach das panische Stimmengewirr: »Warum zündet denn niemand eine Kerze an? Ich möchte nicht von irgendeinem Monster zerkaut werden, wenn ich nicht sehen kann, wer mich zerkaut.«

Dunton kicherte begeistert.

Als Ruth sich auf den Weg zur Küche machte, um eine Kerze zu holen, flackerten die Lichter erneut und leuchteten dann wieder hell auf. Von allen acht Leuten hatten sich nur Ruth, Pia und ich vom Platz bewegt. Und sechs der Gesichter wirkten abgespannt und besorgt. Nur das von Dunton zeigte einen spitzbübischen Ausdruck.

Paul Montgomery warf einen besorgten Blick auf die Glühbirnen und wandte sich an den stillen Hutch. »Wir sollten uns der Angelegenheit auf die wissenschaftliche Art nähern«, meinte er. »Wenn wir für einen Moment annehmen, dass es einen ... Werwolf in der Gruppe gibt ... dann weiß er selbst, dass er kein Mensch ist.«

»Oder sie«, warf Hutch trocken ein.

»Oder sie. Also, ich habe immer angenommen, dass es bezüglich der Lykanthropie eindeutige Fakten gibt, zum Beispiel einen längeren Ringfinger, Haare auf den Handflächen, eine Aversion gegen Silber und so weiter. Habe ich recht?«

Die Gruppe nickte ernst, sogar Dunton, der sich offensichtlich entschlossen hatte mitzuspielen. Also nickte ich ebenfalls mit ernster Miene.

»Okay. Wenn wir also annehmen, dass der Werwolf unter uns ist ...« Paul hob einen schweren silbernen Aschenbecher auf, auf dem ein Modellflugzeug mit spitzen Flügeln und einem spitzen Rumpfende befestigt war. »... dann denke ich, es wäre klug, die Hände zu inspizieren, um zu sehen, ob wir nicht diese Identifikationsmerkmale ausfindig machen können.«

Hutch zuckte mit den Achseln. »Gute Idee, aber undurchführbar. Die Handfläche kann rasiert werden und der unliebsame Finger durch eine Operation verkürzt oder sogar künstlich verlängert werden.«

»Wir sollten die Überprüfung trotzdem durchführen«, meinte Jill und stellte sich zu ihrem Mann.

Der alte Dunton räusperte sich. »Lasst uns zuerst noch ein bisschen mehr über die Sache reden. Wenn wir darin übereinstimmen, dass es hier ein Tierchen gibt – ich persönlich glaube nicht daran, aber wir können ja mal so tun – und falls dieses Tierchen tatsächlich ein Werwolf ist, dann ist es ziemlich gefährlich. Es würde nie eine Überprüfung über sich ergehen lassen. Dieser Aschenbecher zum Beispiel ...«, Dunton zeigte auf den schweren silbernen Gegenstand, den Paul in der Hand hielt, »... wäre dann mehr als nutzlos. Aus all den Büchern, die ich je gelesen habe, geht hervor, dass anscheinend nur eine Silberkugel ins Herz einen Lykanthropen aufhalten kann. Hat jemand eine Waffe mit Silberkugeln?«

»Ja«, antwortete Hutch. »Doktor Cheeves im oberen Stockwerk.«

»Dann schlage ich vor, dass Sie die holen«, meinte Dunton.

Seltsamerweise breitete sich völlig ohne schlüssigen Grund Zweifel aus. Die Frauen rückten näher an ihre Männer heran, und ich fühlte, wie Mathildes Finger meinen Ärmel umklammerten. Das hier war wirklich albern.

»Einen Moment.« Ich hob die Hand. »Wir machen uns gegenseitig Angst.« Ich wandte mich an Hutch. »Sag ihnen, dass das hier ein Spiel ist, und lass uns weitertrinken.«

Hutch schaute mich ernst an. »Es ist aber kein Spiel, soweit es mich betrifft.«

Ich spürte, wie mir mein rationales Denkvermögen teilweise entglitt. »Aber das muss es doch sein. Sogar wenn es eine Vollmondnacht ist, könnte die Kreatur es nicht sehen. Draußen stürmt es, und der Mond ist von Wolken verdeckt.«

Niemand antwortete.

»Und falls wir hier tatsächlich eine Bestie haben, warum hat sie nicht zugeschlagen, als die Lichter eben ausgingen? Nein. Wir kennen uns alle schon eine lange Zeit. Du solltest das Spiel jetzt abblasen, Hutch.«

Ruth schob ihn zur Tür. »Komm schon, Hutch. Hol Doktor Cheeves.«

»Warte!«, forderte ich ärgerlich. »Wenn es hier einen Wolf gibt, meinst du, dass er dich zu Cheeves gehen lässt?«

Der Raum war von einem merkwürdigen Schweigen erfüllt, und plötzlich sah ich, wie sich alle Augenpaare auf mich richteten.

»Getroffene Hunde bellen«, sagte Jill leise. Ich fühlte, wie Mathilde von mir abrückte.

»Dunton ...«, flehte ich.

Langsam formte sich die Gruppe auf der anderen Seite des Zimmers. Es waren sieben Leute und unter ihnen sogar meine Frau. Ich hatte das Gefühl, dass sie mich auf Abstand hielten.

Die Komik der Situation überkam mich und ich brach kichernd in einem Sessel zusammen. »Komm schon, hol den Doktor«, sagte ich zu Hutch.

Hutch hielt den Blick fest auf mich gerichtet und schlich zur Tür. Und da fiel es mir wieder ein. »Du kannst nicht rauskommen, Hutch«, rief ich. »Ich habe die Tür abgeschlossen und den Schlüssel unter der Tür durchgeschoben!«

Die Lebendigkeit um mich herum erstarrte. In den Augen der Leute stand kein fragender Ausdruck mehr – jetzt blickten sie mich ängstlich an. Ich sah, wie Ruth hinter ihrem Rücken nach etwas tastete.

»Und, Ruth«, fuhr ich fort, »Ich habe beim Telefon das Kabel rausgezogen.«

Da wichen die sieben Leute so weit vor mit zurück, wie sie nur konnten. Ihre Angst verwandelte sich in Entsetzen. Paul schluckte und hob den silbernen Aschenbecher.

Schließlich trat Pia langsam vor – es waren zehn zögernde Schritte, die sie genau zwischen die Gruppe und mich brachten. »Was ...«, fragte sie mit bebender Stimme, »wollen Sie?«

Nachdenklich streckte ich die Hände aus und drehte langsam die Handflächen nach oben. »Sehen Sie ganz genau hin, Pia. Erkennen Sie irgendeinen Haarstoppel? Hat irgendeiner meiner Finger die falsche Länge?«

Sie kam ängstlich auf mich zu und sah mich mit ihren dunklen, besorgten Augen an. Ganz vorsichtig untersuchte sie meine Hände und begegnete dann meinem Blick.

»Nein«, murmelte sie. »Sie sehen okay aus.«

Ich stand schnell auf. Pia zuckte zusammen, aber ich fasste sie sanft am Unterarm. »Ich bin nicht euer Wolf«, sagte ich mit lauter, klarer Stimme. »Hier gibt es keinen Wolf.«

»Aber warum die Sache mit der Tür – mit dem Telefon …«, murmelte Hutch hilflos.

»Es gehörte zu dem Spiel, von dem ich dachte, dass wir es spielen würden. Wenn Ruth jetzt den Ersatzschlüssel holt, kannst du dich auf den Weg zu Doktor Cheeves machen. Und ich bin mir ziemlich sicher, dass die Bestie dich auf dem Weg nicht in Stücke reißt.« Meine Hand glitt an Pias Arm herunter, und ich nahm ihre heiße, feuchte Hand in meine. Ich spürte, wie sie sich entspannte.

»Es gibt keinen anderen Schlüssel«, entgegnete Ruth. Die Gruppe war soeben im Begriff sich zu beruhigen, aber bei ihren Worten spannten sich alle wieder an.

»Was ist mit dem Fenster?«, fragte Paul. »Können wir in die nächste Wohnung gelangen?«

Sie versammelten sich um das Fenster, alle außer Mathilde, die alleine dastand und beobachtete, wie ich Pia festhielt.

»Danke für das Vertrauen, Partnerin«, bemerkte ich. »Meinst du, du bist imstande, von nun an mit mir zusammenzuleben?«

Mathilde ging langsam auf mich zu. Ich spürte, dass Pia mich losließ. Ich ließ sie gehen. Schließlich gehörte sie zu Dunton. Trotzdem hätte ich so gerne mit ihr geschlafen – sie war sanft und süß, abgesehen von ihren Händen, die immer leicht zu Fäusten geballt waren. Wahrscheinlich war das ein Zeichen ihrer Tugend.

»… geht nicht. Nicht breit genug. Und acht Stockwerke bis nach unten.« Ich hörte das Murmeln der Gruppe am Fenster, als Mathilde in meine Arme kam. »… müssen die Tür aufbrechen. Hey, Chet!«

153

Hutch ging auf mich zu und streckte die Hand aus. »Tut mir leid, Kumpel, aber du hast dich wirklich verdächtig benommen.«

Ich winkte ab und fragte: »Und was ist mit dem Fenster?«

»Da gibt es nur einen weniger als fünfzehn Zentimeter breiten Fenstersims. Auf diese Weise kommt man nicht in die nächste Wohnung. Wir müssen wohl die Tür aufbrechen.«

Da nun die Anspannung vorbei war, wurden Bitten nach Getränken laut. Die Leute verteilten sich in den anderen Zimmern, und ich ließ Mathilde allein, um Dunton zu suchen. Was hatte ihn dazu gebracht, seine Einstellung so schnell zu ändern?

Als ich das Schlafzimmer auf dem Weg zum Badezimmer durchquerte, flackerten die Lichter von Neuem und gingen aus. Es folgte ein Moment, der von einem konzentrierten, düsteren Schweigen erfüllt war, und dann war ein Rascheln zu hören, da die Leute nach Streichhölzern suchten.

Ich steckte die Hand in die Tasche, um mein Feuerzeug herauszuholen, und ein schwerer Körper prallte gegen mich. Er bewegte sich schnell, und der Aufprall stieß mich um, sodass ich auf das Bett fiel. Ich fluchte heftig, als ich mich befreite, aber hielt abrupt inne, als ich ein Tier böse knurren hörte. Und dann folgte ein Schrei. Es war eine schrille Frauenstimme, die vor Angst schrie – dann wurde sie von einem heulenden Stöhnen abgeschnitten. Der Lärm kam aus dem Badezimmer.

Ich sprang auf und rannte trotz der Dunkelheit zur Tür. Erneut hörte ich das Kratzen und Knurren und roch einen starken, wilden Gestank. Als ich die Badezimmertür erreichte, stieß der Körper wieder mit mir zusammen, und das Gewicht warf mich zu Boden. Ich bemerkte entsetzt, dass ich sich bewegendes, feuchtes Fell berührt hatte.

Ich wäre dort wie erstarrt liegen geblieben, hätte ich nicht das Stöhnen der Frau im Bad gehört. Auf allen vieren bewegte sich mich dorthin und steckte den Kopf durch die Tür. Mühsam versuchte ich, mit meinem Feuerzeug zu leuchten. Als die

Flamme aufloderte, war auch der Strom wieder da und überflutete das Badezimmer mit Licht.

Einen Augenblick lang konnte ich mich nicht bewegen. Dann, als meine Augen das, was sie sahen, an mein Gehirn übermittelten, wankte ich zum Waschbecken und würgte heftig und lange.

Ich bemerkte Pia, die aus dem Schlafzimmer gerannt kam, bemerkte ihr scharfes Aufkeuchen und bemerkte ihren unmittelbaren Zusammenbruch, als sie bewusstlos wurde. Dann hörte ich das Trampeln von weiteren Füßen. Ich bewegte mich zur Badezimmertür, schloss sie schnell und verriegelte sie. Wer auch immer die Gruppe anführte, krachte mit dem Kopf zuerst gegen das Holz.

»Was ist los? Was ist passiert? Wer ist da drin? Tür aufmachen! Aufmachen, sage ich!« Wie wild hämmerten Fäuste gegen das Holz.

Jetzt standen sie alle dort draußen, alle außer Pia und mir, der Frau, die auf dem Boden stöhnte, und dem schrecklichen Ding, das über der Badewanne ausgestreckt war. Ich lehnte meine Stirn gegen die Wand, während ich meine fünf Sinne zusammennahm.

Schließlich hämmerte ich gegen die Tür, damit die anderen ruhig wurden. Als das Stimmengewirr erstarb, rief ich mit ziemlich klarer Stimme: »Es hat einen Unfall gegeben. Geht alle ins Wohnzimmer außer Hutch. Ich lasse Hutch herein!«

»Was ist da drin passiert?«

»Verschwindet alle außer Hutch! Kommt schon, verschwindet! Nur Hutch!«

Es folgte ein Murmeln, und dazwischen hörte ich, wie Mathilde rief: »Chet, Chet, lass mich rein!« Aber allmählich zogen sie sich zurück.

Hutch klopfte an die Tür. »Okay, Chet, ich bin allein.«

Ich öffnete die Tür, wobei ich sorgsam darauf achtete, der Badewanne den Rücken zuzuwenden. Hutchs erhitztes Gesicht spähte mir über die Schulter. Da sah ich, wie er die Augen aufriss, und hörte, wie er vor Übelkeit aufkeuchte. Ich hielt ihn fest, damit er nicht umkippte.

Als er eingetreten war, schloss ich die Tür wieder ab. Dann drehte ich mich um und versuchte mich zu wappnen und meinen revoltierenden Magen zu beruhigen.

Ruth, deren anfänglicher Schock vorüber war, saß auf dem Boden, das Gesicht in den Händen vergraben. Sie schluchzte jämmerlich. Hutch beugte sich über sie und streichelte unbeholfen ihre bebenden Schultern.

Rücklings über die Badewanne ausgestreckt lag Dunton – das heißt, das, was noch von ihm übrig war. Sein Gesicht war eine blutige Masse und vollkommen unkenntlich. Es wirkte, als habe irgendeine monströse Klaue ihm die Gesichtszüge weggerissen; nur weißer Knorpel zeigte, wo früher einmal seine Nase gewesen war. Ein Augapfel hing lose aus einer gähnenden Augenhöhle, der andere war verschwunden, nur ein mit Blut gefülltes Loch war übrig. Der Unterkiefer war gewaltsam vom Schädel abgerissen worden und ein scharfer weißer Knochen ragte aus der Öffnung hervor.

Die Klaue hatte auch seine Körpermitte zerfetzt – er war ausgeweidet worden. Und über allem lag der heiße, schwere Gestank von frisch vergossenem Blut.

Eine wortlose Melodie summend, half Hutch Ruth beim Aufstehen und wir verließen das Badezimmer. Ich trug Pia auf den Armen. Die anderen drei begegneten uns am Eingang zum Wohnzimmer, und alle fragten durcheinander: »Was ist passiert? Was ist los? Wo ist Dunton?«

Ich legte Pia auf die Couch und hielt die Hand hoch, um um Ruhe zu bitten. Mathilde hing nun wieder an meinem Arm.

»Es ist nicht länger ein Spiel«, begann ich. »Dunton ist im Badezimmer. Er wurde in Stücke gerissen.«

Ruth richtete sich auf Hutchs Schoß empor. »Ich habe es gesehen!«, keuchte sie hysterisch. »Es war ein Wolf, so groß wie ein Berg!« Sie erschauderte krampfartig und ihre Finger umklammerten die Kragenaufschläge von Hutchs Mantel. Er strich ihr beruhigend über die Haare. »Rede nicht davon, Süße.«

»Doch, das muss ich!« Sie blickte wild um sich, mit fast leerem Blick. Mit ungeheurer Anstrengung gewann sie ihre Selbstbeherrschung zurück.

»Ich war ins Bad gegangen, um – etwas – Lippenstift – aufzulegen. Dunton kam herein und begann – mich zu begrabschen.« Sie sah Hutch an und suchte nach Bestärkung. Er nickte. Sie befeuchtete ihre trockenen Lippen. »Und dann ging das Licht aus. Ich bin weggelaufen, aber er folgte mir, und dann habe ich seine Hände auf mir gefühlt. Ich bat ihn, ein Streichholz anzuzünden, und das hat er getan, und im Lichtschein konnte ich erkennen, dass er seine Chance nutzen wollte. Und dann kam es!« Ihre Stimme brach erneut, und sie schlug sich die Hände vors Gesicht.

»Und dann ...«, drängte Paul.

»Und dann griff es ihn an. In der Streichholzflamme habe ich – es gesehen. Es war so groß wie die Badezimmertür, und es – stürzte aus der Dunkelheit hervor – groß, rote Augen, und Zähne – wie – Dolche ...« Ein Krampf schüttelte ihren Körper.

»Ein Wolf?«, fragte ich.

Sie nickte. »So groß – ich sah – ich sah, wie sein Maul sich um Duntons Gesicht schloss, als es ihn angriff, und er fiel gegen mich und warf mich zu Boden. Das Streichholz ging aus, und dann hat es – es – ich konnte hören, wie es ihn – zerfetzte – und – und dann ... Oh Gott!« Sie stöhnte auf und vergrub ihr Gesicht in den Mantel von Hutch.

Nach ihren Worten herrschte Schweigen. Schließlich räusperte ich mich. »Es hat mich zweimal umgestoßen«, erklärte ich. »Im Schlafzimmer. Als es kam und als es ging.«

Pauls Stimme war scharf. »Dann *gibt* es tatsächlich einen Werwolf. Und er ist hier. Es ist einer von uns.« Er hielt noch immer seinen silbernen Aschenbecher fest.

»Falls die Lichter wieder ausgehen ...« Pia, die aus ihrer Ohnmacht erwacht war, sprach diese Worte von der Couch aus.

Hutch stand schnell auf und zog auch Ruth auf die Beine. »Lasst uns Cheeves holen.« Er ging auf die Tür zu. »Komm schon, Chet, wir müssen sie aufbrechen!«

Blitzartig stand Ruth vor ihm. »Wenn dieses Ding hier drin ist, dann tötet es euch, wenn ihr die Tür berührt!«

Die Anspannung im Raum wuchs. Jemand von uns war eine Bestie. Und der Rest von uns war hilflos. Sie konnte nach Belieben zuschlagen, und wir konnten uns nicht verteidigen. Nackte Angst war in Mathildes Augen zu erkennen, und in Jills Augen, und auch in denen von Ruth. Wir Männer sahen uns vorsichtig an. Und Pia. *Wo war Pia?*

Wie von selbst rannten wir zum Fenster. Auf dem nicht einmal fünfzehn Zentimeter breiten Sims stand Pia, die sich langsam ihren Weg zum nächsten Fenster bahnte. Ihre dunklen Pupillen waren riesengroß, aber ihre Lippen teilten sich zu einem schwachen Lächeln, als sie uns sah. »Ich hole Cheeves«, murmelte sie.

Wir beobachteten, wie sie sich auf ihrem gefährlichen Weg an diesen Sims klammerte, bis sie das nächste Fenster erreicht hatte und in dem Zimmer verschwand. Dann zogen wir die Köpfe ein.

Hutch raufte sich geistesabwesend das Haar. »Wir sind jetzt noch sechs, und einer von uns ist ein Killer. Chet, was passiert, wenn das Licht ausgeht?«

Ich sah mich im Raum um. Von den Frauen war nur Mathilde zu sehen. »Wo sind Ruth und Jill?«, fragte ich.

»In der Küche«, antwortete Mathilde. »Ruth will Kaffee kochen.«

Leise rannte ich durch die Wohnung zur Küchentür. Die teure Ausstattung der kostspieligen Wohnung lobend, schloss ich lautlos die Küchentür und verriegelte sie. Die anderen blickten mich erstaunt an.

»Jetzt gibt es nur noch vier von uns«, meinte ich. »Und wenn Mathilde und ich uns im Wandschrank einsperren, gibt es nur noch zwei. Auf diese Weise hat die Bestie nur noch ein anderes Opfer und wird gezwungenermaßen enttarnt.«

»Und was soll das nützen?«, fragte Paul.

»Weißt du irgendwas Besseres? Und es ist ja nur, bis Cheeves herkommt …«

In der Wohnung zerriss ein schriller Schrei äußerster Angst die Stille. Er ging von der Küche aus und schwoll an, bis er eine unerträgliche Lautstärke erreicht hatte, bevor er abrupt aufhörte.

Ich kam den beiden anderen Männern zuvor und war als Erster an der verschlossenen Tür. Als ich mich flach dagegen presste, konnte ich aus dem Inneren ein kratzendes, schnüffelndes Geräusch hören. Wir hatten unseren Wolf!

»Lass mich rein, du verdammter Kerl!«, tobte Hutch und riss an meinen Armen. »Das da drin ist Ruth!«

»Und Jill!« Paul schlug mit seiner freien Faust nach meinem Gesicht.

Indem ich die Tür als Hebel für meinen Rücken nutzte, gelang es mir, die beiden von mir zu schleudern. Schluchzend hob Paul den schweren Aschenbecher. »Verschwinde«, schrie er, »sonst töte ich dich!«

»Wartet!« Ich hob die Hand, um den Schlag abzuwehren. »Wenn wir diese Tür aufmachen, kommt der Wolf heraus. Sollen wir alle sterben?«

Sie hielten kurz inne, und ich fuhr fort. »Was in der Küche passiert ist, ist eben passiert. Wir können es nicht ändern. Wir müssen lange genug leben, um die Bestie zu töten. Wartet auf Cheeves!«

Paul ließ die Hand sinken, und Hutch sah mich mit trübem Blick an. »Ruth ist tot«, sagte er. »Sie kann nicht das Ding sein, weil sie gesehen hat, wie es Dunton im Badezimmer getötet hat.« Er drehte den Kopf düster zu Paul. »Deine Jill. Ein Monster.«

Pauls Kinn begann zu zittern. Ich blickte über Pauls Schulter, um Mathilde zu beruhigen. Und mein Herz blieb stehen.

Da auf dem Wohnzimmerfußboden kauerte Mathilde, meine Ehefrau seit acht Jahren. Sie kauerte auf allen vieren und schwankte hin und her. Ihr Kopf war in unsere Richtung gedreht, aber es war kein menschlicher Kopf. Riesige rot geränderte Augen starrten uns böse an, und ihr Gesicht zeigte einen grauenhaften Ausdruck von wölfischem Hass. Sie knurrte bedrohlich und weiße Fangzähne glitzerten. Ich beobachtete, wie sich ihre schönen Hände in krallenbewehrte Pfoten und ihre geschmeidigen Schenkel in muskulöse Keulen verwandelten. Und dann sprang sie.

Ein Satz brachte sie zum Wohnzimmereingang, und in diesem Moment öffnete sich die Tür zum Korridor. Die Bestie befand sich bei ihrem zweiten Sprung bereits mitten in der Luft, aber drehte sich dann wie wild und landete vor unseren Füßen, knurrend und mit dem Gesicht der offenen Tür zugewandt.

Ein kleiner, teilweise kahler Mann stand im Eingang, und in seiner gesegneten Hand war das Funkeln einer Pistole zu erkennen. Cheeves.

Vor Zorn wild knurrend stürzte sich der Wolf auf den kleinen Mann. Ohne zu zittern, hob dieser die Waffe und schoss. Ruhig und kühl. Es war nur ein einziger Schuss.

Der Schwung trug das Ungeheuer in die Mitte des Wohnzimmers, dann brach es zusammen und blieb als lebloser Haufen liegen. Es lag still auf dem Teppich, das riesige Maul weit offen.

Als wir uns ihm näherten, begann die Rückverwandlung. Der wilde Ausdruck der Schnauze wurde wieder zu der ebenmäßigen, aristokratischen Nase meiner Frau. Das geifernde Maul verschwand und wurde durch süße, warme Lippen ersetzt. Und der hundeartige Körper wurde zu einer Silhouette entzückender Weiblichkeit. Es war wieder Mathilde.

Mathilde!

Hutch lachte nervös. »Doc, Sie kommen gerade rechtzeitig.«

Der Doktor betrat das Zimmer und schloss die Tür hinter sich. »Sind alle hier?«, fragte er.

Während ich apathisch auf die tödliche Wunde über Mathildes linker Brust starrte, aus der langsam das Blut sickerte, hörte ich Hutchs Antwort. »Ja. Alle. Außer – außer Pia. Doc, wo ist Pia?«

»Ich habe sie nicht gesehen. Warum fragen Sie mich das?«

»Aber sie wollte doch zu Ihnen. Das Fenster – das Fenster – das Fenster führt zur Küche. Die Küche! Das Tier! Ruth! Ruth!« Hutch rannte auf die Küchentür zu, dicht gefolgt von Paul.

»Halten Sie sie auf, Doc«, murmelte ich. »Da ist etwas in der Küche.«

Doktor Cheeves schoss wieder mit seiner Silberpistole, und eine Kugel traf die Küchentür und verformte sich. »Einen Augenblick bitte«, befahl der Doktor. Hutch und Paul hielten inne.

»Was ist mit der Küche und mit – Pia?«, fragte er mich.

»Pia ist aus dem Fenster in die nächste Wohnung geklettert, um zu Ihnen zu gelangen.«

»Ich habe keine Pia gesehen. Ich bin aus Besorgnis heruntergekommen, weil Sie nicht zu mir gekommen sind. Und die Küche?«

»Pia ist aus dem Fenster gestiegen, und Ruth und Jill gingen in die Küche. Ich habe sie da eingesperrt. Und sie haben geschrien. Und wir hörten ein Tier. In der Küche. Und dann – Mathilde.«

Der Doktor baute sich mitten im Raum auf, die Waffe auf die Türöffnung gerichtet. »Bitte öffnen Sie die Tür.«

Weder Hutch noch Paul war allzu eifrig bestrebt, seine Bitte zu erfüllen. Es gab keinen Hinweis darauf, was zum Vorschein kommen würde. Was mich selbst betraf, so war es mir ziemlich egal. Meine Mathilde war tot.

»Mr Montgomery. Bitte kommen Sie wieder mit ins Wohnzimmer«, ordnete der Doktor an. »Und Sie«, er zeigte auf Hutch, »öffnen die Tür und treten zurück.«

Nach einem Moment des Zögerns ging Hutch zur Tür und schloss sie auf. Vorsichtig legte er eine Hand auf den Knauf ... riss die Tür mit einem Ruck auf ... und bewegte sich hastig aus der Schusslinie.

Pia stand im Eingang. Ihre Augen waren groß und schwarz und ihre Fäuste fest geballt. »Ich habe es gehört«, flüsterte sie.

Hutch und Paul rannten in die Küche, wobei sie Pia beiseitedrängten. Bald kehrten sie zurück und trugen die Frauen auf den Armen. »Sie sind nur bewusstlos«, sagte Hutch zu mir. »Gott sei Dank!«

Der Doktor hatte den Blick nicht von Pia abgewandt, und ich genauso wenig. Seine Waffe war noch immer erhoben und zeigte auf ihr Herz. Sie sah stumm zu, wie die Männer die Frauen hinlegten und ihnen Brandy zwischen die Lippen träufelten.

»Ich hatte Angst«, sagte sie schließlich. »Ich habe es nicht bis zur nächsten Wohnung geschafft. Ich bin durch das Küchenfenster geklettert. Ich – weiß nicht, was passiert ist.«

»Sie lügen!« Meine Stimme war heiser. »Ich habe die ...«

»Doktor Cheeves!« Das war Ruth, die mühsam wieder aus ihrer Ohnmacht erwachte.

Der Doktor warf Ruth einen kurzen Blick zu ... und sobald er den Blick von Pia abwandte, war der Raum von einem reißenden Werwolf erfüllt. Ihre Verwandlung geschah blitzartig und dann war sie neunzig Kilogramm vernichtender Wut und riss den Doktor zu Boden. Die Pistole flog durchs Zimmer. Das Geräusch der zubeißenden Kiefer mischte sich mit den Schmerzensschreien des Doktors.

Hutch beeilte sich, zu der Waffe zu gelangen, ergriff sie, drehte sich um und schoss zwei Kugeln in ihren rasenden Körper, was dazu führte, dass sie einen Satz hoch in die Luft vollführte.

Hutch feuerte noch einmal, und die dritte Kugel brach ihr die Wirbelsäule. Die Werwölfin stürzte schlaff auf den Teppich.

Auch diesmal vollzog sich die Verwandlung sehr schnell. Jetzt war es wieder Pia, die mit gebrochenem Rückgrat dalag und aus drei Wunden blutete. Mühsam öffnete sie die Lippen und erhob einen blutigen Finger, um auf mich zu deuten.

»Schnappt ihn euch!«, keuchte sie. »Ein Verräter! Erschießt ihn!«

Ehrfurchtsvoll, aber mit fester Waffenhand, blickte Hutch von der Frau zu mir.

»Schnappt ihn euch! Er ist einer von uns!« Blut sprudelte aus ihrer Kehle, und Hutch beugte sich zu ihr herunter, um ihr zu helfen. »Schnell – seht euch seine Hände an. Das Fell ... Die Finger ...«

Hutch erhob sich und hob schnell die Pistole.

Aber ich war schon verschwunden. Ich heulte, während ich in großen Sätzen durch den Korridor sprang und um die Ecke bog, um außer Reichweite der tödlichen Silberkugel zu gelangen. Ich heulte entzückt, denn ich hatte den Duft von frischem Blut in der Nase, und es gab in den dunklen, regnerischen Straßen der Stadt unter mir genügend Menschen, die man töten konnte.

Wolfsgesicht

Robert E. Howard

Angst? Verzeihen Sie, *Messieurs,* aber Sie kennen die Bedeutung dieses Wortes nicht. Doch, ich bin fest davon überzeugt. Sie sind Soldaten, Abenteurer. Sie haben Angriffe von Dragoner-Regimentern erlebt und peitschende Stürme auf hoher See überstanden. Aber Angst, wahre Furcht, die einem die Haare zu Berge stehen lässt und einem Schreckensschauer über den Rücken jagt, kennen Sie nicht. Ich selbst habe solche Angst erlebt, aber solange die Legionen der Dunkelheit nicht aus der Hölle emporsteigen und die Welt in Flammen untergeht, wird kein Mensch je wieder solche Furcht erfahren müssen.

Nun gut, ich will Ihnen die Geschichte erzählen, denn sie hat sich vor vielen Jahren am anderen Ende der Welt ereignet, und keiner von Ihnen wird je den Mann, von dem sie handelt, treffen, und wenn doch, so werden Sie ihn nicht erkennen.

Folgen Sie mir also viele Jahre zurück zu jenem Tag, da ich, ein unbesonnener junger Weltenbummler, aus dem kleinen Beiboot sprang, das mich vom Schiff an Land gebracht hatte, und über den Dreck fluchte, der den ohnehin schäbigen Kai bedeckte. Ich war der Einladung meines alten Freundes Dom Vincente da Lusto gefolgt und jetzt auf den Weg zu seinem Schloss.

Dom Vincente war ein eigentümlicher, aber weitsichtiger Mann – ein starker Mann mit Visionen, seiner Zeit weit voraus. Vielleicht floss in seinen Adern das Blut der alten Phönizier, die, so lehren uns die Priester, in finsteren Zeiten die Meere regierten und in weit entfernten Ländern Städte erbauten. Das Vorhaben, mit dem er sich ein Vermögen aufbauen wollte, war zwar ungewöhnlich, aber erfolgreich. Nur wenige Menschen hätten einen solchen Plan erdenken, noch weniger hätten ihn in die Tat umzusetzen vermocht. Dom Vincentes Anwesen lag an der Westküste jenes schwarzen, geheimnisvollen Kontinents, der auch die erfahrensten Abenteurer vor immer neue Rätsel stellt – Afrika.

Dort hatte er in einer kleinen Bucht den düsteren Urwald abgeholzt, ein Schloss und Lagerhäuser erbaut und dem Land mit rücksichtsloser Hand seine Schätze entrissen. Er besaß vier Schiffe, drei kleinere und eine große Galeone. Beladen mit seltenen Hölzern, Elfenbein und Sklaven, verkehrten sie zwischen seinem kleinen Reich und Städten in Spanien, Portugal, Frankreich und sogar England. Dom Vincente war durch Handel und Eroberungen in den Besitz dieser Reichtümer gelangt.

Wahrlich ein kühner Spekulant – und ein noch kühnerer Handelsmann. Wer weiß, ob er nicht ein ganzes Imperium auf dem schwarzen Land erschaffen hätte, wäre Carlos nicht gewesen, sein rattengesichtiger Neffe – aber ich greife schon zu weit vor.

Sehen Sie hier, *Messieurs,* ich zeichne mit meinem Finger und etwas Wein hier eine Karte auf den Tisch. In diesen seichten Gewässern lag der kleine Hafen, hier die breiten Kais. Die Anlegestege – dort standen auf beiden Seiten Hütten, die als Lagerhäuser dienten – führten über eine leichte Anhebung zu einem breiten, flachen Wassergraben. Eine schmale Zugbrücke führte über den Graben, und auf der anderen Seite erhob sich eine hohe Palisade aus Baumstämmen, die tief im Boden steckten. Sie verlief rund um das Anwesen. Das Schloss selbst wirkte wie aus einem längst vergangenen Zeitalter und strahlte eine große Kraft aus, auf die Schönheit des Gebäudes war weniger Wert gelegt worden. Die Steine stammten von sehr weit her, und Tausende Schwarze waren jahrelang mit Peitschenhieben gequält worden, um diese Mauern zu errichten. Das Schloss glich einer schier uneinnehmbaren Festung. Eben dies war auch die Absicht seines Erbauers gewesen, denn Berber-Piraten machten die gesamte Küste unsicher, und er lebte in ständiger Angst vor einem Aufstand der Einheimischen.

Das Schloss war rundum von einer gerodeten Freifläche von jeweils etwa einer halben Meile umgeben, und Dom Vincente hatte Straßen durch das Sumpfland bauen lassen. All dies war nur mit einer immensen Anzahl an Arbeitskräften möglich gewesen, die es jedoch im Überfluss gab. Ein Geschenk für den Häuptling, und Dom Vincente konnte über so viele Arbeiter verfügen, wie er benötigte. Und die Portugiesen wissen, wie man Menschen zum Arbeiten bringt!

Weniger als dreihundert Meter östlich des Schlosses mündete ein breiter, seichter Strom ins Hafenbecken. Der Name des Flusses ist mir entfallen. Er hatte irgendeinen heidnischen Namen, den ich ohnehin nie richtig aussprechen konnte.

Ich stellte bald fest, dass ich nicht der einzige alte Freund war, der eine Einladung aufs Schloss erhalten hatte. Anscheinend füllte Dom Vincente sein einsames Haus einmal im Jahr mit zahlreichen Gästen, um ein paar Wochen ausgelassen mit ihnen zu feiern und sich so für die harte Arbeit des restlichen Jahres zu belohnen.

Es war schon fast dunkel, als ich das Schloss betrat, und ein großes Bankett war in vollem Gange. Alte Freunde empfingen mich freudig, sie begrüßten mich überschwänglich und stellten mich den Gästen vor, die ich noch nicht kannte.

Viel zu erschöpft, um mich mit vollem Eifer in das festliche Treiben zu stürzen, aß und trank ich wortlos, lauschte den Trinksprüchen und Liedern und beobachtete die Festgesellschaft.

Dom Vincente war mir natürlich bekannt – wir waren seit vielen Jahren gut befreundet. Ebenso seine hübsche Nichte Ysabel. Sie war für mich einer der Gründe gewesen, der Einladung in diese stinkende Wildnis zu folgen. Carlos, ihren Cousin zweiten Grades, kannte ich ebenfalls, ich mochte ihn jedoch nicht – er war ein durchtriebener, affektierter Kerl mit dem Gesicht eines Nagetieres. Außerdem waren mein alter

Freund Luigi Verenza, ein Italiener, und seine kokette Schwester Marcita, die, wie gewohnt, allen Männern schöne Augen machte, zu Gast. Ein kleiner untersetzter Deutscher, der sich Baron von Schiller nannte, war ebenso anwesend wie Jean Desmarte, ein schäbig gekleideter Edelmann aus der Gascogne, und Don Florenzo de Seville, ein schlanker, dunkler, stiller Mann, der sich als Spanier ausgab und einen Degen trug, der fast so lang war wie er selbst.

Es waren noch einige weitere Gäste anwesend, Männer und Frauen, aber all das ist schon sehr lange her, und ich kann mich nicht mehr an ihre Namen und Gesichter erinnern. Das Gesicht eines bestimmten Mannes zog meinen Blick jedoch magisch an, wie der Magnet eines Alchemisten Stahl anzieht. Er war sehr hager und mittelgroß, förmlich, geradezu streng gekleidet. Auch er trug ein Schwert, das fast ebenso lang war wie das des Spaniers.

Doch weder seine Kleidung noch sein Schwert weckten meine Aufmerksamkeit, sondern, wie gesagt, sein Gesicht. Ein schmales, edles Gesicht, dessen tiefe Falten ihm einen müden, ausgezehrten Ausdruck verliehen. Wangen und Stirn waren von kleinen Narben übersät, die aussahen, als seien sie ihm von grausamen Klauen zugefügt worden, und ich hätte schwören können, dass in den schmalen grauen Augen zeitweise etwas Flüchtiges, Geisterhaftes lag.

Ich lehnte mich zu der koketten Marcita hinüber und fragte sie nach dem Namen des Mannes, da ich mich nicht daran erinnern konnte, ihm vorgestellt worden zu sein.

»De Montour, aus der Normandie«, antwortete sie. »Ein eigenartiger Mann. Ich glaube, ich mag ihn nicht.«

»Er verfängt sich also nicht in deinen Fallstricken, meine kleine Zauberin?«, murmelte ich. Dank unserer langjährigen Freundschaft war ich gegen ihre Liebeslisten ebenso immun wie gegen ihren Zorn. Doch sie hatte offenbar beschlossen, nicht ärgerlich zu werden, und mir sehr artig mit sittsam gesenkten Wimpern geantwortet.

Ich beobachtete de Montour sehr lange. Eine seltsame Faszination ging von ihm aus. Er aß nur wenig, trank aber viel und sprach sehr selten, und das auch nur, um auf Fragen zu antworten.

Bald machten Trinksprüche die Runde und ich sah, wie seine Kameraden ihn drängten, aufzustehen und ebenfalls einen Toast auszubringen. Zunächst weigerte er sich, erhob sich jedoch schließlich auf ihr wiederholtes Drängen, und dann stand er für einen Augenblick still mit erhobenem Glas da. Er schien die Festgesellschaft zu dominieren, ja regelrecht einzuschüchtern. Dann hob er sein Glas mit einem spöttischen, fast grausamen Lachen bis hoch über den Kopf.

»Auf Salomon«, rief er aus, »der all die Teufel gefangen hat! Möge er dreimal verflucht sein, weil ihm einige entkommen sind!«

Ein Toast und ein Fluch zugleich! Alle tranken still. Man warf sich zweifelnde Blicke zu.

In dieser Nacht ging ich, ermattet von der langen Seereise, früh zu Bett. In meinem Kopf drehte sich alles von dem starken Wein, den Dom Vincente so reichlich in seinen Kellern vorrätig hatte.

Mein Zimmer lag in einem der oberen Stockwerke des Schlosses und bot einen Ausblick auf den Fluss und die Wälder im Süden. Wie der Rest des Schlosses war auch die Einrichtung nicht besonders prächtig, sondern eher von rauer Schönheit.

Als ich aus dem Fenster blickte, sah ich die bewaffnete Wache auf dem Schlossgelände direkt hinter der Palisade auf und ab gehen. Außerdem erkannte ich die freie Fläche, die hässlich und karg im Mondlicht lag, dahinter den Wald und den ruhigen Fluss.

Von den Quartieren der Eingeborenen in der Nähe des Flusses drang das eigentümliche Klimpern einer Laute herüber, auf der eine simple Melodie gespielt wurde.

In den dunklen Schatten des Waldes erhob ein unheimlicher

Nachtvogel seinen spottenden Ruf. Tausend scheußliche Geräusche – von Vögeln, anderen Tieren und Gott weiß was für Kreaturen – waren zu hören! Eine große Dschungelkatze ließ ein haarsträubendes Brüllen vernehmen. Ein Frösteln durchfuhr meinen Körper und ich trat vom Fenster weg. Gewiss lauerten Teufel dort draußen in der finsteren Tiefe der Dunkelheit.

Es klopfte an meiner Tür, und als ich öffnete, trat de Montour in mein Zimmer. Er ging zum Fenster und betrachtete den Mond, der herrlich strahlend am Himmel stand.

»Der Mond ist fast voll, *Monsieur,* nicht wahr?«, fragte er, als er sich zu mir umdrehte.

Ich nickte, und ich hätte schwören können, dass ihn ein Schauder erfasste.

»Verzeihen Sie, *Monsieur.* Ich will Sie nicht länger stören.« Er wandte sich zum Gehen, drehte sich an der Tür jedoch noch einmal um und ging ins Zimmer zurück.

»*Monsieur*«, flüsterte er beinahe, doch seine Worte waren sehr eindringlich, »was immer Sie tun, bitte verschließen und verriegeln Sie heute Nacht Ihre Tür!«

Dann ging er, und ich blickte ihm höchst verwirrt nach.

Ich schlief ein, doch die entfernten Schreie der Feiernden drangen noch immer an mein Ohr. Obwohl ich sehr müde war, oder vielleicht gerade deswegen, war mein Schlaf nur sehr leicht. Auch wenn ich bis zum Morgen kein einziges Mal erwachte, vernahm ich dennoch im Schlaf alle Geräusche, all den Lärm ringsum wie durch einen Schleier, und einmal schien mir, als schnüffele etwas an meiner verriegelten Tür und stoße immer wieder dagegen.

Wie anzunehmen, waren die meisten Gäste am nächsten Tag nicht in der besten Verfassung. Sie blieben den Morgen über auf ihren Zimmern oder kamen erst recht spät herunter. Abgesehen von Dom Vincente waren tatsächlich nur drei weitere Männer nüchtern geblieben: de Montour, der Spanier de

Seville (so nannte er sich zumindest) und ich selbst. Der Spanier trank niemals Wein, und obwohl de Montour Unmengen genossen hatte, schien ihn dies nicht im Geringsten zu beeinflussen.

Die Damen begrüßten uns äußerst wohlwollend.

»Fürwahr, *Signor*«, bemerkte Marcita, das kleine Biest, und streckte mir dabei so gnädig ihre Hand zur Begrüßung hin, dass ich beinahe kichern musste, »es freut mich, zu sehen, dass unter uns einige Herren sind, die auf unsere Gesellschaft mehr Wert legen als auf eine Weinkaraffe – den meisten scheint heute Morgen außerordentlich unwohl zu sein.«

Dann verdrehte sie mit unverschämter Empörung die Augen und fügte hinzu: »Anscheinend war gestern Nacht jemand zu betrunken, um noch diskret sein zu können – oder noch nicht betrunken genug. Denn wenn mich nicht alles täuscht, hat sich gestern sehr spät jemand an meiner Tür zu schaffen gemacht.«

»Ha!«, rief ich mit plötzlichem Zorn aus. »Jemand …!«

»Nein. Still.« Sie sah sich um, als wolle sie sich vergewissern, dass wir alleine waren: »Ist es nicht seltsam, dass Signor de Montour mich angewiesen hat, meine Tür sicher zu verriegeln, bevor er letzte Nacht zu Bett ging?«

»Seltsam«, murmelte ich, verriet ihr jedoch nicht, dass er zu mir dasselbe geraten hatte.

»Und ist es nicht seltsam, Pierre, dass Signor de Montour das Bankett noch vor dir verlassen hat, aber trotzdem aussieht, als habe er die ganze Nacht kein Auge zugemacht?«

Ich zuckte mit den Schultern. Die Gedanken einer Frau gehen oft die seltsamsten Wege.

»Heute Nacht«, fuhr sie schelmisch fort, »werde ich meine Türe nicht verriegeln und sehen, wen ich erwische.«

»Du wirst nichts Dergleichen tun.«

Sie zeigte mir mit einem verächtlichen Lächeln die Zähne und nahm einen gefährlichen kleinen Dolch aus den Falten ihres Kleides.

»Hör zu, du kleine Hexe! De Montour hat mich ebenso gewarnt wie dich. Was er auch wusste und wer letzte Nacht auch immer auf den Fluren umhergeschlichen ist, dahinter verbarg sich wohl eher eine mörderische Absicht als ein amouröses Abenteuer. Deine Tür bleibt verriegelt. Ysabel teilt das Zimmer mit dir, nicht wahr?«

»Nein, tut sie nicht. Und meine Kammerzofe schicke ich nachts in die Sklavenunterkünfte«, murmelte sie und funkelte mich böse aus zusammengekniffenen Augen an.

»So wie du redest, könnte man dich für ein charakterloses Mädchen halten«, warf ich ihr mit der Offenheit der Jugend vor, und unsere langjährige Freundschaft erlaubte mir diese Deutlichkeit. »Sei vorsichtig, junges Fräulein, sonst sage ich deinem Bruder, dass er dir eine Tracht Prügel verpassen soll.«

Dann verließ ich sie, um Ysabel meine Aufwartung zu machen. Das portugiesische Mädchen war das genaue Gegenteil von Marcita: ein schüchternes, bescheidenes junges Ding, nicht so schön wie die Italienerin, aber auf eine sehr ansprechende, fast kindliche Art außergewöhnlich hübsch. Ich habe durchaus mit dem Gedanken gespielt … Oh ja! Die Torheiten der Jugend!

Verzeihen Sie, *Messieurs.* Die Gedanken eines alten Mannes schweifen doch des Öfteren ab. Ich wollte Ihnen von de Montour erzählen – von de Montour und Dom Vincentes rattengesichtigem Neffen.

An den Toren hatte sich eine Reihe bewaffneter Eingeborener versammelt, die von den portugiesischen Soldaten in Schach gehalten wurden. Unter ihnen sah ich auch einige junge Männer und Frauen, alle nackt, die an den Hälsen aneinandergekettet waren. Sie waren Sklaven, die von einem kriegerischen Stamm gefangen worden waren und nun zum Verkauf angeboten wurden. Dom Vincente nahm sie persönlich in Augenschein.

Es folgten endlose Feilschereien und Tauschhandel, die mir schnell langweilig wurden. Ich wunderte mich, dass ein Mann von Dom Vincentes Rang bereit war, sich auf derart niedere Geschäfte einzulassen.

Nach einiger Zeit traf ein Bewohner des nahe gelegenen Dorfes ein, der die Verhandlungen mit einer langen, an Dom Vincente gerichteten Tirade unterbrach.

Während sie sich unterhielten, trat de Montour an meine Seite, und bald wandte sich uns auch Dom Vincente wieder zu und erklärte: »Einer der Holzfäller des Dorfes ist vergangene Nacht von einem Leoparden oder einem ähnlichen Tier in Stücke gerissen worden. Ein starker, unverheirateter junger Mann.«

»Von einem Leoparden? Wurde er gesehen?«, fragte de Montour.

Als Dom Vincente erwiderte, das Tier sei in der Nacht aufgetaucht und auch wieder verschwunden, fuhr de Montour sich mit zitternder Hand über die Stirn, als wolle er kalten Schweiß wegwischen.

»Hör zu, Pierre«, wandte sich Dom Vincente an mich. »Ich habe hier einen Sklaven, der sich, aus welchen Gründen auch immer, wünscht, in deine Dienste treten zu dürfen. Weiß der Teufel, warum.«

Er zog einen schlanken jungen Jakri heran, noch ein halbes Kind, dessen größter Vorzug in einem fröhlichen Grinsen zu bestehen schien.

»Er gehört dir«, sagte Dom Vincente. »Er ist gut ausgebildet und wird dir ein ausgezeichneter Diener sein. Außerdem bietet ein Sklave gegenüber einem Diener einen großen Vorteil: Er braucht nur etwas zu essen und einen Lendenschurz oder Ähnliches, und mit ein paar Peitschenhieben kann man ihm zeigen, wo sein Platz ist.«

Es dauerte nicht lange, bis ich herausgefunden hatte, weshalb Gola mein Diener hatte sein wollen und mich aus der Gästeschar ausgesucht hatte – es lag an meinem Haar. Wie viele junge Männer damals trug ich lange Locken, die mir bis auf die Schultern fielen. Wie es der Zufall wollte, war ich unter den Gästen der einzige Mann mit dieser Frisur, und oft saß Gola nur da und starrte stundenlang in stiller Bewunderung auf mein Haar. Manchmal fühlte ich mich nach einiger Zeit unter seinem starren, forschenden Blick unwohl und verpasste ihm einen Tritt.

In dieser Nacht schlug die unterschwellige Animosität zwischen Baron von Schiller und Jean Desmarte, die bislang kaum zu spüren gewesen war, bei einer feurigen Auseinandersetzung in offene Feindseligkeit um. Wie üblich war eine Frau der Grund dafür. Marcita hatte mit beiden Männern unverschämt heftig geflirtet.

Das war nicht sehr klug gewesen. Desmarte war ein wilder junger Narr, von Schiller ein lüsternes Tier. Aber wann, so frage ich Sie, *Messieurs,* ließen Frauen jemals Weisheit walten?

Ihr gegenseitiger Hass wurde in dem Moment zu mörderischer Wut, als der Deutsche Marcita zu küssen versuchte. Im nächsten Augenblick trafen sich die Schwerter der beiden Rivalen. Bevor Dom Vincente ihnen lautstark befehlen konnte, sofort aufzuhören, hatte sich Luigi schon zwischen die Kontrahenten geworfen, ihre Schwerter zu Boden geschmettert und sie mit aller Kraft auseinandergerissen.

»*Signori!*«, ermahnte er sie ruhig, aber sehr bestimmt. »Wollen die edlen Herren sich wirklich wegen meiner Schwester schlagen? Für wahr, bei den Zehennägeln des Satans, am liebsten würde ich Sie beide einen nach dem anderen herausfordern. Und du, Marcita, geh sofort zurück auf dein Zimmer und verlasse es nicht, bis ich es dir erlaube.«

Sie gehorchte, denn so unabhängig sie auch sein mochte, durfte sie sich ihrem Bruder, der aufgrund seiner schlanken, jugendlichen Erscheinung oft unmännlich wirkte, nicht widersetzen, besonders wenn er, wie jetzt, wie ein Tiger die Zähne fletschte und seine Augen mörderisch funkelten.

Die beiden Herren gaben sich zur Entschuldigung die Hand, aber die Blicke, die sie dabei einander zuwarfen, zeigten, dass sie ihren Streit noch nicht vergessen wollten und dass er unter dem geringsten Vorwand wieder ausbrechen würde.

In dieser Nacht erwachte ich urplötzlich voller Schrecken mit einem seltsamen, unheimlichen Gefühl. Weshalb, konnte ich nicht sagen. Ich stand auf und überprüfte, ob die Tür fest verriegelt war.

Als ich Gola schlafend auf dem Boden liegen sah, weckte ich ihn gereizt. Er stand hastig auf und rieb sich über die müden Augen, als die Stille durch einen wilden Schrei durchbrochen wurde, der durchs ganze Schloss hallte. Der Wachposten an der Palisade antwortete mit einem Schreckensschrei auf den ersten – es war der Schrei eines Mädchens in Todesangst gewesen.

Gola kreischte und versteckte sich hinter dem Diwan. Ich riss die Tür auf und lief den dunklen Korridor hinunter. Am unteren Ende der Wendeltreppe prallte ich mit jemandem zusammen, und wir stürzten die beide restlichen Stufen kopfüber hinab.

Der andere murmelte atemlos einige unverständliche Worte, und ich erkannte die Stimme von Jean Desmarte. Ich half ihm wieder auf die Beine und rannte weiter. Er folgte mir.

Die Schreie waren verstummt, doch nun war das ganze Schloss in Aufruhr – Menschen riefen durcheinander, Schwerter klirrten, Lichter wurden angezündet, Dom Vincente rief mit lauter Stimme nach den Soldaten, und der Lärm bewaffneter Männer, die durch die Zimmer rannten und übereinanderstolperten, erfüllte das Haus. In all der Verwirrung erreichten Desmarte, der Spanier und ich Marcitas Zimmer just in dem Moment, als Luigi hineinstürzte und seine Schwester in die Arme schloss.

Nun eilten weitere Männer mit Kerzen und Waffen herbei, brüllten wild durcheinander und wollten wissen, was vorgefallen war.

Marcita lag reglos in den Armen ihres Bruders, ihre offenen

dunklen Locken fielen ihr über die Schultern, und ihr elegantes Nachthemd war zerfetzt, sodass ihr wunderbarer Körper entblößt war. Auf ihren Armen, Beinen, Brüsten und Schultern sah man lang gezogene Kratzer.

Dann öffnete sie die Augen. Ein Schauer durchzuckte sie, sie begann wild zu kreischen, klammerte sich noch enger an Luigi und flehte ihn an, nicht zuzulassen, dass jemand sie mit sich fortnahm.

»Die Tür!«, wimmerte sie. »Ich hatte sie nicht abgeschlossen. *Etwas* ist in der Dunkelheit in mein Zimmer geschlichen. Ich habe mit meinem Dolch darauf eingestochen, aber es hat mich zu Boden geschleudert und wieder und wieder an mir gerissen. Dann habe ich das Bewusstsein verloren.«

»Wo ist von Schiller?«, fragte der Spanier. In seinen dunklen Augen flackerte jetzt ein wildes Feuer. Die Umstehenden blickten sich um – außer dem Deutschen waren alle Gäste anwesend. Ich bemerkte, wie de Montour das Mädchen anschaute, und sein Gesicht wirkte noch ausgezehrter als sonst. Ich fand es seltsam, dass er keine Waffe trug.

»Von Schiller also!«, rief Desmarte wütend.

Die Hälfte der Anwesenden folgte Dom Vincente in den Korridor hinaus. Wir begannen mit einer rachelüsternen Durchsuchung des gesamten Schlosses – und fanden von Schiller in einer kleinen dunklen Diele. Er lag mit dem Gesicht nach unten in einem dunkelroten Fleck, der sich immer mehr ausbreitete.

»Das ist das Werk eines Eingeborenen!«, schrie Desmarte bestürzt.

»Unsinn«, brüllte Dom Vincente. »Kein Eingeborener könnte an den Soldaten vorbei hier eindringen. Alle Sklaven, von Schillers eingeschlossen, waren in den Sklavenquartieren hinter verriegelten Türen eingeschlossen. Nur Gola, der in Pierres Zimmer schläft, und Ysabels Zofe waren im Schloss.«

»Aber wer sonst hätte so etwas tun können?«, stieß Desmarte wütend aus.

»Sie!«, antwortete ich ohne zu zögern. »Oder weshalb sind Sie sonst so rasch aus Marcitas Zimmer geeilt?«

»Verflucht seien Sie, das ist eine Lüge!«, brüllte er. Er hatte sofort sein Schwert gezogen, das nun auf meine Brust zuschnellte.

Aber so schnell er auch sein mochte, der Spanier war schneller. Desmartes Degen schmetterte gegen die Wand, er selbst blieb steif wie eine Statue stehen, als die ruhige Schwertspitze des Spaniers seine Kehle berührte, der emotionslos sagte: »Fesselt ihn!«

»Senken Sie Ihre Klinge, Don Florenzo«, befahl Dom Vincente und trat ein paar Schritte näher, um seinen Worten Nachdruck zu verleihen. »Signor Desmarte, Sie sind einer meiner engsten Freunde, aber hier bin ich das Gesetz, und ich muss meine Pflicht erfüllen. Geben Sie mir Ihr Wort, dass Sie nicht fliehen werden?«

»Ich gebe Ihnen mein Wort«, antwortete der Gascogner ruhig. »Ich habe überstürzt gehandelt. Es tut mir leid. Ich hatte nicht die Absicht, zu fliehen, aber die Flure und Korridore dieses verfluchten Schlosses verwirren mich.«

Von allen Anwesenden schenkte wohl nur ein Mann seinen Worten Glauben.

»*Messieurs!*« De Montour trat jetzt nach vorne. »Diesen jungen Mann trägt keine Schuld. Drehen Sie den Deutschen um.«

Zwei Soldaten taten, wie er befohlen hatte. De Montour erschauderte und zeigte auf die Leiche. Wir anderen warfen einen kurzen Blick auf sie und wandten uns vor Entsetzen sofort wieder ab.

»Hätte irgendein Mensch so etwas tun können?«

»Mit einem Dolch …«, begann jemand aus der Runde.

»Mit keinem Dolch kann man jemandem Wunden wie diese zufügen«, unterbrach ihn der Spanier. »Der Deutsche ist von den Krallen irgendeiner schrecklichen Kreatur in Stücke gerissen worden.«

Wir blickten uns um und erwarteten beinahe, dass sich ein

fürchterliches Ungeheuer aus den Schatten auf uns stürzen würde.

Wir durchsuchten anschließend das gesamte Schloss, jeden Winkel, jeden Zentimeter. Aber wir fanden keine Spur irgendeiner Bestie.

Als ich auf mein Zimmer zurückkehrte, brach bereits der Morgen an. Gola hatte sich eingeschlossen, und es dauerte fast eine halbe Stunde, bis ich ihn davon überzeugen konnte, mich einzulassen.

Nachdem ich ihm eine Ohrfeige gegeben und ihn wegen seiner Feigheit gescholten hatte, erzählte ich ihm, was passiert war. Er verstand französisch und konnte in einer wilden Sprachmischung antworten, die er stolz ebenfalls als französisch bezeichnete. Mit weit geöffnetem Mund und Augen, die vor Schreck ganz weiß waren, lauschte er, als ich mich dem Höhepunkt der Geschichte näherte.

»Ju-ju!«, flüsterte er angsterfüllt. »Fetisch-Mann!«

Plötzlich kam mir ein Gedanke. Ich hatte vage Erzählungen gehört, kaum mehr als Andeutungen einer Legende, die von einem teuflischen Leoparden-Kult handelten, den es an der Westküste geben sollte. Kein Weißer hatte je einen seiner Anhänger gesehen, aber Dom Vincente hatte Geschichten von Tier-Menschen erzählt, die sich in Leopardenfelle kleideten, bei Mitternacht mordend durch den Dschungel streiften und ihre Beute anschließend verschlangen. Ein grauenhafter Schauer lief mir die Wirbelsäule hinunter und wieder hinauf, und im nächsten Augenblick hatte ich Gola so fest gepackt, dass er aufschrie.

»War es ein Leoparden-Mensch?«, zischte ich Gola an und schüttelte ich ihn dabei kräftig.

»Massa, Massa!«, rief er atemlos aus. »Ich guter Junge! Ju-ju fangen Menschen! Mehr besser nicht sagen!«

»Sag es mir!«, herrschte ich ihn an und schüttelte ihn erneut, bis er schließlich schwach mit den Händen wedelte und versprach, mir alles zu sagen, was er wusste.

»Kein Leoparden-Mensch!«, flüsterte er, und seine Augen weiteten sich, als verspüre er eine übernatürliche Angst. »Mond, wenn voll, Holzfäller finden, Pranken zerfetzen. Finden anderen Holzfäller. Großer Massa, Dom Vincente, sagt Leopard. Kein Leopard. Aber Leoparden-Mensch, er kommen, um zu töten. *Etwas töten Leoparden-Mensch!* Viele Krallen! Ay, ay! Mond wieder voll. Etwas kommen in einsame Hütte; zerreißen Frau, zerreißen kleine Baby. Mann findet zerrissen beide. Großer Massa sagt, Leopard war es. Mond wieder voll, und Holzfäller finden, Krallen zerrissen. Jetzt ist im Schloss. Kein Leopard. *Aber immer Fußspuren von Mensch!«*

Erschrocken und ungläubig holte ich Luft.

Gola betonte noch einmal, dass er die Wahrheit gesagt habe. Jedes Mal führten menschliche Fußspuren vom Ort des Geschehens weg. Weshalb hatten die Eingeborenen dem großen Massa dann nicht gesagt, er solle den Täter jagen?

Gola sah mich wissend an und flüsterte mir ins Ohr: *»Die Fußspuren waren von einem Mann mit Schuhen!«*

Auch wenn ich annahm, dass Gola mich anlog, spürte ich wirkliche Angst in mir aufsteigen. Wer verübte nach Ansicht der Eingeborenen denn diese grauenhaften Morde?

Er antworte: »Dom Vincente!«

Jetzt, *Messieurs,* schwirrte mir vollends der Kopf. Was hatte all das zu bedeuten? Wer hatte den Deutschen ermordet und war über Marcita hergefallen?

Als ich noch einmal über das Geschehen nachdachte, vermutete ich, dass es eher ein Mord- als ein Vergewaltigungsversuch gewesen war.

Wieso hatte de Montour uns gewarnt? Offensichtlich wusste er noch mehr über das Verbrechen, denn schließlich hatte er uns beweisen können, dass Desmarte unschuldig war.

Ich verstand überhaupt nichts mehr.

Die Kunde des Mordes erreichte trotz unserer Bemühungen bald die Eingeborenen; sie wurden rebellisch und nervös, und an jenem Tag ließ Dom Vincente drei Schwarze wegen Ungehorsams auspeitschen. Eine nachdenkliche Atmosphäre legte sich über das Schloss.

Ich spielte mit dem Gedanken, Dom Vincente zu erzählen, was Gola mir berichtet hatte, entschied mich jedoch, noch eine Weile zu warten.

Die Frauen blieben an diesem Tag auf ihren Zimmern, die Männer waren unruhig und launisch. Dom Vincente verkündete, dass die Wachposten verdoppelt wurden und dass einige auf den Korridoren des Schlosses patrouillieren. Ich dachte zynisch, dass, wenn Golas Verdacht sich bestätigte, Wachposten keine große Hilfe sein würden.

Ich bin kein Mann, *Messieurs,* der solch eine Situation geduldig abzuwarten vermag. Und damals war ich jung. Als wir vor dem Zubettgehen gemeinsam noch einen Becher tranken, knallte ich meinen plötzlich auf den Tisch und verkündete wütend, dass ich trotz des mörderischen Mannes, egal ob Bestie oder Dämon, in dieser Nacht bei weit geöffneter Tür schlafen würde. Dann verließ ich voller Zorn laut stampfend den Raum und ging auf mein Zimmer.

De Montour suchte mich wie bereits in der ersten Nacht auf. Er sah aus, als habe er in die weit geöffneten Tore der Hölle geblickt.

»Ich bin gekommen«, sagte er, »um Sie zu bitten – nein, *Monsieur,* um Sie anzuflehen – Ihre unbesonnene Absicht noch einmal zu überdenken.«

Ich schüttelte ungeduldig den Kopf.

»Sie sind entschlossen? Ja? Dann bitte ich Sie darum, etwas anderes für mich zu tun. Wenn ich mein Zimmer betreten habe, bitte ich Sie, die Tür von außen zu verriegeln.«

Ich tat, worum er mich gebeten hatte, und ging dann auf mein Zimmer zurück. Meine Gedanken rasten durch ein Labyrinth der Verwirrung. Ich hatte Gola in die Sklavenquartiere geschickt. Degen und Dolch lagen in Reichweite bereit. Ich ging jedoch nicht zu Bett, sondern kauerte mich in der Dunkelheit auf einem großen Sessel zusammen.

Nur mit Mühe konnte ich mich wach halten. Um nicht einzuschlafen, dachte ich über die seltsamen Worte de Montours nach. Er schien sehr gequält und nervös zu sein, in seinen Augen waren die Schatten entsetzlicher Geheimnisse zu erkennen, die nur er allein kannte. Und dennoch sah er nicht aus wie ein böser Mensch.

Ich verspürte plötzlich den Impuls, ihn auf seinem Zimmer aufzusuchen und mit ihm zu sprechen.

Durch die finsteren Korridore zu gehen, war eine schauerliche Erfahrung, aber schließlich stand ich vor de Montours Tür. Leise rief ich seinen Namen. Stille. Ich streckte eine Hand aus und fühlte gesplittertes Holz. Hastig entzündete ich das Zundereisen, das ich bei mir trug, und im Schein des brennenden Zunders sah ich, dass die schwere Eichentür aus den Angeln gesprungen und *von innen* völlig zertrümmert worden war. De Montours Zimmer war verlassen.

Von einem Instinkt geleitet, eilte ich schnell, aber leise – ohne Schuhe waren meine Schritte sehr leicht – zu meinem Zimmer zurück. Als ich mich der Tür näherte, bemerkte ich, dass sich in der Dunkelheit vor mir irgendetwas bewegte. Etwas, dass aus einem seitlichen Korridor herankroch und schleichend immer näher kam.

In schrecklicher, panischer Angst sprang ich nach vorne und schlug wie wild ziellos mit meinem Schwert ins Dunkel. Meine geballte Faust traf auf den Kopf eines Menschen, und dann fiel krachend etwas zu Boden. Wieder entzündete ich das Zundereisen. Vor mir lag ein ohnmächtiger Mann auf dem Boden – es war de Montour.

Ich entzündete eine Kerze in einem Halter an der Wand, und just in diesem Augenblick öffnete de Montour die Augen und erhob sich unsicher.

»Sie!«, rief ich aus und wusste selbst kaum, was ich sagte. »Ausgerechnet Sie!«

Er nickte nur.

»Sie haben von Schiller getötet?«

»Ja.« – Ich wich zurück – vor Angst konnte ich kaum atmen.

»Hören Sie«, sagte er und hob seine Hand. »Nehmen Sie Ihren Degen und durchbohren Sie mich. Niemand wird Sie deswegen bestrafen wollen.«

»Nein. Das kann ich nicht.«

»Dann schnell. Gehen Sie zurück auf Ihr Zimmer und verriegeln Sie die Tür. Beeilen Sie sich! Es wird zurückkommen!«

»Was wird zurückkommen? Wenn es mich verletzt, wird es auch Sie verletzen. Kommen Sie mit mir auf mein Zimmer.«

»Nein, nein!«, kreischte er regelrecht und entfernte sich hastig einige Schritte von meiner ausgestreckten Hand. »Schnell, schnell! Es hat mich für den Moment verlassen, aber es wird zurückkommen.«

Dann fügte er mit tiefer Stimme, in der eine unbeschreibliche Furcht lag, hinzu: »Es nähert sich bereits. *Es ist schon hier!*«

Ich fühlte tatsächlich *irgendetwas;* irgendeine formlose, gestaltlose Präsenz ganz in der Nähe. Das pure Entsetzen.

De Montour stand mit steifen Beinen, zurückgezogenen Armen und geballten Fäusten da. Unter seiner Haut zeichneten sich die stark angespannten Muskeln ab, seine Augen weiteten sich und wurden wieder kleiner, und auf seiner Stirn traten die Adern hervor wie bei großer körperlicher Anstrengung.

Als ich mich umschaute, erkannte ich zu meinem Entsetzen, dass das gestaltlose, namenlose Etwas aus dem Nichts eine vage Form annahm! Wie ein Schatten bewegte es sich auf de Montour zu.

Es schwebte über ihm! Großer Gott, es verschmolz geradezu mit ihm und wurde eins mit dem Mann!

De Montour taumelte und atmete hörbar tief ein. Das düstere Etwas verschwand, und de Montour taumelte noch mehr. Dann drehte er sich zu mir um – und ich bete zu Gott, dass ich nie wieder in eine Fratze wie diese blicken muss!

Es war ein scheußliches, tierisches Gesicht. Die Augen leuchteten vor grimmiger Niedertracht, und es fletschte die

Zähne, die, wie ich mit erschrockenen Augen erkannte, eher wie die Reißzähne eines Tieres als wie das Gebiss eines Menschen aussahen.

Schweigend schlich das *Geschöpf* – ich kann es einfach nicht als Menschen bezeichnen – auf mich zu. Seine geschmeidigen Bewegungen erinnerten mich an einen Wolf. Vor Angst stockte mir der Atem.

In dem Augenblick, als das Tier sich auf mich stürzte, sprang ich rückwärts durch die Tür und knallte sie ins Schloss. Mit dem ganzen Gewicht meines Körpers presste ich die Tür zu, während das grauenhafte *Wesen* wieder und wieder donnernd gegen sie sprang.

Schließlich ließ es von der Tür ab, und ich hörte, wie es vorsichtig den Korridor hinunterschlich. Schwach und erschöpft setzte ich mich, wartete und lauschte. Durch das offene Fenster wehte eine leichte Brise herein, und mit ihr all die Düfte Afrikas – herrlich würzige und auch widerwärtige. Vom Eingeborenendorf waren die landestypischen Trommeln zu hören. Etwas weiter den Fluss hinauf, tiefer im Busch, antworteten ihnen andere Trommeln. Dann ertönte im Dschungel das lange, hohe Heulen eines Wolfes. Es klang schrecklich fehl an diesem Ort und versetzte meine Seele in Aufruhr.

Im Morgengrauen erzählten zu Tode erschrockene Dorfbewohner von einer jungen Eingeborenen, die von einem nächtlichen Angreifer fast in Stücke gerissen worden sei und nur mit Glück hatte entkommen können. Ich suchte sofort de Montour auf.

Auf dem Weg zu ihm traf ich Dom Vincente. Er war verstört und voller Zorn.

»Etwas Höllisches treibt in diesem Schloss sein Unwesen«, sagte er. »Heute Nacht – ich habe das sonst niemandem erzählt – hat irgendetwas einen der Wachposten von hinten angesprungen, die lederne Uniformjacke von seinen Schultern gerissen und ihn bis zum Wachturm verfolgt. Außerdem hat jemand gestern de Montour in seinem Zimmer eingeschlossen, und er musste die Tür einschlagen, um herauszukommen.«

Er ging weiter, murmelte etwas vor sich hin, und ich setzte meinen Weg die Treppe hinunter fort, verwirrter als je zu vor.

De Montour saß auf einem Hocker und blickte zum Fenster hinaus. Er wirkte unbeschreiblich erschöpft. Sein langes Haar war ungekämmt und zerzaust, seine Kleidung zerfetzt. Mich durchzuckte ein Schauder, als ich seine abgebrochenen Fingernägel sah und die verblassten, dunkelroten Flecken auf seinen Händen.

Er blickte auf und bedeutete mir stumm, mich zu setzen. Sein Gesicht sah verbraucht und ausgezehrt aus, aber es war das eines Menschen.

Nach einem Moment der Stille begann er zu sprechen.

»Ich werde Ihnen meine seltsame Geschichte erzählen. Nie zuvor ist sie über meine Lippen gekommen, und weshalb ich sie gerade Ihnen erzähle, obwohl ich weiß, dass Sie mir nicht glauben werden, kann ich nicht sagen.«

Und dann lauschte ich der gewiss wildesten, fantastischsten, seltsamsten Geschichte, die je ein Mensch gehört hat.

»Vor vielen Jahren«, begann de Montour, »führte mich eine Militärmission in den Norden Frankreichs. Ich war auf mich allein gestellt und musste mich durch die von vielen Gaunern heimgesuchten Wälder von Villefère schlagen. In diesen furchtbaren Wäldern wurde ich von einer unmenschlichen, grauenhaften *Kreatur* angefallen – einem Werwolf. Wir kämpften im Schein des mitternächtlichen Mondes, und ich erschlug ihn am Ende. Das Problem ist: Falls ein Werwolf in halber Menschengestalt getötet wird, sucht sein Geist den Mörder bis in alle Ewigkeit heim. Wenn er jedoch in Wolfsgestalt stirbt, verschluckt ihn die Hölle. Ein echter Werwolf ist nicht, wie viele glauben, ein Mensch, der die Gestalt eines Wolfes annehmen kann, *sondern ein Wolf, der die Gestalt eines Menschen annimmt!*

Hören Sie mir genau zu, mein Freund, denn ich werde Ihnen nun mein geheimes, höllisches Wissen offenbaren, das ich durch unzählige furchtbare Taten in den grauenhaften Schatten mitternächtlicher Wälder erlangt habe, durch die zahllose Bestien und Halb-Bestien streifen.

Am Anfang war die Welt sehr seltsam, abweichend. Durch die Urwälder streunten groteske Lebewesen. Aus anderen Welten vertrieben, ließen zahllose Dämonen und Furien sich in dieser neuen, jüngeren Welt nieder. Lange Zeit herrschte Krieg zwischen den Mächten von Gut und Böse.

Ein eigenartiges Tier, Mensch genannt, wandelte zwischen den anderen Tieren über die Erde, und da das Gute wie das Böse eine konkrete Form annehmen mussten, um siegreich zu sein, ergriffen die Mächte des Guten vom Menschen Besitz. Das Böse bemächtigte sich anderer Tiere, beispielsweise der Reptilien oder der Vögel, und der uralte Kampf tobte sehr lange und heftig weiter. Schließlich siegten die Menschen. Sie hatten die großen Drachen und Schlangen ebenso getötet wie die Dämonen. Am Ende führte Salomon, der weiser war als je ein Mensch zuvor, die Menschen in die letzte große Schlacht, und so gelang es, die Feinde dank seiner Weisheit zu besiegen, gefangen zu nehmen und zu fesseln. Einige Bestien waren jedoch wilder und böser als die anderen, und obwohl es Salomon gelang, sie zu vertreiben, konnte er sie nicht unterwerfen. Sie lebten in der Gestalt von Wölfen. Im Lauf der Jahrhunderte wurden Wolf und Dämon eins. Der böse Geist konnte den Körper des Tieres nicht mehr nach Belieben verlassen. In vielen Fällen siegte die Wildheit des Wolfes über die Raffinesse des Dämons und versklavte ihn, sodass aus dem Wolf wieder ein reines Tier wurde – ein besonders gefährliches, schlaues Tier, aber dennoch nur ein Tier. Viele Werwölfe überlebten jedoch, und noch heute gibt es sie in großer Zahl.

Bei Vollmond können die Werwölfe die Gestalt eines Menschen oder Halb-Menschen annehmen. Wenn der Mond im Zenit steht, gewinnt der Wolf wieder die Oberhand, und der Werwolf wird wieder zum reinen Wolf. Wird er jedoch in

Menschengestalt getötet, ist der böse Geist frei und kann bis in alle Ewigkeit von seinem Mörder Besitz ergreifen.

Ich versichere Ihnen, dass ich in dem Glauben war, das *Tier* getötet zu haben, nachdem es sich in seine wahre Gestalt zurückverwandelt hatte. Doch ich hatte einen Augenblick zu früh zugeschlagen. Der Mond stand noch nicht wieder ganz im Zenit und das Tier hatte seine Wolfsgestalt noch nicht vollständig angenommen.

Ich wusste nichts von alledem und verließ den Ort des Geschehens. Beim nächsten Vollmond spürte ich, wie mich langsam eine eigenartige, boshafte Macht beeinflusste. Eine Atmosphäre des Schreckens breitete sich aus, und ich verspürte unerklärliche, unheimliche Regungen.

Eines Nachts, in einem kleinen Dorf mitten in den Wäldern, überkam mich das Böse mit aller Macht. Der Mond stand beinahe voll und hoch über den Bäumen. Am Himmel über mir sah ich, geisterhaft und kaum sichtbar, *die Umrisse eines Wolfsgesichtes* durch die Luft schweben!

Ich weiß nicht mehr, was dann alles geschah. Ich erinnere mich dunkel, dass ich durch die totenstillen Straßen streifte, dass ich mich wehren, mich dem Drängen widersetzen wollte, doch es war vergebens. Meine restlichen Erinnerungen sind in einem dunkelroten Labyrinth verloren gegangen.

Als ich am nächsten Morgen zu mir kam, stellte ich fest, dass meine Kleidung und meine Hände über und über voller rotem Blut waren. Dann hörte ich die entsetzten Stimmen der Dorfbewohner, die von einem heimlichen Liebespaar erzählten, das, nicht weit vom Dorf entfernt, auf grausame Weise getötet worden war, scheinbar von Wölfen in Stücke gerissen.

Entsetzt floh ich aus dem Dorf, doch ich floh nicht allein. Bei Tag spürte ich nichts von der Anwesenheit meines schrecklichen Verfolgers, doch sobald die Nacht hereinbrach und der Mond aufging, taumelte ich durch die stillen Wälder, wurde zu einer grässlichen Kreatur, einem Menschen-Schlächter, einem Monstrum im Körper eines Mannes.

Gott allein weiß, wie verbissen ich mich gewehrt habe! Doch letztlich übermannte es mich jedes Mal, und wild jagte ich mein nächstes Opfer. Nach Vollmond verlor das *Wesen* langsam seine Macht über mich, doch es kehrte drei Nächte vor dem nächsten Vollmond wieder zurück.

Seither durchstreife ich die Welt, immer auf der Flucht, und versuche, ihm zu entkommen. Das *Tier* folgt mir jedoch überall hin und ergreift bei Vollmond von meinem Körper Besitz. Gott vergebe mir die grauenhaften Taten, die ich verübt habe!

Seit langer Zeit denke ich darüber nach, mich selbst zu richten – aber ich habe nicht den Mut. Die Seele eines Selbstmörders ist verflucht, sie wird für alle Zeiten durch die Feuer der Hölle gejagt. Das weitaus Schlimmste ist jedoch, dass mein erschlagener Körper, besessen vom Geist des Werwolfs, die Erde für alle Zeiten durchstreifen würde! Gibt es einen grässlicheren Gedanken?

Die Waffen der Menschen scheinen mir nichts anhaben zu können. Schwerter haben mich durchbohrt, Dolche auf mich eingestochen. Ich bin mit Narben übersät, aber niemals wurde ich getötet. In Deutschland hat man mich gefesselt und aufs Schafott geführt. Ich hätte mir widerstandslos den Kopf abhacken lassen, aber das *Wesen* kam über mich, ich sprengte meine Fesseln, tötete und ergriff die Flucht. Ich habe die ganze Welt bereist und eine Spur des Schreckens und der abgeschlachteten Körper hinterlassen. Ketten und Zellen können mich nicht aufhalten. Das *Tier* ist für immer und ewig an mich gebunden.

Aus purer Verzweiflung habe ich Dom Vincentes Einladung angenommen, denn, wie Sie wissen, kennt niemand mein fürchterliches Doppelleben. Niemand erkennt mich, wenn ich in den Fängen des Dämons bin, und nur wenige, die mich so sahen, blieben am Leben, um davon zu berichten.

Meine Hände sind blutigrot, meine Seele zu einem Dasein im ewigen Feuer verdammt. Mein Geist ist durch die große Reue, die ich für meine Verbrechen empfinde, qualvoll zerrissen. Und dennoch kann ich nichts tun, um mir selbst zu helfen. Ich bin sicher, Pierre, dass kein Mensch je die Hölle erfahren hat, die ich durchlebe.

Ja, ich habe von Schiller gerissen und versucht, das Mädchen Marcita zu töten. Weshalb ich es nicht getan habe, weiß ich nicht, denn ich habe Frauen ebenso wie Männer getötet.

Ich bitte Sie nun, Ihr Schwert zu ziehen und mich zu töten. Mit meinem letzten Atemzug werde ich Ihnen den Segen der guten Götter geben. Ja?

Sie kennen nun meine Geschichte und sehen vor sich einen Mann, der für alle Zeiten von einem Dämon besessen sein wird.«

Als ich de Montours Zimmer verließ, war ich so verwirrt, dass sich alles in mir drehte. Ich wusste nicht, was ich tun sollte. Es schien wahrscheinlich, dass er uns alle töten würde, und dennoch brachte ich es nicht übers Herz, Dom Vincente von ihm zu erzählen. Ich bemitleidete de Montour aus tiefstem Herzen.

Daher behielt ich sein Geheimnis für mich, und in den folgenden Tagen suchte ich ihn gelegentlich auf, um mich mit ihm zu unterhalten. Zwischen uns entstand eine echte Freundschaft.

In dieser Zeit bemerkte ich an Gola, dem schwarzen Teufel, so etwas wie eine unterdrückter Aufregung. Er schien etwas zu wissen, das er mir verzweifelt mitteilen wollte, er konnte oder wagte es jedoch nicht.

So verbrachte ich meine Tage mit Feiern, Trinken und Jagen, bis eines Nachts de Montour in mein Zimmer kam und stumm auf den Mond zeigte, der gerade aufging.

»Hören Sie mir zu«, sagte er, »ich habe einen Plan. Ich werde den anderen mitteilen, dass ich zum Jagen in den Dschungel gehen und einige Tage dort bleiben werde. In der Nacht werde ich jedoch ins Schloss zurückkehren, und Sie werden mich in das Verlies sperren, das als Vorratskammer genutzt wird.

So geschah es, und es gelang mir, meinen Freund unbemerkt zweimal täglich mit Essen und Getränken zu versorgen. Er bestand darauf, auch tagsüber im Verließ zu bleiben. Auch wenn das Wesen noch nie bei Tag von ihm Besitz ergriffen hatte und er damals der Ansicht war, dass es tagsüber machtlos war, wollte er dennoch kein Risiko eingehen.

Zu dieser Zeit beobachtete ich zum ersten Mal, wie Dom Vincentes rattengesichtiger Neffe Carlos Ysabel zusehends bedrängte – sie war seine Cousine zweiten Grades und schien seine Avancen offensichtlich nicht zu begrüßen.

Ich selbst hätte ihn sofort zu einem Duell herausgefordert, da ich ihn verabscheute, doch die ganze Angelegenheit ging mich nichts an. Ysabel schien sich jedoch vor ihm zu fürchten.

Mein Freund Luigi hatte sich jedoch heftig in das anmutige portugiesische Fräulein verliebt, und seine Liebe entflammte mit jedem Tag stärker.

De Montour saß unterdessen in seiner Zelle, dachte über all seine grausamen Taten nach und schlug mit seinen bloßen Fäusten gegen die Gitterstäbe.

Don Florenzo durchstreifte das Schlossgelände wie ein schlecht gelaunter Mephisto. Die anderen Gäste vertrieben sich die Zeit mit Reiten, Diskutieren und Weintrinken.

Mit jedem Tag wurden die Eingeborenen mürrischer, nervöser und starrköpfiger. Gola schwänzelte fortwährend um mich herum und sah mich nach wie vor an, als stehe er kurz davor, mir etwas mitzuteilen. Ist es da ein Wunder, dass meine Nerven bis zum Zerreißen gespannt waren?

Eines Nachts, nicht lange vor Vollmond, betrat ich das Verließ, in dem de Montour saß.

Er schaute kurz auf.

»Sie riskieren sehr viel, wenn Sie in der Nacht zu mir kommen.«

Ich zuckte mit den Schultern und setzte mich.

Durch ein kleines Gitterfenster drangen die nächtlichen Düfte und Geräusche Afrikas zu uns herein.

»Hören Sie die Trommeln?«, fragte ich. »In der vergangenen Woche waren sie fast ständig zu hören.«

De Montour stimmte zu: »Die Eingeborenen sind rastlos. Ich fürchte, sie planen eine Teufelei. Haben Sie bemerkt, dass Carlos oft bei ihnen ist?«

»Nein, aber ich glaube, dass es bald zum Streit zwischen ihm und Luigi kommen wird. Luigi macht Ysabel den Hof.«

Wir unterhielten uns eine Zeit lang, bis de Montour plötzlich still wurde, in düstere Stimmung verfiel und nur noch einsilbig antwortete.

Der Mond ging auf und schien durch die zerschlagenen Fenster herein; die Strahlen erhellten de Montours Gesicht.

Dann griff die Hand des Entsetzens nach mir. An der Wand hinter de Montour war ein Schatten zu sehen – ein Schatten der aussah wie ein *Wolfskopf!*

Im selben Augenblick fühlte de Montour seine Gegenwart. Mit einem gellenden Schrei sprang er von seinem Stuhl auf. Er fuchtelte wild mit den Armen in Richtung Tür.

Ich stürzte hinaus, verschloss und verriegelte die Tür mit zitternden Händen hinter mir und spürte, wie er sich schon mit voller Kraft dagegen warf. Als ich die Treppe hinaufrannte, hörte ich ein furchtbares Toben und Dröhnen hinter der eisenbeschlagenen Tür. Aber trotz der riesigen Kraft des Werwolfs hielt das massive Holz stand.

Als ich mein Zimmer betrat, stürzte auch Gola herein, und endlich sprudelte die Geschichte, die er seit Tagen für sich behalten hatte, aus ihm heraus.

Ich hörte ihm ungläubig zu und eilte dann sofort hinaus, um Dom Vincente zu finden. Wie ich erfuhr, hatte Carlos ihn gebeten, ihn ins Dorf zu begleiten, um den Verkauf einiger Sklaven auszuhandeln. Don Florenzo de Sevilla berichtete mir davon, und nachdem ich Golas Geschichte kurz umrissen hatte, schloss er sich mir an.

Gemeinsam stürzten wir durch das Schlosstor, riefen den Wachen zu, uns zu begleiten, und folgten dem Anlegesteg bis ins Dorf.

Dom Vincente, Dom Vincente, seien Sie vorsichtig und

halten Sie Ihr Schwert griffbereit! Sie sind ein Narr, dass Sie Carlos, dem Verräter, in die Nacht gefolgt sind!, dachte ich.

Die beiden hatten das Dorf schon fast erreicht, als wir sie einholten.

»Dom Vincente!«, rief ich. »Sie müssen umgehend ins Schloss zurückkehren. Carlos will sie an die Eingeborenen verkaufen! Gola hat mir erzählt, dass Ihr Neffe nach Ihrem Reichtum ebenso giert wie nach Ysabel! Ein zu Tode erschrockener Eingeborener hat ihm völlig verstört berichtet, er habe in der Nähe der getöteten Holzfäller blutige Stiefelabdrücke gefunden, und Carlos hat die Schwarzen davon überzeugt, dass Sie der Mörder sind! Heute Nacht wird es einen Aufstand geben, bei dem die Schwarzen alle Weißen im Schloss, außer Carlos, umbringen wollen! Glauben Sie mir denn nicht, Dom Vincente?«

»Ist das wahr, Carlos?«, fragte Dom Vincente ungläubig.

Carlos lachte spöttisch: »Der Narr spricht die Wahrheit, aber das wird dir nichts nützen. Ha!«

Er brüllte, als er sich auf Dom Vincente stürzte. Stahl glänzte im Mondlicht auf, und das Schwert des Spaniers hatte Carlos bereits durchbohrt, bevor dieser zuschlagen konnte.

Um uns erhoben sich dunkle Schatten. Plötzlich standen wir Rücken an Rücken, Schwert an Dolch, drei Männer gegen hundert. Speere blitzten auf, und aus wilden Kehlen ertönte ein teuflischer Schrei. Ich spießte drei Eingeborene mit je einem Hieb auf, wurde dann vom wuchtigen Schlag einer Keule auf die Knie gezwungen, und nur einen Augenblick später fiel Dom Vincente auf mich – ein Speer steckte in seinem Arm, ein weiterer hatte sein Bein durchbohrt.

Don Florenzo stand über uns und sein Schwert sauste flink durch die Luft, als sei es lebendig. Dann fegte ein plötzlicher Angriff der Wachposten unsere Gegner vom Flussufer und die Männer halfen uns, zurück ins Schloss zu kommen.

Die schwarzen Horden rasten hinter uns her. Ihre Speere glänzten wie eine riesige Welle aus Stahl, und ein wild donnerndes Gebrüll stieg zum Himmel hinauf. Wieder und wieder rauschten sie den Hügel hinauf, und anfangs hielt sie der Wassergraben jedes Mal auf, aber schließlich überwanden sie die Palisade. Die Salven aus über hundert Büchsen warfen sie jedoch immer wieder zurück.

Sie hatten inzwischen die Lagerhäuser geplündert und in Brand gesteckt, und das Licht des Feuers wetteiferte mit dem Licht des Mondes. Am gegenüberliegenden Flussufer stand ein größeres Lagerhaus, um das sich ebenfalls schon Horden von Eingeborenen versammelt hatten, um es zu plündern und zu zerstören.

»Ich wünschte, sie würden es auch in Brand stecken«, sagte Dom Vincente, »denn außer mehreren Tausend Pfund Schießpulver lagert darin nichts. Ich wollte das unberechenbare Zeug nicht auf dieser Seite des Flusses lagern. Sämtliche Stämme aus der Fluss- und Küstengegend haben sich versammelt, um uns abzuschlachten, und all meine Schiffe sind auf See. Wir können noch eine Weile aushalten, aber früher oder später werden sie doch alle über die Palisade stürmen und uns töten.«

Ich eilte zum Verließ, in dem de Montour saß. Ich rief seinen Namen und er bat mich, einzutreten. Seine Stimme verriet mir, dass der Dämon ihn für den Moment verlassen hatte.

»Die Schwarzen haben einen Aufstand angezettelt.«

»Das hatte ich längst befürchtet. Wie steht die Schlacht?«

Ich klärte ihn über den Verrat und das Kampfgeschehen auf und schloss mit dem Lagerhaus voller Schießpulver am anderen Ufer.

Er sprang auf: »Bei meiner verteufelten Seele! Ich werde der Hölle noch einmal ein Schnippchen schlagen! Schnell, befreien Sie mich aus dem Schloss! Ich will versuchen, durch den Fluss zu schwimmen und das Pulver zu entzünden!«

»Das ist Wahnsinn! Zwischen der Palisade und dem Fluss lauern Tausende Schwarze, auf der anderen Seite dreimal so viele! Und im Fluss wimmelt es vor Krokodilen!«

»Ich will es dennoch versuchen!« Er strahlte förmlich vor

Aufregung. »Wenn ich Erfolg habe, wird sich die Anzahl der Belagerer um mindestens tausend verringern. Sollte ich sterben, ist meine Seele frei und erlangt vielleicht etwas Vergebung, weil ich mein Leben gegeben habe, um für meine Verbrechen Abbitte zu leisten. Schnell«, rief er, »der Dämon kehrt zurück! Ich kann ihn bereits fühlen. Beeilen Sie sich!«

Wir rannten zum Schlosstor, und de Montour keuchte schwer, wie ein Mann, der einen schrecklichen Kampf austrägt.

Am Tor fiel er kopfüber auf den Boden, rappelte sich wieder auf und liefen hindurch. Die Eingeborenen empfingen ihn mit gellenden Schreien.

Die Wachposten beschimpften ihn und mich mit wütenden Flüchen. Von der Palisade aus konnte ich beobachteten, wie er sich unsicher umblickte. Eine Gruppe Eingeborener rannte mit erhobenen Speeren unbeirrt auf ihn zu.

Dann erfüllte das unheimliche Wolfsgeheul den Nachthimmel, und de Montour stürzte sich auf seine Angreifer. Fassungslos hielten die Eingeborenen für einen Moment inne, und ehe sich auch nur ein Mann wieder bewegte, war er mitten unter ihnen. Dann ertönten wilde Schreie, nicht des Zorns, sondern der Angst.

Ungläubig stellten die Wachen das Feuer ein.

De Montour preschte direkt auf die Gruppe der Schwarzen zu, als sie auseinanderstoben und flohen – doch drei der Männer vermochten nicht mehr zu fliehen.

De Montour verfolgte sie einige Schritte weit, blieb dann jedoch abrupt stehen. Für einen Moment stand er stocksteif da, während Speere über ihn hinwegflogen, dann drehte er sich um und hastete zum Fluss hinunter.

Ein paar Meter vor dem Fluss versperrte ihm eine weitere Gruppe von Eingeborenen den Weg. Durch den Feuerschein der brennenden Häuser war der Ort des Geschehens hell erleuchtet. De Montours Schulter wurde von einem Speer durchstoßen. Ohne anzuhalten zog er ihn wieder heraus, durchbohrte einen der Eingeborenen damit und sprang über die Leiche, um sich auf die Nächsten zu stürzen.

Sie hatten diesem vom Teufel besessenen weißen Mann nichts entgegenzusetzen. Kreischend flohen sie. De Montour sprang noch einem von ihnen auf den Rücken und warf ihn zu Boden. Dann erhob er sich wieder, wankte leicht und eilte zum Flussufer. Er blieb für einen Moment stehen und verschwand schließlich in den Schatten.

»Beim Teufel!«, entfuhr es Dom Vincente neben mir. »Was für ein Mann! War das de Montour?«

Ich nickte. Die wilden Schreie der Eingeborenen legten sich über die knallenden Schüsse der Büchsen. Immer mehr der Aufständischen scharten sich um das große Lagerhaus am anderen Ufer.

»Sie planen einen vernichtenden Angriff«, sagte Dom Vincente. »Ich fürchte, sie werden die Palisade geradewegs überrennen. Ha!«

Plötzlich ertönte ein Donnern, das den Himmel auseinanderzureißen schien! Eine grelle Flamme stach zu den Sternen empor! Das gesamte Schloss erbebte durch die Explosion. Dann wurde es still, und als der Rauch sich verzog, war an der Stelle, an der das Lagerhaus gestanden hatte, nur noch ein großer Krater zu sehen.

Ich könnte Ihnen erzählen, wie Dom Vincente trotz seiner Verletzung einen Angriffstrupp aus dem Schlosstor und den Hügel hinunterführte, wo er sich auf die erschrockenen Schwarzen stürzte, die die Explosion überlebt hatten. Ich könnte von dem Gemetzel erzählen, von seinem Sieg und von der Verfolgung der fliehenden Eingeborenen.

Ich könnte Ihnen außerdem erzählen, *Messieurs,* wie ich von den anderen getrennt wurde, wie ich immer tiefer in den Dschungel eindrang und nicht mehr zurück an die Küste fand.

Ich könnte Ihnen erzählen, wie ich von einer vorbeiziehenden Bande von Sklavenhändlern gefangen genommen wurde und wie mir die Flucht gelang. Doch das will ich nicht. All das wäre eine andere, sehr lange Geschichte – diese hier handelt alleine von de Montour.

Ich habe viel darüber nachgedacht, was geschehen ist, und fragte mich, ob de Montour das Lagerhaus tatsächlich erreicht und in die Luft gejagt hat oder ob es nur ein großer Zufall gewesen ist. Dass ein Mann diesen vor Reptilien wimmelnden Fluss zu durchschwimmen vermochte, und sei er auch von einem Teufel besessen, schien unmöglich. Wenn er das Lagerhaus jedoch tatsächlich gesprengt hat, muss er mit ihm in die Luft geflogen sein.

Ich schlug mich also eines Nachts erschöpft durch den Dschungel, als ich schließlich die Küste erblickte und ganz in der Nähe des Ufers eine kleine, heruntergekommene Hütte sah. In der Absicht, mich dort schlafen zu legen, sofern die Insekten und Reptilien es zuließen, ging ich darauf zu.

Ich betrat die Hütte durch den offenen Eingang und blieb abrupt stehen. Auf einem behelfsmäßigen Stuhl saß ein Mann. Er blickte auf, als ich eintrat, sodass sein Gesicht von den Strahlen des Mondes erleuchtet wurde.

Ich wich mit einem fürchterlichen Schreckensschrei zurück. *Es war de Montour, und es war Vollmond!*

Ich stand da, nicht in der Lage, zu fliehen, und er erhob sich. Er kam auf mich zu. Sein Gesicht, auch wenn es so entsetzlich aussah wie das eines Mannes, der in die Hölle geblickt hat, war das eines geistig gesunden Mannes.

»Kommen Sie herein, mein Freund«, begrüßte er mich, und in seiner Stimme lag tiefer Friede. »Kommen Sie herein und fürchten Sie sich nicht. Der Teufel hat mich für immer verlassen.«

»Aber wie ist es Ihnen gelungen, ihn zu besiegen?«, fragte ich, als ich seine ausgestreckte Hand ergriff.

»Als ich zum Fluss rannte, habe ich einen erbarmungslosen Kampf ausgetragen. denn der Dämon hatte mich unter Kontrolle und trieb mich auf die Eingeborenen zu. Aber zum ersten Mal gewannen mein Verstand und meine Seele für einen

Augenblick die Oberhand, und dieser Augenblick genügte, um mein Vorhaben in die Tat umzusetzen. Ich bin der festen Überzeugung, dass die guten Heiligen mir zu Hilfe gekommen sind, weil ich mein Leben geben wollte, um andere zu retten.

Ich sprang in den Fluss, begann zu schwimmen und sah mich sofort von Krokodilen umgeben. Wieder unter dem Einfluss des Teufels kämpfte ich mitten im Fluss gegen sie. Und plötzlich verließ das *Wesen* mich.

Ich kletterte aus dem Fluss und setzte das Lagerhaus in Brand. Die Explosion schleuderte mich über hundert Meter weit durch die Luft, und anschließend irrte ich tagelang stumpfsinnig durch den Dschungel.

Dann wurde es Vollmond, einmal, ein zweites Mal, aber das Böse kehrte nicht wieder zurück. Ich bin frei, frei!«

Seine Worte waren voller verwunderter Freude, nein, *Begeisterung:* »Meine Seele ist frei. So unglaublich es auch klingen mag, der Dämon liegt tot auf dem Flussbett oder hat von einem der wilden Reptilien Besitz ergriffen, die so zahlreich den Niger bevölkern.«

Der Hund

H. P. Lovecraft

In meinen gequälten Ohren hallt unaufhörlich ein albtraumhaftes Schwirren und Flattern wider, und das altersschwache, ferne Bellen eines riesenhaften Hundes. Es ist kein Traum – und ich befürchte, es ist noch nicht einmal Wahnsinn –, denn es hat sich bereits zu vieles ereignet, als dass ich diese gnädigen Zweifel noch in Betracht ziehen könnte.

St. John ist ein zerfleischter Leichnam. Nur ich weiß weshalb, und dieses Wissens wegen werde ich mir sehr bald eine Kugel in den Kopf schießen, da ich Angst davor habe, in derselben Weise zerfetzt zu werden. Durch dunkle, unendliche Korridore grausiger Fantasien hetzt der schwarze, gestaltlose Peiniger, der mich in den Selbstmord treibt.

Möge der Himmel uns die Narretei und Morbidität verzeihen, die uns beide ein so ungeheuerliches Schicksal eingehandelt hat! Der Banalitäten einer prosaischen Welt müde, wo selbst die Wonnen der romantischen Träumerei und des Abenteuers schnell von einem schalen Geschmack begleitet werden, waren St. John und ich begeistert jeder ästhetischen und intellektuellen Bewegung gefolgt, die uns einen Ausweg aus unserer niederschmetternden Langeweile verhieß. Wir kannten bereits all die Rätsel der Symbolisten und die Ekstasen der Präraffaeliten, doch war jede neue Stimmung allzu rasch ausgekostet und ihre ablenkende Neuartigkeit und ihr Reiz erschöpft.

Einzig die finstere Philosophie der Dekadenzautoren vermochte uns noch zu helfen, und dies auch nur, wenn wir den Grad und die teuflische Würze unserer Beschäftigung nach und nach erhöhten. Baudelaire und Huysmans verloren schon bald ihre erregenden Reize, bis uns zu guter Letzt nur noch die direkteren Anregungen absonderlicher eigener Erfahrungen und Abenteuer blieben. Dieses fürchterliche emotionale Bedürfnis führte uns schließlich auf jenen verabscheuungswürdigen Pfad, den ich selbst in meiner derzeitigen Angst nur voller Scham und Zögern gestehe – ich rede von der scheußlichsten menschlicher Verworfenheit, von der widerwärtigen Praxis der Grabräuberei.

Ich kann weder die Einzelheiten unserer erschütternden Expeditionen enthüllen noch auch nur ansatzweise die schlimmsten der Trophäen aufzählen, die das unbeschreibliche Museum zierten, das wir in dem großen Steinhaus eingerichtet hatten, das wir beide allein und ohne Dienerschaft bewohnten. Unser Museum war ein gotteslästerlicher, unvorstellbarer Ort, an dem wir mit dem satanischen Geschmack nervenkranker Virtuosen einen Kosmos des Grauens und Verfalls arrangiert hatten, um unsere abgestumpften Sinne zu erregen. Es handelte sich um ein geheimes Zimmer, tief, tief unter der Erde, wo riesige, geflügelte Dämonen aus Basalt und Onyx aus ihren weit offenen, grinsenden Mäulern sonderbar grünes und orangefarbenes Licht ausspien und wo verborgene Luftröhren die Reihen der roten Körper aus dem Leichenhaus, die wir Hand in Hand in dichte schwarze Vorhänge gewoben hatten, in einem kaleidoskopischen Totentanz versetzten. Durch diese Röhren ließen wir zudem die Gerüche ausströmen, nach denen es unsere Gemütslagen gelüstete; mal der Duft bleicher Grablilien, ein andermal der narkotische Weihrauch erdachter Sarkophage von toten Königen des Orients, und manchmal – wie es mich bei der Erinnerung schaudert! – der fürchterliche, seelenzerfressende Gestank eines geöffneten Grabes.

An den Wänden dieses abstoßenden Raumes standen antike Mumiensärge, die sich mit herrlichen, wie lebendig aussehenden Leichen abwechselten, die von kunstfertigen Präparatoren ausgestopft und balsamiert worden waren, sowie Grabsteine von den ältesten Friedhöfen der Welt. Vereinzelte Nischen enthielten Schädel aller Formen und konservierte Köpfe in verschiedenen Stufen der Verwesung. Man fand dort die fauligen, kahlen Häupter von Edelmännern und die frischen, strahlend goldhaarigen Köpfchen jüngst begrabener Kinder.

Auch Standbilder und Gemälde fanden sich dort, allesamt mit teuflischen Motiven, einige davon von St. John und meiner Wenigkeit ausgeführt. Eine verschlossene Mappe, gebunden in gegerbte Menschenhaut, enthielt besondere unbekannte und unbeschreibliche Zeichnungen, die Gerüchten zufolge von Goya stammten, die er aber nicht zu signieren gewagt hatte. Es gab anstößige Musikinstrumente, Saiteninstrumente sowie Blasinstrumente aus Blech und Holz, auf denen St. John und ich zuweilen Dissonanzen von exquisiter Morbidität und kakodämonischer Grässlichkeit erzeugten. In mehren verschnörkelten Ebenholzschränkchen ruhte die unglaublichste und unvorstellbarste Grabräuberbeute, die durch menschlichen Übermut und Perversität je zusammengetragen wurde. Vor allem von dieser Beute wage ich nicht zu erzählen – Gott sei Dank hatte ich den Mut, sie zu vernichten, lange bevor mir der Gedanke kam, mich selbst zu vernichten!

Die Raubzüge, auf denen wir unsere unsäglichen Schätze gesammelt hatten, waren vom künstlerischen Gesichtspunkt stets unvergessliche Abenteuer gewesen. Wir waren ja keine vulgären Grabschänder, sondern arbeiteten nur unter bestimmten Bedingungen, die an Stimmung, Landschaft, Umgebung, Wetter, Jahreszeit und Mondlicht gebunden waren. Dieser Zeitvertreib bedeutete uns die feinsinnigste Form ästhetischen Ausdrucks, und wir widmeten uns den Einzelheiten sehr gewissenhaft und sachlich. Eine unpassende Stunde, ein störender Lichteffekt oder eine unbeholfene Behandlung des feuchten Erdreichs machten nahezu unausweichlich den rauschhaften Kitzel zunichte, der die Exhumierung eines unheimlichen, grinsenden Geheimnisses aus der Erde begleitete. Wir waren fieberhaft und unersättlich bei unserer Suche nach neuartigen Kulissen und anrüchigen Umständen – dabei war

St. John stets der Führer, und er war es auch, der uns schließlich zu der höhnischen, verfluchten Stelle führte, die uns unser grauenhaftes und unausweichliches Verhängnis brachte.

Welch boshaftes Geschick lockte uns bloß auf jenen schrecklichen holländischen Friedhof? Ich glaube, es waren die finsteren Gerüchte und Legenden, die Erzählungen über einen, der hier vor fünf Jahrhunderten bestattet worden war, der zu Lebzeiten selbst ein Grabschänder gewesen war und der aus der Ruhestätte eines bedeutenden Mannes etwas Machtvolles geraubt hatte. Ich erinnere mich in diesen letzten Augenblicken an die Umgebung – der fahle Herbstmond über den Gräbern, der lange und furchtbare Schatten warf, die grotesken Bäume, die sich griesgrämig zum verwilderten Gras und den geborstenen Grabplatten herabneigten, die gewaltigen Scharen abnorm riesiger Fledermäuse, die zum Mond hinaufflatterten, die uralte, von Schlingpflanzen umwucherte Kirche, die mit einem kolossalen, gespenstischen Finger in den Himmel wies, die phosphoreszierenden Insekten, die in einer entlegenen Ecke unter den Eiben wie Totenlichter tanzten, die Gerüche von Moder, Vegetation und weniger klaren Ursachen, die sich schwach mit dem nächtlichen Winde mischten, der über ferne Sümpfe und Meere gestrichen war.

Doch am schlimmsten von allem war das altersschwache, tiefe Bellen eines gewaltigen Hundes, den wir nicht sehen konnten. Als wir dieses knappe Bellen hörten, erschauderten wir, denn uns fielen die Erzählungen der Landbevölkerung ein: Der, nach dem wir suchten, war vor Jahrhunderten hier an dieser Stelle aufgefunden worden, zerrissen und zerfleischt von den Krallen und Zähnen einer unbeschreiblichen Bestie.

Ich weiß noch, wie wir die Spaten in die Graberde des Grabschänders tauchten und welchen Reiz uns all dies vermittelte: der Anblick von uns selbst, das Grab, der fahle, beobachtende Mond, die erschreckenden Schatten, die bizarren Bäume, die gewaltigen Fledermäuse, die uralte Kirche, die tanzenden Totenlichter, die üblen Gerüche, der sanft klagende Nachtwind und das merkwürdige, kaum zu hörende, ortlose Bellen, von dem wir nicht einmal sicher waren, ob es tatsächlich zu vernehmen war.

Dann stießen wir auf etwas, das härter war als das feuchte Erdreich, und erblickten einen modrigen Sarg, der von mineralischen Ablagerungen des lange unangetasteten Grundes verkrustet war. Er war unglaublich hart und dick, doch so alt, dass wir ihn schließlich aufstemmten und unsere Augen an dem laben konnten, was er enthielt. Viel, erstaunlich viel war von dem Objekt erhalten geblieben, obschon doch fünfhundert Jahre verstrichen waren. Das Gerippe war zwar stellenweise von den Kiefern des Wesens zermalmt, das den Mann getötet hatte, hielt aber mit überraschender Festigkeit zusammen, und wir ergötzten uns an dem makellosen, weißen Schädel mit den langen, kräftigen Zähnen und den augenlosen Höhlen, in denen einst ein Leichenhausfieber gleich dem unsrigen geglüht hatte.

Im Sarg lag ein Amulett mit sonderbaren, exotischen Mustern. Der Ruhende hatte es offensichtlich um den Hals getragen. Es stellte die eigenartig vereinfachte Figur eines kauernden, geflügelten Hundes oder einer Sphinx mit halb hündischem Gesicht dar. Es war in altorientalischer Manier auf exzellente Weise aus einem kleinen grünen Jadestein geschnitten. Der Gesichtsausdruck war überaus abstoßend, deutete im selben Moment Tod, Blutdurst und Boshaftigkeit an. Der untere Teil trug eine Inschrift in Schriftzeichen, die weder St. John noch ich zu deuten vermochten, und auf der Rückseite war, als sei es das Siegel seines Schöpfers, ein grotesker, außergewöhnlicher Totenschädel eingraviert.

Sobald wir dieses Amulett erblickt hatten, wussten wir, dass es uns gehören musste, dass unsere zustehende Beute aus dem jahrhundertealten Grab allein dieser Schatz sein müsse. Wir wollten es besitzen, obwohl es uns sehr fremdartig vorkam – jedoch, als wir es genauer betrachteten, erkannten wir nach und nach, dass es uns nicht ganz unbekannt war. Zwar stand es in der Tat fernab von aller Kunst und Literatur, die geistig normale und ausgeglichene Leser kennen, doch wir erkannten darin das Symbol wieder, das in dem verbotenen Buch *Necronomicon* des verrückten Arabers Abdul Alhazred umschrieben wird: das grässliche Seelenzeichen der verbotenen, leichenfressenden Sekte im unzugänglichen Leng in Zentralasien. Nur allzu gut kannten wir die düsteren Zeilen, die der alte arabische Dämonologe niederschrieben hatte. Zeilen, von denen er schrieb, sie seien abgeleitet von obskuren übernatürlichen Offenbarungen der Seelen jener, die sich an den Toten vergingen und an ihnen fraßen.

Wir ergriffen das grüne Jadeobjekt, warfen einen letzten Blick auf das ausgebleichte, blinde Antlitz seines Besitzers und richteten das Grab wieder so her, wie wir es vorgefunden hatten. Als wir eilig die abscheuliche Stätte hinter uns ließen, das gestohlene Amulett in St. Johns Tasche, glaubten wir zu sehen, wie die Fledermäuse in geschlossener Formation zu der Erde hinabflogen, die wir eben erst zugeschaufelt hatten, als suchten sie dort nach irgendeiner verfluchten und unheiligen Nahrung. Doch der Herbstmond schien nur schwach und fahl, deshalb waren wir uns dessen nicht sicher.

Auch am folgenden Tag, als wir die Niederlande auf einem Schiff verließen und unserer Heimat entgegenfuhren, glaubten wir, das leise, ferne Bellen eines übergroßen Hundes in der Ferne zu hören. Aber der Herbstwind klagte traurig und matt, deshalb waren wir uns dessen nicht sicher.

Keine Woche war seit unserer Rückkehr nach England verstrichen, als sonderbare Geschehnisse sich ereigneten. Wir lebten wie Einsiedler, ohne Freunde, allein und ohne Dienstpersonal in ein paar Räumen eines alten Landhauses in einem öden und verlassenen Moor, und nur selten klopfte ein Besucher an unser Tor. Nun jedoch wurden wir in den Nächten von regelmäßigen tastenden Geräuschen gestört, nicht nur an den Türen, auch an den Fenstern, in den oberen wie in den unteren Etagen. Einmal glaubten wir, ein großer, dunkler Körper verdunkle das Fenster der Bibliothek, als der Mond darauf schien, und ein andermal glaubten wir in der Nähe ein schwirrendes, flatterndes Geräusch zu hören. Bei keinem dieser Geschehnisse brachte eine Nachforschung etwas zutage, und wir schrieben die Vorfälle nun allmählich unserer Einbildungskraft zu, die in unseren Ohren das greisenhafte, entfernte Bellen widerhallen ließ, das wir auf dem holländischen Friedhof zu hören vermeint hatten.

Das Jadeamulett ruhte jetzt in einer Nische unseres Museums, und manchmal zündeten wir davor eine Kerze mit seltsamem Duft an. Wir lasen oft in Alhazreds *Necronomicon* über seine Eigenschaften und den Zusammenhang zwischen den Geisterseelen und dem Gegenstand, der es symbolisierte, und das Gelesene verstörte uns tief.

Dann kam das Grauen.

In der Nacht des 24. Septembers hörte ich, wie jemand an der Tür meines Zimmers klopfte. Da ich davon ausging, es sei St. John, bat ich ihn herein, doch zur Antwort erklang bloß ein schrilles Gelächter. Niemand befand sich im Korridor. Als ich St. John aus dem Schlaf riss, versicherte er, von all dem nichts zu wissen, und zeigte sich ebenso besorgt wie ich. In dieser Nacht wurde uns das gebrechliche, ferne Bellen über dem Moor zu einer schrecklichen Gewissheit.

Vier Tage später, wir hielten uns gerade im verborgenen Museum auf, hörten wir ein leises, vorsichtiges Kratzen an der einzigen Tür, die zu der geheimen Treppe in der Bibliothek führte. Unser Bestürzen hatte nun doppelten Anlass, denn neben unserer Angst vor dem Unbekannten hatten wir stets Furcht davor gehabt, unsere grausige Sammlung könnte entdeckt werden. Wir löschten alle Lichter, näherten uns der Tür und stießen sie schlagartig auf. Daraufhin verspürten wir einen unerklärlichen Luftzug und hörten eine wie im Rückzug begriffene, sonderbare Mischung aus Rascheln, Kichern und deutlich hörbarem Plappern. Ob wir nun wahnsinnig waren, träumten oder bei klarem Verstand – wir versuchten das gar nicht erst einzuordnen. Nur eines war uns klar, und diese Erkenntnis löste in uns die schwärzesten Befürchtungen aus: Das scheinbar körperlose Geplapper war ohne jeden Zweifel *in niederländischer Sprache* geschwatzt worden.

Danach lebten wir in wachsender Angst und Faszination. Meistens klammerten wir uns an die Theorie, dass wir beide aufgrund unseres Lebens voller unnatürlichen Nervenkitzels den Verstand verloren, doch zuweilen behagte es uns, uns als die Opfer eines kriechenden und abscheulichen Verhängnisses zu dramatisieren. Bizarre Ereignisse traten nun zu häufig auf, um sie zu zählen. Unser einsames Haus war allem Anschein nach von Leben erfüllt, von der Anwesenheit eines bösartigen Wesens, dessen Art wir nicht zu bestimmen vermochten, und jede Nacht brandete jenes dämonische Gebell über das windgepeitschte Moor, immer lauter und lauter.

Am 29. Oktober entdeckten wir in der weichen Erde unter dem Fenster der Bibliothek eine Reihe von Fußspuren, die unmöglich zu beschreiben sind. Sie waren ebenso verwirrend wie die Massen großer Fledermäuse, die das alte Landhaus in bislang ungekannter und stetig wachsender Zahl heimsuchten.

Am 18. November erreichte das Grauen einen Höhepunkt, als St. John, der nach Anbruch der Dunkelheit vom trostlosen Bahnhof aus nach Hause ging, von einer entsetzlichen, fleischfressenden Kreatur gepackt und in Stücke gerissen wurde. Seine Schreie drangen bis ins Haus, und ich kam gerade noch rechtzeitig zu dem grausigen Schauplatz, um ein Flügelschwirren zu hören und ein unbestimmbares Etwas zu sehen, das sich einer schwarzen Wolke gleich vor dem aufgehenden Mond abhob.

Mein Freund lag im Sterben. Ich sprach ihn an, doch er vermochte keine zusammenhängenden Sätze mehr zu äußern. Nur eines flüsterte er noch: »Das Amulett – dieses verdammte Ding ...«

Dann lag dort nur noch eine leblose Masse zerfetzten Fleisches.

In der nächsten Mitternachtsstunde bestattete ich ihn in einem unserer verwilderten Gärten und murmelte über seinem Leichnam eines der teuflischen Rituale, die er im Leben so geliebt hatte. Kaum hatte ich den letzten dämonischen Satz gesprochen, da hörte ich von fern übers Moor das schwache Bellen eines riesigen Hundes. Der Mond schien, doch wagte ich nicht, hinaufzuschauen. Und als ich im trüben Moor einen enormen, nebelartigen Schatten sah, der von einem Hügel zum andern huschte, schloss ich die Augen und warf mich bäuchlings auf den Boden. Als ich mich zitternd wieder erhob, ich weiß nicht wie viele Stunden später, wankte ich ins Haus und flüsterte vor dem grünen Jadeamulett in seinem Schrein ein schockierendes Gebet.

Da ich mich nicht traute, alleine in dem alten Haus im Moor zu bleiben, reiste ich am nächsten Tag nach London – das Amulett nahm ich mit, nachdem ich den Rest der unheiligen Sammlung des Museums zum teil verbrannt und vergraben hatte. Doch drei Nächte darauf hörte ich das Bellen wieder, und keine Woche war vergangen, da fühlte ich mich in der Dunkelheit in einem fort von seltsamen Augen beobachtet. Als ich eines Abends an der Victoria Embankment entlangschlenderte, weil ich dringend frische Luft benötigte, sah ich, wie ein schwarzer Umriss eine der Reflexionen der Laternen auf dem Wasser verdunkelte. Ein Wind, stärker als der übliche Nachtwind, griff nach mir, und ich wusste, dass ich das Los von St. John über kurz oder lang teilen würde.

Am nächsten Tag verpackte ich das grüne Jadeamulett sorgfältig und nahm ein Schiff in die Niederlande. Ich wusste nicht, welche Gnade mir zuteil würde, wenn ich diesen Gegenstand seinem stummen, schlafenden Besitzer zurückgab, doch ich hatte das Gefühl, jeden auch nur ansatzweise logischen Schritt versuchen zu müssen. Was dieser Hund war und weshalb er mich verfolgte – das waren noch unklare Fragen, doch das Bellen hatte ich zum ersten Mal auf jenem uralten Friedhof vernommen, und alle darauffolgenden Ereignisse, einschließlich des letzten Flüsterns des sterbenden St. John, hatte den Fluch mit dem Diebstahl in Zusammenhang gebracht. Dementsprechend versank ich in den tiefsten Abgründen der Verzweiflung, als ich in einer Gaststätte in Rotterdam bemerkte, dass mein einziges Mittel zur Rettung von Dieben geraubt worden war.

Das Gebell war an diesem Abend laut, und am nächsten Morgen las ich von einer unbeschreiblichen Tat im anrüchigsten Viertel der Stadt. Der Pöbel war in Aufruhr, hatte sich doch ein so blutiger Mord in einem Mietshause ereignet, der selbst die schlimmsten Verbrechen in dieser Gegend verblassen ließ. In einer schäbigen Diebeshöhle war eine ganze Familie von etwas Unbekanntem in Stücke gerissen worden, das keine Spuren hinterlassen hatte, und die Menschen in der Nachbarschaft hatten die ganze Nacht hindurch einen leisen, tiefen, unaufhörlichen Laut gehört, wie von einem riesigen Hund.

So stand ich zuletzt wieder auf dem unheilbringenden Friedhof. Der bleiche Wintermond warf scheußliche Schatten, und die entlaubten Bäume neigten sich mürrisch zum vertrockneten, eisbedeckten Gras und den geborstenen Grabplatten hinab, und die von Ranken umschlungene Kirche wies mit höhnischem Finger zum unfreundlichen Himmel. Der Nachtwind heulte wie toll über den gefrorenen Sümpfen und von den eisigen Meeren herüber. Das Bellen klang nun sehr schwach, und es verstummte vollständig, als ich mich dem alten Grab näherte, das ich einst geschändet hatte. Eine außerordentlich große Horde von Fledermäusen wurde aufgescheucht, die neugierig um das Grab herumflatterten.

Ich weiß nicht, weshalb ich dorthin ging. Vielleicht wollte ich beten oder das stille, weiße Ding, das darin lag, wie irre um Entschuldigung anzuflehen. Was immer auch der Grund gewesen sein mag, ich fiel über das halb gefrorene Erdreich mit einer Verzweiflung her, die teils aus mir selbst kam, teils aus einem mächtigen Willen außerhalb meiner selbst.

Die Ausgrabung war wesentlich einfacher als erwartet, obgleich ich einmal eine sonderbare Unterbrechung erlebte, als ein abgezehrter Aasgeier aus dem kalten Himmel herabstürzte und hysterisch in die Graberde hackte, bis ich ihn mit einem Schlag meines Spatens tötete. Endlich erreichte ich den modernden Sarg und entfernte den feuchten, salpetrigen Deckel. Dies ist die letzte vernünftige Handlung, die ich ausgeübt habe.

Denn in diesem uralten Sarg, umgeben von einer dichten, albtraumhaften Gefolgschaft gewaltiger, sehniger, schlafender Fledermäuse, lag das knöcherne Ding, das von meinem Freund und mir beraubt worden war. Doch es war nicht mehr sauber und reglos, so wie wir es damals gesehen hatten, sondern bedeckt mit geronnenem Blut und Fetzen von fremden Fleisch und Haar. Aus glühenden Augenhöhlen und mit scharfen, blutverkrusteten Reißzähnen starrte es mich voll verdorbenem Hohn an, denn es wusste um mein unausweichliches Ende. Und als aus diesem grinsenden Kiefer ein tiefes, sardonisches Bellen wie von einem Hund drang und ich sah, dass es in seiner blutig-schmutzigen Klaue das vermisste, verhängnisvolle Amulett aus grüner Jade hielt, da schrie ich nur noch und rannte wie ein Irrsinniger davon, und meine Schreie lösten sich bald in hysterischem Gelächter auf.

Wahnsinn reitet auf dem Sternenwind ... Klauen und Zähne, die sich über Jahrhunderte an Leichen geschliffen haben ... der triefende Tod inmitten eines Gelages von Fledermäusen aus den nachtschwarzen Ruinen der begrabenen Tempel des Belial ... Nun, da das Bellen der toten, entfleischten Monstrosität lauter und lauter wird und das verstohlene Schwirren und Flattern der verfluchten Lederschwingen näher und näher kommt, will ich mithilfe meines Revolvers das Vergessen suchen, das meine einzige Zuflucht vor dem Unbekannten und Unfassbaren ist.

Die Werwölfin

Clemence Housman

Der lodernde Feuerschein erleuchtete die große Stube des Farmhauses. Sie war erfüllt vom Lachen und den regen Unterhaltungen der Menschen, die ihren verschiedenen Beschäftigungen nachgingen. Niemand saß untätig herum – niemand außer den ganz Jungen und den ganz Alten: Der kleine Rol drückte einen Welpen an sich, während die alte Trella sich mit lahmen Händen ihrer mühsamen Strickarbeit widmete.

Es war bereits früher Abend. Die Knechte hatten ihre Arbeiten im Freien abgebrochen und sich in der geräumigen Farmstube versammelt, in der zahlreiche Arbeiter Platz fanden. Einige der Männer befassten sich mit Schnitzereien – sie saßen auf den Plätzen mit der besten Beleuchtung. Andere reparierten gebrauchte Angelausrüstungen oder stellten neue her. Im Moment fertigten drei Paar Hände ein großes Schleppnetz.

Die meisten Frauen verlasen und sortierten Entenfedern und schnitten die Kiele ab. Auch Webstühle standen im Raum, im Augenblick arbeitete jedoch niemand daran. Drei Spinnräder surrten hingegen eifrig, und der feinste und schnellste Zwirn rann durch die Finger der Hausherrin. Neben ihr saßen drei Kinder, die, ebenfalls sehr geschäftig, Dochte für Kerzen und Lampen fertigten. In der Mitte jeder Arbeitergruppe stand eine Lampe, und diejenigen, die am weitesten entfernt vom Feuer saßen, wurden zusätzlich von zwei Kohlenpfannen gewärmt, die immer wieder mit glühender Holzkohle aus der ergiebigen Feuerstelle aufgefüllt wurden. Der Schein des großen Feuers reichte bis in die hintersten Ecken des Raumes und erhellte auch jene Winkel, die die kleineren Lichtquellen nicht auszuleuchten vermochten.

Inzwischen langweilte der Welpe den kleinen Rol. Deshalb ließ er ihn unsanft fallen und wandte sich Tyr zu. Der alte Wolfshund lag dösend neben ihm und wimmerte und zuckte in einem unruhigen Traum. Rol beugte sich über Tyr und schlang seine Kinderärmchen um dessen zotteligen Hals, sodass seine Locken auf die schwarzen Wangen des Tieres fielen. Tyr leckte sich verschlafen über die Lefzen und streckte sich mit einem müden Seufzen. Rol knurrte zurück, wälzte sich und schubste Tyr einladend. Der alte Hund duldete es gelassen, schenkte dem Jungen jedoch nur ein halbwaches Blinzeln.

»Dann nimm doch den!«, rief Rol empört, weil seine Annäherungsversuche ignoriert wurden, und warf den Welpen auf den würdevollen, geduldigen Hund, der ihn als Spielkameraden verschmäht hatte. Tyr kümmerte dies jedoch nicht, und so zog das Kind weiter, um sich anderweitig zu beschäftigen.

Sein Blick fiel auf die Körbe mit den weißen Entenfedern. Sie standen in einer Ecke am anderen Ende des Raumes. Rol rutschte unter den Tisch und kroch auf allen vieren weiter – die allgemein gängige Methode des aufrechten Ganges sagte ihm weniger zu.

Als er ganz nahe bei den Frauen war, hielt er für einen Augenblick an, stützte sich mit den Ellenbogen auf dem Boden ab, legte das Kinn in seine Hände und sah ihnen zu. Als eine der Frauen ihn entdeckte, nickte und lächelte sie ihm zu, und er krabbelte unter ihrem Rock hervor und schlich sich, beinahe unbemerkt, von einer zur anderen, bis sich ihm die Gelegenheit bot, sich eine große Handvoll Federn zu schnappen. Damit kroch er wieder durch den langen Raum zurück, krabbelte erneut unter den Tisch und kam neben den Spinnerinnen wieder zum Vorschein.

Er kauerte sich an den Füßen der Jüngsten zusammen, sodass er von ihren Knien vor Blicken geschützt war. Damit sie ihn nicht ermahnte, zeigte er ihr mit einem vertrauensvollen

Lächeln heimlich, was er in seinen Händen hielt. Ihr zweifelndes Nicken genügte ihm, und er begann sein neues Spiel. Er nahm eine weiße Feder und ließ sie vorsichtig vor dem surrenden Spinnrad fallen. Der schnelle Fahrtwind des Rades erfasste sie und wirbelte sie wild herum, immer höher und höher, bis sie wie ein weißer Falter langsam über ihm schwebte. Die Augen des kleinen Rol tanzten mit, und mit einem entzückten Lächeln zeigte er eine Reihe glänzend weißer Zähnchen. Er schickte eine weiße Feder nach der anderen auf die Reise; anfangs flatterten sie wie Falter in einem Spinnennetz wild umher, doch schließlich schwebten sie ganz ruhig durch die Luft. Bald war seine Hand leer.

Rol beugte sich nach vorn, um den Raum zu überblicken und abzuwägen, ob er erneut aufbrechen und unter den Tisch krabbeln sollte. Seine vorgeschobene Schulter berührte kurz das Spinnrad, sodass es bremste. Er lehnte sich schnell wieder zurück. Das Rad drehte sich mit einem Zucken weiter, und der Faden riss.

»Böser Rol!«, ermahnte ihn das Mädchen. Das schnellste Rad stoppte nun ebenfalls und die Hausherrin, Rols Tante, beugte sich nach vorne. Als sie den Lockenschopf sah, warnte sie ihn, von jetzt an lieber brav zu sein, und schickte ihn in die Ecke zur alten Trella zurück.

Rol gehorchte, doch die Phase des Gehorsams dauerte nicht lange, schon bald krabbelte er, so weit wie möglich von den Blicken seiner Tante entfernt, wieder durch die Stube. Als er sich zwischen die Männer geschlichen hatte, vergewisserten sie sich, dass ihre Werkzeuge zwar möglichst außerhalb von Rols Reichweite lagen, dass sie selbst sie jedoch jederzeit schnell zur Hand hatten. Dennoch gelang es ihm, sich einen der feinen Meißel zu schnappen und dessen Spitze an einem Tischbein abzubrechen. Die harsche Rüge des schnitzenden Arbeiters verwirrte Rol, der sich für die nächsten fünf Minuten unter dem Tisch versteckte.

Während er dort versteckt saß, betrachtete er die vielen

Beinpaare rundherum, die fast keinen Feuerschein zu ihm hindurchließen. Wie unglaublich seltsam doch manche dieser Beine aussahen! Einige waren an Stellen krumm, an denen sie gerade hätten sein müssen, und Rol sagte leise zu sich selbst: »Sie sind alle anders angeschraubt.« Einige zogen sich ganz bescheiden unter die Bänke zurück, andere streckten sich weit unter den Tisch und drangen in Rols kleines persönliches Reich ein. Er streckte seine eigenen Beine aus und betrachtete sie kritisch, war aber letztlich recht angetan. Wieso wurden nicht alle Beine so angeschraubt wie seine oder sahen genauso aus?

Die Beine, die Rol am meisten bewunderte, saßen ein Stück von den anderen entfernt. Er krabbelte hinüber und verglich sie mit seinen. Sein Gesichtsausdruck wurde sehr ernst, als er daran dachte, dass es noch unzählige Tage dauern würde, bis seine Beine genauso lang und stark waren. Er hoffte, dass sie einmal so aussehen würden wie diese, mit ebenso gerade gewachsenen Knochen und ebenso kräftig gewölbten Muskeln.

Wenige Augenblicke später spürte Sweyn, dem die langen Beine gehörten, wie eine kleine Hand über seinen Fuß strich, und als er nach unten sah, blickte er in die Augen seines kleinen Vetters Rol. Er lag auf dem Rücken, tätschelte und streichelte noch immer den Fuß des jungen Mannes und schien für den Augenblick sehr zufrieden zu sein. Rol beobachtete die Bewegungen der starken, groben Hände, die mit den verschiedensten glänzenden Werkzeugen arbeiteten. Hin und wieder fielen winzige Holzspäne, die Sweyn wegpustete, auf sein Gesicht.

Schließlich richtete Rol sich vorsichtig wieder auf, um Sweyn nicht durch einen Stoß beim Schnitzen zu stören, schlang seine kurzen Beine um dessen Knöchel, umklammerte seine langen Beine mit beiden Armen und legte seinen Kopf auf Sweyns Knie – so drückte das Kind die unendliche Bewunderung aus, die es für seinen Helden empfand. Hier war Rol glücklich und zufrieden, und es machte ihn noch glücklicher, dass Sweyn eine kleine Pause machte, mit ihm scherzte, ihm den Kopf tätschelte und an seinen Locken zog. Er blieb still sitzen, solange seine kleinen Arme und Beine es aushielten. Sweyn vergaß irgendwann, dass Rol da war, spürte kaum, dass er seine Beine langsam wieder freigab und bemerkte auch nicht, dass der Junge heimlich eines seiner Werkzeuge wegnahm.

Zehn Minuten später erklang ein beklagenswertes Heulen vom Fußboden herauf, dass zu einem lauten Brüllen aus Rols kräftigen Lungen anwuchs – auf seiner Hand war ein tiefer Schnitt zu sehen, und das in Strömen fließende Blut machte ihm schreckliche Angst. Man beruhigte und tröstete ihn, reinigte und verband seine Wunde und schimpfte ihn ein bisschen aus, bis sich das laute Geschrei in gelegentliche Schluchzer verwandelte und das tränenüberströmte Kind, für den Moment geläutert, in die Kaminecke zurückgebracht wurde, in der Trella schlief.

Nach der übergroßen Aufregung und den schlimmen Schmerzen fühlte sich Rol im Feuerschein in der ruhigen Ecke sehr wohl. Auch Tyr, der durch das Schluchzen aufgewacht war, verschmähte ihn nicht länger, sondern leckte ihn ab, sah ihn mit besorgtem Blick an und schenkte ihm seine ganze Aufmerksamkeit und all sein Mitgefühl.

Rol schämte sich ein bisschen. Er wünschte sich, er hätte nicht so viel geweint. Er erinnerte sich an den Tag, an dem Sweyn mit halb abgerissenem Arm und einem toten Bären nach Hause gekomen war, aber kein Wimmern und kein einziges Wort von sich gegeben hatte, obwohl seine Lippen vor Schmerzen ganz weiß waren. Angesichts seiner eigenen Schwäche und Mutlosigkeit entfuhr dem armen kleinen Rol ein besonders heftiges Schluchzen.

Das flackernde Licht des großen Feuers begann, dem Kind seltsame Geschichten zu erzählen, und der Wind, der durch den Kamin fuhr, heulte immer wieder bekräftigend dazu. Das große schwarze Maul des Kamins, das sich drohend über der

Feuerstelle auftat, verschluckte die dunklen Rauchwolken und die glühend nach oben steigenden Funken wie eine geheimnisvolle Kluft. Dahinter, aus der Dunkelheit weiter oben, waren ein Murmeln, ein Jammern und andere eigenartige Geräusche zu vernehmen, und manchmal zog sich der Rauch sehr schnell, fast panisch, wieder zurück, schlängelte sich aus dem Kamin und schwebte unter das Dach, wo er sich schließlich zwischen den Balken auflöste. Dann tobte der Wind lautstark, zornig aufgrund der verlorenen Beute rüttelte er an den Fenstern, und ließ ein Kreischen vor der Tür ertönen.

Als nach einer dieser lauten Sturmböen wieder Stille einkehrte, hob Rol überrascht den Kopf und lauschte. Auch das Raunen der einzelnen Unterhaltungen verstummte. Das Geräusch vor der Tür war nun ungewöhnlich deutlich zu hören – es war die Stimme eines Kindes und das Trommeln von Kinderhändchen.

»Aufmachen, aufmachen! Lasst mich ein!«, piepste das Stimmchen und die Türklinke klapperte jetzt leise, als versuche ein Kind, sie auf Zehenspitzen zu erreichen. Dann war ein sanftes, schwaches Klopfen zu hören.

Ein Mann, der neben der Tür saß, sprang auf und öffnete sie. »Es ist niemand da«, sagte er. Tyr hob den Kopf und stieß ein lautes, lang gezogenes Heulen aus, das furchtbar trostlos klang.

Sweyn, der nicht glauben wollte, dass seine Ohren ihn so getäuscht hatten, stand auf und ging zur Tür. Es war finstere Nacht, die Wolken schwer vor Schnee, der immer dann besonders heftig fiel, wenn der Sturm sich etwas legte. Die unberührte Schneedecke reichte bis an die Haustür heran. Es war keine Menschseele zu sehen oder zu hören. Sweyn schaute die sich um, aber er bemerkte nichts weiter als den düsteren Himmel, den reinen Schnee und eine Reihe schwarzer Tannen, die auf einem Hügel standen und sich im Wind bogen. »Es muss wohl der Wind gewesen sein«, bemerkte er, als er die Tür wieder schloss.

Viele Gesichter in der Stube sahen verängstigt aus. Die Stimme des Kindes war doch so deutlich zu hören gewesen, und auch seine Worte: »Aufmachen, aufmachen! Lasst mich ein!« Der Wind konnte die Bäume zum Knarren bringen oder an der Pforte rütteln, aber er vermochte weder die Stimme eines Kindes nachzuahmen noch mit plumpen kleinen Fäusten hartnäckig an Türen zu klopfen. Was auch immer man von all dem halten mochte, das fremdartige, ungewöhnliche Heulen des Wolfshundes war gewiss ein schlechtes Omen, vor dem man sich fürchten sollte. Die Anwesenden tauschten die seltsamsten Vermutungen aus, bis die Herrin des Hauses sie schließlich tadelte und sie nur noch zu flüstern wagten, wenn sie sich in sicherer Entfernung von ihr befanden. Für einige Zeit herrschten Unbehagen, Verlegenheit und Stille, aber schließlich schmolz die eiskalte Angst im Raum nach und nach, und die Menschen nahmen ihre munteren Plaudereien wieder auf.

Nur eine halbe Stunde später genügte jedoch ein sehr leises Geräusch vor der Tür, um jede Hand und jede Zunge innehalten zu lassen. Alle Köpfe hoben sich und alle Augen blickten in dieselbe Richtung.

»Das ist gewiss Christian, der sich verspätet«, sagte Sweyn.

Aber nein, sie hörten nur ein schwaches Schlurfen, nicht die festen Schritte eines jungen Mannes. Auf das Geräusch der unsicheren Schritte folgte das entschlossene *Tock-Tock* eines Stocks, der an die Tür klopfte. Dann die Worte »Aufmachen, aufmachen! Lasst mich ein!« Es war die hohe Stimme eines Erwachsenen.

Wieder riss Tyr seinen Kopf mit einem langen, klagenden Heulen in die Höhe.

Noch bevor das Echo des hämmernden Stockes und der hohen Stimme vollständig verklungen war, war Sweyn schon zur Tür geeilt und hatte sie weit aufgerissen.

»Es ist wieder niemand da«, sagte er mit ruhiger Stimme, aber er schaute erschrocken nach draußen. Er sah nur die ein-

213

same Schneelandschaft, die tief hängenden Wolken und die Reihe schwarzer Tannen dazwischen, die sich im Wind bogen. Er schloss wortlos die Tür und ging an seinen Platz zurück.

Eine Reihe bleicher Gesichter richtete sich erwartungsvoll auf ihn, so als könne allein er dieses Rätsel lösen. Die stumm fragenden Blicke waren ihm nicht entgangen, und sie ließen seine entschlossene Gelassenheit ins Wanken geraten. Er zögerte, blickte zu seiner Mutter, der Hausherrin, hinüber, sah dann wieder die verängstigten Menschen um ihn herum an und bekreuzigte sich ernst, damit alle es sehen konnten. Zahlreiche Hände flatterten auf, als alle Anwesenden es ihm nachtaten, und ein kollektives Seufzen durchbrach die Stille – wie durch Zauberei schien das Kreuzzeichen allen eine gewisse Erleichterung verschafft zu haben.

Selbst die Herrin des Hauses wirkte verstört. Sie verließ ihr Rad, ging zu ihrem Sohn hinüber und sprach eine Weile so leise mit ihm, dass niemand mit anhören konnte, was sie sagten. Nur einen Augenblick später erklang ihre Stimme jedoch laut und deutlich, und alle konnten den Tadel hören, den sie wegen des »heidnischen Geplappers« an eines der Mädchen richtete. Vielleicht versuchte sie, ihre eigene Unsicherheit auf diese Weise zu verstecken und ihre Vorahnungen zu vertreiben.

Niemand wagte nun noch, in normaler Lautstärke zu sprechen. Leise Stimmen und sporadisches Gemurmel erfüllten den Raum, und hin und wieder wurde es völlig still. Die Handwerker arbeiteten so leise wie möglich und hielten sofort inne, wenn der Wind wieder an der Tür rüttelte.

Draußen auf der Veranda waren jetzt die schweren Tritte eines Mannes zu hören. »Christian!«, riefen Sweyn und seine Mutter gleichzeitig aus, er freudig, sie sehr bestimmt, sodass sich die stillstehenden Spinnräder hastig wieder in Bewegung setzten. Tyr warf jedoch den Kopf zurück und heulte haarsträubend.

»Aufmachen, aufmachen! Lasst mich ein!«

Es war die Stimme eines Mannes, und an der Tür wurde so

heftig geschüttelt und gerüttelt, als donnere ein kräftiger Mann dagegen.

Sweyn spürte, wie die Dielen bebten, als seine Hand die Klinke ergriff und er die Tür aufriss – um auf die leere Veranda zu blicken. Auch dahinter sah er nichts als den Schnee, den Himmel und die Tannen, die sich im Wind bogen.

Er blieb eine volle Minute so stehen, die Klinke der offenen Tür in der Hand. Der bitterkalte Wind wehte in eisigen Böen in die Stube, doch die tödliche Kälte der Angst, die sich noch schneller im Raum ausbreitete, schien den Herzschlag aller zum Erfrieren zu bringen. Sweyn griff nach einem dicken Umhang aus Bärenfell.

»Sweyn, wo willst du denn hin?«

»Nur auf die Veranda, Mutter«, antwortete er, trat hinaus und schloss die Tür.

Er wickelte sich in das schwere Bärenfell ein, lehnte sich gegen die am besten geschützte Wand der Veranda und wappnete sich dafür, dem Teufel samt all seinen schändlichen Absichten entgegentreten zu müssen. Aus der Stube drangen keine Stimmen zu ihm heraus, aber er konnte das Knistern und Knacken des Feuers hören.

Es war eiskalt. Seine Füße wurden taub, aber er unterließ es, aufzustampfen, um sie aufzuwärmen, da er niemanden im Haus in Panik versetzen wollte. Sweyn blieb auf der Veranda stehen, da er keine Fußspuren in der unberührten Schneedecke hinterlassen wollte. Dies zeugte eindeutig davon, dass in den letzten zwei, drei Stunden, seit es zu schneien begonnen hatte, kein Mensch bis an die Tür gekommen sein konnte.

Wenn der Wind nachlässt, wird es noch mehr schneien, dachte Sweyn.

Er hielt fast eine Stunde Wache, und dabei sah er kein einziges lebendiges Wesen, und er hörte auch kein einziges ungewohntes Geräusch.

»Ich friere hier nicht länger«, murmelte er schließlich und trat wieder ins Haus.

Einer der Frauen entwich ein halb unterdrückter Schrei, als seine Hand sich auf die Klinke legte, und sie atmete erleichtert aus, als er eintrat. Niemand stellte ihm Fragen, nur seine Mutter wandte sich in gezwungen gelassenem Ton an ihn: »Hast du Christian nicht kommen sehen?« Sie klang, als sei sie ausschließlich darüber besorgt, dass ihr jüngerer Sohn noch immer nicht zurückgekehrt war.

Sweyn hatte sich eben erst ans Feuer gestellt, als ein lautes Klopfen an der Tür zu hören war. Tyr sprang vom Rand der Feuerstelle herab – seine Augen leuchteten so rot wie das Feuer selbst, seine scharfen Zähne stießen weiß glänzend unter seinen schwarzen Fell hervor. In seinem angespannten Nacken sträubten sich seine dicken Haarborsten. Er sprang über Rol hinweg zur Tür, stellte sich auf die Hinterbeine und bellte wütend.

Vor der Tür rief eine klare, weiche Stimme, aber durch Tyrs Gebell waren ihre Worte nicht zu verstehen.

Niemand außer Sweyn schien bereit zu sein, sich der Tür zu nähern. Er durchquerte entschlossen den Raum, drückte die Klinke und öffnete die Tür. Eine Frau in einem weißen Gewand schwebte herein.

Aber nein, sie war kein Gespenst! Sie war lebendig – sehr schön – und jung.

Tyr sprang auf sie zu.

Geschmeidig wich sie seinen scharfen Zähnen aus, die Falten ihres langen Fellgewandes schützten sie. Schnell zog sie eine kleine, zweischneidige Axt aus ihrem Gürtel. Sie riss die Waffe hoch, um sich zu verteidigen.

Sweyn ergriff den Hund, der sich lautstark wehrte, am Halsband und zog ihn fort. Die Fremde stand bewegungslos in der Tür – einen Fuß nach vorne gestellt, einen Arm nach oben ausgestreckt – bis die Herrin des Hauses durch den Raum zu ihr eilte und Sweyn den wütenden Tyr an die anderen übergab, bevor er die Tür wieder schloss und sich für die stürmische Begrüßung entschuldigte. Dann erst senkte sie ihren Arm, steckte die Axt wieder in ihren Gürtel, nahm die Fellkapuze ab, die ihr Gesicht verhüllte, und schüttelte das lange weiße Gewand von ihren Schultern – all dies gelang ihr scheinbar mit einer einzigen schwungvollen Bewegung.

Vor ihnen stand eine hochgewachsene, schöne junge Frau. Ihre Kleidung war etwas eigentümlich – sie wirkte teilweise wie Männerkleidung, war aber dennoch nicht unweiblich. Sie trug keinen richtigen Rock, nur eine Tunika, die ihre Knie knapp bedeckte, und darunter Strumpfhosen und über Kreuz geschnürte Schuhe, wie sie für Jäger typisch waren. Ihre weiße Fellmütze reichte bis zu den Augenbrauen, und rund um den Kopf der Frau fielen Fellstreifen wie große Ohrläppchen bis auf ihre Schultern herunter. Zwei der Streifen waren bei ihrem Eintreten noch unter ihrem Kinn zusammengebunden gewesen, aber nun hingen sie ebenso locker herab wie die langen Zöpfe, die über ihre Schultern und Brüste fielen und bis zu dem mit Elfenbein verzierten Gürtel reichten, in dem die glänzende Axt steckte.

Sweyn und seine Mutter führten die Fremde zur Feuerstelle, ohne ihr Fragen zu stellen – sie schienen nicht neugierig zu sein. Schließlich erzählte sie freiwillig von ihrer langen Reise, die sie zu entfernten Verwandten hatte führen sollen, von dem versprochenen Führer, den sie nicht angetroffen hatte, und von Wegweisern und besonderen Merkmalen in der Landschaft, die sie nicht richtig erkannt hatte.

»Ganz alleine!«, rief Sweyn erstaunt aus. »Sind Sie die ganze Strecke – hundert Meilen – wirklich ganz alleine gereist?«

»Ja«, antwortete sie mit einem schwachen Lächeln.

»Über die Hügel und durch das Ödland! Die Menschen dort sind wirklich schrecklich – wie wilde Tiere.«

Sie legte mit einem verächtlichen Lachen ihre Hand auf die Axt.

»Ich fürchte weder Mensch noch Tier, aber einige fürchten sich vor mir.« Sie erzählte eine eigenartige Geschichte von heftigen Angriffen, davon, dass sie sich hatte verteidigen müssen, und von dem kühnen, freien Leben einer Jägerin, das sie führte.

Sie erzählte langsam und wählte ihre Worte mit Bedacht, fast so, als sei ihr die Sprache nicht völlig vertraut. Hin und wieder zögerte sie kurz und brach einen Satz ab, um nach einem bestimmten Wort zu suchen.

Bald hatten sich eine Menge Zuhörer um sie geschart. Das Interesse, das die Frau bei den Anwesenden weckte, ließ sie die Furcht, die die mysteriösen Stimmen zuvor ausgelöst hatten, wenigstens teilweise vergessen. An dieser freundlichen, wunderschönen Dame war alles real, sie hatte nichts Geheimnisvolles an sich, auch wenn ihre Erscheinung vielleicht etwas seltsam war.

Klein-Rol krabbelte heran und betrachtete die Fremde sehr genau. Unbemerkt streichelte und tätschelte er einen Zipfel ihres weichen weißen Gewandes, das in unzähligen Falten bis auf den Boden fiel. Er strich sich damit zärtlich über seine Wange und zog sich fast bis zu den Knien der Frau hoch.

»Wie heißt du?«, fragte er.

Da die Fremde Rol ein Lächeln schenkte, als sie zu ihm hinabblickte, und ihm sofort antwortete, bewahrte sie ihn vor der Rüge, die er für diese Frage eigentlich verdiente.

»Mein richtiger Name«, entgegnete sie, »ist für deine Ohren und deine Zunge nicht geeignet. Die Menschen dieses Landes haben mir jedoch einen anderen Namen gegeben. Deswegen«, und sie strich mit der Hand über das weiße Fell, »nennen sie mich Weißfell.«

Der kleine Rol sprach sich die Worte noch einmal vor und streichelte und tätschelte erneut ihr Gewand. »Weißfell ... Weißfell.«

Ihr hübsches Gesicht und ihre schöne Kleidung gefielen Rol sehr. Er kniete vor ihr und schien den Blick nicht von ihr abwenden zu können. Plötzlich wurde er von einer eigenartigen Entschlossenheit erfasst und warf sich – wie ein vorwitziges Rotkehlchen – mit den Ellenbogen voraus in ihren Schoß, wobei er angesichts seiner eigenen Kühnheit leicht erschrocken nach Luft schnappen musste.

»Rol!«, rief seine Tante aus, aber Weißfell entgegnete: »Oh, lassen Sie ihn doch!«, und dann strich sie ihm lächelnd über den Kopf, und Rol blieb, wo er war.

Er wagte sich – unter den kritischen Augen seiner Tante – noch weiter, und wieder blieb ihm angesichts seiner Abenteuerlust beinahe die Luft weg, als er auf ihre Knie kletterte. Sie schloss ihn herzlich in die Arme und erstickte so jeden möglichen Protest im Keim. Er kuschelte sich glücklich an sie und berührte den Griff der Axt, die Elfenbein-Knöpfe an ihrem Gürtel, die Elfenbein-Klammer an ihrem Hals und ihre blonden Zöpfe. Mit dem Urvertrauen, das Kinder in die Schönheiten der Welt haben, drückte er seinen Kopf sanft gegen ihre weiche, mit Fell bedeckte Schulter.

Weißfell hatte ihre Mütze noch nicht vom Kopf genommen, sondern die losen Felllappen nur locker im Nacken zusammengebunden. Rol streckte seine Hand danach aus und flüsterte ihren Namen, »Weißfell, Weißfell«, und dann schlang er seine Arme um ihren Hals und küsste sie – einmal, ein zweites Mal. Sie lachte herzlich und küsste ihn ebenfalls.

»Stört Sie das Kind?«, fragte Sweyn.

»Ganz und gar nicht«, antwortete sie nachdrücklich und wirkte dabei ernsthafter, als die Situation es erforderte.

Rol machte es sich wieder auf ihrem Schoß bequem und begann, den Verband an seiner Hand abzuwickeln. Er machte eine kurze Pause, als er die von Blut durchnässte Stelle sah, wickelte dann aber weiter, bis seine Hand vom Verband befreit war und man den langen, wenn auch nicht sehr tiefen Schnitt sehen konnte. Er hielt ihn Weißfell vors Gesicht und wünschte sich inständig, ihr Mitleid und ihre Anteilnahme zu wecken.

Als sie den Schnitt und den blutdurchtränkten Verband sah, hielt sie plötzlich den Atem an und drückte Rol an sich, ganz fest. So fest, dass er schließlich sogar versuchte, sich freizustrampeln. Ihr Gesicht war hinter dem Jungen verborgen, so-

219

dass niemand dessen Ausdruck bemerkte. Es wurde von einem unheimlichen Glanz erhellt.

Weit entfernt, hinter dem Tannenwäldchen und dem niedrigen Hügel dahinter, eilte der seit Langem erwartete Christian nach Hause. Seit Tagesanbruch war er auf den Beinen, um sich mit den besten Jägern der Farmen und Weiler im Umkreis von zwölf Meilen für die anstehende Bärenjagd zu besprechen. Er war bis zum späten Abend aufgehalten worden und begann nun zu rennen, und dank seiner langen, gleichmäßigen Schritte legte er die verbleibenden Meilen rasch zurück.

Auch als er das Tannenwäldchen erreichte, in dem es so dunkel war, als sei bereits Mitternacht, verlangsamten sich seine Schritte kaum, obwohl der Pfad nicht mehr zu erkennen war, und als er aus dem Saum des Wäldchens herauslief, konnte er das einige hundert Meter hügelabwärts gelegene Farmhaus bereits sehen. Freudig trat er aus den Tannen hervor – doch beinahe im selben Augenblick sprang er hastig in Deckung und blieb ruhig stehen. Im Schnee erkannte er die Spur eines großen Wolfes.

Seine Hände suchten nach dem Messer, seiner einzigen Waffe. Er beugte sich vor, kniete nieder, um sich auf die Augenhöhe des Tieres zu begeben, und schaute sich um. Angespannt biss er die Zähne zusammen. Sein Herz pochte wie wild, was jedoch nicht allein daran lag, dass er bis hierher gerannt war. Ein einsamer Wolf – er wusste, dass diese Tiere fast immer besonders wild und groß wurden – war eine außergewöhnliche Bestie, die nicht zögern würde, einen einzelnen Mann anzugreifen.

Diese Wolfsspuren waren die größten, die Christian je gesehen hatte, und sofern er es beurteilen konnte, waren sie noch ganz frisch. Sie führten vom Tannenhain den Hügel hinunter. Die Verspätung, die ihn so verärgert hatte, war vielleicht sein Glück gewesen, dachte er. Sein Glück, dass er nicht durch das finstere Wäldchen gelaufen war, als im Dunkeln möglicherweise gefährliche Reißzähne lauerten. Wachsam folgte er der Spur.

Sie führte den Hügel hinunter und über den zugefrorenen Fluss, dem sie anschließend bis zur Farm folgte. Ein weniger geschultes Auge als Christians hätte die Spuren vielleicht nicht als Wolfsspuren erkannt und sie für die Fährte von Tyr oder einem anderen großen Hund gehalten. Er war sich jedoch sicher – er würde die Spuren eines Wolfes niemals mit denen eines Hundes verwechseln.

Sie führten weiter geradeaus – geradewegs zur Farm.

Die Tatsache, dass ein umherstreifender Wolf sich so nahe hierher wagte, überraschte und ängstigte Christian gleichermaßen. Er zog sein Messer und ging weiter, etwas schneller und noch wachsamer als zuvor. Oh, wäre doch nur Tyr bei ihm!

Immer weiter geradeaus – unmittelbar bis zur Tür, vor der kein Schnee lag. Das Herz schien ihm aus der Brust zu springen und stehen zu bleiben. Die Spur endete hier.

Nichts, niemand lauerte auf der Veranda, und es führten auch keine Spuren vom Haus fort. Die Tannen ragten aufrecht in den Himmel, und die Wolken hingen tief. Der Wind hatte sich gelegt, und vereinzelt fielen Schneeflocken. Verwirrt und erschrocken blieb Christian einen Augenblick wie erstarrt stehen. Dann drückte er die Klinke und trat ein. Er erkannte all die alten, vertrauten Gestalten und Gesichter, und unter ihnen das einer Fremden; sie war sehr schön und in Fell gekleidet. Die grausame Wahrheit traf ihn wie ein Blitz. Er wusste sofort, was sie war.

Nur wenige blickten auf, als er durch die klappernde Tür trat. Im Raum herrschte ein lautes, geschäftiges Treiben, denn es war Abendessenszeit. Sämtliche Werkzeuge wurden zur Seite geräumt und Tische und alles Weitere bereitgestellt. Christian wusste selbst nicht, was er sagte oder tat, er bewegte und unterhielt sich nur mechanisch und hoffte, bald aus diesem fürchterlichen Traum zu erwachen.

Sweyn und seine Mutter glaubten scheinbar, er sei einfach todmüde, und stellten daher sie keine unnötigen Fragen. Schließlich saß er an der Feuerstelle, direkt neben dem schrecklichen Wesen, das aussah wie ein hübsches Mädchen. Er beobachtete jede ihrer Bewegungen und ihm gefror das Blut in den Adern, als er sah, wie sie mit Rol kuschelte.

Sweyn stand neben ihnen und betrachtete Weißfell ebenfalls genau, wenn auch mit ganz anderen Augen! Sie schien die Blicke der beiden nicht zu bemerken und nahm weder die kalte Angst in Christians noch die warme Bewunderung in Sweyns Augen wahr.

Die beiden Brüder waren Zwillinge, aber sie konnten nicht unterschiedlicher sein, auch wenn sie sich sehr ähnlich sahen. Ihre Gesichtszüge glichen sich sehr, beide hatten hellbraunes Haar und tiefblaue Augen, aber Sweyns Züge waren so perfekt wie die eines jungen Gottes, während Christians kleine Makel aufwiesen. Sein Mund verlief zu gerade, die Augen lagen zu tief in den Höhlen und seine Gesichtsform war weniger ebenmäßig als Sweyns. Beide waren zwar hochgewachsen, aber Christian war für seine Größe zu schmal, wohingegen Sweyns wohlgeformter Körper, seine breiten Schultern und seine muskulösen Arme ihn zu einem außergewöhnlichen Abbild männlicher Schönheit und Stärke machten. Beim Jagen und Fischen konnte es niemand mit Sweyn aufnehmen. Überall in der Gegend war er als der beste Ringer, Reiter, Tänzer und Sänger anerkannt. Nur beim Laufen wurde er übertroffen, wenn auch einzig und allein von seinem jüngeren Bruder. Sweyn vermochte jedermann sonst mühelos abzuhängen, aber Christian ließ ihn mit Leichtigkeit hinter sich. Wenn Sweyn vor Anstrengung bereits keuchte, lief Christian noch locker neben ihm her und lachte und redete.

Christian bildete sich nicht viel auf seine Schnelligkeit ein, da er die Beine eines Mannes für dessen unwichtigste Körperteile hielt. Er beneidete seinen Bruder wegen dessen athletischer Überlegenheit nicht, auch wenn ihm in fast allen Dingen nur der bescheidene zweite Platz hinter seinem Bruder blieb. Er liebte ihn, wie nur ein Zwilling lieben kann – er war stolz auf alles, was Sweyn tat, zufrieden mit allem, was Sweyn erreichte, und dabei so bescheiden, dass es ihm nichts ausmachte, dass seine bedingungslose Liebe nicht in gleichem Maße erwidert wurde. Er wusste ja, dass er selbst einer solchen Liebe weit weniger wert war.

Christian wagte nicht, den Schrecken, der sich unter ihnen befand, vor den Kindern und Frauen in Worte zu fassen. Er wollte zuerst mit seinem Bruder sprechen, aber Sweyn schien seine Zeichen nicht zu sehen oder nicht sehen zu wollen und richtete seinen Blick die ganze Zeit über auf Weißfell.

Christian zog sich von der Feuerstelle zurück – er konnte angesichts des entsetzlichen Grauens nun nicht länger untätig bleiben. »Wo ist Tyr?«, fragte er plötzlich, sah den Hund dann aber in einer entfernten Ecke sitzen. »Weshalb ist er dort angekettet?«

»Er hat sich auf die Fremde gestürzt«, antwortete jemand.

Christians Augen leuchteten auf. »Ach ja?«, sagte er forschend, erhob sich und ging ohne ein weiteres Wort zu der Ecke hinüber, in der Tyr an der Kette lag. Der Hund sprang auf und begrüßte ihn mit einem herzzerreißenden Winseln, das so viel Empörung ausdrückte, wie es dem einfachen Tier nur möglich war. Er streichelte den schwarzen Kopf. »Braver Tyr! Tapferer Hund!«

Sie wussten es – nur sie allein – und so spendeten der Mann und der einfache Hund sich gegenseitig Trost.

Christian blickte wieder zu Weißfell hinüber, und auch Tyr wandte sich ihr zu, sodass seine Kette bis zum Äußersten gespannt war. Christians Hand lag auf dem Nacken des Hundes, und er spürte, wie er sich vor unbändiger Wut anspannte und erzitterte und wie sich sein Fell sträubte.

Auch Christian erzitterte, doch sein Zorn war aus einer Erkenntnis entstanden, nicht aus einem Instinkt – er konnte nicht beweisen, was sie war und war ihr dadurch ebenso unterlegen, wie Tyr es in körperlicher Hinsicht war. Nein, er wagte nicht, am Wesen der Frau zu rühren! Er konnte es nicht, wenn er nicht riskieren wollte, dass er selbst oder Tyr töten mussten oder getötet wurden.

Dann ging er wieder zurück, um noch einige Fragen zu stellen.

»Seit wann ist die Fremde hier?«

»Sie ist etwa eine halbe Stunde vor dir gekommen.«

»Wer hat ihr die Tür geöffnet?«

»Sweyn. Sonst hat sich niemand getraut.«

Die Antwort klang irgendwie geheimnisvoll.

»Weshalb?«, fragte Christian. »Ist denn etwas Seltsames passiert? Willst du es mir nicht sagen?«

Als Antwort erzählte man ihm mit leiser Stimme vom eigenartigen Rufen und Klopfen an der Tür, die sich dreimal wiederholt hatten, obwohl keine Menschenseele zu sehen gewesen war, von Tyrs erschütterndem Geheul und davon, das Sweyn draußen Wache gehalten, aber nichts gesehen hatte.

Christian drehte sich voller Ungeduld zu seinem Bruder um, da er verzweifelt ein paar Worte unter vier Augen mit ihm wechseln wollte. Die Tafel war gedeckt, und Sweyn führte Weißfell zu dem Platz, den sie stets für Gäste reservierten. Alles wurde nun noch schlimmer! Sie würde unter dem Dach seiner Familie das Brot mit ihnen brechen.

Christian trat nach vorne, fasste Sweyn am Arm und flehte ihn flüsternd um Gehör an. Sein Bruder starrte ihn verärgert an und schüttelte ungeduldig den Kopf.

Christian brachte nun keinen Bissen mehr hinunter.

Schließlich bot sich ihm doch noch eine Gelegenheit. Weißfell fragte nach den besonderen landschaftlichen Merkmalen in der Umgebung, auch nach Cairn Hill, an dem sie sich um Mitternacht mit jemandem treffen wollte.

Die Hausherrin und Sweyn stießen gemeinsam einen leichten Entsetzensschrei aus. »Der Hügel ist ganze drei Meilen entfernt«, sagte Sweyn, »und unterwegs findet man nirgendwo Schutz, nur in einer heruntergekommenen Hütte. Bleib heute Nacht bei uns, dann werde ich dir morgen den Weg zeigen.«

Weißfell schien zu zögern. »Drei Meilen«, entgegnete sie. »Dann sollte ein Zeichen von hier aus zu sehen oder zu hören sein.«

»Ich werde nachsehen«, bot Sweyn an. »Wenn es kein Zeichen gibt, musst du uns auch nicht verlassen.«

Er ging zur Tür. Christian folgte ihm leise hinaus.

»Sweyn, hast du nicht bemerkt, was sie ist?«

Sweyn, den Christians fester Griff und seine leise, aber barsche Stimme überraschten, antwortete: »Sie? Wer? Weißfell?«

»Ja.«

»Sie ist das schönste Mädchen, das ich je gesehen habe.«

»Sie ist ein Werwolf.«

Sweyn brach in schallendes Gelächter aus. »Bist du verrückt?«

»Nein. Hier, sieh selbst.«

Christian zog ihn von der Veranda und deutete auf den Schnee, in dem er die Fußspuren gesehen hatte – doch sie waren verschwunden. In der Zwischenzeit war eine Menge Schnee gefallen, die sämtliche Abdrücke bedeckt hatte.

»Nun?«, sagte Sweyn.

»Wärst du gleich mitgekommen, als ich dir Zeichen gegeben habe, dann hättest du es mit eigenen Augen gesehen.«

»Was gesehen?«

»Dass die Spuren eines Wolfes zur Tür hin führten, aber keine von der Tür weg.«

Es war unmöglich, nicht schon allein durch Christians Tonfall beunruhigt zu sein, auch wenn er beinahe flüsterte. Sweyn sah seinen Bruder besorgt an, aber in der Dunkelheit erkannte er in seinem Gesicht keine Regung. Dann legte er seine Hände sanft und verständnisvoll auf Christians Schultern, und spürte, wie er vor Aufregung und Entsetzen zitterte.

»Man sieht seltsame Dinge«, begann er, »wenn die Kälte das

Gehirn angreift und sich bis hinter die Augen schleicht. Du warst völlig durchgefroren und erschöpft, als du hier ankamst.«

»Nein. Ich habe die Spur zuerst oben auf dem Hügel gesehen und bin ihr bis zur Tür gefolgt. Das war keine Einbildung.«

Sweyn glaubte jedoch sicher, dass es genau das gewesen war. Christian hing oft Tagträumen und eigenartigen Fantasien nach, aber er hatte sich noch nie zuvor etwas so Seltsames eingebildet.

»Glaubst du mir denn nicht?«, fragte Christian verzweifelt. »Du musst mir glauben. Ich schwöre, es ist die reine Wahrheit. Bist du denn blind? Selbst Tyr hat es bemerkt.«

»Morgen, wenn du dich die ganze Nacht erholt hast, wirst du nicht mehr so verwirrt sein. Dann kannst du, wenn du möchtest, mitkommen, wenn ich Weißfell zum Cairn Hill führe. Und wenn du noch immer Zweifel hast, kannst du dich selbst davon überzeugen, welche Fußspuren sie hinterlässt.«

Verärgert über Sweyns offensichtliche Missachtung, drehte Christian sich sehr abrupt wieder zur Tür um. Sweyn hielt ihn zurück.

»Was nun, Christian? Was willst du jetzt tun?«

»Du willst mir nicht glauben, aber Mutter wird es tun.«

Sweyns Griff wurde fester. »Du wirst ihr nichts erzählen«, herrschte er ihn an.

Normalerweise fügte sich Christian so bedingungslos den Anweisungen seines Bruders, dass es diesen nun sehr überraschte, als er sich entschlossen losriss und bestimmt entgegnete: »Sie muss es wissen.«

Sweyn stand jedoch näher an der Tür und ließ ihn nicht vorbei. »Sie musste heute Abend schon so viel Furcht einflößendes überstehen. Erzähle es ihr morgen, wenn du dann immer noch so denkst.«

Christian wich noch immer nicht zurück.

»Frauen ängstigen sich leicht«, fuhr Sweyn fort, »und schenken jeder irrsinnigen Vorstellung schnell Glauben, auch wenn sie sich nicht beweisen lässt. Sei ein Mann, Christian, und vergiss diese Werwolf-Fantasie.«

»Wenn du mir nur glauben würdest.«

»Ich glaube, dass du ein Narr bist«, erwiderte Sweyn, der langsam die Geduld verlor. »Jeder andere, der nicht zufällig dein Bruder ist, würde dir böse Absichten unterstellen, weil Weißfell mich viel offenherziger angelächelt hat als dich.«

Diese Feststellung entbehrte nicht einer gewissen Grundlage, denn die Blicke der bezaubernden Weißfell suchten Sweyn tatsächlich immer wieder – Christian würdigte sie hingegen keines Blickes. Sweyns Scherze waren häufig sehr entlarvend, aber auch leicht zu verzeihen.

»Wenn du einen Verbündeten suchst«, fuhr Sweyn fort, »vertrau' dich der alten Trella an. In ihrem umfangreichen Wissensschatz findet sie – sofern ihr Gedächtnis sie nicht im Stich lässt – bestimmt einige hilfreiche Ratschläge, wie man gemeinhin gegen Werwölfe vorgeht. Wenn ich mich recht erinnere, sollte man die verdächtige Person bis Mitternacht genau beobachten, denn dann muss sie wieder die Gestalt eines Tieres annehmen. Wenn ein Mensch ihre Verwandlung beobachtet, kann sie diese Gestalt auf ewig nicht mehr ablegen. Oder, noch besser, man benetzt Hände und Füße mit Weihwasser – das bedeutet ihren sicheren Tod! Oh, hab keine Angst, die alte Trella wird dem Grauen gewiss gewachsen sein.«

Sweyn äußerste seine Verachtung nun nicht mehr im Scherz, denn der ungeheuerliche Verdacht, den Christian gegen Weißfell hegte, machten ihn mit jeder Minute wütender.

Christian war jedoch viel zu erschüttert, um sich getroffen zu fühlen: »Du sprichst, als seien das alles nur Ammenmärchen. Aber wenn du gesehen hättest, was ich gesehen habe, den Beweis, dann würdest du dir zumindest wünschen, dass sie wahr wären. Und wahrscheinlich würdest du sogar selbst beweisen wollen, dass sie es sind.«

»Also gut«, entgegnete Sweyn mit einem Lachen, das leicht verächtlich klang, »dann beweise es – ich habe nichts dagegen, solange du deine Fantasien für dich behältst. Nun komm, Christian, gib mir dein Wort, dass du schweigen wirst, dann müssen wir hier nicht länger frieren.«

Christian schwieg nicht.

Sweyn legte ihm erneut die Hände auf die Schultern und versuchte vergeblich, sein Gesicht in der Dunkelheit zu erkennen.

»Wir haben uns noch nie gestritten, Christian.«

»Ich habe mich noch nie gestritten«, erwiderte Christian. Er wurde sich zum ersten Mal der Tatsache bewusst, dass sein diktatorischer Bruder schon oft Bemerkungen gemacht hatte, die schnell zu einem Streit geführt hätten, wenn Christian den Köder geschluckt hätte.

»Nun«, sagte Sweyn eindringlich, »wenn du mit irgendjemandem sonst so über Weißfell sprichst wie heute Abend mit mir, dann werden wir uns streiten.«

Er sprach die Worte wie ein Ultimatum aus, drehte sich abrupt um und ging zurück ins Haus. Christian, der sich nun noch verängstigter und elender fühlte als zuvor, folgte ihm.

»Es schneit sehr stark – es ist kein einziges Lichtzeichen zu sehen.«

Weißfells Blick streifte Christian scheinbar, ohne ihn wahrzunehmen, und fiel dann freudig strahlend auf Sweyn.

»Und es ist auch kein Signal zu hören?«, fragte sie. »Hast du nicht vielleicht das Tönen eines Horns gehört?«

»Ich habe weder etwas gesehen noch gehört, und Signal oder nicht – das heftige Schneetreiben fesselt dich ohnehin an dieses Haus.«

Sie schenkte ihm zum Dank ein herrlich strahlendes Lächeln. Christian überkam jedoch eine tödliche Vorahnung, und sein Herz wurde schwer wie Blei, als er sah, welchen Glanz dieses Lächeln in Sweyns Augen zauberte.

In dieser Nacht hielt Christian, obwohl er erschöpfter war als alle anderen, bis nach Mitternacht Wache vor dem Gästezimmer. Er vernahm kein einziges, noch so winziges Geräusch.

Stimmte die alte Geschichte von der mitternächtlichen Verwandlung? Was befand sich auf der anderen Seite der Tür – eine Frau oder eine Bestie? Er hätte seine rechte Hand gegeben, um es zu erfahren.

Instinktiv legte er die Hand auf die Klinke und drückte sie sanft hinunter, obwohl er annahm, dass sie von innen verriegelt war. Die Tür öffnete sich jedoch. Er stand auf der Schwelle und wurde von einem heftigen Luftzug erfasst. Das Fenster stand offen – das Zimmer war leer.

Christian schlief mit etwas leichterem Herzen ein.

Am Morgen waren alle sehr überrascht und stellten die unterschiedlichsten Vermutungen zu Weißfells Verschwinden an. Christian verhielt sich ruhig, er vertraute nicht einmal seinem Bruder an, dass sie bereits vor Mitternacht geflohen war. Sweyn, der offensichtlich sehr verärgert darüber war, schien ihr Verschwinden nicht mit Christians Befürchtungen in Zusammenhang zu bringen.

Später nahm nur der ältere Bruder an der Bärenjagd teil, Christian erfand eine Ausrede und blieb zu Hause. Sweyns Missstimmung führte dazu, dass er die ganze Zeit schwieg und seinem Bruder auch keinerlei Vorhaltungen machte.

Den ganzen Tag über und für viele Tage danach entfernte Christian sich nie außer Sichtweite des Hauses. Nur Sweyn fiel sein seltsames Verhalten auf, und er reagierte sehr gereizt darauf. Keiner der beiden sprach je Weißfells Namen aus, doch in den Unterhaltungen der anderen fiel er recht häufig. Es verging beinahe kein Tag, an dem Klein-Rol nicht fragte, wann Weißfell wiederkomme, die wunderschöne Weißfell, deren Küsse wie weiche Schneeflocken waren. Und wenn Sweyn ihm antwortete, war Christian sich sicher, dass der Glanz in seinen Augen, den ihr Lächeln dort hingezaubert hatte, noch immer nicht völlig erloschen war.

Der kleine Rol! Ungezogener, aufgeweckter, blonder Rol! Schon bald kam der Tag, an dem er mit seinen Füßen über die

Türschwelle sprang und nie mehr zurückkehrte, an dem sein Plappern und Lachen zum letzten Mal zu hören waren, an dem Tränen der herzbrechenden Trauer und Pein über die Wangen aller rinnen sollten, da sie sein fröhliches Gesicht nie wieder – niemals wieder – sehen würden, weder lebendig noch tot.

Zum letzten Mal sah man ihn in der Abenddämmerung, als er mit seinem Welpen aus dem Haus stürzte, um in einer seiner Launen gegen die alte Trella zu rebellieren. Später, als seine lange Abwesenheit bereits Anlass zur Sorge gab, kam sein Welpe allein zur Farm zurückgekrochen – er war völlig verschüchtert, winselte und kläffte – ein mitleiderregendes, dummes, erschrockenes Häuflein Hund, dem es an Mut fehlte, um die verängstigten Suchenden in die richtige Richtung zu führen.

Rol wurde nie gefunden, es gab keine Spur von ihm. Wie er gestorben war, konnte man nur erahnen – man ging davon aus, dass ein wildes Tier ihn zerfleischt hatte.

Christian hörte, wie jemand die Vermutung »ein Wolf« äußerte, und eine schreckliche Gewissheit durchfuhr ihn. Er wusste nur zu gut, um welchen Wolf es sich handelte. Er versuchte, den anderen zu berichten, was er wusste, aber als Sweyn seine weißen Lippen sah und sein aufgeregtes Stottern hörte, ahnte er, was Christian sagen wollte. Er zerrte ihn zurück und zwang ihn mit festem Griff, zornigem Blick und einem leisen Flüstern, still zu sein. Wieder fügte Christian sich den heftigen Worten und dem Willen seines Bruders und hielt sich, wider besseres Wissen, zurück.

Er bereute seine Entscheidung noch bevor der Neumond – der erste des Jahres – vorbei war. Weißfell kam zurück, und als sie eintrat, hatte sie ein arrogantes Lächeln auf den Lippen, da sie sich offensichtlich sicher war, aufs Herzlichste willkommen geheißen zu werden. Und tatsächlich gab es nur einen, der ihre Schönheit und ihre seltsame weiße Kleidung nicht freudestrahlend betrachtete. Auch Sweyns Gesicht leuchtete entzückt auf, während Christian so blass und starr aussah wie der Tod persönlich. Er hatte versprochen, sich ruhig zu verhalten, aber er hätte nie gedacht, dass sie es wagen würde, zurückzukehren. Es war ihm unmöglich, noch länger zu schweigen – von Angesicht zu Angesicht mit diesem Ding – einfach unmöglich! Er konnte sich nicht zurückhalten und rief: »Wo ist Rol?«

Auf Weißfells Gesicht war keine Regung zu erkennen. Sie hörte ihn, aber sie lächelte nur weiter und erwiderte nichts – Sweyns Augen funkelten seinen Bruder jedoch gefährlich an. Einigen Frauen stiegen die Tränen in die Augen, als sie den Namen des armen Kindes hörten, aber keine schien die plötzliche Frage merkwürdig zu finden, denn der Gedanke an Rol war stets präsent. Wo war Rol, der sich in die Arme der Fremden gekuschelt, sie geküsst, die ganze Zeit sehnsüchtig auf sie gewartet und jeden Tag nach ihr gefragt hatte?

Christian ging ohne ein weiteres Wort nach draußen. Er konnte nur noch eines tun, und durfte jetzt keine Zeit verlieren. Seine entsetzliche Angst überschattete selbst die Neugier, sich Weißfells Erklärung für ihr seltsames, unhöfliches Verschwinden anzuhören, ihrer sicherlich überzeugenden Erzählung zu lauschen, zu erfahren, weshalb sie zurückgekehrt war oder ihr dabei zuzusehen, wie sie Entsetzen vortäuschte, wenn sie vom traurigen Schicksal des kleinen Rol erfuhr.

Der schnellste Läufer der Umgebung brach zu seinem härtesten Rennen auf – es führte ihn über etwas weniger als drei Meilen, und er nahm an, die Strecke in zwei Stunden zurücklegen zu können, obwohl die Nacht mondlos und der Untergrund uneben waren.

Christian rannte durch die stille Dunkelheit, bis die klirrend kalte Luft sich wie eisiger Wind auf seinem Gesicht anfühlte. Das schwach beleuchtete Farmhaus versank hinter der Hügelkuppe. Vor ihm ragten neue schneebedeckte Hügel vor dem dunklen Horizont auf, die wie die klare ruhige Luft an ihm vorbeizogen und schließlich wieder in der Finsternis versanken. Er nahm die Besonderheiten der Landschaft nicht bewusst zur Orientierung wahr, auch dann nicht, als er den Pfad unter der tiefen Schneedecke nicht mehr erkennen konnte. Er war fest entschlossen, sein Ziel so schnell wie nur irgend möglich zu erreichen, und seine kräftigen Beine trugen ihn eher instinktiv dorthin, als dass er sich von einer konkreten Vorstellung leiten ließ.

Sein müder Verstand rührte sich kaum, er war träge, aber in diese Leere drangen vereinzelt rastlose Erinnerungen an Dinge, die er in der Vergangenheit gesehen oder gehört hatte: Der weinende, lachende, spielende Rol, der sich in den Armen der schrecklichen Kreatur so geborgen gefühlt hatte. Tyr – oh Tyr! Die weißen Reißzähne, die unter schwarzen Lefzen hervorragten. Die Frauen, deren Tränen auf den dummen Welpen fielen, der ihnen so viel bedeutete, weil er doch das Letzte war, was die Händchen des Kindes berührt hatten. Die Fußspuren, die von den Tannen bis zur Haustür führten. Ein lächelndes Gesicht unter einem weißen Fell, das einer wunderschönen Frau gehörte, die stets lächelte, immer nur lächelte – und Sweyns Gesicht.

»Sweyn, Sweyn, oh Sweyn, mein Bruder!«

Sweyns verärgertes Lachen rauschte wie der Wind, den seine schnellen Schritte erzeugten, in seinen Ohren. Die Verachtung seines Bruders traf ihn heftiger als die beißende Kälte in seinen Lungen. Und dennoch ließ er sich nicht von dem Gedanken daran beirren, wie groß Sweyns Zorn und Verachtung erst sein würden, wenn er erfuhr, was er vorhatte.

Für den jüngeren Christian war alles Leben ein spirituelles Mysterium, das sich einem niemals völlig offenbare, solange man ihm durch den Schleier der fleischlichen Hülle begegnete. Da er wusste, dass auch sein eigener Körper mit den komplexen, antagonistischen Kräften verbunden war, aus denen die Seele besteht, schien es ihm keineswegs abwegig, dass einzelne dieser Kräfte unterschiedliche Formen annehmen und sich immer wieder völlig neu gestalten konnten. Es fiel ihm auch nicht schwer, daran zu glauben, dass Wasser durch Segnung zu Weihwasser werden und Gottes schöne Welt so von diesem übernatürlichen, bösen Wesen befreien konnte – genauso, wie reines Wasser irdischen Schmutz wegzuwaschen vermag. Deshalb rannte er die meilenweite Strecke schneller, als sie je ein Mensch zuvor gerannt war. Er hetzte durch die dunkle, stille Nacht, über die kargen, unberührten, schneebedeckten Hügel zu der weit entfernten Kirche, in der im Weihwasserbecken neben der Tür die Rettung wartete. Sein Glaube war so fest, als sei er bereits in der Vergangenheit Zeuge von Wundern gewesen, und dabei so einfach wie der Wunsch eines Kindes und so stark wie der Wille eines Mannes.

In all den Stunden, in denen er sich so ungeheurer anstrengte, wie er nur konnte, vermisste man ihn kaum. Im Farmhaus verbrachte man in der Zwischenzeit fröhliche Stunden, man unterhielt sich angeregt und war ungewöhnlich heiter, denn die Anmut der endlich zurückgekehrten schönen Fremden weckte in den Farmbewohnern großes Interesse, und sie hießen sie mit überschwänglicher Herzlichkeit willkommen.

Sweyn war besonders bemüht und ernsthaft, und er begegnete Weißfell mit weit mehr als der Warmherzigkeit eines Gastgebers. Ihre Ausstrahlung, die ihn bei ihrem ersten Erscheinen so verzaubert hatte und die er seither in seiner Erinnerung trug, beeindruckte ihn nun umso mehr, da sie tatsächlich wieder bei ihm war.

Sweyn, der seinesgleichen unter den Menschen suchte, fand in Weißfell einen Charakter, der genauso fähig und mutig war wie er selbst. Darüber hinaus fehlte es ihrem festen, starken Körper einzig an Masse, sonst wäre sie ebenso kräftig gewesen wie er. Dennoch war ihre weiße Haut wunderbar glatt und es waren bei ihr keine Muskelerhebungen zu erkennen, die seine körperliche Stärke so offensichtlich machten. Dass ein so selbstverliebter Mensch wie Sweyn überhaupt zu solchen Gefühlen fähig war, lag an der leidenschaftlichen Bewunderung, die er für die erhabene Fremde empfand. Seine Leidenschaft glich jedoch eher Bewunderung als Liebe, und daher war er völlig frei von der Unsicherheit, von der bescheidenen Zurückhaltung und von den vielen Zweifeln eines Liebenden. Offen und kühn warb er mit Blicken und Worten um sie und ließ seinen Charme spielen, den er mit natürlicher Leichtigkeit ausstrahlte.

Sie war offensichtlich auch keine Frau, der man leicht schmeicheln konnte. Zärtliches Geflüster schien ihr Ohr fast nie zu erreichen, aber ihre Augen leuchteten auf und glänzten förmlich, wenn sie von mutigen Heldentaten hörte, dann umschloss ihre Hand augenblicklich fest die Axt in ihrem Gürtel, so als durchlebe sie die Geschichte selbst. Sweyns Bewunderung entflammte bei dieser Bewegung ihrer Hand jedes Mal aufs Neue. Er wartete förmlich darauf, versuchte, sie dazu zu verleiten, und strahlte, wenn er sie sah. Ihr Handgelenk war wundervoll, schlank, stark und fest wie Stahl, ihre Hand war zart und wohlgeformt und doch so schnell und eisern, dass sie jederzeit den sofortigen Tod bringen konnte.

Er wünschte sich nichts sehnlicher, als die kräftige Berührung dieser Hände zu spüren, und er ließ seinen Wunsch mit unverschämter Direktheit wahr werden, indem er vorschlug, Weißfell solle nun ihren Jagdliedern lauschen, da sich beim Singen des Refrains alle an den Händen fassen mussten.

Mit seiner herrlichen Stimme sang er die Strophen, und als er zum Refrain kam, ergriff er ihre Hände. Wie er es sich gewünscht hatte, spürte er selbst bei diesem leichten Druck ihre eigentliche Stärke und Kraft, die sogar bis in ihre Fingerspitzen reichte. Als es zu voller Lautstärke anschwoll, wurde sie von dem Lied mitgerissen, und als die letzten Zeilen erklangen, war ihre klare Stimme laut und deutlich zwischen allen anderen zu vernehmen.

Dann sang sie selbst ein Lied. Als Kontrast oder weil sie schlicht stolz darauf war, dass sie mit ihrer Stimme die unterschiedlichsten Stimmungen zu erzeugen vermochte, wählte sie ein tieftrauriges Lied in Moll, das so tragisch klang, als sänge der Wind ein Klagelied:

Oh, lasst mich ziehen!
Durch Kränze aus wirbelndem Schnee,
Über die dunkle, schlafende Erde ich geh'.

Über die weite Ebene schallt
Eine Stimme, vor Schmerz so kalt:
»Wo findet mein Schatz nur Halt?

In meinem weißen Schoß
Findet das süße Leben Trost
Und Wärme vor dem Frost.«

Sie ruft: »Sei still, sei still!
Weil die finstere Nacht es will –
Zwei Sterne in Deinen Augen – nur still!

Mein Schatz, so komm mit mir!
Bis der Morgen graut lieg' hier,
Kommt der Tag, entgleitest Du mir.

Nichts ist von Dauer, mein Kind,
Doch mit dem schrecklichen Wind
Verwehen die Sorgen geschwind.

Alle Könige sind geheißen,
Dir kniend Ehr' zu erweisen,
Und Dich für ihr Leben zu preisen.

Die Menschen leiden seit langer Zeit,
Sind voll Hoffnung für morgen bereit,
Und schieben das Gestern beiseit'.

Sie sind meine und nicht Deine,
Juwelen von edelstem Scheine!
Friede umgibt Dein Haupt, doch nicht das meine!«

Die alte Trella kam aus ihrer Ecke gewankt, so als sei eine Erinnerung in ihr wiedererweckt worden und habe sie zusätzlich gelähmt. Sie blickte mit ihren trüben Augen zu der Sängerin hinüber und neigte dabei ihren Kopf, um mit dem einen Ohr, das die Klänge überhaupt noch wahrnehmen konnte, auch wirklich jeden Ton zu hören. Als das Lied zu Ende war, tastete sie sich noch weiter nach vorne und murmelte mit ihrer hohen Stimme, die vielen alten Menschen zu eigen ist: »So hat sie gesungen, meine Thora, meine Jüngste und Schönste. Wie sieht sie aus, die Frau, die die Stimme meiner toten Thora hat? Sind ihre Augen blau?«

»So blau wie der Himmel.«

»Wie die meiner Thora! Hat sie blondes Haar, und ist es zu Zöpfen gebunden, die bis zu ihrer Taille reichen?«

»So ist es«, antwortete Weißfell selbst, und sie ergriff die ausgestreckten Arme der Alten und hielt sie, sodass sie sich durch eine Berührung von Weißfells Worten überzeugen konnte.

»Wie bei meiner toten Thora«, wiederholte die alte Frau, und dann legte sie ihre zitternden Hände auf die mit Fell besetzte Schulter, beugte sich vor und küsste Weißfells zartes, hübsches Gesicht, das ihr zugewandt war. Weißfell schien die Zärtlichkeit mit Freuden zu empfangen und zu erwidern.

So sah Christian sie, als er eintrat.

Einen Moment lang blieb er stehen. Nach dem anstrengenden zweistündigen Lauf durch die sternenlose Dunkelheit und die eiskalte Nachtluft drehte sich alles bei ihm, als er die Wärme, das Licht und das fröhliche Stimmengewirr um sich herum wahrnahm.

Plötzlich wurde er von einer unerwarteten Angst erfasst. Zum ersten Mal fürchtete er, von Weißfells Listen und von ihrer Kühnheit übermannt zu werden. Er war sich sicher, dass sie sich bei einer Begegnung mit dem leibhaftigen Tod in eine grauenhafte, brüllende Bestie verwandeln würde und dass sie aus diesem schrecklichen Kampf am Ende als Siegerin hervorgehen würde. Voller Schrecken und Mitleid betrachtete er die ahnungslosen, hilflosen Menschen, die sich hier wohl und sicher fühlten und keinen Grund hatten, seine Wut zu teilen. Das entsetzliche Wesen in ihrer Mitte, das sein wahres Gesicht durch einen Schleier weiblicher Schönheit vor ihnen verbarg, war der Mittelpunkt des allgemeinen, freundlichen Interesses. Mit Entsetzen sah er, wie sie selbst Trella, die schwache Greisin, dazu gebracht hatte, glückselig ihre Nähe zu suchen. Schon im nächsten Moment konnte die Kreatur ihren ungeheuren Schrecken enthüllen und die fürchterliche, tödliche Gefahr erkennen lassen, in die die losgelassene, tobende Bestie sie alle versetzen würde – Mädchen, Frauen und sorglose, schutzlose Männer.

Und er allein war darauf vorbereitet!

Für einen erschrockenen Augenblick, nicht länger, zögerte er, als ihn schmerzliche Bedenken überkamen, die ihn jedoch nicht von seinem Vorhaben abbringen konnten.

Er allein? Nein, Tyr war bei ihm, und er ging zum einzigen, wenn auch stummen Mitwisser seines Geheimnisses hinüber.

Seine Gedanken flogen so schnell, dass zwischen seiner Rückkehr und dem Moment, da er Tyrs Halsband löste, nur wenige Sekunden lagen, aber in diesen wenigen Sekunden warf er einen gründlichen Blick durch den Raum und erkannte, dass die anderen blitzschnell reagierten und dass ihre Bewegungen ebenso rasch waren wie seine.

Sweyns wachsamer Blick durchbohrte Christian förmlich, und jede Faser seines Körpers spannte sich sofort an, als er dessen Feindseligkeit spürte. Sweyn sah ihn ungläubig an, schien Christians Vorhaben jedoch zu erahnen, als dieser sich über Tyr beugte. Er machte sich hastig, wachsam, wütend und entschlossen bereit, seinem Bruder, der ihn mit scheinbar wahnsinnigen Augen anblickte, entgegenzutreten.

Dann richtete sich Weißfell hinter Sweyn auf. Sie war ebenso blendend bleich wie ihre Fellumhänge und blitzte ihn mit aufgerissenen, wild funkelnden Augen an. Sie sprang durch den Raum auf die Tür zu. Ihr langes Gewand umwehte ihren Körper.

237

»Hört doch!«, rief sie atemlos. »Das Signalhorn! Hört Ihr es? Ich muss gehen!«

Schon hatte sie die Tür geöffnet und war verschwunden.

Für einen kostbaren Moment zögerte Christian, als er das Halsband lockerte, denn solange die weibliche Gestalt sich nicht in eine Bestie verwandelte, würden Tyrs Reißzähne nicht nur ihr Gewand, sondern mit ihm auch Christians männliche Ehre in Stücke reißen. Er drehte sich sofort um, als er ihre Stimme hörte – aber es war zu spät.

Als sie die Tür aufriss, stürzte er, das Fläschchen mit dem Weihwasser in der Hand, auf sie zu – doch Sweyn warf sich dazwischen. Er zog Christian mit aller Kraft zurück. Nur mit äußerster Anstrengung gelang es ihm, einen Arm zu befreien. In all seiner Verzweiflung warf er das Fläschchen mit voller Wucht nach Weißfell, doch die Tür schloss sich bereits hinter ihr, und es zerbrach in zahllose Scherben.

Als Sweyns Griff sich langsam löste und er die erstaunten Gesichter rundum sah, rief er heiser und undeutlich aus: »Gott stehe uns bei! Sie ist ein Werwolf!«

Sweyn warf sich auf ihn. »Lügner! Feigling!«, brüllte er. Seine Hände schlossen sich mit tödlicher Kraft um die Kehle seines Bruders, als könne er so dessen Worte wieder auslöschen.

Als Christian sich wehrte, hob er ihn mühelos in die Höhe und warf ihn mit voller Wucht zu Boden. Er war so wütend, dass er, auch als sein Bruder bewegungslos liegen blieb, noch nach ihm trat, bis ihre Mutter dazwischen ging.

»Welche Schande!«, rief sie.

Erst jetzt hielt Sweyn inne und stand mit angespanntem Kiefer, grimmigen Augenbrauen und geballten Fäusten neben ihr, jederzeit bereit, Christian wieder mit Gewalt zum Schweigen zu bringen.

Christian erhob sich schwankend und verwirrt. Sweyn hatte nicht erwartet, dass sein Bruder so schnell schweigen und sich ihm fügen würde. Sein Zorn verwandelte sich in Verachtung, weil er Christian so leicht durch ein paar Schläge hatte einschüchtern und bezwingen können. »Er ist verrückt!«, sagte er und drehte sich weg, um den quälenden, vorwurfsvollen Ausdruck in den Augen seiner Mutter nicht sehen zu müssen, als er aussprach, was sie insgeheim schon längst befürchtete.

Christian war zu erschöpft, um etwas entgegnen zu können. Er atmete schwer, und seine müden Glieder waren nach all der Anstrengung völlig schlaff und kraftlos. Er wurde sich mit schmerzlicher, verzweifelter Benommenheit seines Versagens bewusst. Hinzu kamen die schreckliche Demütigung durch den offenen, gewalttätigen Streit mit seinem Bruder sowie die Tatsache, dass Sweyn seine tiefe Verachtung ohne den geringsten Zweifel zum Ausdruck gebracht hatte. Er wusste, dass Sweyn sich zum Teil deshalb gegen ihn stellte, weil er unter einem mächtigen Zauber stand.

Sweyn beobachtete seinen Bruder genau. Obwohl er ihn eben erst in die Schranken verwiesen hatte, wagte Christian es tatsächlich, ihn nicht aus den Augen zu lassen, jedem seiner Blicke und seiner Schritte zu folgen und ihn dabei mit einem seltsamen Ausdruck hilfloser Verwirrung anzusehen, der ausreichte, um seinen wütenden Angreifer erneut aus der Fassung zu bringen.

»Wie ein geprügelter Hund«, sagte Sweyn mit so viel Verachtung zu sich selbst, dass sie die Gewissensbisse überdeckte. Er konnte jedoch nicht Christians Erschöpfung übersehen: Der schwere, angestrengte Atem und die schlaff herabhängenden Arme zeugten von einer außergewöhnlichen Anstrengung. Und weshalb war er nach zweistündiger Abwesenheit so entschlossen und feindseligen gegenüber Weißfell zurückgekehrt? Als sein Blick auf die Scherben des Fläschchens fiel, wusste er plötzlich alles. Er starrte seinen Bruder entgeistert an. Für einen Moment vergaß er, dass Christian Weißfell angegriffen hatte. Die große Leistung, die sein Bruder vollbracht hatte, seine Geschwindigkeit und Ausdauer, versetzten ihn in Erstaunen und weckten seine Bewunderung.

In dieser Nacht sprachen Sweyn und seine Mutter sehr lange miteinander. Sie waren sicher, dass Christian den Verstand verloren hatte und berieten, was sie nun unternehmen wollten. Sweyn, der seine Liebe zu Weißfell gestand, vermutete, sein unglückseliger Bruder hege dieselben leidenschaftlichen Gefühle – möglicherweise waren sie ja nicht nur durch Geburt Zwillinge, sondern auch in Liebesdingen. Möglicherweise hatten sich diese Gefühle durch Eifersucht und Verzweiflung von Liebe in Hass verwandelt, bis Christian schließlich nicht mehr vernünftig denken konnte und dem Wahnsinn verfallen war, der sich nun durch seine Boshaftigkeit als mächtige, gefährliche Waffe erwies.

So spann Sweyn seine Theorie immer weiter. Während er sprach, überzeugte er sich selbst davon, dass sie stimmte und schon bald überzeugte er auch alle anderen, die Zweifel gegenüber Weißfell äußerten.

Doch schon nach wenigen Tagen verlor Sweyn einen Teil seiner Überzeugungskraft, als das Haus erneut von Entsetzen erfasst wurde. Trella war von ihnen gegangen, und ihr Tod war unerklärlich. Die arme alte Frau hatte sich bei den ersten Sonnenstrahlen aus dem Haus geschleppt, um ein bettlägeriges Tratschweib zu besuchen, das hinter dem Tannenwäldchen lebte. Trella war zuletzt unter den Bäumen gesehen worden, als sie ihren Begleiter zurückschickte, damit der ein vergessenes Geschenk holte. Ihr Verschwinden versetzte alle in Aufregung. Sämtliche Männer wurden auf die Suche nach ihr geschickt. Man fand ihren Gehstock im Unterholz neben dem Pfad, aber sonst waren keinerlei Spuren zu sehen, da ein böiger Wind den Schnee von den Ästen geweht und so sämtliche Hinweise auf ihr Verschwinden oder ihr tödliches Ende begraben hatte.

Die Farmbewohner waren so von Angst erfüllt, dass sie nicht wagten, alleine auf die Suche zu gehen. Bekannten Gefahren konnten sie sich stellen, aber nicht diesem heimlichen Tod, der tagsüber unsichtbar durch die Gegend strich und kleine Kinder ebenso aus ihrem Spiel riss, wie er alte Frauen mit sich nahm, die ihrem Grab bereits nahe waren.

»Sie hat Rol geküsst, und sie hat Trella geküsst!«, rief Christian immer wieder mit wilder Verzweiflung aus, bis Sweyn ihn schließlich beiseitenahm, um ihn von den anderen fernzuhalten.

Aber von nun an konnte auch Sweyns herrische Autorität die anderen nicht mehr beruhigen, wenn sie ihre Verdächtigungen gegenüber Weißfell äußerten, wenn auch nur untereinander, sodass Sweyn nicht gezwungen war, sie wieder und wieder zu verteidigen. Dennoch war er sich der Bedeutung der Tatsache bewusst, dass er ihren Namen, der zuvor so frei und so oft ausgesprochen worden war, nun nicht mehr laut hörte – er wurde nur noch geflüstert, und dagegen konnte er nichts unternehmen.

Für eine Weile drückte sich der Streit der Brüder bei Sweyn durch unerschütterliche Gleichgültigkeit aus, während Christian stets niedergeschlagen schwieg und seinen Bruder nervös und besorgt beobachtete. Zusätzlich zu seiner Reue und seinen Vorahnungen lastete Sweyns schier unerträgliches Missfallen auf Christian, und jeder Gedanke an den gewaltigen Riss, der zwischen ihnen klaffte, schmerzte ihn zutiefst.

Der ältere Bruder ahnte in seiner Selbstgefälligkeit und Gefühllosigkeit nicht, wie schwer seine Hartherzigkeit Christian zu schaffen machte. Die tiefe Zuneigung, die Christian für ihn empfand, hatte er selbst noch nie gespürt, und die ständige Beobachtung durch seinen Bruder versetzte ihn in ungeheure Wut.

Um Christian zumindest teilweise von seinem Verdacht abzulenken, hielt Sweyn es für eine gute Idee, ihm ein Friedensangebot zu unterbreiten. Dieses Vorhaben fiel ihm leicht: ein bisschen Freundlichkeit, ein paar Zusicherungen, noch einmal über die Anschuldigungen nachdenken zu wollen, und ein wenig sanfter, brüderlicher, wenn auch etwas herrischer Druck, und Christian war ihm so dankbar und so erleichtert, dass

Sweyn gewiss gerührt gewesen wäre, hätte er voll und ganz erfasst, was diese Versöhnung für seinen Bruder bedeutete, aber stattdessen wuchs seine Verachtung nur noch mehr, weil er ihn so leicht hatte täuschen können.

Seine List war so erfolgreich, dass Christian keinerlei Verdacht schöpfte, als Sweyn ihm eines späten Nachmittags eine Nachricht übergab, in der er gebeten wurde, sich an einem weit entfernten Ort einzufinden. Als er dort ankam und feststellte, dass man nicht nach ihm geschickt hatte, vermutete er nichts weiter als einen Irrtum oder ein Missverständnis. Erst als er bei der Heimkehr das Farmhaus sah, das sich vor der weißen Schneefläche im grauen Licht der Nacht abzeichnete, erinnerte er sich lebhaft an den Tag zurück, an dem er den Spuren des Schreckens bis an die Haustür gefolgt war. Jetzt erwachte in ihm eine furchtbare Angst, die sich in einen entsetzlich klaren Verdacht verwandelte.

Er umfasste den Bärenspeer, den er als Wanderstab bei sich trug, noch fester. All seine Sinne waren hellwach, sämtliche Muskeln angespannt. Die Erregung trieb ihn an, doch er war äußerst wachsam, als er sich mit langen Schritten schnell und lautlos der Gefahr näherte, die er nun deutlich spürte.

Als er sich dem äußeren Tor näherte, sah er einen hellen Schatten aufsteigen und wieder verschwinden, so als habe sich das nächtliche Grau aus dem Schnee erhoben. Dann erschien ein weiterer, dunklerer Schatten, der sich Christian in den Weg stellte.

Sweyn stand vor ihm – der fliehende Schatten konnte also nur Weißfell sein.

Die beiden waren zusammen gewesen – sehr eng und vertraut. Hatte sie nicht in seinen Armen gelegen, so nahe, dass ihre Lippen sich berührten?

Der Mond war nicht zu sehen, doch das Licht der Sterne schien hell genug, um zu erkennen, dass Sweyns Gesicht vor Freude rot leuchtete. Das Rot blieb, doch sein Ausdruck änderte sich sofort, als er seinen Bruder erblickte.

Da Christian alles gesehen hatte, wie sollte er jetzt reagieren –
mit Entschlossenheit? Oder Gleichgültigkeit? Er schwankte
zwischen diesen beiden, und reagierte schließlich mit Arroganz.

»Weißfell?«, fragte Christian atemlos.

»Ja?« Sweyns Antwort klang wie eine Frage, und sie hatte
einen herausfordernden Unterton.

Christian entgegnete: »Hast du sie geküsst?«

Diese Frage traf Sweyn in ihrer unerwarteten, dreisten
Kühnheit wie ein Pfeil. Er blickte Christian noch finsterer an,
konnte sich ein Grinsen über seinen Erfolg jedoch nicht
verkneifen. Hätte die Rivalität um Weißfell zwischen ihm und
seinem Bruder, die Sweyn sich nach wie vor einbildete, tatsächlich bestanden, so hätte sein anmaßender, überheblicher
Ausdruck ausgereicht, um Christian in eifersüchtige Rage zu
versetzen.

»Du wagst es, mich das zu fragen!«

»Sweyn, oh Sweyn! Ich muss es wissen. Hast du?«

Der verzweifelte, schmerzliche Klang in Christians Stimme
verärgerte Sweyn, da er ihn missdeutete. Er empfand diese ver-
meintlich krankhafte Eifersucht als unerträglich.

»Verrückter Narr!«, sagte er, und hielt sich nicht länger zurück. »Such dir selbst eine Frau, die du küssen kannst, und
frage nicht nach meiner. Kein Mädchen, das ich küssen
möchte, wird sich jemals dazu herablassen, dich zu küssen.«

Dann endlich verstand Christian, was Sweyn dachte.

»Ich … ich … ich …«, rief er aus. »Weißfell – dieses tödliche Ding! Sweyn, bist du denn blind? Oder wahnsinnig? Ich
will dich doch nur vor ihr retten – sie ist ein Werwolf!«

Diese Anschuldigung entrüstete Sweyn erneut – er hielt sie
für einen heimtückischen Racheversuch – und im nächsten
Augenblick waren die Brüder zum zweiten Mal in eine heftige
Auseinandersetzung verwickelt. Aber Christian war nun zu
verzweifelt, um seinen Skrupeln nachzugeben. Eine winzige
Möglichkeit hatte sich wie ein schwaches Leuchten offenbart,
und um sie zu verfolgen, musste er seinen Bruder niederstre-

cken. Gott sei Dank war er bewaffnet und Sweyn somit ebenbürtig.

Er bedrohte sein Gegenüber mit dem Bärenspeer, riss seine Arme nach oben und schlug mit solcher Wucht mit dem Speerstab zu, dass Sweyn zu Boden ging. Dann rannte der schnellste aller Läufer davon, um einer aussichtslosen Hoffnung zu folgen.

Als Sweyn wieder auf den Beinen stand, war er ebenso erstaunt wie verärgert über die unerklärliche Flucht seines Bruders. Er wusste in der Tiefe seines Herzens, dass sein Bruder kein Feigling war. Es sah ihm gar nicht ähnlich, sich vor einem Kampf zu drücken, auch wenn es keinen Zweifel gab, dass er ihn nicht gewinnen konnte. Sweyn war sich der Sinnlosigkeit einer Verfolgung bewusst – er musste seinen Ärger so lange mit sich tragen, bis sich ihm erneut eine Gelegenheit bot. Da Weißfell nach rechts, Christian jedoch nach links gelaufen war, nahm er nicht an, dass sie sich begegnen würden.

Und Christian, der nun dem schwachen Schimmer einer Möglichkeit nacheilte, die sich ihm offenbarte, als er über den Bergen hinter dem Farmhaus die Bewegung einer Gestalt sah, die sich vor dem grauen Nachthimmel abzeichnete, setzte all seine Hoffnung auf einen glücklichen Zufall und seine eigene außergewöhnliche Schnelligkeit. Wenn das, was er dort sah, wirklich Weißfell war, dann nahm er an, dass sie in Richtung des weiten Ödlandes floh. Dadurch bestand die winzige Möglichkeit, dass er sie durch einen schnellen Sprint oder den verzweifelten, gefährlichen Sprung von einem der kahlen Felsen einholen konnte. Er hatte noch nicht darüber nachgedacht, was er anschließend tun wollte.

Dann war die erste kurze, schnelle Etappe des Rennens zu Ende, an dessen Ende sein Tod stehen konnte. Er hielt in einer kleinen Talsenke an und sich umsah. Kam sie dort auf ihn zu? Oder war sie bereits hier vorbeigekommen?

Plötzlich sah er sie. Sie näherte sich ihm mit geschmeidigen, lautlosen, aber schnellen Schritten – sie ging nicht, sie rannte nicht. Sie hatte ihre Arme in den Fellen versteckt, die eng um ihren Körper gebunden waren, und die weißen Felllappen ihrer Mütze zusammengewickelt und dicht unter ihrem Kinn verknotet. Ihr Blick war auf ein Ziel in weiter Ferne gerichtet. Dann musste sie ihre zügigen Schritte durch Christians Erscheinen unterbrechen.

»Fell!«

Als sie die den Ruf vernahm, blieb ihr vor Schreck die Luft weg. Plötzlich sah sie sich Sweyns Bruder gegenüber. Ihre Augen funkelten. Sie zog ihre Oberlippe hoch, sodass man die Zähne sehen konnte. Die Hälfte ihres Namens, die er mit solch finsterer Entschlossenheit ausgesprochen hatte, war ihr eine Warnung – sie hatte es mit einem tödlichen Feind zu tun. Dennoch öffnete sie ihr Gewand, sodass die Felle sie wie ein weiter Umhang umgaben, und sprach mit der weichen Stimme einer sanften Frau.

»Was willst du?«

Christian antwortete ihr mit einer ernsten, schrecklichen Anschuldigung: »Du hast Rol geküsst – und Rol ist tot! Du hast Trella geküsst – auch sie ist tot! Du hast Sweyn, meinen Bruder, geküsst, aber ich werde nicht zulassen, dass er stirbt!«

Dann fügte er hinzu: »Du wirst noch bis Mitternacht am Leben bleiben.«

Für einen Augenblick waren ihre gefletschten Zähne und das Funkeln in ihren Augen noch zu sehen, als sie ihre Hand auf den Axtgriff legte. Dann wandte sie sich blitzschnell von ihm ab, sprang vom Felsen und eilte über die Schneedecke davon.

Auch Christian sprang hinunter und folgte ihr rennend durch den Schnee. Er hielt sich dicht hinter ihr und etwa einen halben Schritt neben ihr. So rannten sie gemeinsam und schweigend über die weite, schneebedeckte Ödnis. Außer ihnen beiden bewegte sich kein einziges lebendes Wesen unter dem nächtlichen Sternenhimmel.

Niemals zuvor hatte sich Christian so über seine läuferischen Kräfte gefreut. Sein jahrelanges Training und seine Ausdauer waren nun unermesslich wertvoll für ihn. Obwohl Mitternacht noch viele Stunden entfernt war, war er zuversichtlich, dass er sich, wohin dieses Wesen aus Fell auch eilen würde, nicht abhängen lassen würde und dass sie ihm nicht würde entfliehen können. Dann, wenn die Zeit für ihre Verwandlung gekommen war und die Gestalt der Frau die Bestie nicht länger vor dem tödlichen Schlag eines Mannes schützen würde, würde er sie töten – oder getötet werden, um Sweyn zu retten. In Not hatte er zwar seinen Bruder niedergeschlagen, aber eine Frau konnte er, auch wenn die Vernunft es vielleicht verlangte, niemals schlagen.

Sie rannten eine Meile, zwei Meilen. Christian folgte Weißfell stets in gleichbleibendem Abstand. Er kam ihr dabei so nahe, dass er hin und wieder ihr wehendes Fellgewand berührte. Sie sprach kein Wort, und auch er schwieg. Sie schaute sich nie um und versuchte auch nie, sich weiter von ihm zu entfernen. Die ganze Zeit blickte sie starr nach vorne, rannte immer weiter geradeaus, über unwegsames Gelände und flachen Untergrund, und war sich dabei durch das regelmäßige Geräusch seiner Schritte und seines Atems stets seiner Anwesenheit bewusst.

Nach einer Weile beschleunigte sie das Tempo. Anfangs hatte Christian ihre Schnelligkeit zwar bewundert, war sich mit der Zeit jedoch immer sicherer geworden, dass sie seine eigene Schnelligkeit und Ausdauer nicht würde übertreffen können, so sehr sie sich auch anstrengen mochte. Aber als sie ihre Schritte nun beschleunigte, sah er sich wie in keinem Rennen zuvor auf die Probe gestellt. Ihre Füße flogen in der Tat noch schneller als seine, und einzig dank der größeren Schrittlänge konnte er den Platz an ihrer Seite halten. Dank der tiefen Entschlossenheit in seinem Herzen hatte er keine Angst, dass sie ihn abhängen würde.

So zog sich das Rennen der Verzweiflung durch die Nacht. Die Füße der beiden wirbelten den pulverigen Schnee auf, und sie stießen kleine Atemwolken in die klirrend kalte Luft. Doch noch bevor der Schnee sich wieder legte und die Wolken sich wieder auflösten, waren die Läufer schon verschwunden. Hin und wieder blickte Christian zum Sternenhimmel hinauf, um abzuschätzen, wie lange es noch bis Mitternacht dauern würde. Sehr lange noch! Sehr lange!

Weißfell rannte unbeirrt weiter. Es war offensichtlich, dass sie sich sicher war, dass auf Dauer niemand mit ihr Schritt halten konnte. Ebenso zuversichtlich nahm sie an, dass sie ihren Verfolger würde abhängen können, wie Christian annahm, bis Mitternacht durchhalten und sein Vorhaben in die Tat umsetzen zu können. Er hielt mit ungebrochener Selbstsicherheit durch. Er konnte nicht versagen – er durfte nicht versagen. Die Rache für Rol und Trella war ihm Grund genug, zu tun, was er tun musste, aber für Sweyn würde er noch sehr viel mehr tun. Sie hatte Sweyn geküsst – er durfte nicht auch noch sterben. Da er Sweyn retten musste, konnte er unmöglich versagen.

Niemals zuvor hatte es ein solches Rennen gegeben, nicht einmal im antiken Griechenland, als Männer und Jungfrauen um ihr Leben liefen, denn diese beiden rannten mit unverminderter Geschwindigkeit weiter, während Stern um Stern am Himmel aufging und Mitternacht immer näher rückte – sie rannten eine Stunde, zwei Stunden.

Dann sah und hörte Christian etwas, das ihn wie ein Pfeil der Angst durchfuhr. Auf einer von Bäumen umgebenen Anhöhe sah er, wie sich etwas Dunkles bewegte. Dann hörte er einen gellenden Schrei, dem ein noch lauterer, noch entsetzlicherer folgte. Ein dunkles Etwas breitete sich über der Schneedecke aus – es war ein Rudel Wölfe, das sich auf der Jagd befand.

Er hatte keinen Grund, sich vor den Tieren zu fürchten – er würde sie leicht auf Distanz halten können, auch wenn sie vier Beine hatten. Weißfells listige Fähigkeiten machten ihm jedoch furchtbare Angst. Sie würde sich die schrecklichen Reißzähne dieser Wölfe gewiss zunutze zu machen wissen, schließlich war sie zur Hälfte mit ihnen verwandt. Sie sah die Wölfe weder an noch gab sie ihnen ein Zeichen, aber Christian packte instinktiv den hintersten Zipfel ihres Fellumhangs, damit sie ihm keinesfalls entkam.

Sie drehte sich mit einem bestialischen Fauchen zu ihm um: Ihre Zähne und Augen blitzten böse auf. Ihre Axt glänzte bedrohlich, als Weißfell sie plötzlich nach oben riss, und schimmerte ebenso gefährlich auf, als sie auf seine Hand niederfuhr. Sie hätte seine Hand direkt am Handgelenk abgehackt, wenn Christian den Schlag nicht mit seinem Bärenspeer pariert hätte. Dennoch durchtrennte sie den Stab und zertrümmerte die Knochen seiner Hand. Notgedrungen musste er den Zipfel ihres Umhangs loslassen.

Dann hetzte sie weiter, und obwohl seine linke Hand blutend und gebrochen herabhing, fiel Christian keinen Meter zurück.

Das Fauchen war unverkennbar gewesen, auch wenn es durch die Organe einer Frau verzerrt worden war. Die rasende Wut, die aus ihren blitzenden Zähnen und Augen sprach, und der entsetzliche, zerstörerische Schmerz, den sie ihm mit ihrem unbarmherzigen Schlag zugefügt hatte – all dies ließ Christian die wilden Tiere vergessen, die ihn verfolgten, und machte ihm schlagartig und sehr anschaulich wieder bewusst, dass von der tödlichen Kreatur, die vor ihm rannte, eine sehr viel größere Gefahr ausging.

Als er etwas später zurückblickte – dort! – erreichte das Rudel gerade die Spuren der Läufer, schlich jedoch sofort verängstigt davon. Die wilden Schreie der Verfolger verwandelten sich in klägliches Geheul. Tiere verabscheuten diese Fellbestie ebenso, wie die Menschen es taten.

Sie wickelte ihre Felle wieder enger um sich, dass sie nicht mehr um ihre Knöchel wehten, sondern nur noch bis zu ihren Knien reichten. So verminderten sie ihre Geschwindigkeit nicht, und die Falten behinderten sie auch nicht beim Rennen. Sie hielt ihren Kopf nach wie vor nach oben gerichtet, ihre Lippen fest verschlossen und atmete nur durch die Nase. Es gab keinerlei Anzeichen dafür, dass die dauerhaft hohe Geschwindigkeit ihr zu schaffen machte.

Christian war die Belastung mittlerweile jedoch anzusehen. Sein Kopf wog schwer auf seinen Schultern. Er keuchte vor Anstrengung. Zu diesem Zeitpunkt wäre der Bärenspeer eine Belastung gewesen. Sein Herz trommelte wie wild und sein Verstand war so verschleiert, dass er sich seiner hoffnungslosen Lage erst nach und nach bewusst wurde: Verwundet und unbewaffnet verfolgte er dieses Wesen, das zwar noch die Gestalt einer bösartigen, verzweifelten Frau hatte, die mit einer Axt bewaffnet war, doch schon bald würde es sich in eine Bestie mit tödlichen Reißzähnen verwandeln.

Die Sterne, die in weiter Ferne am Himmel hingen, zeigten ihm, dass Mitternacht noch immer fast eine Stunde entfernt war. Seine fantastischen Vorstellungen gingen so weit, dass er sich einbildete, Weißfell fliehe vor den Mitternachtssternen, die sie nur sehr langsam einholten, und er hatte das Gefühl, dieses Rennen über den nördlichen Erdkreis dauere nun schon drei Tage an – und es würde noch viele Tage dauern, es sei denn, sie wurde irgendwann langsamer oder ihm versagten die Kräfte.

Aber noch versagten seine Kräfte nicht.

Wie lange betete er nun schon so inständig? Er hatte das Rennen mit so großer Zuversicht begonnen, war sich so sicher gewesen, dass er diese Art des Beistands nicht benötigen würde. Aber nun schien es ihm, als sei dies die einzige Möglichkeit, sicherzustellen, dass sein immer stärker anschwellendes Herz nicht aus seinem Brustkorb platzte und dass sein immer weiter schrumpfender Verstand sich völlig in Luft auflöste. Irgendein Biest biss und zog wieder und wieder an seiner verstümmelten linken Hand. Er konnte es weder sehen noch abschütteln, aber irgendwann verschwand es, nachdem er ein Gebet gesprochen hatte.

Als die hellen Sterne vor ihm erzitterten, wusste er, weshalb.

249

Sie erkannten, was sich hinter ihm befand. Niemals hätte er für möglich gehalten, dass es solch seltsame Dinge gab. Dinge, die sich vor den Menschen verbargen, indem sie sich als schneebedeckte Hügel tarnten, auf denen die Bäume im Wind wogten. Aber nun lüfteten sie ihre harmlos wirkende Tarnung, um ihn zu verfolgen, und dabei machten sie sich über seine Unfähigkeit lustig, ein ihnen verwandtes Wesen dazu zu bewegen, seine wahre Gestalt anzunehmen.

Er spürte, wie sich die Luft hinter ihm immer stärker zusammenzog, hörte das Murmeln unzähliger Stimmen, konnte aber nicht erkennen, zu wem sie gehörten – sie waren zu flink und zu geschickt. Er wusste jedoch, dass sie da waren, denn als er sich umschaute, sah er, wie die Schneehügel sich erhoben, sich dann ganz flach ausbreiteten und aus seinem Blickfeld krochen. Er sah die Bäume schwankten, als sie ihre Äste bis zur Unkenntlichkeit miteinander verknoteten.

Dann schienen die Sterne eine Zeit lang wieder unerschütterlich. Ein endlos langes Band eisiger Stille legte sich auf die kalte, graue Welt, und dieses Band wurde nur durch das gleichmäßige Rauschen ihrer fliegenden Füße, durch das Geräusch seiner eigenen Schritte und durch seinen keuchenden Atem durchbrochen. In einem klaren Moment wurde ihm wieder bewusst, dass er, ohne Rücksicht auf seine Schmerzen und seine Verstörung, die Geschwindigkeit beibehalten musste. Er durfte sich nicht eingestehen, dass Weißfell die Kraft hatte, ihm zu entfliehen oder zumindest den Abstand zwischen ihnen zu vergrößern, bevor die Mitternachtssterne erstrahlten.

Dann wurde das Rennen plötzlich auf grausame Weise unterbrochen.

Weißfell wirbelte herum und sprang zur Seite. Christian, den dieser überraschende Sprung völlig unvorbereitet traf, sah sich einer tiefen Grube gegenüber, die sich gähnend zu seinen Füßen auftat. Aufgrund seines großen Schwunges verlor er das Gleichgewicht. Im Fallen packte er jedoch noch mit seiner gesunden Hand Weißfells rechten Arm.

So standen beide schwankend am Rand des Abgrunds. Weißfells mächtiger Selbsterhaltungstrieb reichte aus, um sie beide vor Christians Impuls zu schützen, sich kopfüber in die Grube zu stürzen. So rettete Weißfell sie beide vor dem sicheren Absturz, indem sie ihn mit sich zur Seite riss.

Dann, als Christian sich bewusst wurde, dass sie noch nicht tot waren, obwohl sie eben krachend zu Boden gegangen waren, sah er, wie Weißfell in blinder Wut die Zähne fletschte. Sie versuchte, sich zu befreien, aber da er ihren rechten Arm noch immer fest umfasste, schlug sie, mit der Axt in der linken Hand, auf ihn ein.

Der Schlag traf ihn mit ungeheurer Härte. Sein rechter Arm fiel kraftlos herunter. Sie hatte den Arm aufgeschlitzt, sein Unterarm war gebrochen. Der Schmerz war so entsetzlich, dass er laut kreischte, als er versuchte, ihn zu bewegen. Dann sprang er wieder auf und versuchte, die wenigen Meter aufzuholen, die sie aufgrund seines Schocks schon gutgemacht hatte.

Ihre fast geglückte Flucht und die neuen, rasenden Schmerzen machten Christian ihre grausamen Fähigkeiten auf schreckliche Weise noch deutlicher. Er verspürte die Gewissheit, dass er den leibhaftigen Tod verfolgte. Seinen Tod. Verwundet und hilflos war er ihrer Gnade vollkommen ausgeliefert, falls sie diese Tatsache erkannte und es zu Ende bringen wollte. Er konnte nicht mehr auf Rache hoffen, auch nicht auf Rettung, aber seine Verzweiflung wegen Sweyn trieb ihn unbeirrt hinter ihr her. Er wollte wenigstens den Geküssten vor dem tödlichen Schicksal bewahren. Vielleicht gelang es ihm doch, das Wesen bis nach Mitternacht zu verfolgen, es aus seiner weiblichen Form zu zwingen, die so verführerisch und trügerisch war, und es für immer an die Gestalt der Bestie zu binden – nur dieser letzte Funken Hoffnung war ihm von seiner ursprünglichen Zuversicht geblieben.

Die letzte Stunde vor Mitternacht war zur Hälfte vorbei, doch mit jedem aufgehenden Stern erstrahlte eine weitere schwere Minute am Himmel. Wieder verschworen sich sein anschwellendes Herz, sein schrumpfender Verstand und die quälenden Schmerzen dazu, seinen Willen zu brechen, der nur noch scheinbar die Macht über seine Füße hatte.

Weißfells Körper war nun so eng vom Fell umwickelt, dass kein einziger Fetzen oder Zipfel mehr herabhing. Sie beugte sich eigenartig gekrümmt nach vorne und gab die aufrechte Haltung eines Läufers auf. Zeitweise flog sie mit langen Sprüngen vorwärts und wurde dabei so schnell, dass Christian nur unter Qualen und mit äußerster Anstrengung mithalten konnte.

Er wurde zunehmend verwirrter, war sich bald nicht mehr sicher, wer er war und begann, an seiner eigenen wahren Gestalt zu zweifeln. Er konnte nicht wirklich ein Mann sein, ebenso wenig wie dieses rennende Ding wirklich eine Frau war. Seine wahre Gestalt war unter der Erscheinung eines Mannes verborgen, aber wie sie tatsächlich aussah, wusste er nicht. Auch Sweyns wahre Gestalt kannte er nicht. Sweyn lag zu seinen Füßen, an der Stelle, an der er ihn niedergeschlagen hatte – seinen eigenen Bruder – er! Er stolperte über ihn hinweg, er musste ihn zurücklassen, musste noch schneller laufen, denn sie, sie hatte Sweyn geküsst, und sie flog nun förmlich davon. »Sweyn – Sweyn – oh, Sweyn!«

Wieso erschauderten keine neuen Sterne mehr am Himmel? Es musste Mitternacht sein!

Das gekrümmte, springende Tier sah sich mit einem bösartigen Blick nach ihm um. Es lachte wild und triumphierend auf. Jetzt erkannte er, weshalb, denn schon in wenigen Sekunden würde sie ihm für immer entkommen sein. Zur einen Seite erkannte er einen mit Eis bedeckten Abhang, auf der anderen ragte ein steiler Felsen schräg in die Höhe. Zwischen beiden war gerade genug Platz für einen Fuß – ein Mensch passte nicht hindurch. Indem man den herabhängenden Ast eines Wacholderbusches ergriff, konnte man jedoch sicher über die unwegsame Stelle hinwegschwingen und seinen Weg auf der anderen Seite gefahrlos fortsetzen.

Wenige Augenblicke, nachdem Weißfell die Kluft überwunden hatte, wagte sie, sich umzusehen und ihm einen bösen Blick zuzuwerfen. Als sie erkannte, dass er nicht in der Lage war, den Ast zu ergreifen, ertönte erneut ihr gehässiges Lachen.

In dieser hoffnungslosen Situation bündelte Christian all seine Kräfte für einen letzten Versuch. Sein Wille war unbezwingbar, und er wusste, dass er auch seine unerreichte Schnelligkeit noch nicht verloren hatte. Er sprang mit einem mächtigen Satz hoch und holte sie ein, noch bevor ihr Lachen verklungen war. Er blieb stehen, um ihr den Weg abzuschneiden, und baute sich kampfbereit vor ihr auf.

Sie stürzte verzweifelt auf ihn zu, täuschte einen Ausbruch nach rechts an und warf sich dann mit tödlicher Macht wie eine wilde Furie auf ihre Beute. Er packte sie und hielt sie fest, umklammerte sie mit dem einen starken Arm, in dessen Hand keine Kraft mehr lag, und packte sie mit der einen starken Hand, die an einem schwachen, nutzlosen Arm hing.

Gemeinsam fielen sie zu Boden. Als er spürte, dass sein gesunder Arm an Kraft verlor und sich der Griff seiner gesunden Hand immer weiter löste, biss er sich mit den Zähnen in der Tunika über Weißfells Knie fest, um seine schmerzenden, geschundenen Knochen zu entlasten, während sie sich aus seiner Umklammerung riss und siegessicher über ihn hinwegsprang.

Blitzschnell hatte sie ihre Axt ergriffen und sie mit aller Kraft in seinen Hals geschlagen – tief – einmal – zweimal –, und das Leben schoss in roten Strömen aus ihm heraus und floss über ihre Füße.

Die Sterne zeigten Mitternacht an.

Der Todesschrei, den Christian hörte, war nicht sein eigener, denn er biss die Zähne noch immer fest zusammen, als das Geheul die Nacht erfüllte. Der grauenhafte Schrei begann mit dem Kreischen einer Frau und verwandelte sich schließlich in das Brüllen einer wilden Bestie. Bevor sich der letzte dunkle Schleier auf seine Augen legte, sah er, wie *Sie* sich in *Es* verwandelte – und dann, unerklärlicherweise, verwandelte sich Leben in Tod.

Er hätte sich niemals träumen lassen, dass nicht einmal Weihwasser so heilig war wie das Blut einer reinen Seele – bereitwillig in Liebe vergossen, um eine andere zu retten. Er hätte niemals geglaubt, dass nichts sonst gegen das Böse so viel Macht hatte und es so leicht zerstören konnte.

Seine eigene, wahre Gestalt, die zu kennen er sich so sehnsüchtig gewünscht hatte, wurde langsam für ihn spürbar, sichtbar. Es schien ihm, als bestehe er aus einer einzigen, riesigen, freudigen Hoffnung, weil er seinen Bruder gerettet hatte. Diese überbordende Hoffnung war zu groß, als dass der Körper eines einzelnen Mannes sie hätte fassen können, und so sehnte sie sich nach einer neuen Hülle, die so endlos war wie die Sterne am Himmel.

Angesichts dieser umfassenden Wahrheit kümmerte es ihn nicht mehr, dass sein Verstand immer kleiner und kleiner wurde, bis er sich völlig auflöste, dass sein Körper die furchtbaren Schmerzen in seinem Herzen nicht mehr ertragen konnte und sie durch den blutroten Riss an seinem Hals hinausströmten. Was kümmerte es ihn, dass die hereinbrechende Finsternis seine Augen, Ohren, all seine Sinne, für immer verdunkelte?

In den grauen Stunden des frühen Morgens traf Sweyn zufällig auf die Fußspuren eines Menschen – eines Läufers, wie er an den verwehten Abdrücken erkannte. Die Richtung, in die sie führten, weckte seine Aufmerksamkeit, denn etwas weiter entfernt würden sie auf den Rand eines steilen Abgrunds treffen. Er drehte sich um und folgte ihnen, und dabei bemerkte er die außergewöhnliche Schrittlänge – die Schritte waren so lang wie seine eigenen, wenn er rannte. Nun wusste er, dass er Christian verfolgte.

In seinem Zorn hatte ihn die nächtliche Abwesenheit seines Bruders unberührt gelassen, aber als er nun sah, wohin die Spuren führten, wurde er von Gewissensbissen und Angst erfasst.

Er hatte sich nicht um seinen armen, irregeführten Zwilling gekümmert, und nun hatte Christian sich – war es wirklich möglich? – in seinem Wahnsinn vielleicht in den Tod gestürzt.

Sweyn blieb das Herz stehen, als er an die Stelle kam, von der er gesprungen sein musste. In der Tiefe sah er einen Schneehaufen, konnte jedoch ansonsten nichts erkennen. Er rannte einige hundert Meter am Abgrund entlang, bis er eine Stelle fand, an der er sicher hinabklettern konnte, und lief dann zu dem Schneehaufen zurück. Nun erkannte er an den Spuren, dass das schnelle Rennen an dieser Stelle erneut begonnen hatte.

Nachdenklich blieb er stehen. Er war gereizt, weil offensichtlich jemand hier hinuntergesprungen war, er selbst es jedoch nicht gewagt hatte, und verärgert, weil er sich zu diesen schmerzlichen Gefühlen hatte verleiten lassen und keine Erklärung dafür fand, weshalb Christian scheinbar wie ein Verrückter durch die Gegend rannte.

Langsam folgte er, in Gedanken versunken, den Spuren seines Bruders. Nach einiger Zeit erreichte er die Stelle, an der sie auf eine zweite Fußspur trafen. Die anderen Abdrücke waren kleiner, wie die einer Frau, aber die einzelnen Schritte lagen weiter auseinander als der Rock einer Frau es zugelassen hätte.

Sahen Weißfells Spuren nicht so aus?

Ein schrecklicher Verdacht kam ihm – so schrecklich, dass er nicht daran glauben wollte. Sein Gesicht wurde aschfahl. Er musste tief Luft holen, um sein stillstehendes Herz wieder in Gang zu bringen. Unglaublich? Bei genauerer Betrachtung der Spuren sah er, dass die kleineren Füße ihre Geschwindigkeit erhöht hatten – die Fußspitzen hatten sich tiefer in den Schnee gedrückt, aber der Druck im Bereich der Fersen hatte sich verringert. Unglaublich? Konnte denn irgendeine Frau außer Weißfell so schnell laufen? Oder irgendein Mann außer Christian? Sein Verdacht wurde zur Gewissheit. Weißfell war ganz allein in dunkler Nacht vor Christian geflohen, und Sweyn folgte nun ihren Spuren.

Diese Niederträchtigkeit ließ sein Herz und seinen Verstand vor Wut entflammen – die Niederträchtigkeit seines eigenen Bruders, der bis vor Kurzem so liebenswert, so lobenswert gewesen war, ein harmloser, sanfter Narr.

Er würde Christian töten. Selbst wenn er so viele Leben gehabt hätte, wie er Abdrücke im Schnee hinterlassen hatte – aus Rache hätte Sweyn ihm alle genommen. In einem Sturm des mörderischen Hasses eilte er weiter und folgte den gut zu erkennenden Spuren. Er stürzte mit einer Geschwindigkeit vorwärts, die er nicht lange halten konnte, und bald fiel er in einen langsameren Trott zurück, sodass sein keuchender Atem wieder gleichmäßiger ging.

Meile um Meile rannte er mit brennendem Herzen, und alles schien ihm so ergreifend, so tragisch. Die Spuren im Schnee zeugten von Weißfells unvergleichlichen Fähigkeiten, die es ihr ermöglichten, so lange mit Christians berühmter Schnelligkeit mitzuhalten. So lange, so lange – seine Liebe und Bewunderung wuchsen ins Unermessliche, seine Trauer und Empörung jedoch ebenso. Wann immer die Spuren deutlich zu erkennen waren, rannte er mit solch rücksichtsloser, verschwenderischer Kraft weiter, dass er sie schon bald darauf verbraucht hatte und er sich nur noch sehr schwerfällig vorwärts schleppen konnte. Manchmal verloren sich die Spuren auf der Eisdecke eines kleinen Sees, teilweise hatte der Wind sie verweht, doch sie verliefen die ganze Zeit in einer so geraden Linie, dass er nie Schwierigkeiten hatte, sie nach kurzer Suche wiederzufinden.

Stunde um Stunde verging. Der halbe Wintertag war bereits vorbei, als er eine Stelle erreichte, an der der Schnee von zahlreichen durcheinanderrennenden Füßen niedergetrampelt worden war! Wölfe – aber allem Anschein nach hatten sie sich, unerklärlicherweise, wieder zurückgezogen! Etwas weiter entfernt fand er die abgebrochene Spitze von Christians Bärenspeer – und noch etwas weiter sah er, dass er auch den nutzlosen Stab zurückgelassen hatte. Hier war der Schnee mit Blut bedeckt, und die beiden Fußspuren lagen dichter beieinander.

Ein heiserer Laut der Freude entfuhr ihm, der beinahe wie ein Lachen klang, doch dafür fehlt ihm die Luft. »Oh Weißfell, meine arme, tapfere Geliebte! Was für ein Schlag!«, stöhnte er. Wieder durchströmten ihn Mitgefühl und Bewunderung, als er sich ausmalte, dass sie sich umgedreht und Christian einen heftigen Schlag versetzt hatte.

Der Anblick des Blutes versetzte ihn – wie ein mörderisches Biest – in Rage. Er verspürte nur noch den rasenden Wunsch, Christian die Kehle zuzudrücken und ihn nicht mehr loszulassen, bis alles Leben aus ihm gewichen war – oder bis er das Leben aus ihm herausgeprügelt oder es mit seiner Klinge abgestochen hatte. Vielleicht würde er auch alles auf einmal tun, und dann würde er Christian in Stücke hacken, und oh!, erst dann würde sein eigenes Herz bluten, weinen – wie ein Kind oder ein kleines Mädchen – und er würde das schreckliche Schicksal seiner armen, verlorenen Geliebten betrauern.

Weiter, weiter, immer weiter quälte und zerrte er sich viele schmerzvolle Stunden lang auf den Spuren der beiden außergewöhnlichen Läufer, und dabei war er sich ihrer bewundernswerten Ausdauer bewusst. Er wusste jedoch nicht, dass sie die weite Strecke, die er zwischen dem Morgengrauen und der Abenddämmerung zurücklegte, in den drei Stunden vor Mitternacht bewältigt hatten. Das helle Tageslicht verabschiedete sich bereits, als er den Rand einer alten Mergelgrube erreichte. Aus den Fußabdrücken las er, dass die beiden anscheinend an dem gefährlichen Abgrund gerungen und dabei den Schnee stark zertrampelt hatten. Neue Blutspuren erzählten ihm, dass Weißfell sich weiterhin tapfer gegen seinen schändlichen Bruder zu Wehr gesetzt hatte.

Er folgte den Blutspuren, bis sie ausliefen, weil die Kälte die Blutung vermutlich eingefroren hatte, und das Wissen, dass Christian eine tiefe Wunde davongetragen haben musste, erfüllte ihn mit tiefer Genugtuung. Das tobende Feuer in ihm erwachte erneut. Er war beseelt von dem Wunsch, seinen Bruder mit gnadenlosen Schlägen niederzustrecken und seinem mörderischen Hass dadurch Genüge zu tun. Ihm wurde bewusst, dass in all seiner Verzweiflung stets ein kleiner Funken Hoffnung geglüht hatte, der nun, da er das Blut seines Bruders sah, immer heller strahlte.

Er rannte weiter, so schnell er konnte – im einen Moment geleitet von Hoffnung, im nächsten von Verzweiflung. Er wünschte sich schmerzlich, endlich das Ende der Fußspuren zu finden, so schrecklich es aus sein möge und so sehr die langen Meilen, die ihn noch davon trennten, ihn auch quälen mochten.

Das Licht verließ den weiten Himmel und gab ihn für die unsicheren Sterne frei.

Dann erreichte er sein Ziel.

Zwei Körper lagen dicht beieinander. Der eine war Christian, aber der andere war nicht Weißfell. Am Ende der Fußspuren lag ein großer weißer Wolf. Bei diesem Anblick verließ Sweyn mit einem Mal all seine Kraft, sein Körper und seine Seele schienen in sich zusammenzubrechen. Er fiel auf die Knie.

Als er die Kraft fand, sich wieder zu bewegen, leuchteten die Sterne viel heller und entschlossener. Schwach kroch er zu seinem toten Bruder hinüber, legte seine Hände auf den leblosen Körper und blieb reglos neben ihm sitzen, denn er wagte nicht, ihn genauer anzusehen oder sich ihm noch weiter zu nähern.

Kalt – steif – seit Stunden tot. Und doch war dieser tote Körper sein einziger Zufluchtsort in dieser schrecklichen Stunde. Seine Seele war nackt, er kauerte trostlos, zitternd, elend und hoffnungslos im Schnee. Der Lebende umklammerte den Toten mit kläglicher Sehnsucht nach Gnade, die ihm jedoch nur diese verblichene Menschenseele schenken konnte.

Sweyn kniete sich hin und nahm Christian in seine Arme. Sein Bruder lag mit dem Gesicht im Schnee, die Arme weit ausgestreckt, und sein Körper war durch die eisige Kälte eingefroren. Christian sah seltsam aus, geisterhaft. Er blieb völlig steif, als Sweyn ihn hochheben wollte, sodass er ihn wieder hinlegen musste. Verzweifelt umklammerte er sich selbst ganz fest und beugte sich über seinen Bruder. Ihm entwich ein leises, herzzerreißendes Heulen.

Als er endlich die Kraft fand, Christian hochzuheben und in seine Arme zu nehmen, drückte er ihn eng an seine Brust und versuchte, die Kreatur anzusehen, die hinter ihm lag. Der Anblick versetzte ihn in Angst und Schrecken und lähmte seinen ganzen Körper. Durch seine schreckliche Feigheit versagten ihm die Sinne, alles schien vernebelt. Aber als er den toten Christian in seinen Armen hielt, fand er zu neuer Stärke. So vermochte er den Anblick zu ertragen und nahm die ganze Grausamkeit des schrecklichen Wesens in sich auf.

Sweyn konnte keine Wunde erkennen. Einzig die Füße der Kreatur waren mit Blut befleckt. Auf den großen, dunklen Wangen lag ein eingefrorenes, boshaftes Grinsen. Und ihr Kuss – er konnte es nicht länger ertragen und wandte sich ab. Er würde nie wieder hinsehen.

Der tote Mann in seinen Armen hatte diesen Schrecken erkannt. Er war ihm um Sweyns willen gefolgt, hatte um Sweyns willen furchtbare Qualen erlitten und den Tod auf sich genommen. Im Hals seines Bruders klaffte der tödliche Spalt, ein Arm und beide Hände waren schwarz vor Blut – um seinetwillen!

Nun, da Christian tot war, wollte er ihm den Lohn für seine Liebe und seine Bewunderung geben, den er ihm im Leben verweigert hatte. Er wünschte sich, sein Leben möge ebenfalls erlöschen, denn jetzt, da er wusste, wie unwürdig er einer solch edlen Liebe gewesen war, konnte er die Qualen kaum ertragen. Die eiskalte Ruhe des Todes auf Christians Gesicht empfand er als abstoßend. Er wagte nicht, es mit seinen Lippen zu berühren, jenen Lippen, die seit kurzer Zeit verflucht waren, beschmutzt durch den Kuss mit einem furchtbaren Schrecken, der der leibhaftige Tod gewesen war.

Als er sich aufrappelte, hielt er Christian noch immer fest umklammert. Der tote Mann hing aufrecht, steif gefroren, in seinen Armen. Die Augen hatten sich nicht völlig geschlossen, der Kopf war leicht zur Seite geneigt, und die Arme waren noch immer weit ausgestreckt. Es war die Pose eines Gekreuzigten. Die blutbefleckten Hände vervollständigten das Bild.

So kehrten Leben und Tod auf demselben Weg zurück, den der eine aus tiefster Liebe, der andere aus tiefstem, leidenschaftlichem Hass bis hierher gegangen war. Die ganze Nacht kämpfte Sweyn sich unter der Last des toten Christian durch den Schnee. Er folgte den Spuren, die er selbst hinterlassen hatte, als er mit mörderischem Hass und voller Abscheu seinen Bruder verfluchte, der doch längst den Tod gefunden hatte – um seinetwillen.

Die Jagdbeute

Peter Fleming

In dem kahlen Warteraum einer kleinen Bahnstation im Westen Englands hielten sich zwei Männer auf. Sie hatten dort bereits eine Stunde gesessen und würden dort wahrscheinlich noch länger sitzen. Ihr Zug hatte auf unbestimmte Zeit Verspätung, denn draußen herrschte dicker Nebel.

Der Warteraum war ein trostloser und unfreundlicher Ort. Eine nackte Glühbirne spendete ein fahles, beinahe verächtlich anmutendes Licht. Auf dem Ofensims stand ein Schild mit dem Hinweis »Rauchen verboten!«; drehte man es um, las man denselben Text: »Rauchen verboten!«. An einer Wand hingen ordentlich aufgereiht, aber nicht genau in der Mitte angebracht, gedruckte Bestimmungen betreffend den Ausbruch der Schweinepest im Jahre 1924. Der Ofen verbreitete einen stechenden, starken Geruch, der bereits intensiv war und immer intensiver wurde. Ein blasses, kränklich wirkendes Glühen an dem dunklen und mit Perlenvorhängen versehenen Fenster ließ erkennen, dass auf dem Bahnsteig draußen im Nebel ein Licht brannte. Irgendwo tröpfelte Wasser langsam, fast widerwillig auf Wellblech.

Die zwei Männer saßen sich auf ungemütlichen harten Stühlen beim Ofen gegenüber. Sie hatten sich in diesem Warteraum kennengelernt, und ihrer Unterhaltung nach zu urteilen würden sie wohl immer Fremde bleiben.

Der Jüngere der beiden ärgerte sich mehr über den Mangel an Kontakt als über die ungemütliche Umgebung. Seine höchst einseitige Einstellung gegenüber seinen Mitmenschen hatte sich erst kürzlich tiefgreifend geändert. Wie bei vielen jungen Leuten seiner Gesellschaftsklasse hatten die dreijährige Routine einer gehobenen Erziehung, die kaum gewürdigt wurde, und die vielen Vergnügungen, die für Wohlhabende und Adelige selbstverständlich waren, seine Neugierde größtenteils verkümmern lassen. Leute, die keinen bestimmten Platz in seinem Leben einnahmen, hatte er so betrachtet, wie ein Hirsch in einem Park Besucher betrachtet, die den Weg heraufkommen, nachsichtig, eher abschätzig fragend – aber nicht neugierig. Jetzt behandelte er die Welt wie ein Museum: Jede Person nahm er wie ein neues Ausstellungsstück gründlich in Augenschein und suchte nach dem endgültigen Beweis für die Vielschichtigkeit des Menschen. Zu jedem Zauberkreis eines Individuums sah er sich als eine Art freie Tangente. Er strebte danach, ein Menschenkenner zu sein.

Das Exemplar vor ihm hatte zweifellos etwas Faszinierendes an sich. Der Fremde war zwar nicht einmal mittelgroß, aber von einer Art Magerkeit, die ihn um Zentimeter größer wirken ließ. Er trug einen langen schwarzen Mantel, der sehr verschlissen aussah, und die Schuhe waren schlammbedeckt. Sein Gesicht wirkte farblos, obwohl es nicht den Eindruck von Blässe zeigte; der Teint war vielmehr von einem dunklen Gelb mit einem Stich ins Graue. Er hatte eine spitze Nase und ein markantes, schmales Kinn. Tiefe Falten von den hohen Wangenknochen bis zu den Mundwinkeln deuteten ein Dauerlächeln an, das breiter war, als die tief liegenden honigfarbenen Augen zu billigen schienen. Das Bemerkenswerteste an seinem Gesicht war, dass überhaupt nichts übereinstimmte. Auf dem Hinterkopf trug der Fremde einen Bowler mit sehr schmaler Krempe. Man konnte keineswegs sagen, dass er den Hut schief trug. Vielmehr war er mit etwas, das zumindest so heilig wie eine Gewohnheit war, am Hinterkopf befestigt, und das schmale, forschende Gesicht begegnete der Welt mit Nonchalance unter diesem schwarzen Ring hervor.

Die ganze Erscheinung des Mannes ließ eher auf *Gleichgültigkeit* als auf Reserviertheit schließen. Schon die höchst ungewöhnliche Art, wie er seinen Hut trug, bedeutete eine indirekte Stellungnahme, wie die Possen eines dressierten Tieres. Er wirkte wie ein Teil von etwas Älterem, von dem der Homo sapiens mit Bowler eine gereinigte Version war. Er saß mit hochgezogenen Schultern da, seine Hände steckten in den Manteltaschen. Die Spur von Unbehagen in seiner Haltung schien weniger auf die Tatsache zurückzuführen, dass sein Stuhl hart war, sondern dass es ein Stuhl war.

Der junge Mann empfand den Fremden als zugeknöpft. Die lebhafteste Freundlichkeit hatte ihn nicht aus der Reserve locken können. Seine zurückhaltenden, knappen Antworten vermittelte wirksamer eine schroffe Abweisung, als wenn er sich bärbeißig aufgeführt hätte. Er sah den jungen Mann auch nur an, wenn er ihm antwortete. Und dann lag in seinen Augen eine Belustigung, die keinen konkreten Bezug zu haben schien. Manchmal lächelte er, aber ohne ersichtlichen Grund.

Als er über die Stunde nachdachte, die sie inzwischen gemeinsam verbracht hatten, erkannte der junge Mann frustriert, dass sie trotz seiner Bemühungen lediglich Banalitäten ausgetauscht hatten. Aber Neugier und das Bedürfnis, die Zeit totzuschlagen, erhoben heftig Protest dagegen, sich eine Niederlage einzugestehen.

»Wenn er nicht reden will«, dachte sich der junge Mann, »dann werde ich es eben tun. Der Klang meiner eigenen Stimme ist der Stille auf jeden Fall vorzuziehen. Ich werde ihm erzählen, was ich erst kürzlich erlebt habe. Es ist wirklich eine ungewöhnliche Geschichte. Ich werde sie ihm so gut ich kann erzählen, und es sollte mich doch sehr wundern, wenn sie diesen Mann nicht derart zu erschüttern vermag, dass er sich auf irgendeine Weise öffnet. Er ist rätselhaft, doch nicht exzentrisch, und er macht mich wirklich unmäßig neugierig.«

Laut sagte er in einem energischen und gewinnenden Ton: »Haben Sie vorhin nicht gesagt, dass Sie Jäger sind?«

Der andere hob die scharfen honigfarbenen Augen. Sie funkelten vor distanzierter Belustigung. Ohne zu antworten, senkte er sie wieder, um die winzigen Lichter zu betrachten, die durch die Eisenverzierung des Ofens auf den Saum seines Mantels geworfen wurden. Schließlich sprach er. Seine Stimme klang rau.

»Ich bin zum Jagen hierhergekommen«, bestätigte er.

»Dann«, meinte der junge Mann, »haben Sie bestimmt von Lord Fleers Meute gehört. Die Zwinger sind nicht weit von hier entfernt.«

»Ich weiß«, erwiderte der andere.

»Ich war gerade erst zu Besuch dort«, fuhr der junge Mann fort. »Lord Fleer ist nämlich mein Onkel.«

Der andere sah auf, lächelte und nickte mit der höflichen Gleichgültigkeit eines Fremden, der nicht versteht, um was es eigentlich geht.

Der junge Mann versuchte seiner Ungeduld Herr zu werden. »Hätten Sie«, fuhr er in etwas herrischerem Ton fort, »... hätten Sie Lust, eine neue und recht bemerkenswerte Geschichte über meinen Onkel zu hören, deren Ausgang erst zwei Tage zurückliegt? Sie ist ziemlich kurz.«

Als würde der Fremde über einen geheimen Witz lachen, blitzte in seinen Augen Spott auf. Er ließ lange auf eine klare Antwort warten. Schließlich sagte er: »Ja, hätte ich.« Die Leidenschaftslosigkeit in seiner Stimme hätte man für Blasiertheit halten können, eine Abneigung dagegen, Interesse zu bekunden. Aber die Augen verrieten, dass er alles andere als gleichgültig war.

»Na schön«, sagte der junge Mann.

Er zog seinen Stuhl etwas näher an den Ofen heran und begann:

Wie Sie vielleicht wissen, führt mein Onkel, Lord Fleer, ein zurückgezogenes, aber auf keinen Fall untätiges Leben. Seit den letzten zwei- oder dreihundert Jahren werden die geistigen Strömungen hauptsächlich von Menschen geprägt, deren Herdentrieb ständig erweckt und fast immer befriedigt wird. Nach den Maßstäben des achtzehnten Jahrhunderts, als die Engländer erstmals über die Einsamkeit nachdachten, wäre mein Onkel als ungesellig betrachtet worden. Anfang des neunzehnten Jahrhunderts hätten ihn solche, die ihn nicht persönlich kannten, für romantisch gehalten. Heute ist seine Haltung gegenüber dem Schall und Wahn des modernen Lebens zu negativ, um ihn zum Sonderling zu erklären. Doch sogar jetzt würde ihn die Presse, wäre er in irgendeinem Vorfall verwickelt, den man als schändlich deuten könnte, als »adeligen Einsiedler« an den Pranger stellen.

Im Grunde genommen hat mein Onkel das Elixier oder, wenn Sie es vorziehen, das Opiat der Unabhängigkeit für sich entdeckt. Als ein Mann mit äußerst einfachen Vorlieben, der nicht mit übermäßig viel Vorstellungskraft ausgestattet ist, sieht er keinen Anlass, Gewohnheiten zu ändern, die ihm im Laufe der Jahre heilig geworden sind. Er lebt in seinem Schloss – man könnte es eher als zweckdienlich denn als behaglich beschreiben –, bewirtschaftet seinen Besitz mit kleinem Gewinn, schießt ein wenig, reitet viel und jagt so oft es ihm möglich ist. Seine Nachbarn sieht er höchstens zufällig, wodurch er sie mit vollendeter, aber unbewusster Arroganz zu der Annahme verleitet, dass er leicht verrückt sein müsse. Wenn dem so ist, dann kann er zumindest behaupten, sich seine eigene Zelle ausgepolstert zu haben.

Mein Onkel hat nie geheiratet. Als der einzige Sohn seines einzigen Bruders wuchs ich mit der Erwartung auf, ihn einmal zu beerben. Während des Krieges setzte jedoch eine unvorhergesehene Entwicklung ein.

In dieser nationalen Krise zeigte mein Onkel, der natürlich zu alt für den Kriegsdienst war, einen Mangel an Gemeingeist, der ihm bei den Ortsansässigen unbeliebt machte. Kurzum, er weigerte sich, Notiz vom Krieg zu nehmen, oder falls er doch Notiz davon nahm, so ließ er es sich nicht anmerken. Er führte sein Leben wie bisher weiter, auch wenn es, unter diesen Umständen, ziemlich belanglos war. Obwohl er sich schließlich gezwungen sah, seine Jagddiener aus Männern fortgeschrittenen Alters zu rekrutieren, deren Mut in einer kritischen Jagdsituation zweifelhaft war, so brachte er es doch zustande, sie dafür gut zu rüsten. In der Jagdzeit ritt er zweimal wöchentlich mit seinen Pferden, bis diese zusammenbrachen, Bergfüchsen nach, die, wie Ihr vielleicht wisst, das Beste sind, was das Fleer'sche Jagdrevier zu bieten hat.

Als der niedere Adel der Gegend bei ihm vorstellig wurde und ihn bedrängte, es sei an der Zeit, dass er etwas für sein Land täte, außer es von seiner Plage – sprich den Bergfüchsen – mit der unzuverlässigsten und kostspieligsten Methode, die je ersonnen wurde, zu befreien, reagierte mein Onkel sehr vernünftig. Er sähe nun ein, sagte er, dass er sich zu sehr aus einer Auseinandersetzung herausgehalten habe, über deren Verlauf er nur indirekt im Bilde gewesen sei, da er nie die Zeitung las. Am nächsten Tag schrieb er nach London, bestellte ein Abonnement der *Times* und bot sich an, einen belgischen Flüchtling aufzunehmen. Das sei das Mindeste, was er tun könne, meinte er. Ich finde, er hatte recht.

Es stellte sich heraus, dass der belgische Flüchtling weiblich und stumm war. Ob eine oder beide dieser Eigenschaften von meinem Onkel ausbedungen worden waren, ist nicht bekannt. Auf jeden Fall bezog sie Quartier in Schloss Fleer: ein begriffsstutziges, unattraktives Mädchen von 25 Jahren mit glänzendem Gesicht und kleinen schwarzen Haaren auf den Handrücken. Ihr Name war Germaine, Germaine Vom. Ihr Leben schien dem der größeren Wiederkäuer nachempfunden zu sein, abgesehen davon natürlich, dass es sich zum größten Teil im Haus abspielte. Sie aß sehr viel, schlief mit Lust und Liebe und nahm jeden Sonntag ein Bad. Diesen zuträglichen Usus unterließ sie nur, wenn die Haushälterin, die sich um dessen Durchführung kümmerte, im Urlaub war. Die meiste Zeit saß Germaine auf einem Sofa auf dem Gang vor ihrem Schlafzimmer und hatte Prescotts *Eroberung von Mexiko* offen auf ihrem Schoß liegen. Entweder las sie ungewöhnlich langsam oder überhaupt nicht, denn meines Wissens trug sie dieses Buch elf Jahre lang mit sich herum. Meiner Meinung nach war sie eher von beschränkter Geistesart.

Der wunderliche und aus meiner Sicht unglückliche Aspekt der patriotischen Geste meines Onkels war die allmählich wachsende Zuneigung, die er diesem wenig liebenswerten Geschöpf entgegenbrachte. Obwohl oder, was wahrscheinlicher ist, weil er sie nur bei den Mahlzeiten sah, wenn ihre Züge viel lebhafter waren als zu anderen Zeiten, änderte sich seine Haltung ihr gegenüber von gleichgültig zu höflich und von höflich zu väterlich. Bei Kriegsende stand außer Frage, dass sie nicht nach Belgien zurückkehren würde. Im Jahre 1919 erfuhr ich eines Tages mit hoffentlich verzeihlichem Verdruss, dass mein Onkel sie adoptiert hatte und im Begriff war, sein Testament zu ihren Gunsten zu ändern.

Im Laufe der Zeit fand ich mich jedoch damit ab, durch ein Wesen enterbt worden zu sein, das außerhalb der Mahlzeiten kaum als empfindungsfähig beschrieben werden konnte. Ich stattete nach wie vor jedes Jahr einen Besuch auf Schloss Fleer ab und ritt mit meinem Onkel seinen grobknochigen Welsh Hounds über das düstere dunkelgraue Hügelland hinterher, in dem ich – seitdem ich wusste, dass es nicht mehr in meinen Besitz übergehen würde – eine eindringliche, wenn auch subtile Schönheit zu erkennen begann.

Vor drei Tagen kam ich auf dem Schloss an und hatte vor, eine Woche zu bleiben. Ich fand meinen Onkel, ein hochgewachsener, gut aussehender Mann mit Bart, wie gewohnt bei bester Gesundheit vor. Die Belgierin vermittelte mir, wie immer, den Eindruck, dass nichts sie erschüttern könne, weder Krankheiten noch Gefühle oder irgendetwas anderes, außer vielleicht eine Naturkatastrophe oder eine andere höhere Gewalt. Seit sie bei meinem Onkel lebte, hatte sie zugenommen und war jetzt eine sehr stattliche Frau, wenn auch nicht mehr so schwerfällig wie früher.

Es war beim Abendessen an dem Tag meiner Ankunft, dass

mir ein gewisses Unbehagen hinter der barschen, lakonischen Art meines Onkels auffiel. Offensichtlich hatte er etwas auf dem Herzen. Nach dem Abendessen bat er mich in sein Arbeitszimmer. An der Art, wie er die Einladung vorbrachte, nahm ich zum ersten Mal, seitdem ich ihn kannte, ein Anzeichen von Verlegenheit wahr.

An den Wänden des Arbeitszimmers hingen Karten und ausgestopfte Füchse. Überall lagen Rechnungen, Kataloge, alte Handschuhe, Fossilien, Rattenfallen, Patronen und Federn zum Reinigen seiner Pfeife herum – ein angestaubter Haufen Krimskrams, der irgendwie den Eindruck von Bedeutung und Beständigkeit zu erzeugen vermochte, ähnlich einem Haufen Schutt in der Höhle eines Tieres. Ich hatte sein Arbeitszimmer nie zuvor betreten.

»Paul«, begann mein Onkel, kaum hatte ich die Tür hinter mir geschlossen, »ich bin sehr beunruhigt.«

Ich setzte eine mitfühlend fragende Miene auf.

»Gestern«, fuhr mein Onkel fort, »suchte mich einer meiner Pächter auf. Er ist ein anständiger Mann und bewirtschaftet ein Stück Land außerhalb der Parkmauer Richtung Norden. Er berichtete, dass er zwei Schafe auf eine Art verloren habe, die er sich überhaupt nicht erklären könne. Anscheinend waren sie von einem wilden Tier gerissen worden.«

Mein Onkel hielt inne. Seine Ernsthaftigkeit wirkte wirklich Unheil verkündend.

»Hunde?«, schlug ich mit der leicht herablassenden Zurückhaltung eines Menschen vor, der die Voraussicht auf seiner Seite hat.

Mein Onkel schüttelte besonnen den Kopf. »Dieser Mann hat schon oft Schafe gesehen, die von Hunden getötet worden sind. Er erklärte, dass sie immer übel zugerichtet wären – erst wird nach ihren Beinen geschnappt, dann werden sie in eine Ecke getrieben und schließlich durch Bisse getötet: Es ist immer eine schmutzige Sache. Diese zwei Schafe wurden nicht so gerissen. Ich bin hinuntergefahren, um sie selbst in Augenschein zu nehmen. Ihnen wurden die Kehlen herausgerissen. Ansonsten wurden sie nicht gebissen und wiesen auch keine anderen Verletzungen auf. Sie wurden beide im Freien getötet, waren nicht in eine Ecke gedrängt worden. Was auch immer dahintersteckt, dieses Tier war auf jeden Fall kräftiger und schlauer als ein Hund.«

»Könnte es vielleicht ein Tier sein, das einer Wandertierschau entflohen ist?«

»Sie kommen nicht in diese Gegend«, erwiderte mein Onkel, »hier gibt es keine Jahrmärkte.«

Einen Moment lang schwiegen wir. Es fiel mir schwer, weniger Neugierde als Verständnis zu zeigen, während ich auf weitere Informationen wartete. Ich konnte mir absolut keinen Reim daraus machen, wieso ihn zwei tote Schafe derart beunruhigten.

Er sprach wieder, aber diesmal mit deutlichem Widerwillen: »Heute früh wurde noch ein Schaf gerissen«, sagte er leise. »Auf dem Herrenhof. Auf die gleiche Art.«

Weil mir keine bessere Erklärung einfiel, schlug ich vor, die Gegend nach Schlupfwinkeln abzusuchen. Es könnte doch ...

»Wir haben die Wälder durchkämmt«, unterbrach mein Onkel schroff.

»Und nichts gefunden?«

»Nichts ... Außer ein paar Spuren.«

»Was für Spuren?«

Mein Onkel wich meinem Blick aus. Er wandte den Kopf ab.

»Es waren die Fußspuren eines Mannes«, antwortete er langsam.

Ein großes Holzscheit fiel im Kamin um.

Wieder herrschte Schweigen. Das Gespräch schien ihm mehr Kummer als Erleichterung zu bereiten. Ich fand, dass es nichts schaden könnte, meine Neugierde offen zu zeigen. Also fasste ich mir ein Herz und fragte ihn rundheraus, warum er denn eigentlich so besorgt sei. Drei Schafe seiner Pächter waren auf eine Weise umgekommen, die zwar sicherlich ungewöhnlich sei, aber wahrscheinlich nicht lange ein Rätsel bleiben würde. Wer oder was auch immer dafür verantwortlich war, würde zwangsläufig im Laufe der nächsten Tage gefasst, getötet oder vertrieben werden. Das Schlimmste, was ihm passieren könnte, wäre der Verlust eines oder zwei weiterer Schafe.

Als ich zu Ende gesprochen hatte, warf mir mein Onkel einen ängstlichen, fast schuldbewussten Blick zu. Plötzlich wurde mir klar, dass er ein Geständnis machen wollte.

»Setz dich«, forderte er mich auf. »Ich möchte dir etwas sagen.«

Und dann erzählte er mir folgende Geschichte:

Vor fünfundzwanzig Jahren musste mein Onkel eine neue Haushälterin einstellen. Mit einer Mischung aus Fatalismus und Faulheit, der typischen Einstellung von Junggesellen gegenüber dem Dienstbotenproblem, entschied er sich für die erstbeste Bewerberin. Es war eine hochgewachsene, dunkelhaarige, schmaläugige, etwa dreißigjährige Frau aus dem walisischen Grenzland. Mein Onkel sagte nichts über ihren Charakter, erwähnte jedoch, dass sie über besondere »Kräfte« verfüge habe. Nachdem sie einige Monate auf Schloss Fleer verbracht hatte, beachtete mein Onkel sie immer mehr. Sie war seinem Interesse auch nicht abgeneigt.

Eines Tages verkündete sie meinem Onkel, dass sie ein Kind von ihm erwarte. Diese Nachricht nahm er gelassen hin, bis er erkannte, dass sie davon ausging, er würde sie heiraten. Da geriet er in Zorn, nannte sie eine Hure und sagte ihr, dass sie das Haus nach der Geburt des Kindes unverzüglich verlassen müsse.

Statt zusammenzubrechen oder den Streit fortzusetzen, begann sie auf Walisisch vor sich hin zu summen, und sah ihm dabei mit einer gewissen Belustigung immer wieder kurz an. Dies jagte ihm Angst ein. Er verbot ihr, ihm noch einmal nahe zu kommen, ließ ihre Sachen in einen unbewohnten Flügel des Schlosses bringen und stellte eine neue Haushälterin ein.

Ein Kind wurde geboren. Die Dienstboten berichteten meinem Onkel, dass die Frau im Sterben läge und fortwährend nach ihm frage. Verängstigt und beunruhigt machte er sich auf den Weg durch die ihm seit Langem fremden Gänge zu ihrem Zimmer. Als die Frau ihn sah, begann sie geistesabwesend zu brabbeln, während sie ihn unverwandt anstarrte, als würde sie unentwegt eine Lektion wiederholen. Dann hielt sie abrupt inne und bat darum, dass man ihm das Kind zeige.

Es war ein Junge. Die Hebamme fasste ihn, wie mein Onkel bemerkte, mit einem Widerwillen an, der schon fast an Abscheu grenzte.

»Das ist dein Erbe«, sagte die sterbende Frau mit rauer, brüchiger Stimme. »Ich habe ihm gesagt, was er tun soll. Er wird mir ein guter Sohn und sehr bedacht auf sein Geburtsrecht sein.« Und dann platzte sie mit einem wüsten, aber überzeugenden Geschwafel über einen Fluch los, den sie auf das Kind übertragen hätte und der jeden treffen würde, den er über den Kopf des Bastards hinweg zu seinem Erben bestimmen würde. Schließlich verlor sich ihre Stimme und sie sank zurück, erschöpft und mit stierem Blick.

Als sich mein Onkel zum Gehen umwandte, flüsterte die Hebamme ihm zu, er solle sich die Hände des Kindes ansehen. Behutsam öffnete sie die winzigen, vergeblich geballten Fäuste und zeigte ihm, dass an jeder Hand der Ringfinger länger war als der Mittelfinger ...

An dieser Stelle fiel ich ihm ins Wort. Diese Geschichte hatte etwas sehr Seltsames, Befremdliches an sich, was vielleicht mit der augenfälligen Wirkung auf den Erzähler zusammenhing. Mein Onkel fürchtete und hasste all das, was er da erzählte.

»Was bedeutet das«, fragte ich, »... der Ringfinger länger als der Mittelfinger?«

»Ich habe lange gebraucht, um das herauszufinden«, antwortete mein Onkel. »Meine eigenen Dienstboten hüllten sich in Schweigen, als sie erkannten, dass ich damit nichts anfangen konnte. Aber schließlich erfuhr ich es von dem Arzt, der sein Wissen von einer alten Frau im Dorf hatte. Menschen, deren Ringfinger bei der Geburt länger ist als der Mittelfinger, werden zu Werwölfen. Zumindest« – er machte einen flüchtigen Versuch, belustigte Nachsicht zu zeigen – »glaubt es das einfache Volk hier.«

»Und was bedeutet ... was soll das bedeuten?« Auch ich ertappte mich bei dem eiligen Versuch, die Skepsis zu beschwichtigen. Auf sonderbare Weise wurde ich zunehmend leichtgläubiger.

»Ein Werwolf«, erklärte mein Onkel, der sich mit größter Unbefangenheit in etwas Unwahrscheinlichem versuchte, »ist ein Mensch, der in Abständen praktisch zum Wolf wird. Die Verwandlung – oder die vermeintliche Verwandlung – findet nachts statt. Der Werwolf tötet Menschen und Tiere und trinkt angeblich ihr Blut, zieht jedoch Menschen vor. Das ganze Mittelalter hindurch bis zum siebzehnten Jahrhundert gab es zahllose Fälle, vor allem in Frankreich, von Männern und Frauen, denen wegen Vergehen der Prozess gemacht wurde, die sie als Tiere verübt hatten. Wie die Hexen wurden sie äußerst selten freigesprochen – doch im Unterschied zu den Hexen schienen sie selten ungerecht verurteilt worden zu sein.«

Mein Onkel machte eine Pause. »Ich habe die alten Bücher gelesen«, erklärte er. »Als ich erfuhr, was man über das Kind dachte, schrieb ich an einen Mann in London, der sich für solche Themen interessiert.«

»Was ist aus dem Kind geworden?«

»Die Frau eines meiner Verwalter nahm es auf«, antwortete mein Onkel. »Sie war eine gleichmütige Frau aus dem Norden, die, wie ich glaube, die Gelegenheit begrüßte, zu zeigen, wie wenig sie von dem lokalen Aberglauben hielt. Der Junge lebte bei ihnen bis zu seinem zehnten Lebensjahr. Dann lief er weg.

Ich habe nichts mehr von ihm gehört bis …«, mein Onkel sah mich fast entschuldigend an, »bis gestern.«

Wir saßen einen Moment schweigend da und starrten ins Feuer. Meine Vernunft hatte vor meiner Fantasie die Waffen gestreckt. Ich war nicht imstande, seine Befürchtungen mit vernünftigen Erklärungen zu zerstreuen. Ich hatte selbst ein wenig Angst.

»Du glaubst also, es ist dein Sohn, der Werwolf, der die Schafe tötet?«, fragte ich schließlich.

»Ja. Aus Prahlerei oder als Warnung oder vielleicht aus Boshaftigkeit, weil seine nächtliche Jagd bisher nutzlos war.«

»Nutzlos?«

Mein Onkel sah mich mit einem gequälten Blick an. »Es geht ihm nicht um die Schafe«, sagte er unbehaglich.

Erst jetzt begriff ich die Folgen des Fluches der walisischen Frau. Die Jagd war eröffnet. Die zu fangende Beute war der Erbe von Schloss Fleer. Ich war zum ersten Mal richtig froh, dass ich enterbt worden war.

»Ich habe Germaine gebeten, nach Einbruch der Dunkelheit nicht mehr das Schloss zu verlassen«, fügte mein Onkel hinzu, als hätte er meinen Gedankengang erraten.

Ich muss gestehen, dass ich eine sehr unruhige Nacht verbrachte. Die Geschichte meines Onkels hatte nicht gänzlich dieses »Außerkraftsetzen von Zweifeln« in mir bewirkt, das man als die wichtigste Voraussetzung für ein gutes Drama bezeichnet. Ich habe eine sehr lebhafte Fantasie, und so vermochte weder Müdigkeit noch gesunder Menschenverstand so recht die Vorstellung von diesem verwandelten bösartigen Geschöpf zu vertreiben, das mit Absicht in der schwarzen und silbrigen Stille vor meinem Fenster umherstreift. Ich ertappte mich dabei, nach dem Geräusch federnder Schritte auf einer vereisten Kruste von Buchenblättern zu lauschen.

Einmal vernahm ich ein Heulen, aber ich kann nicht sagen, ob ich es träumte oder nicht. Doch als ich mich am nächsten

Morgen ankleidete, sah ich einen Mann eilig die Auffahrt hinaufkommen. Er war wie ein Schäfer gekleidet. Begleitet wurde er von einem Hund, der mit sichtlicher Unsicherheit hinter ihm hertrottete. Beim Frühstück erzählte mir mein Onkel, dass ein weiteres Schaf fast direkt vor der Nase der Hirten gerissen worden sei. Seine Stimme bebte ein wenig und die Sorge stand ihm ins Gesicht geschrieben, wenn er Germaine ansah. Sie stopfte sich mit Porridge voll, als würde es um eine Wette gehen.

Nach dem Frühstück beschlossen wir, zu handeln. Ich will Sie nicht mit all den Details von den Anfängen bis zum Scheitern dieser Unternehmung langweilen. Den ganzen Tag lang durchstreiften wir mit dreißig Männern, teils beritten, teils zu Fuß, die Wälder. In der Nähe der Stelle, an der das Schaf gerissen wurde, nahmen unsere Hunde eine Spur auf, die sie über zwei Meilen verfolgten, doch auf der Eisenbahnstrecke wieder verloren. Der Boden war zu hart gefroren, um Spuren zu hinterlassen, und die Männer meinten, es sei wohl nur ein Fuchs oder ein Iltis gewesen, so bestimmt und prompt, wie die Hunde der Fährte gefolgt seien.

Die körperliche Bewegung und die Beschäftigung taten unseren Nerven gut. Aber am späten Nachmittag wurde mein Onkel unruhig; die Dämmerung brach unter einem wolkenverhangenen Himmel schnell herein, und wir waren ein gutes Stück von Schloss Fleer entfernt. Er erteilte noch letzte Anweisungen, wie die Schafe über Nacht eingepfercht werden sollten, und dann ritten wir heimwärts.

Wir näherten uns dem Schloss auf dem hinteren Zufahrtsweg, der kaum benutzt wurde: eine dumpfige, gottserbärmliche Allee, die kreuz und quer durch einen Streifen von Tannen und Lorbeerbäumen verlief. Unter den Hufen unserer Pferde war das schwache Klirren von Steinen auf dem dickem Moosteppich zu vernehmen. Der Dampf, der beim Ausatmen aus ihren Nüstern stieg, verweilte mit einer Beständigkeit, als wäre er der regungslosen Luft hinterlassen.

Wir waren etwa dreihundert Meter von den hohen Toren entfernt, die zu den Stallungen führten, als schlagartig beide Pferde anhielten. Sie wandten die Köpfe zu den Bäumen zu unserer Rechten. Dort befand sich meines Wissens die Hauptauffahrt, die in einem Bogen auf unseren Weg zulief.

Mein Onkel stieß einen kurzen, unartikulierten Schrei aus, voller Entsetzen, als würde er ahnen, was kommen würde. Im gleichen Augenblick erscholl auf der anderen Seite der Bäume ein Heulen. In diesem Ton, hasserfüllt wie er war, klang großer Genuss mit. Dann hörte man eine Art schluchzendes Gelächter, das, die Nacht regelrecht verpestend, wohlig anschwoll und sich senkte, wieder anschwoll und sich senkte. Schließlich verlor es sich schmeichelnd vor Sattheit in einem heiseren Winseln.

Die Stille, die diesem Winseln folgte, senkte sich vergeblich herab: Das scheußliche Echo hallte weiterhin in unseren Köpfen nach. Wir hörten, wie sich Füße federnden Schrittes die eisenhart gefrorene Auffahrt hinunterbewegten … zwei Füße.

Mein Onkel sprang vom Pferd und stürmte durch die Bäume. Ich folgte ihm. Wir kletterten einen Abhang hinunter und gelangten auf einen freien Rasen. Die einzige Gestalt, die zu sehen war, regte sich nicht.

Germaine Vom lag zusammengekrümmt auf der Auffahrtsstraße. Ein massiver schwarzer Fleck, der sich gegen die wechselnden Farben der Dunkelheit abhob. Wir rannten nach vorn …

Für mich war sie eigentlich immer einfach nur ein Nichts denn eine reale Person gewesen. Ich konnte nicht anders, als daran zu denken, dass sie genauso gestorben war, wie sie gelebt hatte – wie es eben bei Haustieren üblich ist. Ihr war die Kehle herausgerissen worden.

Der junge Mann lehnte sich in seinem Stuhl zurück. Ihm war etwas schwindelig vom Reden und der Hitze des Ofens. Die ungemütlichen Gegebenheiten des Warteraums, die er beim

Erzählen vergessen hatte, wurden ihm wieder bewusst. Er seufzte und lächelte den Fremden fast entschuldigend an.

»Es ist eine verrückte und unglaubliche Geschichte«, sagte er. »Ich erwarte nicht, dass Sie dem Ganzen Glauben schenken. Aber für mich hat die Tatsache ihrer Auswirkungen ihre fast absurde Unwahrscheinlichkeit in den Schatten gestellt. Denn sehen Sie, durch den Tod der Belgierin bin ich jetzt wieder der Erbe von Fleer.«

Der Fremde lächelte: Es war ein allmähliches und gar nicht mehr geistesabwesendes Lächeln. Seine honigfarbenen Augen leuchteten. Unter seinem langen schwarzen Mantel schien sich sein Körper in sinnlicher Vorfreude zu strecken. Schweigend erhob er sich.

Der junge Mann spürte eine stechende, eisige Angst, die sich in seine Seele bohrte. Irgendetwas hinter diesen leuchtenden Augen bedrohte ihn mit einer entsetzlichen Unmittelbarkeit, einem Schwert gleich, das auf sein Herz gerichtet war. Er geriet ins Schwitzen. Er wagte nicht, sich zu rühren.

Das Lächeln des Fremden hatte sich jetzt zu einem Grinsen verzerrt, eine gierige Zuckung in seinem Gesicht. Seine Augen funkelten vor unnachgiebigem und zielbewusstem Vergnügen. Ein Speichelfaden hing ihm aus dem Mundwinkel.

Ganz langsam hob er eine Hand und nahm seinen Bowler ab. Der junge Mann sah, dass von den Fingern, die sich um die Krempe krümmten, der Ringfinger viel länger war als der Mittelfinger.

Die Zauberin von Sylaire

Clark Ashton Smith

Du törichter Narr! Ich könnte dich niemals heiraten«, tat Mademoiselle Dorothée, die einzige Tochter des Sieur des Flèches, kund. Mit schmollenden Lippen, die zwei reifen Beeren glichen, sah sie Anselme an. Ihre Stimme war so süß wie Honig – aber der Honig war voller stechender Bienen.

»Du bist recht ansehnlich und dein Benehmen ist tadellos. Aber ich wünschte, ich könnte dir einen Spiegel vorhalten, der dir zeigt, was für ein Trottel du in Wahrheit bist.«

»Aber warum?«, fragte Anselme verletzt und erstaunt.

»Weil du nur ein verwirrter Träumer bist, der sich in seinen Büchern vergräbt. Du interessierst dich nur für dumme alte Liebesgeschichten und Legenden und schreibst sogar Gedichte. Du hast Glück, dass du wenigstens der zweite Sohn des Comte du Framboisier bist – und das ist alles, was du je sein wirst.«

»Gestern hast du mich doch noch geliebt. Zumindest ein bisschen«, stieß Anselme bitter aus. Aber eine Frau findet an einem Mann, den sie nicht mehr liebt, nichts Gutes.

»Dummkopf! Esel!«, rief Dorothée gereizt aus und warf hochnäsig ihre blonden Ringellocken zurück. »Wenn all das nicht auf dich zuträfe, könnte ich mich nicht einmal daran erinnern, dich gestern gekannt zu haben. Verschwinde, du Idiot – und komm nicht zurück!«

Anselme, der Einsiedler, hatte nur wenig geschlafen und sich unruhig auf seiner harten, schmalen Pritsche hin und her gewälzt. Sein Blut war durch die Schwüle der Sommernacht, so schien es, erhitzt worden.

Zusätzlich hatte die natürliche Heißblütigkeit der Jugend zu seinem Unbehagen beigetragen. Er wollte nicht an Frauen denken – besonders nicht an eine bestimmte Frau. Aber auch nach dreizehn Monaten der Einsamkeit im Herzen der wilden Wälder von Averoigne, war er weit davon entfernt, zu vergessen. Noch grausamer als ihr Spott war jedoch die Erinnerung an die Schönheit von Dorothée des Flèches: ihre vollen, ausgeprägten Lippen, perfekt geformten Arme, ihre schlanke Taille und die Brüste und Hüften, die noch nicht ganz die üppigen Kurven einer reifen Frau waren.

Träume hatten sich in die kurzen Episoden des Schlafes gedrängt und namenlose, wenn auch redliche Besucher an seine Schlafstatt geführt. Bei Sonnenuntergang stand er auf; matt, aber rastlos. Vielleicht würde ihn ein Bad in dem kleinen Teich erfrischen, der vom Fluss Isoile gespeist wurde und der zwischen dichten Erlen- und Weidenhölzern verborgen lag. Dort hatte er schon oft gebadet. Das Wasser war zu dieser Tageszeit herrlich kühl und würde seinen fiebrigen Sinn gewiss lindern.

Seine Augen brannten im goldenen, blendenden Licht der Morgensonne, als er aus der Hütte aus geflochtenen Weidenzweigen trat. Seine Gedanken wanderten ziellos umher, die Verwirrung der letzten Nacht beschäftigte ihn noch immer. War es wirklich klug gewesen, der Welt den Rücken zu kehren, seine Familie und Freunde zu verlassen und nur wegen eines lieblosen Mädchens in Abgeschiedenheit zu leben?

Er konnte sich nichts vormachen: Niemals hätte er das Eremitendasein für hehre Absichten oder zur Erlangung der Heiligkeit auf sich genommen, wie es religiöse Einsiedler einst getan hatten. Verschlimmerte er die Leiden, die er zu heilen suchte, durch sein einsames Leben nicht nur noch mehr? Vielleicht, so vermutete er in letzter Zeit, bewies er damit bloß, der nutzlose Träumer und alberne Narr zu sein, den Dorothée in ihm sah. Es zeugte von Schwäche, dass er sich durch eine einzige Enttäuschung so niederschmettern ließ.

Mit gesenktem Blick erreichte er gedankenverloren das

Dickicht, das den Teich umgab. Er schob die jungen Weiden zur Seite, ohne aufzublicken, und begann, seine Kleider auszuziehen. Just in diesem Augenblick riss ihn ein Platschen im Wasser ganz in der Nähe aus seinen Gedanken.

Mit einiger Bestürzung musste Anselme feststellen, dass bereits jemand im Teich badete. Fassungslos stellte er fest, dass es sich dabei um eine Frau handelte. Sie stand in der Mitte des Teiches, wo das Wasser tiefer wurde, und machte mit ihren Armen kleine Wellen, die sanft gegen ihre Brust schwappten. Ihre blasse, nasse Haut glänzte wie weiße, mit Tau bedeckte Rosenblätter.

Anselmes Bestürzung verwandelte sich in Neugier und schließlich in unfreiwilliges Entzücken. Er redete sich ein, dass er sich zwar zurückziehen, die badende Dame aber nicht durch eine plötzliche Bewegung erschrecken wollte. Ihr klares Profil und ihre wohl geformte linke Schulter waren ihm zugewandt, und sie hatte seine Anwesenheit noch nicht bemerkt.

Der Anblick einer schönen jungen Frau war das Letzte, was er sich gewünscht hatte. Dennoch konnte er seine Augen nicht abwenden. Die Frau war eine Fremde für ihn, und doch hatte er das Gefühl, dass sie nicht aus dem Dorf oder aus der Umgebung stammte. Sie war ebenso betörend wie die Herrinnen der großen Schlösser von Averoigne. Aber gewiss würden keine Dame und kein edles Fräulein ohne Aufsicht in einem Waldteich baden.

Ihre dichten, kastanienbraunen Locken wurden von einem feinen silbernen Haarband zusammengehalten und umspielten mit den sanften Wellen die Schultern. Die Sonnenstrahlen, die durch das Blattwerk hereinbrachen, ließen sie in einem lebendigen, rot-goldenen Glanz erstrahlen. Um den Hals trug die Dame eine feingliedrige Goldkette, die zwischen ihren Brüsten tanzte, als sie mit den Wellen spielte, und in dieser Kette schien sich der Glanz ihrer Locken zu spiegeln.

Der Einsiedler stand nur da und berachtete sie, wie ein Mann, der im Netz eines plötzlichen Zaubers gefangen ist. Ihre

279

verführerische Schönheit erweckte endlich wieder jugendliche Lust in ihm.

Anscheinend ermüdet von ihren Spielen, wandte sie ihm den Rücken zu und bewegte sich in Richtung des gegenüberliegenden Ufers. Dort lagen, wie Anselme nun bemerkte, Damenkleider auf einem charmant-unordentlichen Haufen im Gras. Schritt für Schritt entstieg sie dem seichten Wasser und entblöste Hüften und Oberschenkel – sie glich einer antiken Venus.

Dann sah er, dass hinter ihr ein riesiger Wolf stand. Er war unbemerkt wie ein Schatten aus dem Dickicht erschienen und stand nun neben dem Kleiderhaufen. Anselme hatte noch niemals zuvor einen solchen Wolf gesehen. Er erinnerte sich an alte Sagen von Werwölfen, die angeblich diese uralten Wälder heimsuchten, und er wurde sofort von einer alarmierenden Unruhe erfüllt, die nur durch übernatürliche Ängste ausgelöst werden kann. Das Fell des Wolfes glänzte seltsam blauschwarz, und er war viel größer als die Grauwölfe, die sonst in den Wäldern lebten. Das rätselhafte Tier kauerte halb versteckt im hohen Gras. Es schien auf die Dame zu lauern, die langsam ans Ufer schritt.

Nur noch einen Augenblick, dachte Anselme, dann würde sie sich der Gefahr bewusst werden, laut aufschreien und sich voller Schrecken abwenden. Sie ging jedoch immer weiter auf das Tier zu, den Kopf nach vorne geneigt, als sei sie in tiefer Meditation.

»Vorsicht, der Wolf!«, brüllte er, und seine Stimme kam ihm eigenartig laut vor, so als durchbreche sie eine magische Stille.

Als die Wörter seine Lippen verließen, trottete der Wolf davon und verschwand im Dickicht des großen Waldes, in dem die ältesten Eichen und Buchen wuchsen.

Die Dame lächelte Anselme über ihre Schulter hinweg an, sodass er ihr kurzes ovales Gesicht mit den leicht schrägen Augen und den roten Lippen sehen konnte, die die Farbe von Granatäpfeln offenbarten. Allem Anschein nach hatte sie weder Angst vor dem Wolf noch fühlte sie sich durch Anselmes Anwesenheit peinlich berührt.

»Sie müssen keine Angst haben«, sagte sie mit einer Stimme, die wie sanft fließender Honig klang. »Ein oder zwei Wölfe allein werden mich kaum angreifen.«

»Aber vielleicht lauern hier noch weitere«, beharrte Anselme. »Für jemanden, der allein und ohne Aufsicht durch die Wälder von Averoigne streift, gibt es noch weit größere Gefahren als Wölfe. Sobald Sie angekleidet sind, werde ich Sie, mit Ihrer Erlaubnis, sicher nach Hause geleiten, ganz gleich, wie weit es sein mag.«

»Mein Zuhause liegt einerseits sehr nahe, andererseits jedoch weit entfernt«, entgegnete die Dame geheimnisvoll. »Aber Sie dürfen mich natürlich dorthin begleiten, wenn Sie es wünschen.«

Sie drehte sich zu ihren Kleidern um, und Anselme ging mit ein paar Schritten zu den Erlen hinüber, um einen starken Ast abzuschneiden, den er als Knüppel gegen wilde Tiere oder andere Angreifer einsetzen konnte. Eine merkwürdig freudige Erregung überkam ihn, und mehrere Male schnitt er sich fast mit dem Messer in die Finger. Die Frauenfeindlichkeit, die ihn in das Eremitendasein in den Wäldern getrieben hatte, kam ihm allmählich etwas unreif, ja kindisch vor. Er hatte sich schon zu lange und zu tief wie ein vorlautes Kind verletzt gefühlt.

Als Anselme mit dem Zuschneiden des Knüppels fertig wurde, hatte sich auch die Dame fertig angezogen. Sie schritt auf ihn zu, und dabei wiegte sie sich leicht hin und her, betörend wie eine Lamia. Eine Korsage aus frühlingsgrünem Samt, aus dem die oberen Rundungen ihrer Brüste hervortraten, schloss sich wie die Umarmung eines Geliebten eng um ihren Oberkörper. Ein violetter Samtumhang mit zarten azurblauen und purpurroten Blumen umspielte ihre geschmeidigen Hüften und Beine. An ihren schmalen Füßen trug sie Halbstiefel aus rot gefärbtem Leder, deren Spitzen elegant nach oben gebogen waren. Ihre Kleidung, obwohl seltsam altmodisch, bestätigte Anselme in seiner Annahme, dass sie keine Person von gewöhnlicher gesellschaftlicher Stellung war.

Ihre Kleider enthüllten ihre Weiblichkeit mehr, als dass sie sie verbargen. Ihr Auftreten verriet einiges – enthielt jedoch auch vieles vor. Anselme verneigte sich mit einer übertrieben vornehmen Verbeugung vor ihr, die von seiner eher schäbigen ländlichen Aufmachung ablenken sollte.

»Ah! Wie ich sehe, bist du nicht immer ein Einsiedler gewesen«, sagte sie mit leichtem Spott in der Stimme.

»Du scheinst etwas über mich zu wissen«, erwiderte Anselme.

»Ich weiß sehr viele Dinge. Ich bin Sephora, die Zauberin. Es ist eher unwahrscheinlich, dass du schon einmal von mir gehört hast, denn ich wohne weit weg, an einem Ort, den niemand finden kann – es sei denn, ich erlaube es ihm.«

»Ich weiß nicht viel über Zauberei«, gab Anelme zu. »Aber ich glaube gerne, dass du eine Zauberin bist.«

Sie waren seit mehreren Minuten einem wenig benutzen Pfad gefolgt, der sich durch den uralten Wald schlängelte. Der Einsiedler war auf keiner seiner Streifzüge jemals auf diesen Pfad gestoßen. Biegsame junge Triebe und tief hängende Äste riesiger Buchen streiften ihn auf beiden Seiten. Anselme schob die Zweige für seine Begleiterin aus dem Weg und berührte dabei mehrmals ihre Schulter oder ihren Arm. Sie strauchelte häufig und taumelte gegen ihn, wenn sie auf dem unebenen Untergrund das Gleichgewicht verlor. Ihr Gewicht war eine angenehme Last, die jedes Mal allzu schnell wieder von ihm genommen wurde. Sein Puls raste ungestüm und schien nicht wieder zur Ruhe kommen zu wollen.

Anselme hatte seinen eremitische Entschluss fast vergessen. Sein Blut und seine Neugier entflammten immer mehr. Er wagte mehrere Komplimente, die Sephora stets mit artigen Erwiderungen bedachte. Auf seine Fragen gab sie jedoch nur vage, ausweichende Antworten. Er erfuhr nichts über sie und konnte sich kein Bild von ihr machen. Selbst ihr Alter gab ihm

Rätsel auf: Im einen Moment hielt er sie für ein junges Mädchen, im nächsten für eine reife Frau.

Während sie weitergingen, sah er mehrmals zwischen dem tief hängenden, schattigen Blattwerk schwarzes Fell aufblitzen. Er war sich sicher, dass der seltsame schwarze Wolf, den er am Teich gesehen hatte, ihnen folgte und sie heimlich beobachtete. Irgendwie schien sein Gespür für Gefahren jedoch von dem Zauber ausgelöscht worden zu sein, der auf ihm lag.

Der Pfad wurde nun steiler und kletterte einen dicht bewaldeten Hügel hinauf. Dann dünnte sich der Wald zu vereinzelten niedrigen Kiefern aus, die eine braune offene Moorfläche umstanden, was der Glatze eines Mönchs glich. Das Moor war mit druidischen Monolithen übersät, die noch aus der Zeit vor der römischen Besetzung von Averoigne stammten. Nahezu in der Mitte des Moors ragte eine massive Steinformation auf, die aus zwei aufrechten Felsplatten bestand, auf denen quer eine dritte lag. Es sah aus wie ein Türrahmen. Der Pfad führte direkt zu der Steinformation.

»Das ist der Eingang zu meinem kleinen Reich«, sagte Sephora, als sie sich den Felsen näherten. »Ich bin müde und erschöpft. Du musst mich auf deinen Armen durch das uralte Tor tragen.«

Anselme kam dieser Bitte gerne nach. Ihre Wangen wurden blasser, und als er sie hochhob, flatterten ihre Augenlider kurz und schlossen sich schließlich. Für einen Moment glaubte er, sie habe das Bewusstsein verloren, doch ihre Arme schlossen sich warm und fest um seinen Hals.

Als er sie durchs Felsentor trug, wurde ihm von der plötzlichen Heftigkeit seiner Gefühle ganz schwindelig. Im Gehen ließ er seine Lippen wie in Trance über ihre Augenlider zum flammenden Rot ihres sanften Mundes und zur rosafarbenen Blässe ihres Halses wandern. Wieder schien seine glühende Leidenschaft ihr die Sinne zu rauben.

Seine Glieder wurden weich, und vor seinen Augen schien ein grelles Feuer aufzuflammen, sodass er nichts mehr sah.

Dann überkam ihn das Gefühl, die Erde federe unter ihnen, gebe schließlich nach und dass er mit Sephora in die Tiefe sank.

Anselme hob nun den Kopf und blickte sich mit immer größerer Verwirrung um. Er hatte Sephora nur ein paar Schritte weit getragen, und dennoch lagen sie nicht auf dem spärlichen, sonnenverdorrten Gras des Moores. Nein, hohe, saftig grüne Gräser und winzige Frühlingsblumen umgaben sie jetzt. Die zahllosen goldfarbenen, frisch-grünen Blätter der Eichen und Buchen, die noch größer waren als die des ihm so vertrauten Waldes, warfen rundum große Schatten, obwohl sie sich, wie Anselme glaubte, in einer offenen Hügellandschaft hätten befinden müssen. Als er sich umdrehte, sah er, dass allein die grauen Flechten auf den Steinplatten des Tores an diese frühere Landschaft erinnerten.

Selbst die Sonne hatte ihre Position verändert. Als er und Sephora bis zum Moor gekommen waren, hatte sie noch ziemlich tief im Osten, links von Anselme, gestanden. Nun stand sie jedoch fast auf Höhe des Horizonts zu seiner Rechten, und ihre bernsteinfarbenen Strahlen drangen durch eine Lücke zwischen den Bäumen hindurch.

Er erinnerte sich, dass Sephora ihm gesagt hatte, sie sei eine Zauberin. Dies konnte wahrlich nur Zauberei sein! Neugierig sah er sie zweifelnd und unbehaglich an.

»Du brauchst keine Angst zu haben«, versicherte Sephora mit honigsüßem Lächeln. »Ich habe dir doch gesagt, dass das Steintor der Eingang zu meinem Reich ist. Wir sind nun in einem Land, das außerhalb von Raum und Zeit liegt, wie du sie kennst. Hier sind selbst die Jahreszeiten verändert. Doch das hat nichts mit Zauberei zu tun, nur mit dem geheimen Wissen der großen alten Druiden, die dieses verborgene Reich kannten und die diese mächtigen Steinplatten errichteten, um ein Tor zwischen den Welten zu schaffen. Wenn du meiner überdrüssig bist, kannst du jederzeit wieder zurückkehren – aber ich hoffe, dass du mich nicht so schnell leid sein wirst ...«

Anselme, obwohl noch immer verwirrt, fühlte sich sehr erleichtert, als er das hörte. Nun bewies er Sephora, dass ihr Vertrauen in ihn nicht unbegründet war. Tatsächlich bewies er dies so lange und ausdauernd, dass die Sonne bereits hinter dem Horizont verschwand, als Sephora endlich wieder zu Atem kam und etwas sagen konnte.

»Die Luft wird kühler«, bemerkte sie, und dabei presste sie sich an ihn und zitterte leicht. »Aber mein Zuhause liegt nicht weit.«

In der Dämmerung erreichten sie einen hohen runden Turm, der sich zwischen Bäumen und grasbewachsenen Hügeln erhob.

»Vor vielen Jahrhunderten«, sagte Sephora, »stand hier ein großes Schloss. Heute ist nur noch der Turm erhalten. Ich bin die Schlossherrin, die letzte meiner Familie. Der Turm und das umliegende Land werden Sylaire genannt.«

Große dunkle Wachskerzen erhellten das Innere, in dem aufwendige Wandteppiche mit undeutlichen, eigenartigen Bildern hingen. Uralte, leichenblasse Bedienstete in altehrwürdigen Gewändern huschten mit geisterhafter Verstohlenheit hin und her und servierten der Zauberin und ihrem Gast in einer weiten Halle Wein und Essen. Die unglaublich alten Weine hatten einen ganz besonderen, ungewöhnlichen Geschmack, und das Essen war eigentümlich gewürzt. Anselme aß und trank reichlich. Er kam sich vor wie in einem fantastischen Traum, und so nahm er auch seine Umgebung wie ein Träumender hin und wunderte sich nicht über all die Eigenartigkeiten.

Die Weine waren sehr stark und hüllten seine Sinne in einen warmen Schleier, der ihn alles vergessen ließ. Noch trunkener machte ihn jedoch Sephoras Nähe.

Anselme war dennoch etwas erstaunt, als der riesige schwarze Wolf, den er am Morgen gesehen hatte, in die Halle gelaufen kam und sich wie ein Hund schwanzwedelnd vor den Füßen seiner Gastgeberin niederließ.

285

»Wie du siehst, ist er ganz zahm.« Sie warf dem Wolf kleine Fleischstücke von ihrem Teller zu. »Ich lasse ihn oft frei im Turm ein- und ausgehen. Manchmal begleitet er mich auch, wenn ich Sylaire verlasse.«

»Er ist ein grimmig aussehendes Biest«, merkte Anselme zweifelnd an.

Es schien, als habe der Wolf seine Worte verstanden, denn er zeigte Anselme mit einem heiseren, unnatürlich tiefen Knurren die Zähne. Feuerrote Späne flammten in seinen dunklen Augen auf, so als schüre ein Teufel in diesen finstern Höhlen die Kohlen.

»Geh, Malachie!«, befahl die Zauberin scharf. Der Wolf gehorchte ihr und schlich aus der Halle, drehte sich jedoch noch einmal um und sah Anselme böse an.

»Er mag dich nicht«, sagte Sephora. »Aber das ist auch nicht unbedingt eine Überraschung.«

Anselme, dem der Wein und die Liebe die Sinne vernebelt hatten, vergaß, nach der Bedeutung ihrer letzten Worte zu fragen.

Der Morgen kam viel zu rasch. Die Strahlen der aufgehenden Sonne färbten die Baumkronen rund um den Turm feuerrot.

»Ich muss dich nun für eine Weile verlassen«, sagte Sephora, nachdem sie gefrühstückt hatten. »Ich habe die Magie in letzter Zeit vernachlässigt – es gibt einige Dinge, denen ich nachgehen muss.«

Sie beugte sich anmutig zu ihm hinab und küsste seine Handflächen. Dann schenkte sie ihm noch ein letztes Lächeln und zog sich in ein Zimmer neben ihrem Schlafgemach im obersten Stock des Turmes zurück. Hier, so hatte sie Anselme anvertraut, bewahrte sie ihre Zauberbücher, Tränke und sonstiges magisches Zubehör auf.

Anselme beschloss, während ihrer Abwesenheit die Wälder zu erkunden, die den Turm umgaben. Er musste an den schwarzen Wolf denken, und da er Sephoras Versicherung, dieser sei völlig zahm, nicht ganz traute, nahm er den Knüppel mit, den er am Tag zuvor im Dickicht nahe des Isoile geschnitten hatte.

Überall ringsum gab es Fußwege, die zu wundervollen Plätzen inmitten der grünen Landschaft führten. Sylaire war tatsächlich ein bezauberndes Fleckchen Erde. Hingerissen vom traumhaft goldenen Licht und der sanften Brise, die den Duft der frischen Frühlingsblumen zu ihm wehte, spazierte Anselme von Lichtung zu Lichtung.

Er kam an eine grüne Talsenke, in der eine kleine Quelle zwischen moosbewachsenen Felsen hervorplätscherte, und ließ sich auf einen der Felsen nieder. Er dachte über das seltsame Glück nach, das so unerwartet in sein Leben getreten war. Es war wie in einer dieser alten Liebesgeschichten voller Glanz und Schwärmerei, die er so sehr liebte. Lächelnd erinnerte er sich an die spöttischen Bemerkungen, mit denen Dorothée des Flèches zum Ausdruck gebracht hatte, wie sehr sie seinen Literaturgeschmack verachtete. Was, so fragte er sich, würde Dorothée jetzt darüber denken? Wahrscheinlich würde es sie kaum interessieren.

Seine Gedanken wurden unterbrochen, als er Laub rascheln hörte. Der schwarze Wolf trat vor ihm aus dem Gebüsch. Er winselte, so als wolle er Anselmes Aufmerksamkeit auf sich lenken. Irgendwie schien das Tier sein grimmiges Aussehen verloren zu haben.

Neugierig und etwas beunruhigt sah Anselme zu, wie der Wolf mit seinen Pranken Pflanzen auszureißen begann, die wie wilder Knoblauch aussahen. Er fraß sie mit offensichtlicher Gier.

Dann blieb Anselme der Mund offen stehen. Im einen Moment sah er den Wolf vor sich, im nächsten stand an eben jener Stelle die Gestalt eines schlanken, kräftigen Mannes. Sein Haar und Bart waren blauschwarz, und in seinen Augen schien ein dunkles Feuer zu lodern. Das Haar fiel fast bis zu seinen Augenbrauen hinunter, und der Bart wuchs nahezu bis an die unteren Wimpern heran. Seine Arme, Beine, Schultern und seine Brust waren mit borstigen Stoppeln bedeckt.

»Ich versichere dir, dass ich dir nichts Böses will«, sagte der Mann. »Ich bin Malachie du Marais, ein Magier, und einst war ich Sephoras Geliebter. Als sie meiner überdrüssig wurde und weil sie meine Zauberkräfte fürchtete, hat sie mich in einen Werwolf verwandelt, indem sie mir vom Wasser eines bestimmten Teiches zu trinken gab, der sich im verzauberten Reich von Sylaire befindet. Der Teich wurde vor langer Zeit verflucht und mit Lykanthropie infiziert – und Sephora hat seine Wirkung durch ihre Zaubersprüche noch verstärkt. Bei Neumond kann ich meine wölfische Gestalt für einige Zeit ablegen. Auch wenn ich eine bestimmte Wurzel ausgrabe und esse, wie du es eben gesehen hast, verwandele ich mich wieder in einen Menschen, allerdings nur für wenige Minuten. Die Wurzel ist sehr selten.«

Anselme beschlich das Gefühl, dass die Magie von Sylaire komplizierter war, als er bislang angenommen hatte. Doch in seiner Verwirrung sah er sich außerstande, dem eigenartigen Wesen vor ihm zu vertrauen. Er hatte schon viele Geschichten über Werwölfe gehört. Angeblich waren sie während des Mittelalters in Frankreich sehr verbreitet. Ihre Grausamkeit, so erzählte man sich, glich eher der von Dämonen als von normalen Tieren.

»Erlaube mir, dich vor der großen Gefahr zu warnen, in der du schwebst«, fuhr Malachie du Marais fort. »Es war sehr unbedacht von dir, dich von Sephora hierher locken zu lassen. Wenn du klug bist, verlässt du Sylaire und seine Umgebung, so schnell du kannst. In diesem Land herrschen seit langen Jahren das Böse und die Zauberei. Alle, die hier leben, sind ebenso alt wie das Land, und auf ihnen lastet derselbe Fluch. Sephoras Bedienstete, die dich am gestrigen Abend bewirtet haben, sind Vampire, die tagsüber in der Gruft des Turmes schlafen und bei Nacht wieder hervorkommen. Sie treten durch das Druidentor in die Welt hinaus, um die Menschen von Averoigne zu jagen.«

Er hielt inne, so als wolle er den Worten, die nun folgten, Nachdruck verleihen. Seine Augen leuchteten unheilvoll, und in seine tiefe Stimme mischte sich ein zischender Unterton. »Sephora selbst ist eine der antiken Lamien. Sie sind unsterblich und ernähren sich von der Lebenskraft junger Männer. Über die Jahrhunderte hat sie viele Liebhaber gehabt – und ich kann ihr schreckliches Schicksal nur bedauern, auch wenn ich es nicht genau beschreiben kann. Sephoras Schönheit und Jugend sind nichts weiter als eine Illusion. Könntest du ihr wahres Äußeres sehen, würdest du dich sofort voller Ekel abwenden und wärst von deiner gefährlichen Liebe zu ihr geheilt. Sie sieht unvorstellbar alt, widerlich und niederträchtig aus.«

»Aber wie kann das alles möglich sein?«, fragte Anselme. »Ich kann dir nicht glauben.«

Malachie zuckte mit seinen haarigen Schultern. »Zumindest habe ich dich gewarnt. Die Wolfsverwandlung naht, und ich muss nun gehen. Wenn du mich später in meiner Behausung besuchen kommst – sie liegt etwa eine Meile westlich von Sephoras Turm – kann ich dich vielleicht davon überzeugen, dass ich die Wahrheit gesagt habe. In der Zwischenzeit solltest du dich fragen, ob du irgendwo in Sephoras Kammer Spiegel gesehen hast, wie hübsche junge Mädchen sie gerne benutzen. Vampire und Lamien fürchten sich vor Spiegeln – aus gutem Grund.«

Aufgewühlt kehrte Anselme zum Turm zurück. Was Malachie ihm erzählt hatte, war schlicht unglaublich. Aber es stimmte, dass an Sephoras Dienern etwas Eigenartiges war. Er hatte ihre Abwesenheit an diesem Morgen nicht bemerkenswert gefunden – aber er hatte sie tatsächlich seit dem Abend zuvor nicht mehr gesehen. Außerdem erinnerte er sich auch nicht daran, unter Sephoras vielen weiblichen Sachen einen Spiegel gesehen zu haben.

Sie erwartete ihn in der unteren Halle des Turms. Beim ersten Blick auf die umwerfende Anmut ihrer Fraulichkeit schämte er sich dafür, dass Malachies Worte Zweifel in ihm geweckt hatten.

Sephoras blaugraue Augen sahen ihn fragend an; sie waren so unergründlich und sanft wie die einer heidnischen Liebesgöttin. Er erzählte ihr von seiner Begegnung mit dem Werwolf und ließ dabei kein Detail aus.

»Ah! Ich habe gut daran getan, meinen Instinkten zu vertrauen«, sagte sie. »Letzte Nacht, als der Wolf dich so grimmig anblickte und anknurrte, musste ich mir eingestehen, dass er mittlerweile gefährlicher war, als ich hatte wahrhaben wollen. Heute Morgen, als ich in meiner Zauberkammer war, habe ich von meinen hellseherischen Fähigkeiten Gebrauch gemacht und einiges erfahren. Ich bin in letzter Zeit wirklich unvorsichtig gewesen. Malachie ist zu einer Bedrohung für meine Sicherheit geworden. Außerdem hasst er dich und ist entschlossen, unser Glück zu zerstören.«

»Ist es wahr, dass er dein Geliebter war und dass du ihn in einen Werwolf verwandelt hast?«

»Er war mein Geliebter – vor langer Zeit. Aber die Gestalt des Werwolfs hat er selbst zu verantworten; schließlich hat er aus verhängnisvoller Neugier aus dem Teich getrunken, von dem er dir erzählt hat.

Er hat es seither stets bereut, denn auch wenn die Wolfsgestalt ihm unheilvolle Kräfte verleiht, so schränkt sie ihn doch in seinem Handeln und in seiner Magie ein. Er möchte wieder ein Mensch werden, und sollte ihm das gelingen, wird er für uns beide noch viel gefährlicher sein.

Ich hätte besser auf ihn aufpassen müssen – ich habe herausgefunden, dass er mir das Rezept für das Gegenmittel des Werwolf-Wassers gestohlen hat. Dank meiner hellseherischen Kräfte konnte ich sehen, dass er den Gegentrank gebraut hat, als er durch das Kauen einer bestimmten Wurzel für einige Zeit wieder menschliche Gestalt angenommen hatte. Wenn er das Mittel trinkt – und ich nehme an, dass er das bald tun wird – wird er sich dauerhaft in einen Menschen zurückverwandeln.

Er wartet nur noch auf den Neumond, danach ist der Werwolf-Zauber am schwächsten.«

»Aber wieso sollte Malachie mich hassen?«, fragte Anselme weiter. »Und wie kann ich dir helfen, ihn zu stoppen?«

»Deine erste Frage ist ein bisschen töricht, Liebling. Natürlich ist er eifersüchtig auf dich. Und was deine Hilfe angeht – ich habe einen hübschen Plan erdacht, wie wir Malachie täuschen können.«

Sie zog einen kleinen dreieckigen Flakon aus violettem Glas aus ihrer Korsage.

»Dieser Flakon«, erklärte sie ihm, »ist mit dem Wasser des Werwolf-Teiches gefüllt. Dank meiner Fähigkeiten konnte ich sehen, dass Malachie seinen frisch gebrauten Trank in einem Flakon von gleicher Größe, Form und Farbe aufbewahrt. Wenn du zu seinem Bau gehen und die beiden Fläschchen austauschen kannst, ohne gesehen zu werden, glaube ich, wird das Ergebnis sehr unterhaltsam sein.«

»Ich werde selbstverständlich gehen«, versicherte Anselme ihr.

»Jetzt sollte ein guter Zeitpunkt sein. In einer Stunde steigt der Mond auf, dann geht Malachie meist auf die Jagd. Wenn du ihn in seinem Bau antriffst oder er zurückkehrt, während du dort bist, behauptest du, nur seiner Einladung gefolgt zu sein.«

Sephora beschrieb Anselme ausführlich, wie er den Bau des Werwolfs auf dem schnellsten Weg finden würde. Dann reichte sie ihm ein Schwert und erzählte ihm, es sei geschmiedet worden, während magische Chöre Zaubersprüche sangen, und daher besonders mächtig im Kampf gegen Wesen wie Malachie.

»Das Temperament des Wolfes ist unberechenbar geworden«, warnte Sephora. »Sollte er dich angreifen, wäre ein Erlenknüppel keine sehr hilfreiche Waffe.«

Der Bau war leicht zu finden, da breit getretene Pfade ohne große Umwege zu ihm führten. Er bestand aus den Überresten eines eingestürzten Turmes und ruhte auf einem Erdhügel, von

Gras und bemoosten Felsbrocken umgeben. Der Eingang war einst eine hohe Tür gewesen, doch nun gab es nur noch einen Durchschlupf in der Erde, durch den das Tier in seine Unterkunft ein- und ausgehen konnte.

Anselme zögerte, als er vor dem Loch stand. »Bist du da, Malachie du Marais?«, rief er. Er erhielt keine Antwort, aus dem Inneren war kein Geräusch zu hören. Anselme rief noch einmal. Schließlich kroch er auf allen vieren in den Bau.

Wo Bereiche des Erdhügels eingestürzt waren, drang durch mehrere Öffnungen, die mit vorbeiwachsenden Baumwurzeln vergittert waren, Licht herein. Der Ort glich eher einer Höhle als einem Zimmer. Es roch nach Aas, aber Anselme hatte nicht das Bedürfnis, der Ursache auf den Grund zu gehen. Der Boden war mit Knochen, abgerissenen Pflanzenstängeln und Blättern bedeckt, und überall standen zerbrochene oder rostige Gefäße, wie Alchemisten sie benutzen. Ein von Grünspan überzogener Kessel hing an einem Dreifuß über der Asche und den verkohlten Reisigbündeln in der Feuerstelle. Regennasse, moderige Gewänder hingen auf einem Gestell aus rostigem Metall. Ein nur noch dreibeiniger Tisch war gegen die Wand gelehnt. Auf ihm stand ein Sammelsurium der unterschiedlichsten Dinge, unter denen Anselme einen violetten Flakon erkannte, der jenem ähnelte, den Sephora ihm gegeben hatte.

In einer Ecke lag ein Haufen toter Gräser. Der starke, üble Geruch eines wilden Tieres mischte sich unter den Aasgestank.

Anselme blickte sich vorsichtig um und lauschte. Dann tauschte er Sephoras Flakon ohne zu zögern gegen den auf Malachies Tisch aus. Den gestohlenen Flakon versteckte er unter seiner Jacke.

Vom Eingang der Höhle hörte er Schritte. Anselme drehte sich um – und sah sich dem schwarzen Wolf gegenüber.

Das Tier kam auf ihn zu und duckte sich, so als wolle es ihn anspringen. Seine Augen glühten wie die dunkelrote Lava des Avernus. Anselmes Finger legten sich auf den Griff des magischen Schwertes, das Sephora ihm gegeben hatte.

Die Augen des Wolfes folgten der Bewegung seiner Finger. Er schien das Schwert zu erkennen. Dann wandte er sich von Anselme ab und kaute einige Wurzeln der knoblauchartigen Pflanze, die er gewiss gesammelt hatte, um jene Vorhaben in die Tat umzusetzen, zu denen er in Wolfsgestalt nicht fähig war.

Dieses Mal war seine Verwandlung nicht vollständig. Malachie du Marais richtete zwar seinen Kopf und Körper vor Anselme auf, aber seine Beine waren nach wie vor die Hinterbeine des riesigen Wolfes. Er glich einer bestialischen Kreatur aus einer antiken Legende.

»Dein Besuch ehrt mich«, sagte er mit einem leichten Knurren, und aus seinen Augen und seiner Stimme sprach Argwohn. »Nur wenige haben es gewagt, meine ärmliche Behausung zu betreten, und ich bin dir dankbar dafür. Als Anerkennung für deine Freundlichkeit möchte ich dir ein Geschenk machen.«

Mit wölfischen Bewegungen ging er zu dem kaputten Tisch hinüber und wühlte in dem Durcheinander herum. Er zog einen länglichen Silberspiegel hervor, der strahlend glänzte und einen mit Juwelen besetzten Griff hatte. Ein Spiegel wie von einer reichen Dame oder einem edlen Fräulein. Er reichte ihn Anselme.

»Ich schenke dir den Spiegel der Wirklichkeit«, verkündete er. »Er reflektiert die wahre Natur aller Dinge. Die Illusionen eines Zaubers können ihn nicht täuschen. Du hast mir nicht geglaubt, als ich dich vor Sephora gewarnt habe. Aber wenn du diesen Spiegel vor ihr Gesicht hältst und hineinsiehst, wirst du erkennen, dass ihre Schönheit, wie alles in Sylaire, nur eine hohle Lüge ist – sie trägt eine uralte Maske des Schreckens und der Verdorbenheit. Wenn du mir nicht glaubst, halte mir den Spiegel vor – du wirst sehen, dass auch ich Teil des unvorstellbar alten Bösen bin, das dieses Land regiert.«

Anselme nahm den länglichen Silberspiegel und tat, wie Malachie es ihm geraten hatte. Im ersten Schreckensmoment hätten seine kraftlosen Finger beinahe den Spiegel fallen gelassen. Er sah ein Gesicht, das schon seit langer Zeit in einem Grab hätte verborgen liegen müssen...

Der Schrecken, der von diesem Anblick ausging, erschütterte Anselme so tief, dass er später nicht mehr erklären konnte, unter welchen Umständen er die Höhle des Werwolfes verlassen hatte. Er behielt das Geschenk, aber mehr als einmal war er kurz davor, es wegzuwerfen. Er versuchte, sich einzureden, dass das, was er gesehen hatte, nur das Ergebnis eines Zaubertricks gewesen war. Er weigerte sich, zu glauben, dass irgendein Spiegel Sephora als etwas anderes zeigen könne als seine junge, hübsche Geliebte, deren sanfte, warme Küsse er noch immer auf seinen Lippen spürte.

Bei dem Bild, das sich ihm bot, als er wieder in die große Turmhalle trat, verschwand all dies jedoch aus seinen Gedanken. Während seiner Abwesenheit waren drei Besucher erschienen. Sie standen vor Sephora, die mit einem beruhigenden Lächeln scheinbar versuchte, ihnen etwas zu erklären. Anselme erkannte die Besucher mit großer Überraschung, ja Fassungslosigkeit.

Dort stand Dorothée des Flèches in sehr eleganter Reisegarderobe. Die anderen beiden waren zwei Bedienstete ihres Vaters, bewaffnet mit Langbogen, Köchern mit Pfeilen, Breitschwertern und Dolchen. Trotz dieser zahlreichen Waffen sahen sie nicht aus, als ob sie sich sonderlich wohl oder sicher fühlten.

Dorothée hingegen schien ihr gewohnt nüchternes, forsches Auftreten behalten zu haben: »Was tust du an diesem seltsamen Ort, Anselme?«, rief sie ihm zu. »Und wer ist diese Frau, diese Herrin von Sylaire, wie sie sich nennt?«

Anselme hatte das Gefühl, dass sie keine Antwort, die er ihr auf ihre Fragen geben konnte, verstehen würde. Er blickte zu Sephora hinüber und sah dann wieder Dorothée an. Sephora vereinte all die Schönheit und Romantik in sich, nach der er sich immer gesehnt hatte. Wie hatte er sich jemals in Dorothée verlieben und nur wegen ihrer Gefühlskälte und Launenhaftigkeit dreizehn Monate als Eremit leben können? Ja, sie war recht hübsch und besaß die körperlichen Vorzüge der Jugend. Aber sie war dumm und fantasielos – trotz ihrer jungen Jahre war sie bereits so bieder wie eine ältlichere Hausfrau. Kein Wunder, dass sie ihn nie verstanden hatte.

»Wie kommst du hierher?«, fragte er zurück. »Ich habe nicht geglaubt, dass ich dich je wiedersehen würde.«

»Ich habe dich vermisst, Anselme«, seufzte sie. »Man erzählte sich, du hättest aus Liebe zu mir der Welt den Rücken gekehrt und seist zum Einsiedler geworden. Nun, nach so langer Zeit, wollte ich dich besuchen. Aber du warst verschwunden. Einige Jäger haben gestern beobachtet, wie du mit einer seltsamen Frau über das Moor bei den Druiden-Felsen gewandert bist. Sie erzählten, dass ihr euch beide in Luft aufgelöst hättet, nachdem ihr das Steintor durchschritten habt. Heute bin ich zusammen mit den Männern meines Vaters euren Spuren gefolgt. Wir haben uns in dieser seltsamen Gegend wiedergefunden, von der kein Mensch zuvor je gehört hat. Und nun hat diese Frau ...«

Ihr Satz wurde durch ein wildes Geheul unterbrochen, das den Raum erfüllte und unheimlich von den Wänden widerhallte. Der schwarze Wolf brach durch die Tür, die für Sephoras Gäste geöffnet worden war. Er schäumte und geiferte vor Wut. Dorothée des Flèches schrie, als er geradewegs auf sie zustürzte. Offenbar hatte er sie als das erste Opfer seines rasenden Zorns auserkoren.

Was hatte ihn in diese auffallende Rage versetzt? Vielleicht hatte das Wasser aus dem Werwolf-Teich, das Anselme gegen das Gegenmittel ausgetauscht hatte, den ursprünglichen lykanthropischen Fluch noch verstärkt.

Die beiden schwer bewaffneten Bediensteten standen wie zu Salzsäulen erstarrt. Anselme zog das Schwert aus der Scheide, das die Zauberin ihm gegeben hatte, und warf sich zwischen Dorothée und den Wolf. Er erhob die gerade Klinge, mit der er jeden noch so starken Gegner hätte erstechen können. Der rasende Werwolf flog, als sei er von einem Katapult geworfen worden, durch die Luft. Seine rote, weit aufgerissene Kehle biss fauchend nach der ausgestreckten Schwertspitze. Anselmes Hand, die den Schwertgriff fest umschloss, erzitterte, und von der Erschütterung wurde er zurückgeworfen. Der Wolf fiel dröhnend vor Anselmes Füßen zu Boden. Seine Kiefer hatten sich fest um die Klinge geschlossen. Die Spitze ragte zwischen den steifen Borsten auf seinem Nacken hervor.

Anselme versuchte vergeblich, das Schwert aus dem Wolfskopf herauszuziehen. Dann hörte der schwarze Körper schließlich auf zu zucken – und die Klinge ließ sich ganz leicht bewegen. Er zog sie aus dem offenen Mund des toten, uralten Zauberers Malachie du Marais, der jetzt vor Anselme auf den Steinplatten lag. Das Gesicht des Magiers war nun das Gesicht, das Anselme im Spiegel gesehen hatte, als er ihn Malachie auf dessen Bitte hin vorgehalten hatte.

»Du hast mich gerettet! Wie prächtig!«, rief Dorothée.

Anselme sah, dass sie mit ausgebreiteten Armen auf ihn zukam. Nur noch einen Augenblick, und die Situation würde sehr peinlich werden.

Er erinnerte sich wieder an den Spiegel, den er zusammen mit dem Flakon, den er Malachie du Marais gestohlen hatte, unter seiner Jacke versteckt hatte. Was, so fragte er sich, würde Dorothée in der glänzenden Tiefe sehen?

Er zog den Spiegel rasch hervor und hielt ihn vor ihr Gesicht, als sie sich ihm näherte. Was sie in dem Spiegel sah, wusste er nicht, aber es hatte eine erstaunliche Wirkung. Dorothée stockte der Atem. Ihre Augen weiteten sich vor scheinbar ungeheurem Schrecken. Dann bedeckte sie ihre Augen mit den Händen, als wolle sie eine grauenhafte Vision verdrängen, und rannte kreischend aus der Halle. Die Männer ihres Vaters folgten ihr. Die Geschwindigkeit ihrer Schritte ließ keinen Zweifel daran, dass sie es nicht bedauerten, diesen unheimlichen Ort der Zauberer und Hexen verlassen zu müssen.

Sephora begann leise zu lachen. Anselme musste ebenfalls kichern. Sie brüllten jetzt beinahe hysterisch vor Lachen, aber nach einer Weile fasste Sephora sich wieder. »Ich weiß, weshalb Malachie dir den Spiegel gegeben hat«, sagte sie. »Möchtest du mein Spiegelbild nicht sehen?«

Anselme wurde sich bewusst, dass er den Spiegel noch immer in der Hand hielt. Ohne Sephora zu antworten, ging er zum nächstgelegen Fenster hinüber, das über einer tiefen Grube lag. Sie war von Büschen umgeben und einst Teil des halb gefüllten Burggrabens gewesen. Er warf den Silberspiegel hinunter.

»Was meine Augen mir zeigen, genügt mir. Ich brauche keinen Spiegel«, erwiderte er. »Wir sollten uns lieber den Dingen widmen, die wir schon so lange vernachlässigt haben.«

Wieder schmiegte sich Sephora, die wundervollste, schönste aller Frauen, in seine Arme, und ihr weicher Mund legte sich auf seine hungrigen Lippen.

Nun hielt sie der stärkste aller Zauber in einem Kranz aus Licht gefangen.

Gabriel-Ernest

Saki

In Ihren Wäldern lebt eine wilde Bestie«, sagte Cunningham, der Künstler, als er zum Bahnhof gefahren wurde. Dies war die einzige Bemerkung, die er die ganze Fahrt über von sich gab, aber da Van Cheele ununterbrochen redete, war das Schweigen seines Begleiters nicht weiter aufgefallen.

»Ein oder zwei freilaufende Füchse und ein paar Wiesel. Nichts Ausgefallenes«, entgegnete Van Cheele.

Der Künstler erwiderte nichts.

»Was haben Sie mit der wilden Bestie gemeint?«, fragte Van Cheele später, als sie auf dem Bahngleis standen.

»Nichts. Meine Fantasie ... Da kommt der Zug«, antwortete Cunningham.

An diesem Nachmittag machte Van Cheele einen seiner häufigen Streifzüge durch sein bewaldetes Anwesen. In seinem Arbeitszimmer stand eine ausgestopfte Rohrdommel, er kannte die Namen zahlreicher Wildblumen, und seine Tante hatte wohl nicht ganz unrecht, wenn sie ihn als leidenschaftlichen Naturforscher bezeichnete. Auf jeden Fall war er ein leidenschaftlicher Wanderer. Es war ihm zur Gewohnheit geworden, sich mentale Notizen von allem zu machen, was er auf seinen Spaziergängen sah – allerdings weniger, um einen Beitrag zur aktuellen Forschung zu leisten, als vielmehr, um neue Konversationsthemen zu sammeln. Wenn die Glockenblumen zu blühen begannen, machte er es sich zur Aufgabe, alle von dieser Tatsache in Kenntnis zu setzen; die momentane Jahreszeit war für seine Zuhörer möglicherweise bereits eine Warnung dafür gewesen, dass dieses Ereignis bevorstand, aber immerhin vermittelte er ihnen so das Gefühl, absolut offen zu ihnen zu sein.

Was Van Cheele an diesem Nachmittag sah, erweiterte seinen bisherigen Erfahrungsschatz jedoch um ein äußerst ungewöhnliches Ereignis. In einem Eichenwäldchen lag auf einem glatten Felsvorsprung über einem tiefen Teich ein etwa sechzehn Jahre alter Junge ausgestreckt. Er ließ seine nassen braunen Arme und Beine genüsslich in der Sonne trocknen. Sein nasses Haar war vermutlich beim Tauchen gescheitelt worden und klebte nun an seinem Kopf. Seine hellbraunen Augen strahlten so hell, dass ihnen ein geradezu tigerartiger Glanz anhaftete, und sie richteten sich mit einer seltsam träge wirkenden Wachsamkeit auf Van Cheele.

Eine solche Erscheinung hatte er nicht erwartet, und so musste Van Cheele erst nachdenken, bevor er etwas sagte – etwas für ihn gänzlich Neues. Woher um alles in der Welt konnte dieser wild aussehende Junge nur gekommen sein? Die Frau des Müllers hatte vor etwa zwei Monaten ein Kind verloren; man nahm an, es sei im Mühlgraben ertrunken, doch es war noch ein Baby gewesen, kein Halbwüchsiger.

»Was treibst du hier?«, fragte Van Cheele.
»Offensichtlich sonne ich mich«, antwortete der Junge.
»Wo wohnst du?«
»Hier, in diesen Wäldern.«
»Du kannst doch nicht im Wald leben«, entgegnete Van Cheele.
»Es ist ein sehr schöner Wald«, sagte der Junge, und in seiner Stimme schwang Überheblichkeit.
»Aber wo schläfst du nachts?«
»Nachts schlafe ich gar nicht ... das ist meine aktivste Zeit.«
Gereizt stellte Van Cheele fest, dass ihm die Situation langsam entglitt. »Wovon ernährst du dich denn?«, fragte er.
»Fleisch«, erwiderte der Junge. Er sprach das Wort langsam und genussvoll aus, fast so, als könne er es schmecken.
»Fleisch? Was für Fleisch?«

»Wenn Sie es wirklich wissen wollen: Hasen, Wildgeflügel, Kaninchen, Hühner. Lämmer, wenn gerade Saison ist, und Kinder, wenn ich eins erwischen kann – meist sind sie nachts, wenn ich normalerweise auf die Jagd gehe, aber zu gut weggesperrt. Es sind bestimmt schon zwei Monate vergangen, seit ich zum letzten Mal Kinderfleisch genossen habe.«

Van Cheele ignorierte die letzte scherzhafte Bemerkung und versuchte, die Unterhaltung mit dem Jungen auf das Thema des Wilderns zu lenken: »Dass du dich von Kaninchen ernährst, ist doch dummes Gerede.« (Der nackte Junge sah nicht gerade wie ein reißendes Biest aus.) »Die Kaninchen hier in den Hügeln lassen sich nicht so leicht fangen.«

»Nachts jage ich auf allen vieren«, entgegnete der Junge geheimnisvoll.

»Meinst du damit, dass du einen Jagdhund hast?«, wagte Van Cheele zu fragen.

Der Junge rollte sich langsam auf den Rücken und ließ ein seltsames, leises Lachen hören, ein freundliches Kichern, gepaart mit einem unangenehmen Knurren: »Ich glaube nicht, dass ein Hund meine Gesellschaft sonderlich begrüßen würde, schon gar nicht in der Nacht.«

Van Cheele empfand den Jungen mit den seltsamen Augen, der all diese eigenartigen Dinge sagte, langsam als ausgesprochen unheimlich.

»Ich kann nicht erlauben, dass du in diesen Wäldern bleibst«, sagte er bestimmt.

»Ich bin sicher, Sie möchten mich lieber hier draußen wissen als in Ihrem Haus«, bemerkte der Junge.

Die Vorstellung, dieses wilde, nackte Tier in seinem sauberen, ordentlichen Haus aufzunehmen, bereitete Van Cheele einiges Unbehagen.

»Wenn du nicht freiwillig gehst, werde ich dich zwingen müssen«, warnte Van Cheele.

Der Junge drehte sich blitzschnell um, sprang in den Teich und hatte seinen nass glänzenden Körper in Sekundenschnelle auf halbe Höhe der Böschung geschwungen, auf der Van Cheele stand. Für einen Fischotter wäre dies keine besondere Leistung gewesen, doch für einen Jungen fand Van Cheele diese Beweglichkeit wirklich erstaunlich. Er rutschte aus, als er unwillkürlich zurückwich, und um ein Haar wäre er der Länge nach auf der rutschigen, grasbewachsenen Böschung gelandet, die gelben, tigerhaften Augen dicht neben seinen eigenen. Beinahe instinktiv führte er eine Hand in Richtung seiner Kehle.

Wieder lachte der Junge, aber jetzt hatte das Knurren das Kichern fast völlig verdrängt, und dann schoss er mit einem weiteren seiner unglaublichen Blitz-Manöver in ein Gebüsch aus Gräsern und Farnen und war nicht mehr zu sehen.

»Was für ein außergewöhnliches wildes Tier!«, fand Van Cheele, als er sich wieder aufrichtete. Dann erinnerte er sich an Cunninghams Bemerkung: »In Ihren Wäldern lebt ein wilde Bestie.«

Auf dem Heimweg versuchte Van Cheele, sich an Ereignisse in der Gegend zu erinnern, die auf die Existenz dieses erstaunlichen jungen Wilden hindeutete.

Irgendetwas hatte den Wildbestand in den Wäldern in letzter Zeit ausgedünnt. Von einigen Höfen waren Hühner gestohlen worden, unzählige Kaninchen waren verschwunden, und Van Cheele hatten Nachrichten ereilt, wonach Lämmer von ihren Weiden auf den Hügeln mit Gewalt entwendet worden waren. War es wirklich möglich, dass dieser wilde Junge gemeinsam mit einigen schlauen Jagdhunden plündernd durch das Land zog? Er hatte davon gesprochen, bei Nacht »auf allen vieren« zu jagen, doch dann hatte er seltsamerweise behauptet, dass sich ihm kein Hund freiwillig nähern würde, »schon gar nicht in der Nacht.«

All das war äußerst rätselhaft. Aber jetzt, als Van Cheele sich die zahlreichen Plünderungen ins Gedächtnis rief, die in den letzten ein, zwei Monaten stattgefunden hatten, hielt er plötzlich inne – im Laufen sowie in seinen Spekulationen. Das Kind, das vor zwei Monaten aus der Mühle verschwunden war … Die gängige Theorie war, es sei in den Mühlgraben gefallen und dann vom Strom fortgetragen worden. Die Mutter hatte jedoch stets bekräftigt, ein Kreischen von den Hügeln hinter dem Haus gehört zu haben, nicht aus Richtung des Wassers. Natürlich war so etwas wenig glaubhaft, aber dennoch wünschte er sich, der Junge hätte diese unheimliche Bemerkung nicht gemacht, er habe vor zwei Monaten Kinderfleisch gegessen. Solch grauenhafte Dinge sollten nicht einmal im Scherz gesagt werden.

Entgegen seiner sonstigen Gewohnheiten beabsichtigte Van Cheele nicht, über seine Entdeckung im Wald zu sprechen. Er fürchtete, seine Stellung als Gemeinderat und Friedensrichter könne durch die Tatsache Schaden nehmen, dass er auf seinem Anwesen einer Kreatur von solch zweifelhaftem Ruf Unterschlupf gewährte. Es war auch nicht auszuschließen, dass man mit hohen Schadenersatzforderungen für gerissene Lämmer und Hühner an ihn herantrat. Beim Abendessen war er an diesem Tag ungewöhnlich still.

»Wo hast du denn deine Stimme gelassen?«, fragte seine Tante. »Man könnte ja meinen, du hättest einen Wolf gesehen.«

Van Cheele, dem diese alte Redensart nicht bekannt war, hielt die Bemerkung für ziemlich albern; wenn er wirklich einen Wolf auf dem Gelände gesehen hätte, hätte er gewiss ununterbrochen davon gesprochen.

Beim Frühstück am nächsten Morgen verspürte Van Cheele noch immer dasselbe unangenehme Gefühl, das ihn seit der gestrigen Begegnung begleitete, und so entschloss er sich, mit dem Zug in die benachbarte Domstadt zu fahren, Cunningham aufzusuchen und ihn zu fragen, was er vor der Bemerkung über eine wilde Bestie in den Wäldern wirklich gesehen hatte. Kaum dass er diesen Entschluss gefasst hatte, kehrte seine gewohnte Heiterkeit teilweise zurück, und er summte eine fröhliche Melodie, als er beschwingt zum Wohnzimmer ging, um wie üblich eine Zigarette zu rauchen.

Als er das Zimmer betrat, verstummte er augenblicklich und

stieß erschrocken ein inniges Stoßgebet aus. Anmutig lag der Junge aus den Wäldern ausgestreckt auf der Ottomane; seine Haltung war beinahe übertrieben entspannt. Er war trockener als beim letzten Mal, aber ansonsten hatte sich seine Erscheinung nicht verändert.

»Wie kannst du es wagen, hierher zu kommen?«, fragte Van Cheele wütend.

»Sie haben mir doch gesagt, dass ich nicht in den Wäldern bleiben darf«, entgegnete der Junge ruhig.

»Aber du solltest nicht hierher kommen. Was, wenn meine Tante dich sieht?«

In der Absicht, das Ausmaß der Katastrophe so gering wie möglich zu halten, versteckte Van Cheele seinen unwillkommen Gast hastig und so gut wie möglich unter der Morgenzeitung. In diesem Moment betrat seine Tante das Zimmer.

»Dieser arme Junge hat sich verirrt – und sein Gedächtnis verloren. Er weiß nicht mehr, wer er ist oder woher er kommt«, erklärte Van Cheele verzweifelt, und dabei blickte er besorgt in das Gesicht des verwahrlosten Kindes, um zu sehen, ob zu den zahlreichen wilden Neigungen des Jungen auch unangemessene Aufrichtigkeit zählte.

Miss Van Cheele war in höchstem Maße interessiert. »Vielleicht ist seine Unterwäsche gekennzeichnet«, schlug sie vor.

»Anscheinend hat er die auch verloren«, sagte Van Cheele und dabei bemühte er sich hektisch, die einzelnen Seiten der Morgenzeitung an ihrem Platz zu halten.

Ein nacktes, heimatloses Kind ging Miss Van Cheele ebenso nahe wie eine streunende Katze oder ein verlassener Welpe es getan hätten. »Wir müssen für ihn tun, was wir können«, entschied sie, und innerhalb kürzester Zeit hatte sie einen Boten mit einer Nachricht zum Pfarramt geschickt. Von dort brachte ihn der Page alte Kleider mit – Hose, Hemd, Schuhe.

Auch angezogen, gewaschen und gekämmt hatte der Junge in Van Cheeles Augen nichts von seiner unheimlichen Ausstrahlung verloren; seine Tante fand ihn jedoch allerliebst.

»Wir müssen ihm einen Namen geben, bis wir wissen, wer er wirklich ist«, sagte sie. »Gabriel-Ernest, denke ich. Das sind nette, anständige Namen.«

Van Cheele stimmte ihr zu, doch innerlich bezweifelte er, dass sie es mit einem netten, anständigen Kind zu tun hatten. Seine Bedenken wurden auch durch die Tatsache untermauert, dass sein ruhiger alter Spaniel sofort aus dem Haus geflohen war, als der Junge es zum ersten Mal betreten hatte, und sich nun stur in der hintersten Ecke des Obstgartens aufhielt, wo er zitternd saß und kläffte. Auch der Kanarienvogel, der für gewöhnlich ebenso geschwätzig war wie Van Cheele selbst, ließ nur noch ein verängstigtes Piepsen vernehmen. Mehr denn je war Van Cheele entschlossen, keine Zeit mehr zu verlieren und Cunningham umgehend zu befragen.

Während er zum Bahnhof fuhr, entschied seine Tante, dass Gabriel-Ernest sich zur Teezeit am Nachmittag um die kleineren Kinder der Sonntagsschule kümmern sollte.

Cunnigham war zunächst alles andere als mitteilsam.

»Meine Mutter ist an einer Nervenerkrankung des Gehirns gestorben«, erklärte er. »Sie werden also verstehen, dass ich nicht gerne über Dinge nachdenke oder spreche, die allzu fantastisch sind, auch wenn ich sie selbst gesehen habe oder mir zumindest einbilde, sie gesehen zu haben.«

»Aber was HABEN Sie denn gesehen?«, hakte Van Cheele nach.

»Was ich gesehen zu haben glaube, ist so außergewöhnlich, dass niemand im Vollbesitz seiner geistigen Kräfte es allen Ernstes auch nur annähernd für möglich halten könnte. Am letzten Abend meines Besuchs bei Ihnen stand ich halb verborgen von der Hecke am Tor des Obstgartens und genoss den Sonnenuntergang. Plötzlich sah ich einen nackten Jungen auf den kahlen Hügeln stehen ... ich nahm an, dass er in der Nähe in einem Teich gebadet hatte ... auch er betrachtete den Sonnenuntergang. Seine Haltung glich der eines wilden Faunes aus einer heidnischen Sage, und ich verspürte sogleich das Bedürfnis, ihn als Modell zu engagieren. Ich war kurz davor, ihn zu mir herüberzuwinken. Genau in diesem Augenblick versank jedoch die Sonne hinter den Hügeln und all die orange- und rosafarbenen Töne verschwanden aus der Landschaft und ließen sie kalt und grau zurück. In eben diesem Moment geschah etwas ganz Erstaunliches – der Junge verschwand ebenfalls!«

»Was? Er hat sich in Luft aufgelöst?«, fragte Van Cheele aufgeregt.

»Nein, und das ist der schauderhafte Teil«, antwortete der Künstler. »Auf der freien Hügelebene, auf der der Junge noch eine Sekunde zuvor gestanden hatte, stand nun ein großer Wolf mit tiefschwarzem Fell, blitzenden Reißzähnen und grausamen gelben Augen. Man hätte vermuten können ...«

Aber Van Cheele hielt sich nicht mit solch flüchtigen Dingen wie Vermutungen auf. Er war bereits in vollem Tempo auf dem Weg zum Bahnhof. Die Idee eines Telegramms verwarf er sofort wieder. »Gabriel-Ernest ist ein Werwolf« war ein hoffnungslos unangemessener Versuch, die Situation mit Worten zu erklären, und seine Tante hätte gewiss vermutet, dass es sich um eine verschlüsselte Botschaft handelt und er vergessen habe, ihr den Schlüssel zu geben.

Seine einzige Hoffnung war es, das Haus vor Sonnenuntergang zu erreichen. Das Taxi, in das er nach der Bahnfahrt stieg, schien ihm mit quälender Langsamkeit über die Landstraße zu schleichen, die im Licht der untergehenden Sonne in einem rosa-violetten Glanz erstrahlte. Seine Tante war gerade dabei, die Marmelade und die Kuchenreste aufzuräumen, als er eintraf.

»Wo ist Gabriel-Ernest?«, schrie er beinahe.

»Er begleitet den kleinen Jungen von den Toops nach Hause«, antwortete seine Tante. »Es war schon spät geworden. Da war ich der Ansicht, es sei nicht sicher, ihn alleine gehen zu lassen. Was für ein wundervoller Sonnenuntergang, nicht wahr?«

Doch Van Cheele, dem das herrliche Licht der Westsonne nicht entgangen war, blieb nicht länger, um über ihre besondere Schönheit zu philosophieren. Mit einer Geschwindigkeit, zu der er normalerweise nicht fähig gewesen wäre, rannte er die schmale Straße hinunter, die zum Haus der Toops führte. Auf der einen Seite rauschte der wilde Mühlbach, auf der anderen erstreckten sich die kahlen Hügel. Am Horizont war noch der rote Rand der sinkenden Sonne zu erkennen, und hinter der nächsten Wegbiegung würde er gewiss die beiden ungleichen Jungen sehen können. Dann entwich mit einem Mal alle Farbe aus der Umgebung, und graues Licht legte sich mit einem kurzen Schauder über die Landschaft. Van Cheele vernahm ein schrilles, angsterfülltes Kreischen und blieb stehen.

Weder der Junge der Toops, noch Gabriel-Ernest wurden je wieder gesehen. Auf der Straße fand man jedoch die Kleider des Letzteren und nahm daher an, dass das Kind ins Wasser gefallen sei, dass Gabriel-Ernest sich auszog und ihm in einem vergeblichen Rettungsversuch hinterhersprang. Van Cheele und einige Arbeiter, die zurzeit des Vorfalls in der Nähe waren, sagten aus, sie hätten das laute Geschrei eines Kindes gehört, aus der Richtung, in der man die Kleider gefunden hatte. Mrs Toop, die noch elf weitere Kinder hatte, fand sich sehr gefasst mit ihrem schrecklichen Schicksal ab, aber Mrs Van Cheele machte der Verlust ihres Findelkindes schwer zu schaffen. Auf ihre Initiative hin wurde eine kupferne Gedenkplakette an der Kirche angebracht, die an »Gabriel-Ernest, einen unbekannten Jungen, der mutig sein Leben opferte, um ein anderes zu retten«, erinnerte.

Van Cheele gab seiner Tante in den meisten Angelegenheiten nach, aber er lehnte es rundheraus ab, seinen Namen unter den Erinnerungstext für Gabriel-Ernest zu setzen.

Eena

Manly Banister

Die Silhouette der Wölfin spiegelte sich deutlich in den mondbeschienenen Wassern des Wolf Lake. Totenstill lag Joel Cameron hinter einem vermodernden Baumstamm verborgen und legte den matt glänzenden Gewehrlauf an. Dann drückte er den Abzug.

Der grau gefleckte Wolf sprang in die Höhe und vollführte groteske Luftsprünge. Dann fiel das Tier nach kurzer Qual zu Boden und blieb regungslos liegen. Joel entfernte die Patronenhülse aus der qualmenden Kammer.

»Zwanzig Dollar. Ganz nette Ausbeute!«, grummelte er, als er an die ausgesetzte Prämie dachte.

Als er gerade über den Baumstamm steigen wollte, hielt er plötzlich inne und erhob seine Waffe. Er hatte seine ganze Aufmerksamkeit auf die Wölfin gerichtet, als sie am Waldrand erschien, sodass er den Welpen nicht bemerkt hatte, der ihr gefolgt war.

Zu Tode erschrocken rannte das wimmernde Wolfsjunge zurück in den Schutz der Bäume. Joel ließ sein Gewehr fallen und eilte hinterher.

»Ich fasse es nicht!«, keuchte er, als er das Junge hochhob. »Ein Albino-Welpe!«

Und so lernte Eena, die kleine Wölfin, die Welt und das Leben der Menschen kennen.

Joels Hütte stand eine Meile entfernt am Seeufer. Sie war von mehreren Bäumen umgeben, die sie gegen Wind und Wetter schützten, und durch einen dünnen Holzzaun vom See getrennt.

Joel Cameron war in diesen hochgelegenen Kiefernwäldern geboren und aufgewachsen. Später hatte ihm das Schicksal in Form einer uralten Schreibmaschine und seines ungewöhnlichen Talents als Geschichtenerzähler das Glück beschert, in der Stadt leben zu können. Aber jeden Frühling kehrte er in seine selbst gebaute Hütte in den Bergen zurück und blieb dort, bis die knisternde Kälte des Herbstes von baldigem Schneefall kündete.

Joel führte genau das Leben, das perfekt zu seinem Temperament passte. Wann immer sein Lektor ihm weniger gewogen war, was häufiger vorkam, fand er in seiner Berghütte Zuflucht vor den zittrigen Händen gieriger Vermieter.

Dank der Wolfsprämie, die der Staat ausgesetzt hatte, konnte er sich den sprichwörtlichen Wolf vom Leibe halten, der ihm das Geld aus der Tasche ziehen wollte, indem er einen echten fing.

Schon bald stellte sich heraus, dass Eena sich sehr von ihren Artgenossen unterschied. Joel hatte es von Anfang an gewusst. Selbst ihr Albinismus war einzigartig. Sie hatte nicht die typischen roten Augen, die sonst für diese Form der Pigmentstörung üblich sind. Ihre waren graubraun, und irgendwie schien es Joel, als verliehen sie ihr etwas beinahe Menschliches. Zumindest wirkten sie im schneeweißen Wolfsgesicht des Jungtieres ziemlich fehl am Platz.

Eena wuchs unglaublich schnell heran. Im Lauf der Zeit kamen sämtliche Bewohner des Tals vorbei, um den Albino zu sehen. Einige bewunderten ihr intelligentes Verhalten oder ihre stetig wachsende Kraft. Andere verurteilten Joel, weil er einen Wolf von solch mörderischer Stärke am Leben ließ.

Pierre Lebrut, ein Pelzjäger, der etwa eine Meile entfernt in einer heruntergekommenen Hütte hauste, wischte sich die Hände an seiner schmierigen Latzhose ab und spuckte den eingesperrten Wolf an.

»Cameron«, sagte er, »isch fange sie, isch töte sie, du wirst es seh'n!« Er starrte den weißen Wolf finster an, und Eena richtete zur Antwort ihre Nackenhaare auf. »Sie ist wirklisch böse«, knurrte Pierre. »Sie bringt dir Pesch. Du wirst es seh'n!«

Als der Jäger sie verließ, hockte Joel sich neben Eenas Gefängnis aus Maschendraht. Er hatte es sich angewöhnt, leise mit dem Tier zu sprechen.

»Dich töten? Niemals, meine Schöne!« Er lachte sie herzlich an. Die halb ausgewachsene Wölfin neigte den Kopf zur Seite und sah ihn ohne zu blinzeln mit ihren graubraunen Augen an.

»Manchmal frage ich mich, ob du es wohl zulassen würdest, dass ich dich hinter den Ohren kraule.« Er lächelte sie durch den Zaun an, und Eena grinste freundlich mit heraushängender Zunge zurück. »Andererseits«, teilte Joel ihr mit, »brauche ich beide Hände zum Tippen! Du bist ein unabhängiger, freier Geist. Vielleicht mag ich dich deshalb so!«

Eena inspirierte Joel zu zahlreichen Erzählungen, die ihm flüssig von der Hand gingen. Während der Sommer verschlafen vorbeizog, schloss er die Wölfin immer mehr in sein Herz. Als der Herbst einsetzte, empfand Joel längst eine innige Freundschaft für sie, auch wenn er es nie wagte, sich ihr weit genug zu nähern, um sie berühren zu können.

Etwa zu dieser Zeit schien die Neugier der Landbevölkerung in Bezug auf den Albinowolf größtenteils gestillt, und der Besucherstrom legte sich weitgehend – es kam nur noch ein- bis zweimal pro Woche jemand vorbei.

Pete Martin arbeitete auf dem Gehöft an der Landstraße nach Valley Junction, das Joels Hütte am nächsten lag. Als bester Wolfsjäger war er der ganze Stolz des Tales.

»Hab' drei Söhne und eine Tochter allein durch die Wolfsjagd durchs College gebracht«, bekräftigte er immer gern, und er bezog sich dabei auf die monatlichen Prämienschecks des Bundesstaates.

»Ich geb' dir fünfzig Dollar für deine Wölfin«, teilte Pete Joel mit. »Du fährst ja bald über den Winter in die Stadt, und da kannst du den Teufelsbraten schließlich nicht mitnehmen. Ich will sie mit meinen besten Hunden paaren und ein paar schöne Wolfshunde für die Jagd züchten.«

Eena, die nun sechs Monate alt und schon so groß wie ein ausgewachsener Wolf war, döste im Schatten des Zwingers, den Joel für sie gebaut hatte.

Joel legte die Stirn in Falten: »Wenn ich doch nur einen Weg wüsste, um sie zu behalten. Ich will mich eigentlich nicht von ihr trennen, aber unter den gegebenen Umständen nehme ich dein Angebot an. Ich fahre in drei Tagen in die Stadt, dann bringe ich sie zu dir.«

Die beiden Männer besiegelten die Abmachung mit einem festen Handschlag.

In dieser Nacht grub Eena sich unter dem Maschendraht ihres Käfigs hindurch und verschwand wie ein stummer Geist spurlos in der Wildnis des Kiefernwaldes.

Joel fuhr mit seinem ramponierten Coupé in die Stadt zurück, fünfzig Dollar ärmer, als er hätte sein können.

Der Oktoberwind rauschte über das Wasser des Wolf Lake. Das Laub der Bäume färbte sich rot, golden und braun. Die Hügel waren in sämtliche Farben aus dem Farbtopf der Natur getaucht.

Im November hing der Himmel bleischwer über dem Land. Mächtige Frost-Riesen erwachten aus ihrem Tiefschlaf unter der Erde. Schnee bedeckte das Tal und die Hügel rundum. Das Leben in der Wildnis wurde immer härter und peinigender. Auf lautlosen Pfoten wagten sich Wolfsrudel an die Häuser der Menschen heran. Sie folgten einer großen weißen Wölfin, dem größten und schlausten Wolf, den man in diesem Teil des Landes je gesehen hatte.

Die Wölfe schlichen von den Hügeln ins Tal hinab und lauerten auf den nächsten Schneesturm, um unbemerkt zuschlagen und töten zu können. Viele Male rissen sie wertvolles Vieh, das auch im Winter im Tal weidete. Die Farmer verfluchten die weiße Anführerin des Rudels, und auch Joel Camerons Name ging allen nur noch als Fluch von der Zunge.

Im darauffolgenden Frühling wurde Eena ein Jahr alt. Die Handvoll Wolf, die Joel Cameron vor einem Jahr zu seiner Hütte getragen hatte, war nun doppelt so groß wie das größte, kräftigste Wolfsmännchen des Rudels. Durch ihre Größe und Intelligenz war es ihr gelungen, zur Anführerin des Rudels zu werden.

Eena betrachtete die schwarzen Wölfe, die um sie herum im warmen Sonnenschein dösten. Die Tiere waren ihresgleichen – und auch wieder nicht. Sie wusste, dass sie sich nicht nur durch ihre Größe und die Farbe ihres Fells von ihnen unterschied. Seit Wochen spürte sie, dass eine Rastlosigkeit in ihr schwelte, eine unerklärliche Anspannung, deren Bedeutung sie nicht verstand.

Hinter dem See, der wie ein türkisfarbener Edelstein vor dem smaragdgrünen Wald glitzerte, brachten die Strahlen der Sonne die schneebedeckten Berge, deren kahle Spitzen aus der grünen Kieferndecke hervorragten, zum Erleuchten.

Die Erinnerungen der weißen Wölfin regten sich. Sie dachte an eine Hütte, die geschützt in einem kleinen Wäldchen ganz in der Nähe des Seeufers stand. Sie erinnerte sich an ein prägnantes, junges Gesicht und an eine sanfte Stimme, die mit liebenswürdigen, aber unverständlichen Worten zu ihr sprach. Sie erinnerte sich an Freundlichkeit, die zu einer Freundschaft angewachsen war, einer Freundschaft mit einem Wesen, das man »Mensch« nannte. Eena erhob sich mit einem Winseln.

Die anderen Wölfe erhoben sich ebenfalls und umringten sie erwartungsvoll. Für einen langen Augenblick stand Eena völlig ruhig da, sie überragte die anderen Tiere des Rudels bei Weitem. Ein Gedanke wurde zu einem Gefühl, einem Befehl ... und übertrug sich von ihr auf die anderen Tiere. Die Wölfe senkten ihre Hinterbeine wieder ab und blieben hechelnd sitzen. Eena drehte sich um und trottete allein in den Wald hinein.

Die weiße Wölfin schritt lautlos über die von Sonnenstrahlen durchfluteten Pfade des Waldes. Ihr Weg führte um den See herum. Kurz vor Sonnenuntergang hatte sie die Lichtung, auf der Joel Camerons Hütte stand, mit sicherem Instinkt gefunden.

Sie kroch in ein Dickicht aus Holunderbäumen und spähte erwartungsvoll auf die Lichtung, jedoch nicht in Richtung der Hütte, da diese gemeinsam mit der untergehenden Sonne hinter ihr stand. Ihr suchender Blick flog über das dunkelblaue Wasser des Sees und blieb an den glühenden Berggipfeln hängen.

Fasziniert betrachtete Eena die langsam verblassende Schönheit der Landschaft. Der Himmel verfärbte sich rauchgrau. Ein oder zwei Sterne leuchteten so grell wie Diamanten. Hinter den Bergrücken wurde der düstere Himmel von einem blassgoldenen Glanz erfüllt.

Im Schutz der stummen Schatten hielt Eena den Atem an. Vor Spannung verspürte sie ein Kribbeln. Ihr Instinkt ermahnte sie, sprach eine eindringliche Warnung aus. Schon bald würde sie das wirkliche Ausmaß dessen erkennen, was sie von ihrer Wolfsfamilie trennte.

Als der Mond aufging, war er eine volle, kürbisgelbe Scheibe, die ihr Kinn auf die Berge legte, um sich die Landschaft erst in aller Ruhe zu betrachten, bevor sie weiter in den Himmel hinaufstieg ... und Eeana *veränderte* sich.

Die Verwandlung versetzte sie in Ekstase. Überschäumende Begeisterung begleitete die weiche Veränderung ihrer Knochen, Gelenke und geschmeidigen Muskeln. Ihre Sehnen und Nervenstränge durchzog ein aufregendes Gefühl sinnlichen Vergnügens. Als es vorbei war, blieb sie lange Zeit auf dem Rücken liegen und legte einen Arm über ihre Augen, um sie vor dem unheimlichen Schein des Mondes zu schützen. Ihr Atem ging schwer, und sie erzitterte vor freudigen Erinnerungen.

Als sie sich schließlich aufsetzte, war sie von der Schönheit ihrer neuen Gestalt entzückt. Eena wusste, dass sie nun eine Frau war, und sie freute sich darüber. Sie fragte sich nicht, wie es dazu gekommen war.

Eena schlich zum Ufer des Sees hinunter und betrachtete ihr Spiegelbild in der dunklen Wasseroberfläche. Durch eine sanfte Brise umspielten ihre silbernen Locken ihre runden, goldenen Schultern. Ihre vollen Lippen und die auffälligen Brauen über den graubraunen Augen verliehen ihr ein entschlossenes Aussehen. Sie hatte wohlgeformte Brüste und lange Beine, und das Mondlicht umschmeichelte ihren Körper mit einem Hauch von geheimnisvoller Magie.

Die Hütte lag im Schein des Mondlichts still in den Schatten des dunklen Tales. Eena ging vorsichtig im Kreis drum herum, um sich zu orientieren. Die Luft war leblos, sie nahm keinen einzigen Duft wahr. Der Mann mit dem freundlichen Gesicht und der sanften Stimme war nicht hier.

Verwirrt und traurig wandte Eena sich ab. Für eine Weile schwamm sie im eiskalten See und genoss gedankenversunken die anregende Kälte.

Anschließend wanderte sie mit entspannten Muskeln und erfrischten Sinnen ziellos umher. Einmal spürte sie mithilfe ihrer ausgeprägten Wolfssinne einen Hasen auf, der zitternd in einem Gebüsch saß. Sie schreckte ihn auf. Als das ängstliche Tier aus den Büschen hüpfte, sprang sie behände hinterher und fing es ein. Der Hase stieß einen dünnen Schreckensschrei aus, bevor er starb.

Eena verbiss sich in die Kehle des Tieres und erfreute sich an der Wärme des herausströmenden Blutes. Sie ließ sich im harten Gras nieder, riss ihre Beute systematisch in Stücke und verzehrte sie.

Während sie umherwandelte, gab sie hin und wieder ihren natürlichen weiblichen Impulsen nach und schlich zum See zurück, um ihr Spiegelbild zu betrachten.

Die Nacht war kurz ... zu kurz. Eenas zielloses Umherwandern führte sie kurz vor Tagesanbruch zu einer anderen Hütte. Dort wohnte Pierre Lebrut. Eenas sensible Nase nahm den starken Duft des Pelzjägers in der Luft deutlich wahr. In ihr erwachte eine schwache Erinnerung. Sie fletschte lautlos die Zähne.

Als sie sich zurückzog, verspürte sie ein Prickeln, so als stellten sich in ihrem Nacken und entlang ihrer Wirbelsäule unsichtbare Haare auf.

Unter ihren Füßen zerbrach ein Zweig. Ein stählerner Klavierdraht sang, dann richtete sich ein gebogener junger Baum mit einem schnellen Pfeifen auf.

Eena wurde zu Boden geworfen, einer ihrer Füße hing, gefangen in der Schlinge einer Falle, in der Luft. In wilder Panik schlug sie wie mit Wolfskrallen um sich und schnappte nach ihrem schrecklich schmerzenden Knöchel.

In der moderigen Hütte schrak Lebrut aus seiner wackeligen Schlafstatt hoch.

»Mein Gott, das klingt wie eine Bär in die Falle!«

Er schlüpfte in seine schweren Stiefel – er schlief stets in Hose und Unterhemd – schnappte sein Gewehr und stürzte hinaus.

Im Osten leuchtete der Himmel in der grauen Morgendämmerung, und ein blasser Schimmer erhellte den Wald. Lebrut sah die Frau, die sich in sciner Falle verfangen hatte, legte sein Gewehr beiseite und eilte zu ihr, um sie zu befreien.

»*Sacre nom d'un loup!*«, murmelte er, als er den Draht lockerte, um den Knöchel der wild um sich tretenden Eena aus der Schlinge zu bekommen. »Meine Dame, Sie sisch suchen ein gute Zeit und Ort für Picknick – und wieso haben Sie keine Kleidung an?« Pierre war sehr aufgebracht, seine Stimme klang schrill.

Pierres Geruch erfüllte Eenas Nase und überdeckte alle anderen Eindrücke. Sie biss ihn kräftig in die Wade.

Pierre schrie angsterfüllt auf. Er fiel mit voller Wucht auf das Wolfsmädchen, das ihn vor Schreck erneut zu packen und zu kratzen versuchte. Der Mann knurrte vor Zorn und wehrte sich, indem er ihre Arme festhielt.

»Wir sind wohl eine ganz Wilde, *hein?*«

Eena lag ruhig und zusammengekauert vor ihm und zitterte.

Pierre grinste. »Vielleichscht zähmt Pierre disch mit ein Kuss, *hein?*«

Die Sonne stieg hinter den Bergen auf und färbte den See blutrot ... und Eena *veränderte* sich.

Es war kein angenehmes Gefühl, sich wieder in einen Wolf zu verwandeln. Eena spürte die Schmerzen der Verwandlung mit jedem Muskel und jedem Nerv ihres Körpers. Sie brüllte vor Qual, als sich ihre Schädelknochen knirschend und krachend zu einer Wolfsschnauze verformten. Die Haare ihres Albinofells bohrten sich wie eine Million kleiner Dornen und Stachel durch ihre zarte Haut.

Pierre hatte die Augen noch immer weit aufgerissen. Er war starr vor Angst, als die scharfen Zähne des gequälten Wolfes das Leben aus seinem zu Tode erschrockenen Körper rissen.

Pete Martin blickte finster, als er die steifen Finger des toten Pelzjägers öffnete. Der Wind wehte ein Büschel Albinofell aus der Hand des Toten.

»Deine Albinowölfin, Joel«, sagte der Farmer.

Joel biss sich auf die Lippe. »Es ist, als sei ich in die Hölle zurückgekehrt, Pete.« Joel blickte starr auf den toten Mann hinunter. »Armer Pierre! Das war kein schöner Tod.«

Joel sah wieder auf und begegnete dem milden Blick des Farmers. »Ich weiß, dass das ganze Tal mir vorwirft, dass ich Eena nicht getötet habe, als sie noch ein Welpe war.«

Martin zuckte mit den Schultern. »Für Vorwürfe ist es jetzt zu spät, Joel. Vielleicht ist es auch meine Schuld, weil ich sie nicht gleich an dem Tag mitgenommen habe, als ich dir anbot, sie zu kaufen. Ich weiß es nicht.« Er kratze sein langes Kinn. »Also gut, dann lass uns Pierre von hier wegbringen.«

Joel wirkte sehr aufgewühlt. »Ich fühle mich verantwortlich

315

für das Vieh ... und für Pierre.« Er fragte sich still, wo und wann der weiße Wolf wieder töten würde. Er fuhr sich mit der Zunge über seine trockenen Lippen. »Ich werde sie finden und töten.«

»Auf ihren Pelz sind tausend Dollar ausgesetzt, Joel. Alle Farmer im Tal haben zusammengelegt.«

»Wenn ich euch ihr Fell bringe«, erwiderte Joel kurz, »wird es euch keinen Cent kosten!«

Die grauen Augen des Farmers strahlten ihn freundlich an. »Ich dachte mir schon, dass du es so sehen würdest, Joel. Ich werde dir helfen, so gut ich kann.«

Joel verbrachte den folgenden Monat im Hinterland, kehrte aber regelmäßig in die Hütte zurück, um seine Vorräte wieder aufzufüllen. Die Wölfe waren jedoch wachsam – er fand nur selten eine Wolfsspur und sah in der ganzen Zeit kein einziges Tier. Doch er hörte sie. Bei Nacht erfüllte ihr einsames Lied den Wald und hallte unheimlich von den Bergen wider.

Joel kehrte wieder zur Hütte zurück und fuhr noch in derselben Nacht mit seinem Coupé über die mondbeschienene Straße zur Martin-Farm.

»Ich habe befürchtet, dass du sie nicht finden würdest«, entgegnete der Farmer, als Joel ihm von seiner erfolglosen Jagd berichtete. »Sie weiß, dass sie gejagt wird. Sie hält sich nie lange an einem Ort auf. Vorletzte Nacht war sie mit ihrem Rudel hier und hat sich eine meiner preisgekrönten Kühe geholt.«

Joel macht eine verzweifelte Geste. »Siehst du, womit ich es zu tun habe? Außerdem bin ich mit meiner Arbeit im Verzug. Ich bin hier hochgekommen, um ein Buch fertig zu schreiben. Mein Verleger explodiert bald. Wie soll ich ein Buch schreiben und gleichzeitig Wölfe jagen?«

Der Farmer spuckte ein bisschen Tabaksaft aus. »Schreib' du in Ruhe dein Buch fertig, Junge. Du hast es versucht, es ist nicht deine Schuld, dass es nicht geklappt hat. Ein paar von uns treffen sich morgen früh. Wir wollen die Wolfsspur so lange verfolgen, bis wir die Wölfin finden!«

Joels Herz wurde schwer. Er erinnerte sich noch immer gerne an die weiße Wölfin, die er von klein auf großgezogen hatte. Er erinnerte sich an ihre außergewöhnliche Klugheit, die sie beinahe menschlich hatte erscheinen lassen. Doch dann fiel ihm wieder ein, dass sie inzwischen eine mordende Bestie geworden war, und er schaute argwöhnisch auf die vom Mondlicht erhellte Landstraße, so als fürchte er, sie irgendwo in den Schatten lauern zu sehen.

Er bog ab und folgte für etwa eine weitere, holprige Meile den schlecht zu erkennenden Fahrrillen, die zu seiner Hütte am See führten. Als das Licht der Scheinwerfer über die Hütte streifte, sah er, dass die Tür offen stand.

Joel wurde von leichter Panik erfasst. War ein Bär bei ihm eingedrungen? Er konnte sich gut vorstellen, was für ein Durcheinander das Tier im Inneren hinterlassen hatte. Er stieg aus und näherte sich, Gewehr im Anschlag, vorsichtig dem Haus.

Es stand alles an seinem Platz. Joel zündete die Öllampe an, trat hinaus, um die Scheinwerfer auszuschalten und ging in die Hütte zurück.

Eena lag zusammengerollt auf einem Bärenfell vor dem steinernen Kamin. Ihre silbernen Locken glänzten wunderschön auf ihrer tiefgoldenen, bloßen Haut. Sie hatte ihr Kinn auf die Hände gestützt und beobachtete ihn mit großen, wachen Augen. Ein gleißender Mondstrahl, heller als der Schein der Lampe, tauchte den Boden zu ihren Füßen in schimmerndes Licht.

Joel starrte sie an. Sie war ein wahr gewordener Traum. Der Schock, sie dort zu sehen, brachte ihn völlig aus der Fassung.

»Wer bist du?«, war alles, was er schließlich hervorbringen konnte.

Eena richtete sich träge auf. Der Ausdruck auf ihrem Gesicht glich einem wölfischen Grinsen. Joels Wangen glühten heiß. Er griff nach einem Morgenmantel und warf ihn ihr zu.

»Zieh das an!«, befahl er.

Eena blieb ganz ruhig, betrachtete das Kleidungsstück und schaute Joel dann wieder wortlos an.

»Hast du denn noch nie zuvor ein Kleidungsstück gesehen?«, fragte er sarkastisch. Er ging zu ihr und legte ihr den Mantel hastig um die Schultern. »Was ist, wenn einer der Nachbarn vorbeikommt?«

Das war, wie er wusste, jedoch nicht sehr wahrscheinlich. Er redete nur, um seine Verwirrung und seine Verlegenheit zu überspielen. Er ließ sich schwerfällig in einem ledernen Klubsessel nieder und starrte sie an. Eena starrte mit freundlicher Gleichgültigkeit zurück.

In Joels Kopf jagte eine fantastische Frage die nächste. Das Mädchen saß nur ruhig da. Es schien mit den Augen zu sprechen, aber der erschöpfte Mann wusste nicht, was es ihm sagen wollte.

Schließlich gab er es auf, ihr wenigstens ein Wort entlocken zu wollen. War sie stumm? Wer war sie? Wieso war sie hier? Er erinnerte sich an Geschichten über wilde Menschen, die er gehört hatte, aber die spielten alle in der Wildnis eines südamerikanischen Dschungels oder im verborgenen Shangri-La irgendwo in Tibet. Er versuchte, sie einer ethnischen Gruppe zuzuordnen, doch es gelang ihm nicht. In der Form und im Ausdruck ihrer Augen lag etwas Vertrautes, doch er vermochte nicht zu sagen, was es war.

Er wusste nur, dass sie außergewöhnlich schön war und dass er sie so sehr begehrte, wie er noch nie zuvor einen anderen Menschen begehrt hatte. Er konnte nicht wissen, dass Eena nicht ganz ... menschlich war.

»Ich kann nicht die ganze Nacht hier sitzen und dich ansehen«, sagte er irgendwann. Er warf ihr ein sarkastisches Grinsen zu. »Obwohl das keine schlechte Idee wäre!«

Er erhob sich. »Wenn es der Dame genehm ist, so möge sie heute Nacht im Gästezimmer einkehren – leider das letzte freie Zimmer des Hotels.«

Joel streckte seine Hand aus, um ihr aufzuhelfen. Eena erhob sich blitzschnell und schüttelte dabei den lästigen Morgenmantel von ihren Schultern. An der Tür blieb sie stehen und lächelte ihn an. Im Schein der Lampe wurde ihr Körper zu flüssigen Gold, und ihre Silhouette zeichnete sich vor der vom silbernen Mondlicht durchfluteten Landschaft ab.

Dann verschwand sie, schnell und lautlos, wie auf Wolfspfoten.

Mit ihr verschwand auch die Wärme aus der Hütte. Joel verspürte einen eiskalten Hauch, gefolgt von einem Gefühl der Hilflosigkeit und des unermesslichen Verlustes.

Im grau-kalten Licht der Morgendämmerung wurde die Hütte von einem donnernden Klopfen erschüttert. Joel fiel halb aus dem Bett, zog den Morgenmantel an und begrüßte Pete Martin an der Tür. Hinter Martin stand ein halbes Dutzend kräftig gebauter Farmer.

»Ich dachte, wir lassen dich wissen, dass wir jetzt der Wolfsspur folgen werden.«

Joel bestätigte mürrisch, dass dies eine gute Idee sei, gut zu wissen, aber jetzt würde er gerne noch etwas in Ruhe schlafen.

»Wir wollten dich auch gar nicht stören«, entschuldigte Martin sich, »aber wir haben uns gefragt, wer dein Besucher letzte Nacht war.«

Joels Kiefer knackte laut, als er gähnte. Er musste schlucken und lief tiefrot an.

»Besucher? Welcher Besucher?«, wand er sich.

Der Farmer bedeutete ihm mit gekrümmtem Finger, mitzukommen, und Joel folgte ihm auf die Veranda. Martin zeigte auf die Wolfsspuren, die über die Lichtung zu seiner Hütte und wieder zurück in den Wald führten.

»Das sind die Spuren deiner weißen Wölfin, Joel. Sie ist wohl letzte Nacht nach Hause gekommen. Du hast sie nicht zufällig gesehen?«

Joel schloss die Augen. In seinem Kopf begann sich alles zu drehen.

»Nein. Nein, ich hab' sie nicht gesehen.« In seiner Vorstellung sah er seine nächtliche Besucherin vor sich, ihren von scharfen Wolfskrallen zerfetzten, verstümmelten Körper. Ihn schauderte.

Der Farmer zuckte mit den Achseln. »Am besten hältst du ein Auge nach ihr offen, Joel. Sie wird wiederkommen ... falls wir sie nicht vorher finden!«

Er machte eine Geste in Richtung seiner Begleiter, und sie verschwanden einer nach dem anderen im Wald. Joel blieb allein zurück und starrte auf die Spuren ... Besonders auf eine Spur, die die anderen wohl nicht bemerkt hatten – den einzelnen Abdruck vom zarten Fuß einer Frau.

Joel Cameron war sehr angetan von seinem eigenen Eifer. Er hatte die Korrekturen des letzten Kapitels seines Buches abgeschlossen, das Manuskript zusammengestellt und versandfertig verpackt. Endlich hatte er es aus dem Kopf.

Er brachte das Manuskript zum Postamt im Dorf und kaufte noch einige Vorräte ein. Kurz vor Sonnenuntergang sprang er wieder in seinen Wagen und tuckerte auf der Landstraße zurück nach Hause.

Die nächtlichen Schatten umschlossen ihn schnell. Graue Nebelwolken zogen über den Himmel, der mit zahllosen Pailletten besetzt zu sein schien. Bald stand der Vollmond hoch über den Baumkronen.

Joel bog auf die Fahrrillen ab, die sich durch den Wald zu seiner Hütte schlängelten. Die wackelnden Strahlen der Scheinwerfer bohrten einen Lichttunnel durch das Zwielicht. Still und unheimlich lag die Nacht über dem gesamten Kiefernwald. Joel rumpelte mit seinem Wagen um eine holprige Kurve. Die Wolfsfrau stand hell erleuchtet im Licht der Scheinwerfer.

Joel stieg auf die Bremse und wurde aus dem Sitz geschleudert. Er rief nach ihr, doch Eena war blitzschnell in den Schatten verschwunden.

Nach einem zweiminütigem Kampf mit dem peitschenden Unterholz gab Joel die Verfolgung auf und ging zu seinem Wagen zurück. Er fühlte sich plötzlich einsam und mutlos. Er lenkte das Coupé über die letzten hundert Meter und stellte den Motor ab, als er die Hütte erreichte.

Eena saß still auf der Veranda.

Joel konnte sie auch ohne das Licht der Scheinwerfer dort sitzen sehen. Ihr Körper glänzte golden im Mondlicht, und ihr schimmerndes Haar umgab ihr lächelndes Gesicht wie ein silberner Heiligenschein.

Joel ging auf sie zu, überlegte es sich dann jedoch anders und setzte sich auf das Trittbrett. Eena war weniger als drei Meter von ihm entfernt. Joel sagte nichts, und Eena antwortete mit Schweigen.

Nach einer Weile begann Joel, ruhig mit ihr zu sprechen. Er sprach all seine Gedanken laut aus, und jedes Wort führte ihn zu einer neuen Überlegung. Eena neigte aufmerksam den Kopf. Sie schien ihm zuzuhören, aber er wusste, dass seine Worte für sie ohne Bedeutung waren.

In welcher Sprache konnte er zu ihr durchdringen? Mit welchen Worten konnte er ihr verständlich machen, wie aufgeregt sein Herz schlug, nur weil sie bei ihm war?

Er näherte sich ihr langsam und flüsterte ihr sanft etwas zu. Dann ergriff er ihren festen, goldenen Arm. Eena blickte in Joels ausdrucksstarkes, freundliches Gesicht. Ihre Augen sagten ihm all das, was ihr Mund ihm nicht zu sagen vermochte.

Joel half ihr behutsam auf. Sie schwankte, doch er drückte sie eng an sich. Ihre Lippen waren so wunderbar weich und warm, wie er es sich erträumt hatte. Er küsste sie leidenschaftlich …

Die Kiefern schimmerten in der flirrenden Hitze des Hochsommers. Eena streifte nachdenklich durch den Wald. Sie hasste es, die Gejagte zu sein. Bereits zum zweiten Mal hatte der Vollmond ihr nun schon Schmerz und Frustration gebracht. Wegen der Jäger, die im ganzen Wald umherschlichen, konnte sie nicht mit dem Mann zusammen sein, den sie begehrte.

Die hohe Prämie, die auf Eenas Pelz ausgesetzt war, hatte Jäger aus dem ganzen Bundesstaat in die umliegenden Hügel gelockt. Sobald sie ohne Jagderfolg wieder nach Hause fuhren, rückten jedes Mal andere nach. Eena fand keinen einzigen Moment der Ruhe mehr. Sie fühlte sich gehetzt und gequält. Nachts sah sie überall im Wald Lagerfeuer aufflammen.

Einmal war einer der Jäger leichtsinnig genug, allein nach Eena zu suchen und sie in die Enge zu treiben. Furchtlos hatte sie sich auf ihn gestürzt, obwohl er auf sie schoss, und ihn in blutige Stücke gerissen. Der Preis für Eenas Leben verdoppelte sich daraufhin über Nacht.

Ein anderes Mal trieb eine Gruppe von Jägern samt Hunden sie an den Rand eines Felsvorsprungs, der über den Wolf Lake ragte. Die Wölfin sprang in die Tiefe und schwamm durch den Kugelhagel ans rettende Ufer. Der Felsen wurde als Wolfssprung bekannt, und Eena wurde zu einer lebenden Legende.

Jeden Abend kündete der zunehmende Mond von der bevorstehenden Verwandlung. Eena sehnte sich danach, sehnte sich nach ihrer menschlichen Gestalt, für die sie gerne mit den Qualen der schmerzhaften Rückverwandlung in den Wolf bezahlte. Mit allen Fasern ihres wilden Wolfsnaturells hasste sie die Jäger, die ihre Freiheit so sehr einschränkten. Doch dank ihrer Klugheit ersann sie einen Plan.

Joels Hütte lag im Westen. Eena streckte ihre spitze Schnauze Richtung Osten. Auf leisen Pfoten floh sie durch den Wald, der silbern im Mondlicht glänzte. Bei Sonnenaufgang hielt sie an.

Sie wandte sich nach Norden und setzte ihre Flucht für mehrere Stunden fort, machte dann wieder Halt und rannte weiter Richtung Westen.

Teilweise führte der Weg steile Berghänge hinauf oder hinunter, was ihr das Laufen erschwerte. Sie schwamm durch Bergströme und überquerte tiefe Schluchten auf umgestürzten

Kiefernstämmen. Wenn sie hungrig war, riss sie einen Weißhirsch und verschlang die Beute gierig.

Am Nachmittag setzte Eena ihren Weg in südlicher Richtung fort. Sie hatte den Wald samt der zahllosen Jäger nun komplett umrundet.

Endlich erreichte die weiße Wölfin am Westufer des Sees wieder vertrautes Gebiet. Sie verlangsamte ihre Schritte, obwohl sie einen schrecklichen Drang verspürte, der sie zur Eile trieb. Sie war sich der begrenzten Fähigkeiten bewusst, die sie in ihrer menschlichen Gestalt hatte, und heute Nacht bei Vollmond würde die Verwandlung wieder einsetzen. Sie wollte bereits in der Nähe der Hütte sein, wenn es so weit war.

Ihr blieb noch etwas mehr als eine Stunde, um die letzten Meilen zurückzulegen.

Eena schlich durch das schattige Unterholz und hielt inne, wenn sie auch nur den Hauch einer Gefahr witterte. Bald folgte sie dem Seeufer – ein fliegender weißer Geist in den grau-grünen Schatten des Waldes. Der Wind trug die feuchte Luft des Sees an ihre Nase; sie roch nach Fisch und irgendwie fad. Die Kiefern warfen lange Schatten auf das Wasser. Im Osten verdunkelte sich der Himmel.

Irgendwo krachte ein Gewehrschuss. Die pfeifende Kugel flog bis weit auf den See hinaus. Eena spannte alle Muskeln in ihrem Körper an, machte einen gewaltigen Satz und stürzte davon. Sie hörte einen Mann schreien, dann begannen mehrere Hunde wie wild zu bellen. Eena floh, fort von dem See. Sie wurde dabei immer schneller und schneller.

Der Wind hatte sie getäuscht. Er war von den toten Wassern des Sees zu ihr herübergeweht, aber die Gefahr lauerte ganz woanders.

In der grünen Finsternis vor sich sah Eena Gewehrfeuer aufleuchten. Sie sprang zur Seite, fauchte und schnappte nach ihrer getroffenen Schulter, in der sie einen stechenden Schmerz verspürte. Das hervorquellende Blut färbte ihre Schnauze rot und befleckte das schneeweiße Fell ihrer Flanke.

Überall knallten weitere Schüsse. Die Gewehrkugeln flogen mit einem grauenhaften Pfeifen durch den Wald. Das Bellen der Hunde machte sie fast wahnsinnig.

Trotz ihrer blutenden Wunde nahm die weiße Wölfin ihren schnellen Schritt wieder auf. Sie rannte und rannte, Verzweiflung und Schrecken saßen ihr im Nacken, aber der Gedanke an ein freundliches Gesicht und eine sanfte Stimme trieben sie vorwärts.

Eena flüchtete, suchte den Schutz des einzigen Menschen im ganzen Wald, den sie liebte, den einzigen Menschen auf der Welt, der sie liebte.

In der Ferne hörte Joel Cameron dumpfe Gewehrschüsse, Schreie und wildes Gebell. Ein eigenartiges Gefühl der Unruhe ließ ihn erstarren. Er lauschte – dann ergriff er sein Gewehr und lief zur Tür.

Mit jedem Augenblick wurde der Lärm lauter. Die Dämmerung legte sich über den Wald und drang auf die Lichtung rund um die Hütte vor. Dann sah Joel die Männer; vorbeihuschende Silhouetten zwischen den Kiefern, die vor dem dunklen Silber des Sees beinahe wie gemalt aussahen. Der Wald erzitterte unter dem Gebell der Hundemeute.

Plötzlich drang ein anderes Geräusch an seine Ohren, ganz aus der Nähe … und es war noch schrecklicher. Er hörte das schnelle Trommeln rennender Pfoten, dort stürzte etwas Schweres durch das Unterholz.

Die riesige, blasse Gestalt der Wölfin sprang aus dem Wald und flog direkt auf ihn zu. In Joels dröhnendem Kopf ertönte ein Gongschlag. Er legte das Gewehr automatisch an. Der Knall hallte von den umliegenden Hügeln wider.

Als die tödliche Kugel eindrang, sprang die weiße Wölfin in die Höhe und sank anschließend mit blutendem Oberkörper in sich zusammen. Mit ihrem letzten Funken Kraft warf Eena sich nach vorne und fiel zuckend vor Joel Camerons Füßen nieder.

Er zielte sehr genau, als er zum Gnadenschuss ansetzte. Mit

einem lauten Krachen jagte er eine Kugel in Eenas Hirn. Über den Bergen ging der Vollmond auf. Er zeichnete eine goldene Brücke über den See und warf einen suchenden Strahl durch ein Loch in den Kiefernkronen.

Der glänzende Schein streichelte Eenas Wolfsgestalt. Als sie starb, linderte das freudige Gefühl ihrer Verwandlung ihre quälenden Schmerzen.

Joel starrte sie an – er verstand nicht, was geschehen war. Das Gewehr fiel aus seinen kraftlosen Händen. Langsam gaben seine Knie nach. Er fiel neben der zusammengekauerten Mädchengestalt nieder, drückte die schlaffen Schultern an seine Brust und vergrub sein Gesicht in dem silbernen Lockenmeer.

So hielt er sie noch immer, als die Jäger auf die vom Mondlicht durchflutete Lichtung stürmten. Joel blickte nicht auf, auch nicht, als sie lautlos wieder verschwanden.

Der Wolfshund

Fritz Leiber

David Lashley wickelte sich so gut wie möglich in die kurzen Decken ein und starrte stumpf auf das kalte Morgenlicht, das langsam durchs Fenster floss und in seinem Zimmer erstarrte. Er erinnerte sich nicht mehr genau, gegen welche Schrecken er bis zum Erwachen gekämpft hatte – er wusste nur noch, dass da etwas Gigantisches gewesen war, das ihn die Ängste und die Hilflosigkeit seiner Kindheit erneut hatte spüren lassen. Es musste die ganze Nacht neben ihm gelauert haben, bis es sich schließlich auf ihn hockte und auf sein Gesicht zu bewegte.

Die Heizung heulte kläglich auf, als sich die Feuerung im Keller in Gang setzte. Er fröstelte. Ihm kam der ironische, irgendwie amüsante Gedanke, sein Frösteln liege an der Tatsache, dass es in seinem Zimmer nie richtig warm wurde – es sei denn, er hielt sich nicht darin auf. Aber das war es nicht allein. Das durchdringende Heulen hatte irgendetwas in seinem Unterbewusstsein berührt, das er jedoch nicht richtig zu fassen bekam.

Das lauter werdende Dröhnen des Stadtverkehrs und das heisere Keuchen einer Lokomotive im Rangierbahnhof mischten sich unter das Geräusch in seinem Zimmer, und das beunruhigende Gefühl wieder aufkeimender, verborgener Ängste wurde noch intensiver. Für einige Augenblicke blieb er ruhig liegen und lauschte. Dabei stellte er fest, dass sich im Zimmer ein übler Gestank ausbreitete, was ihn jedoch nicht überraschte. Die Nachwirkungen einer überstandenen Grippe führten bei ihm oft dazu, dass er sich seltsame Gerüche einbildete. Als er seine Mutter geschäftig in der Küche lärmen hörte, stand er schließlich auf.

»Bist du schon wieder erkältet?«, fragte sie und beobachtete besorgt, wie er eilig sein gekochtes Ei auslöffelte, bevor es auf dem kalten Teller völlig auskühlte. »Bist du sicher?«, hakte sie nach. »Ich habe die ganze Nacht jemanden schniefen gehört.«

»Vielleicht Vater …«, begann er.

Sie schüttelte den Kopf. »Nein, dem geht es gut. Er hatte zwar gestern Abend starke Schmerzen in der Hüfte, aber er hat ziemlich ruhig geschlafen. Deshalb habe ich ja angenommen, dass du es warst, David. Ich bin zweimal aufgestanden, um nach dir zu sehen, aber« – ihre Stimme klang nun ein bisschen traurig – »ich weiß ja, dass du nicht möchtest, dass ich zu jeder Tages- und Nachtzeit in dein Zimmer komme.«

»Das stimmt doch gar nicht!«, widersprach er. Sie sah so zerbrechlich, klein und erschöpft aus, wie sie da in einem von Vaters unförmigen Bademänteln vor dem Herd stand – wie ein kranker Spatz, der um jeden Preis putzmunter aussehen möchte – dass eine sinnlose Empörung in ihm aufstieg, weil er ihr keine größere Hilfe sein konnte. Diese Verärgerung erstickte beinahe seine Stimme. »Ich möchte nur nicht, dass du andauernd aufstehst. Du brauchst doch deinen Schlaf. Du hast schon genug zu tun … den ganzen Tag sorgst du für Vater. Und ich habe dir schon ein Dutzend Mal gesagt, dass du kein Frühstück für mich machen musst. Du weißt doch, dass der Arzt gesagt hat, dass du dich so gut wie möglich schonen sollst.«

»Ach, *mir* geht es gut«, entgegnete sie hastig, »aber ich hätte schwören können, dass du dich wieder erkältet hast. Ich habe es die ganze Nacht gehört – dieses Schnaufen und Keuchen …«

Der Kaffee schwappte in die Untertasse, als David die halb erhobene Tasse wieder absetzte. Die Worte seiner Mutter hatten die verlorene Erinnerung wieder zurückgebracht, aber er wagte nicht, sich ihr zu stellen.

»Es ist schon spät. Ich muss mich beeilen«, sagte er.

Seine Mutter begleitete ihn zur Tür. Sie hatte sich so an seine ständige Hektik gewöhnt, dass sie nichts Ungewöhnliches darin sah. Ihre matte Stimme folgte ihm die dunkle Woh-

327

nungstreppe hinunter: »Ich hoffe, hinter den Wänden ist keine Ratte verendet. Hast du den widerlichen Geruch bemerkt?«

Dann war er aus der Tür, und er verlor sich mit seinen Erinnerungen im morgendlichen Trubel der Stadt. Reifen sangen auf dem Asphalt. Kalte Motoren husteten und sprangen schließlich mit lautem Getöse an. Absätze klapperten über die Gehwege, hasteten, eilten, trafen an Straßenbahnkreuzungen und -stationen aufeinander. Flache Absätze, hohe Absätze, Absätze von Stenotypistinnen auf dem Weg ins Zentrum und Absätze von Arbeitern aus der Kriegsindustrie, die zu den Fabriken am Stadtrand unterwegs waren. Er hörte die Rufe der Zeitungsjungen und blickte schnell auf die Schlagzeilen: LUFTANGRIFF AUF … SCHLACHTSCHIFF GESUNKEN … STROMAUSFALL ERWARTET … ZURÜCKGESCHLAGEN.«

In der stickigen Nüchternheit der Straßenbahn konnte er die Erinnerung nicht länger ausblenden. Darüber hinaus kam ihm durch den schalen medizinischen Geruch des gelben Holzes sofort wieder dieser andere Geruch in den Sinn. David Lashley ballte die Fäuste in seinen Manteltaschen zusammen und fragte sich, wie es möglich war, dass ein erwachsener Mann so plötzlich von den Ängsten seiner Kindheit übermannt werden konnte. Gleichzeitig wusste er jedoch mit absoluter Sicherheit, dass dieses Wesen keine schlichte Angstvorstellung aus seiner Kindheit war.

Es verfolgte ihn seit Jahren, würde immer größer und bedrohlicher werden, bis es, wie der dämonische Fenriswolf zu Ragnarök, mit seinen blitzenden Zähnen Himmel und Erde zerfetzen und sein Maul immer weiter und weiter aufreißen würde. Dieses Wesen folgte ihm seit Jahren auf Schritt und Tritt. Manchmal ließ es sich soweit zurückfallen, dass er es völlig vergaß, aber nun war es ihm so nah, dass er seinen kalten, faulen Atem im Nacken spüren konnte.

Werwölfe? Er hatte in der Bibliothek darüber gelesen, sich mit unbehaglicher Faszination durch angestaubte Bücher gewühlt, aber was er dort gelesen hatte, ließ diese Kreaturen harmlos und unbedeutend erscheinen – alter Aberglaube im Vergleich zu diesem Wesen, das bereits ein wichtiger Bestandteil der großen, weiten Städte und der chaotischen Menschen des zwanzigsten Jahrhunderts selbst zu sein schien. Ein so wesentlicher Bestandteil, dass er, David Lashley, unwillkürlich zusammenzuckte, wenn er das Geheul und Gebrüll des Verkehrs und der Fabriken hörte, das sich stets veränderte – animalische und zugleich mechanische Geräusche; dass er erschrocken hochfuhr, wenn nachts Scheinwerfer auf ihn zukrochen – grelle, starre Augen; dass er unkontrolliert zitterte, wenn er in einer Seitengasse Ratten vorbeihuschen hörte oder wenn er abends die schattenhaften Gestalten hagerer Mischlingshunde sah, die auf verlassenen Grundstücken nach Futter suchten.

»Ein Schnaufen und Keuchen«, hatte seine Mutter gesagt. Mit welchen Worten könnte man die neugierige, beharrliche Bestie in ihrer lauernden Stellung besser beschreiben, die in seinen Träumen die ganze Nacht vor seiner Zimmertür kauerte und schließlich eindrang, um ihre dreckigen Pfoten auf seine Brust zu setzen?

Für einen Moment glaubte er, das Abbild ihrer missgebildeten Schnauze auf der gelben Decke und den grellen Werbeplakaten in der Straßenbahn zu erkennen ... die roten Augen wie dickflüssiges, schäumend heißes Metall ... fettes, schwarzes Öl, das aus den Mundwinkeln trieft ...

Er blickte sich verzweifelt nach den anderen Fahrgästen um. Er wollte die Vision vertreiben, aber es schien, als habe sie bereits alle anderen ergriffen, sie infiziert und ihnen ein hässliches, hündisches Aussehen verliehen – er sah es im herunterhängenden, fliehenden Kinn einer ansonsten hübschen Blondine und im schmalen Gesicht und den weit auseinanderliegenden Augen eines unrasierten Mechanikers, der von der Nachtschicht zurückkehrte.

Er suchte Zuflucht in der Zeitung, die der Mann neben ihm las, und studierte sie ausführlich, wobei es ihn nicht kümmerte, dass sein Verhalten ziemlich unhöflich war. Der Cartoon handelte jedoch von einem Wolf, und so wandte er sich bald wieder ab und starrte durch die staubige Fensterscheibe auf die vorbeigleitenden Geschäfte. Nach und nach legte sich das Gefühl der beklemmenden Bedrohung ein wenig. Doch der Cartoon rief eine andere Erinnerung in ihm wach – die Erinnerung an einen Cartoon aus dem Ersten Weltkrieg. Wofür der Wolf in diesem alten Cartoon stand – Krieg, Hungersnot oder die Unbarmherzigkeit des Feindes – vermochte er nicht zu sagen, doch er hatte seine Träume damals wochenlang heimgesucht, in Winkeln gekauert und am Kopf der Treppen auf ihn gewartet. Später versuchte er, seinen Freunden die Schrecken zu erklären, die in den anschaulichen Abbildungen und in der Symbolik von Cartoons lagen, wenn man sie mit den Augen eines naiven Kindes betrachtete, doch er konnte ihnen nicht klarmachen, was er meinte.

Der Fahrer knurrte den Namen einer Straße in der Innenstadt, und als er ausstieg, verlor er sich wieder in der Menschenmenge, empfand im ständigen Strom der Bewegungen und in den wiederholten Berührungen durch fremde Schultern eine gewisse Erleichterung. Aber als die Stechuhr etwas verspätet ihr melodisches ›Bong‹ vernehmen ließ und er sich umdrehte, um seine Karte wieder in den Halter zu stecken, sah das Mädchen am Empfang auf und fragte: »Wollen Sie für Ihren Hund nicht auch noch stempeln?«

»Meinen Hund?«

»Also, vor einer Sekunde war er noch hier. Ist direkt nach Ihnen hereingekommen. Sah aus, als gehörten Sie ihm – ich meine, als gehörte er Ihnen.« Sie kicherte, und es klang wie ein leises Grunzen. »Eine von Mrs Montmorencys Doggen, die die Arbeitsbedingungen inspiziert, nehme ich an.«

Er starrte sie noch immer verständnislos an. »Nur ein Scherz«, fügte sie geduldig hinzu und machte sich wieder an die Arbeit.

»Ich muss mich zusammenreißen«, murmelte er ausdruckslos vor sich hin, als der Fahrstuhl ihn lautlos ins Untergeschoss beförderte.

Er wiederholte den Satz mehrmals, als er zum Umkleideraum eilte. Dort verstaute er seinen Mantel und das Mittagessen im Schrank, kämmte sich schnell das Haar glatt, hastete durch die noch immer leeren Flure zurück und schlüpfte hinter die Verkaufstheke der Socken- und Taschentuch-Abteilung. »Das sind nur die Nerven. Ich bin nicht verrückt. Aber ich muss mich zusammenreißen.«

»Natürlich bist du verrückt. Mit sich selbst zu reden und andere dabei gar nicht zu bemerken, sind die ersten Anzeichen einer geistigen Erkrankung. Wusstest du das denn nicht?«

Gertrude Rees machte auf ihrem Weg zu den Krawatten bei ihm halt. Ihr hellbraunes Haar, sorgfältig gewellt und frisiert, umrahmte ihr durchschnittlich hübsches Gesicht.

»Tut mir leid«, murmelte er. »Ich bin nur abgespannt.« Hätte er etwas anderes sagen können? Nein, nicht einmal zu Gertrude.

Sie blickte ihn verständnisvoll an, streckte ihre Hand über die Theke und drückte kurz seine.

Aber auch als er ihr nachsah, während seine Hände ganz automatisch die Ware in den Schaukästen ordneten, pochte diese eine Frage wie wild in seinem Kopf. Hätte er etwas anderes sagen können? Aber mit welchen Worten vermochte man so etwas zu erklären? Und vor allem, wem konnte er es erzählen? Ein Dutzend Namen kamen ihm in den Sinn, doch er verwarf sie alle sofort wieder.

Alle bis auf einen. Tom Goodsell. Er würde es Tom erzählen. Heute Abend, nach dem Erste-Hilfe-Kurs.

Die ersten Kunden durchstöberten bereits das Untergeschoss. »Er trägt Größe 46, Madam? Ja, wir haben ein paar neue Muster. Diese hier sind mit Seide und Florgarn.« Ihre Zahl nahm stetig zu, doch bei David wollte sich noch immer kein Gefühl der Sicherheit einstellen. Massenweise verstopften sie die Gänge: Gestalten, zwischen denen alles Mögliche versteckt sein konnte. Er versuchte, zu erkennen, ob sich hinter ihnen etwas befand. Ein kleines Kind verirrte sich hinter die Theke, berührte ihn am Knie und jagte ihm einen unerwarteten Schrecken ein.

Er machte früh Mittagspause. Im Umkleideraum traf er auf Gertrude Rees, die verunsichert aus dem dunklen Türrahmen trat.

»Ein Hund«, keuchte sie. »Ein Riesentier. Hat mich furchtbar erschreckt. Du bist wohl nicht der Einzige, der abgespannt ist. Ich frage mich, woher der wohl gekommen ist. Sei vorsichtig. Er sah bösartig aus.«

Aber David schien von plötzlichem Wagemut erfasst, was vermutlich an der Angst und an dem Schock lag. Er trat ohne zu zögern ein und knipste das Licht an.

»Kein Hund zu sehen«, stellte er fest.

»Du spinnst doch. Er muss hier sein.« Ihr Gesicht schob sich vorsichtig durch den Türspalt. Sie sah sich überrascht um. »Aber wenn ich es dir sage ... Ach, wahrscheinlich ist er durch die andere Tür hinausgelaufen.«

Er sagte ihr nicht, dass die Tür verriegelt war.

»Ich nehme an, dass ein Kunde ihn mitgebracht hat«, fuhr sie nervös fort. »Einige von denen können anscheinend nicht einkaufen, wenn sie kein Rudel Russischer Wolfshunde dabeihaben. Obwohl die sich eigentlich selten zu den Sonderangeboten im Untergeschoss verirren. Ich schätze, wir sollten ihn suchen, bevor wir etwas essen. Er sah gefährlich aus.«

Aber er hörte sie kaum. Eben hatte er festgestellt, dass sein Schrank offen stand und sein Mantel bis auf den Boden hing. Die braune Papiertüte mit seinem Mittagessen war zerrissen und durchwühlt worden, so als habe sich ein Tier daran zu schaffen gemacht. Als er sich vorbeugte, sah er ölig-schwarze Flecken auf seinem Sandwiches und ein vertrauter, schaler Geruch drang in seine Nase.

An diesem Abend fand er Tom Goodsell in nervöser, angespannter Stimmung vor. Tom war einberufen worden und musste sich in einer Woche im Militärlager melden. Als sie in dem leeren kleinen Restaurant ihren Kaffee tranken, begann Tom mit einem Redeschwall über die guten alten Zeiten. David versuchte, ihm aufmerksam zuzuhören, aber die schattenhaften Gestalten vor den Fenstern zogen seine Aufmerksamkeit auf sich. Endlich bot sich die Gelegenheit, die Unterhaltung auf das Thema zu lenken, das ihn beschäftigte.

»Übernatürliche Wesen in einer modernen Stadt?« Tom antwortete ganz ernsthaft, er schien die Frage nicht außergewöhnlich zu finden. »Bestimmt würden sie sich von den Geistern aus früheren Zeiten unterscheiden. Jede Kultur erschafft ihre eigenen Geister. Im Mittelalter wurden Kathedralen gebaut, und schon bald schwebten nachts kleine graue Gestalten umher, die sich mit den steinernen Figuren unterhielten. Das Gleiche kann uns auch passieren, mit unseren Wolkenkratzern und Fabriken.«

Toms Ausführungen waren sehr eindrucksvoll, beinahe poetisch, so als habe er nur darauf gewartet, dieses Thema endlich zur Sprache bringen zu können. An diesem Abend hätte er vermutlich über jedes Thema gesprochen.

»Ich kann dir sagen, wie es dazu kommt, Dave. Es beginnt damit, dass wir all die alten Geistergeschichten und den Aberglauben als lächerlich abtun. Wieso auch nicht? Sie gehören in die Zeit der altmodischen Landhäuschen und Schlösser. Sie passen nicht recht in diese neue Umgebung. Die Wissenschaft befasst sich mit Materie, wir können beweisen, dass es im Universum nichts außer winzigen Energiebündeln gibt. Als ob ein winziges Energiebündel für Übernatürliches nicht ebenso von Bedeutung sein könnte!

Aber glaub mir, das ist erst der Anfang. Wir erfinden, entdecken und erbauen immer mehr. Wir übersäen die Erde mir riesigen Gebäudekomplexen. Alles wird so dicht und hoch gebaut, dass Rom, Alexandria und Babylon im Vergleich dazu fast wie Spielzeugstädte aussehen. Verstehst du, die neue Umgebung entsteht jetzt, in diesem Moment.«

David starrte ihn tief verstört mit ungläubiger Faszination an. Das hatte er nun wirklich nicht erwartet, geschweige denn erhofft – diesen beinahe telepathischen Blick auf seine so tief verborgenen Ängste. Sicher, er hatte über diese Dinge sprechen wollen, aber er hatte Skepsis und Beschwichtigungen erwartet. Aber Tom klang ziemlich ernst. David wollte etwas erwidern, doch Tom bedeutete ihm mit erhobenem Finger, zu schweigen, und dabei sah er wie ein alberner Lehrer aus.

»Und was passiert in der Zwischenzeit in uns selbst? Ich sag's dir. Es stauen sich unzählige unterdrückte Gefühle an. Ängste und Schrecken sammeln sich an. Eine neue Ehrfurcht vor den Geheimnissen des Universums entsteht. Neben der physischen bildet sich eine psychische Umgebung. Warte, lass mich ausreden. Unsere Kultur wird reif für Infektionen. Sie können von überall her kommen. Genau wie bei der Kultur eines Bakteriologen – das Wortspiel war keine Absicht – die die richtige Temperatur und Beschaffenheit hat, sodass bestimmte Keime sich darauf ausbreiten können. Genauso breiten sich in unserer Kultur plötzlich dämonische Horden aus. Und ähnlich wie die Keime haben sie eine besondere Affinität zu unserer Zivilisation. Sie sind einzigartig. Sie passen hierher. Man könnte sie an keinem anderen Ort und zu keiner anderen Zeit finden.

Woher man weiß, dass eine Infektion stattgefunden hat? Sag mal, du nimmst das ziemlich ernst, oder? Na ja, ich vielleicht auch. Nun, sie würden uns heimsuchen, uns terrorisieren, versuchen, uns zu beherrschen. Unsere Ängste wären ihre Nahrung. Eine Beziehung zwischen Wirt und Parasit. Eine übernatürliche Symbiose. Einige von uns – die Sensibleren – würden sie vor den anderen bemerken. Einige von uns würden sie sehen, ohne zu wissen, was sie sind. Wieder andere wüssten von ihnen, ohne sie je wirklich gesehen zu haben. So wie ich, haha.

Was hast du gesagt? Ich habe dich nicht verstanden. Ach so, Werwölfe. Also, das ist eine sehr spezielle Frage, aber heute Abend versuche ich mich an jedem Thema. Ja, ich glaube schon, dass unter unseren Dämonen auch Werwölfe sein könnten, aber sie wären ganz anders als früher. Kein schönes sauberes Fell, keine weißen Zähne oder glänzenden Augen. Oh nein. Stattdessen kriegen wir hässliche Hunde, über die man sich nicht wundert, wenn sie zwischen Mülltonnen herumschnüffeln oder unter einem Lastwagen hervorkriechen. Sie ängstigen und terrorisieren uns, ja. Aber überraschen? Nein. Sie passen in die Umgebung. Sie sehen aus, als ob sie in die Stadt gehören, und genauso riechen sie auch. Denn sie ernähren sich von verirrten Gefühlen, deinen und meinen. Alles eine Frage der richtigen Ernährung.«

Tom Goodsell gluckste vor Lachen und zündete sich noch eine Zigarette an. David starrte stumm auf den zerschrammten Tresen. Er wusste nun, dass er Tom nicht sagen konnte, was an diesem Morgen – oder Mittag – geschehen war. Natürlich würde Tom ihn verspotten und äußerst skeptisch sein. Das änderte aber nichts an der Tatsache, dass er seine Vermutungen bereits bestätigt hatte – im Scherz vielleicht, aber er hatte sie bestätigt.

Tom selbst bekräftigte dies erneut, als er mit ernsterer, freundlicherer Stimme hinzufügte: »Oh, ich weiß, ich habe heute Abend viel Unsinn erzählt. Trotzdem, du weißt ja, wie die Dinge liegen – da ist schon etwas dran. Zumindest kann ich nicht anders ausdrücken, was ich fühle.«

An der Hausecke schüttelten sie sich zum Abschied die Hände, und dann fuhr David mit der wogenden Straßenbahn durch eine Stadt, in der plötzlich jeder Bolzen und jeder Stein infiziert zu sein schienen und in der jedes Geräusch etwas Schauderhaftes hatte. Seine Mutter war noch wach und wartete auf ihn. Nachdem er müde mit ihr gestritten und ihr erklärt hatte, dass sie mehr Ruhe brauchte, schickte er sie ins Bett. Er selbst lag jedoch die ganze Nacht wach, wie ein Kind in einem fremden Haus, das auf jedes noch so kleine Geräusch horcht und verunsichert jeden Umriss beäugt, der sich in den Schatten bildet.

In dieser Nacht kroch nichts durch die Tür, nichts presste seine Schnauze gegen die Fensterscheibe.

Dennoch kostete es ihn große Überwindung, am nächsten Morgen wieder ins Kaufhaus zu gehen, so sicher war er sich, dass das Wesen in den Gesichtern und Gestalten und in den Gebäuden und Maschinen ringsum steckte. Aber er zwang sich, ins Herz dieses Ungeheuers einzudringen. Er verspürte immer größere Abscheu gegenüber der Stadt. Wie gestern sah er in den überfüllten Fluren nichts weiter als mögliche Verstecke, und den Umkleideraum mied er völlig.

Gertrude Rees machte eine mitfühlende Bemerkung über sein erschöpftes Aussehen, und er nutzte die Gelegenheit, um sie für den Abend ins Kino einzuladen. Sicher, sagte er sich, als sie den Film sahen, sie stand ihm nicht sehr nahe. Er war keinem der Mädchen je nahe gekommen – ein nicht sonderlich qualifizierter junger Mann, gebunden durch die Verantwortung gegenüber seinen pflegebedürftigen Eltern, deren kleine Ersparnisse längst aufgebraucht waren. Eine Zeit lang ging er mit ein paar von ihnen aus, unterhielt sich mit ihnen, erzählte ihnen von seinen Überzeugungen und Ambitionen, aber nach und nach entfernten sie sich wieder von ihm und heirateten andere Männer. Das änderte jedoch nichts daran, dass er Gertrudes Gesellschaft genoss, weil sie ihm ein besonderes Gefühl der Sicherheit gab.

Als sie durch die Kühle der Nacht nach Hause gingen, redete er über Belanglosigkeiten und lachte über seine eigenen Witze. Dann, als sie sich im dunklen Hof vor Gertrudes Haustür einander zuwandten und ihre Lippen sich den seinen näherten, schien sich ihr Gesicht seltsam zu verändern und länger zu werden. *Merkwürdiges Licht hier,* dachte er, als er sie in seine Arme nahm. Aber der schmale Fellbesatz an ihrem Kragen fühlte sich plötzlich verfilzt und ölig an, ihre Finger krallten sich fest und messerscharf in seinen Rücken, ihre Zähne durchbohrten ihre Lippen, und er spürte ein Stechen wie von spitzen, eiskalten Nadeln.

Entsetzt stieß er sie von sich und sah – und dieser Anblick ließ ihn erstarren – dass sie sich in Wahrheit überhaupt nicht verändert hatte oder, wenn doch, dass diese Veränderung sich bereits wieder umgekehrt hatte.

»Was ist denn los, Schatz?«, hörte er sie erschrocken fragen. »Was ist passiert? Was murmelst du denn da? Verändert? Was hat sich verändert? Infiziert? Was meinst du damit? Um Himmels willen, so darfst du nicht reden. Du glaubst, du hättest mir das angetan? Was denn angetan?« Er spürte ihre Hand, die jetzt wieder ganz weich war, auf seinem Arm. »Nein, du bist nicht verrückt. So etwas darfst du nicht denken. Aber du bist durchaus neurotisch und vielleicht ein bisschen neben dir. Um Himmels willen, reiß dich zusammen.«

»Ich weiß nicht, was mit mir passiert ist«, brachte er heraus, und seine Stimme klang wieder normal. Dann fügte er hinzu, weil er noch irgendetwas sagen musste: »Meine Nerven sind wohl mit mir durchgegangen – ich bin einfach zu abgespannt.«

Er erwartete, dass sie böse auf ihn sein würde, aber sie war sehr mitfühlend, wenn auch ziemlich verwirrt. Sie mochte ihn, fürchtete sich aber plötzlich vor ihm, so als spüre sie, dass mit ihm etwas nicht stimmte. Etwas, bei dem sie ihm nicht helfen konnte, weil sie es nicht verstand.

»Du musst besser auf dich achtgeben«, sagte sie verunsichert. »Wir sind alle manchmal ein bisschen verrückt, schätze ich. Meine Nerven sind auch oft zum Zerreißen gespannt. Gute Nacht.«

Er sah ihr nach, als sie die Treppe hinaufging, und dann drehte er sich um und rannte.

Zu Hause wartete seine Mutter wieder auf ihn. Sie saß dicht neben der Heizung in der Diele, um die erlöschende Wärme noch spüren zu können. Sie hatte sich in den unvermeidlichen formlosen Bademantel gewickelt. Wegen eines neuen Gedankens, der sich in seinem Kopf festgesetzt hatte, vermied er es, sie zu umarmen. Nachdem sie ein paar Worte gewechselt hatten, eilte er auf sein Zimmer, aber sie folgte ihm den Flur hinunter.

»Du siehst gar nicht gut aus, David«, bemerkte sie sorgenvoll, aber flüsternd, weil sein Vater möglicherweise bereits schlief. »Bist du sicher, dass du nicht wieder die Grippe bekommst? Glaubst du nicht, dass du morgen zum Arzt gehen solltest?« Nun wechselte sie schnell das Thema, und in ihrer Stimme lag dieser nervöse, entschuldigende Unterton, der ihm so vertraut war. »Ich wollte eigentlich nichts sagen, David, aber du musst wirklich besser auf die Bettwäsche aufpassen. Du hast irgendetwas Öliges auf der Tagesdecke liegen lassen. Sie war voller großer, schwarzer Flecken.«

Ihre Worte ließen ihn für einen Augenblick innehalten, dann stieß er die Zimmertür auf. Wie konnte man sich das Wesen vom Leib halten, um sich frei bewegen zu können?

»Und noch etwas«, fügte sie hinzu, als er das Licht anknipste. »Kannst du morgen etwas Pappe besorgen, damit wir die Fenster abdunkeln können? In den Läden hier gibt es keine mehr, und im Radio haben sie gesagt, wir sollen vorbereitet sein.«

»Ja, mache ich. Gute Nacht, Mutter.«

»Oh, und noch etwas.« Sie stand unruhig in der Tür. »Da muss wirklich eine tote Ratte in den Wänden stecken. Der Gestank ist manchmal kaum auszuhalten. Ich habe schon mit dem Makler gesprochen, aber er hat nichts unternommen. Könntest du nicht mit ihm reden?«

»Ja. Gute Nacht, Mutter.«

Er wartete, bis sie ihre Tür leise geschlossen hatte. Dann zündete er sich eine Zigarette an und ließ sich aufs Bett fallen, um gründlich über einige Dinge nachzudenken, die er sich nicht so leicht erklären konnte.

Erste Frage (und er war sich der Ironie durchaus bewusst, dass diese melodramatische Frage klang, als stamme sie aus einem Groschenroman): War Gertrude Rees ein Werwolf (und nur so konnte er es, mangels eines besseren Wortes, nennen)? Antwort: Mit ziemlicher Sicherheit nicht, wenn man bedachte, welche Kreaturen sonst als solche bezeichnet wurden.

Was in jenem Moment über sie gekommen war, musste irgendwie durch ihn ausgelöst worden sein. Es war nur passiert, weil er zuvor schon dort gewesen war. Entweder hatte sein Schock die Verwandlung unterbrochen oder Gertrude Rees hatte sich als ungeeigneter Wirt für die Inkarnation des Wesens erwiesen.

Zweite Frage: War es möglich, dass er das Ding auf eine andere Person lenken konnte? Antwort: Ja. Für einen Moment hielt er in seinen Gedanken inne, als vor seinem inneren Auge wie in einem Kaleidoskop Gesichter erschienen, die sich ohne Vorwarnung während seiner Anwesenheit verändern konnten: Seine Mutter, sein Vater, Tom Goodsell, der überkorrekte Makler, ein Kunde im Laden oder ein Bettler, der ihn an einem regnerischen Abend ansprach.

Dritte Frage: Konnte man dem Wesen irgendwie entkommen? Antwort: Nein. Und dennoch gab es vielleicht eine Möglichkeit: die Flucht aus der Stadt. Die Stadt hatte das Ding erschaffen – war es nicht möglich, dass es an die Stadt gekettet war? Nein, das schien nicht sonderlich wahrscheinlich. Wie sollte es möglich sein, dass ein übernatürliches Wesen an einen einzigen Ort gebunden war? Trotzdem – er ging schnell zum Fenster hinüber und riss es nach kurzem Zögern auf. Geräusche, die er während seiner intensiven Überlegungen ausgeblendet hatte, durchströmten ihn nun in vielfacher Lautstärke und vermischten sich zu einem schrecklichen Missklang, wie Orchestermusiker, die vor einer gewaltigen Symphonie ihre Instrumente stimmen. Das Rattern und Rumpeln der Straßen- und Hochbahnen, das Keuchen einer Lokomotive im Bahnhof, das Raunen der Reifen auf dem Asphalt, das Dröhnen der Motoren, das Murmeln der Radiosprecher und das schwache, traurige Tönen der Sirenen in der Ferne. Dies waren nun keine eigenständigen Klänge mehr. Sie alle drangen aus einer einzigen, weit aufgerissenen Kehle, waren ein einziges Stöhnen, grausam, durchdringend und furchtbar bedrohlich.

Er schlug das Fenster wieder zu und legte die Hände auf die

Ohren, machte das Licht aus, warf sich aufs Bett und begrub seinen Kopf unter den Kissen. Er hörte den Lärm noch immer. In diesem Augeblick wurde ihm bewusst, dass ihn das Ding letzten Endes, ob er wollte oder nicht, aus der Stadt vertreiben würde. Der Augenblick würde kommen, an dem der Lärm zu tief in ihn eindringen und so unerbittlich in seinen Ohren nachhallen würde, dass er es nicht mehr würde ertragen können.

Der Anblick all dieser Gesichter, die bereits erzitterten, weil ihre Verwandlung unmittelbar bevorstand, würde bald zu viel für ihn werden. Letztlich würde er alles zurücklassen und fortgehen müssen.

Dieser Augenblick kam bereits kurz nach vier Uhr am folgenden Nachmittag. Er vermochte nicht zu sagen, was der Auslöser war, der Tropfen, der das Fass zum Überlaufen brachte, und ihn schließlich zu diesem Schritt trieb. Vielleicht waren es die eigenartigen Bewegungen der Kleider, die zwei Verkaufstheken entfernt an einem Ständer hingen, vielleicht war es das rüsselförmige Aussehen eines auf dem Boden liegenden Kleidungsstückes. Was es auch war, er schlüpfte wortlos hinter der Theke hervor, ließ seinen entrüsteten Kunden grollend zurück, lief die Treppe hinauf und hinaus auf die Straße. Er bewegte sich wie ein Schlafwandler vorwärts, wich aber dennoch stets von einer Seite zur anderen aus, um jeden direkten Kontakt mit den Menschenmassen zu vermeiden, die ihn umgaben. Er stieg in die erste Straßenbahn, die heranfuhr – ihm war egal, welche Linie es war – und suchte sich einen freien Platz in der Ecke des vorderen Waggons.

Er ließ das Herz der Stadt immer weiter hinter sich, anfangs mit quälender Langsamkeit, doch dann immer schneller und schneller. Sie fuhren über eine große, düstere Brücke, die sich über einen öligen Fluss erstreckte, und die Klippen aus Gebäuden, die ihn missbilligenden beäugten, wurden niedriger. Aus Lagerhallen wurden Fabriken, aus Fabriken wurden Apartmenthäuser und aus Apartmenthäusern wurden Wohnhäuser.

Zunächst waren sie klein und schmutzig weiß, dann so groß wie Herrenhäuser, aber furchtbar heruntergekommen, und zuletzt neu, aber monoton in ihrer Gleichförmigkeit. Menschen aus unterschiedlichen gesellschaftlichen Schichten und ethnischen Gruppen stiegen ein und aus, während er durch die verschiedenen Viertel der Stadt fuhr. Dann endlich sah er unbebaute Grundstücke, anfangs nur vereinzelte, dann immer mehr, bis in einem Wohnblock nur noch zwei oder drei Häuser standen.

»Endstation«, sang der Fahrer förmlich, und ohne zu zögern schwang sich David aus dem Waggon und setzte seinen Weg in derselben Richtung fort, in die auch die Straßenbahn gefahren war. Er beeilte sich nicht. Er trödelte nicht. Er bewegte sich wie ein Automat, den man aufzieht und dann loslässt und der erst wieder anhält, wenn sein Rädchen abgelaufen ist.

Im Westen ging die Sonne wie ein roter Feuerball unter. Er konnte sie nicht sehen, da ihm eine mit Bäumen bewachsene Anhebung die Sicht versperrte, doch ihre letzten Strahlen zwinkerten ihm von den Fenstern der kleinen Häuser links und rechts zu, so als sei in ihrem Inneren ein Feuer entflammt. Während er weiterging, leuchteten sie immer wieder wie Warnlichter auf. Nach zwei weiteren kleinen Häuserblocks endete der Gehweg und er setzte seinen Weg in der Mitte einer schmutzigen Landstraße fort. Als er das letzte Haus passiert hatte, endete auch die Straße. Hier führte nur noch ein schmaler, matschiger Pfad durch das hohe Gras die Anhöhe hinauf und zwischen den Bäumen hindurch. Als er die andere Seite erreicht hatte, verlangsamte er seine Schritte und hielt schließlich an, so verwirrend und fantastisch war die Szenerie, die sich ihm nun bot. Die Sonne war bereits untergegangen, aber die dicken Wolken am Himmel reflektierten ihr Licht und verliehen der Umgebung einen gespenstischen Glanz.

Unmittelbar vor ihm erstreckte sich auf einer Fläche von zwei oder drei Häuserblocks eine freie Ebene. Dahinter jedoch begann ein eigenartiges Gebiet, das scheinbar aus einer völlig anderen Klima- und Erdzone gerissen und außerhalb der Stadt wieder abgesetzt worden war. Er sah zahlreiche fremdartige Bäume und Sträucher, aber am auffälligsten waren die großen, unförmigen Brocken aus rötlichem Gestein, die in unregelmäßigen Abständen aus der Erde wuchsen und schließlich in einer mächtigen, fünfzehn bis zwanzig Meter hohen Erhebung in der Mitte gipfelten.

Als er sich umblickte, wich das Licht aus der Landschaft, als sei ein Umhang über die Erde gebreitet worden. Irgendwo ertönte in der Ferne vor ihm ein leises Heulen aus dem jähen Zwielicht, traurig und unheimlich, aber in keiner Weise vergleichbar mit dem Heulen, das ihn in letzter Zeit Tag und Nacht verfolgt hatte. Er setzte sich in Richtung des Ursprungs dieses neuen Heulens in Bewegung, und seine Schritte waren sehr entschlossen.

Er gelangte an ein kleines Tor in einem hohen Drahtzaun, das sich öffnen ließ und den Weg in das Felsengebiet freigab, und so folgte er dem Kiesweg, der durch dichte Sträucher und Bäume führte. Er musste sich erst daran gewöhnen, dass es hier im Vergleich zu dem offenen Land hinter ihm sehr dunkel war. Mit jedem Schritt näherte er sich dem hohl klingenden Geheul. Plötzlich vollzog der Weg hinter einem Felsvorsprung eine Kurve, und er hatte den Ursprung des Heulens gefunden.

Vor ihm lag ein Graben aus rauem Gestein, etwa drei Meter breit und ebenso tief, der ihn von einer freien Fläche trennte, deren Vorderseite mit niedrigen, bräunlichen Büschen bewachsen war. Auf den drei anderen Seiten war die Fläche von steilen Felswänden umgeben, in denen je zwei oder drei Höhlen wie dunkle Mäuler gähnten. In der Mitte der freien Ebene hockten etwa ein halbes Dutzend hundeähnlicher Kreaturen mit weißem Fell beisammen. Ihre Schnauzen zeigten in den Himmel und sie stießen das tieftraurige Geheul aus, das ihn hierher gelockt hatte.

Erst als er mit den Knien den niedrigen Eisenzaun berührte und ein unscheinbares kleines Schild sah, auf dem POLARWÖLFE stand, wusste er, wo er sich befand – in den berühmten zoologischen Gärten, von denen er schon viel gehört, die er jedoch noch nie besucht hatte. Hier wurden die natürlichen Lebensräume der Tiere so authentisch wie möglich nachempfunden. Als er sich umsah, erkannte er die Umrisse von zwei oder drei niedrigen, unauffälligen Gebäuden, und etwas weiter entfernt sah er die Gestalt einer uniformierten Wache, die sich vor dem dunklen Himmel abzeichnete. Allem Anschein nach hatte der Park bereits geschlossen und er hatte das Gelände durch ein Tor betreten, das eigentlich nicht geöffnet hätte sein dürfen.

Er drehte sich wieder um und starrte die Wölfe mit unbestimmter Neugier an. Er kam sich albern und dumm vor, die ganze Situation verwirrte ihn. Für eine ganze Weile fragte er sich stumpf, weshalb er keine Angst vor diesen Tieren verspürte, ihre Gesellschaft sogar als angenehm empfand.

Vielleicht lag es daran, dass sie so sehr mit der Wildnis verbunden waren und rein gar nichts mit der Stadt zu tun hatten. Nun war eines der herrlichen Tiere, das größte des Rudels, an den Rand des Grabens getreten und starrte ihn an. Es war die Verkörperung urwüchsiger Kraft und Stärke. Das Fell war schneeweiß – aber nein, es war doch nicht ganz so weiß, wie er zunächst gedacht hatte, es schien ihm nun dunkler, irgendwie schwärzlich – oder lag das an dem schwächer werdenden Licht?

Die Augen des Tieres waren jedoch herrlich klar und rein. Sie glänzten wie zwei Edelsteine in der hereinbrechenden Dunkelheit. Aber nein – jetzt waren sie nicht mehr klar; ihr rötlicher Glanz verblasste, wurde trüber, bis sie aussahen wie zwei winzige Gucklöcher in einem verrußten Brennofen. Weshalb bemerkte er erst jetzt, dass das Tier offensichtlich missgebildet war? Und wieso wandten sich die anderen Wölfe von ihm ab und fingen an zu fauchen, so als fürchteten sie sich vor ihm?

Dann leckte sich die Bestie mit ihrer schwarzen Zunge über die triefenden Mundwinkel. Aus ihrer Kehle erklang ein schwaches, vertrautes Knurren, das nichts Tierisches an sich hatte, und da wusste David Lashley, dass vor ihm das Monster aus seinen Träumen kauerte – ein Ungeheuer aus Fleisch und Blut.

Mit einem unterdrückten Schrei drehte er sich um und floh blindlings den Kiesweg hinunter, der durch das dichte Gebüsch zu dem kleinen Tor führte, floh panisch weiter über die freie Fläche, stolperte auf dem unebenen Untergrund und stürzte dabei zweimal zu Boden. Als er die Bäume auf der Anhöhe erreichte, blickte er sich noch einmal um und sah, wie eine gedrungene Gestalt durch das Tor schwankte. Selbst aus dieser Entfernung konnte er erkennen, dass sie nicht die Augen eines Tieres besaß.

Zwischen den Bäumen und auf der Landstraße war es stockdunkel. In der Entfernung schienen die Laternen. Auch in den Häusern brannte Licht. Ein hilfloser Schrecken durchfuhr ihn wie ein stechender Schmerz, als er sah, dass keine Straßenbahn an der Haltestelle wartete, und dann wurde er sich der Tatsache bewusst – und diese Erkenntnis schien für ihn der Beginn des Wahnsinns zu sein – dass er nirgendwo in der Stadt Zuflucht finden würde. Hier, direkt vor ihm, begannen die Jagdgründe des Wesens, und es trieb ihn vor sich her zu seinem Bau, um ihn zu töten.

Dann begann er zu rennen, rannte mit dem verzweifelten Entsetzen eines Opfers in der Kampfarena, wie ein Hase, der vor den losgelassenen Windhunden flieht. Er rannte, bis seine Seiten unerträglich schmerzten und seine weit geöffnete Kehle wie Feuer brannte, und dennoch rannte er immer weiter und weiter. Er rannte durch Schlamm, Dreck und über Pflastersteine und weiter über den endlosen Gehweg, vorbei an den netten Vorstadtgebäuden, die sich wie eintönige Monolithen auf einer ägyptischen Allee aneinanderreihten. Die Straßen waren beinahe leer, und die wenigen Menschen, die ihm begegneten, starrten ihn an wie einen Verrückten.

Schließlich sah er hellere Lichter und eine Häuserecke mit zwei, drei Geschäften. Dort hielt er an, um zurückzuschauen. Im ersten Moment erkannte er nichts. Dann tauchte es aus den Schatten einen Block hinter ihm auf, bewegte sich mit langen Schritten zwar schwankend, aber zügig, voran, und sein verfilztes Fell schimmerte ölig im Schein einer Laterne auf. Mit einem heiseren Schluchzen drehte er sich um und rannte weiter.

Das Heulen der Kreatur schien sich mit einem Mal um das Tausendfache zu verstärken. Es wurde zu einem beinahe sirenenartigen Jammern, einem schreienden Geheul, einem Klagen, das die ganze Stadt unter sich begrub. Während das dämonische Kreischen kein Ende nahm, erloschen die Lichter in den Häusern eins nach dem anderen. Dann gingen plötzlich die Laternen aus, die Scheinwerfer einer heranfahrenden Straßenbahn erloschen, und er erkannte, dass die Geräusche nicht mehr alleine von dem Wesen stammten. Dies war der seit Langem vorausgesagte Stromausfall.

Er rannte mit ausgestreckten Armen weiter, erfühlte die Kreuzungen, denen er sich näherte, eher, als dass er sie sah, verschätze sich an Bordsteinen, taumelte, stürzte zu Boden und rappelte sich wieder auf, um halb benommen weiterzurennen. Sein Zwerchfell schien sich zu einem schmerzhaften Knoten zu verschlingen, der sich immer enger und enger zusammenzog. Wenn er Luft holte, fühlte sich seine Kehle wie eine Feile an. Auf der ganzen Welt schien kein einziges Licht mehr zu leuchten – die Wolkendecke war seit Sonnenuntergang immer dichter geworden – kein einziges Licht außer den beiden dreckigroten Punkten in der Finsternis hinter ihm.

Eine massive Mauer aus schwärzester Dunkelheit zwang ihn zu Boden. Die Schmerzen in seiner Schulter und seiner Seite waren beinahe unerträglich. Er rappelte sich wieder auf. Dann prallte er mit Gesicht und Oberkörper gegen ein zweites, hartes Hindernis, und dieses Mal stand er nicht wieder auf. Benommen und furchtbar erschöpft wartete er reglos darauf, dass es ihn einholte.

Zuerst hörte er ein Stampfen und das leise Kratzen von Klauen auf dem Asphalt. Jetzt ein Hecheln. Jetzt roch er den widerlichen Gestank. Zwei rote Augen leuchteten auf. Jetzt lag das Wesen auf ihm, er wurde von dessen Gewicht nach unten gedrückt und gewaltige Reißzähne schossen auf seine Kehle zu.

Instinktiv riss er den Kopf nach oben. Um seinen Unterarm klammerten sich eiskalte Zähne, die so scharf waren, dass sie mit Leichtigkeit durch alle Kleidungsschichten drangen. Auf sein Gesicht spritzte eine stinkende, ölige Flüssigkeit.

In diesem Augenblick fiel ein Lichtschein auf ihn. Er spürte, dass sich die missgebildete Schnauze in die Dunkelheit zurückzog und dass die große Last von seinem Brustkorb verschwand. Dann wurde alles still, bewegungslos. Da war nichts mehr, gar nichts – nur gleißendes Licht. Während sein Bewusstsein und sein Verstand langsam wieder zurückkehrten, machten seine Augen die Lichtquelle aus – eine grell-weiße Scheibe, nur wenige Meter entfernt. Es war eine Taschenlampe, doch in der Dunkelheit dahinter war nichts zu erkennen. Eine Zeit lang, die ihm wie eine Ewigkeit vorkam, schien alles stillzustehen: Erhellt von einem unbeweglichen Lichtschein lag er hilflos und völlig ausgeliefert auf dem Rücken.

Dann hörte er eine Stimme aus der Dunkelheit. Es war die Stimme eines Mannes, der von einer übernatürlichen Angst wie gelähmt war. »Mein Gott, mein Gott, mein Gott«, stammelte er immer wieder, und jedes Wort bedeutete eine ungeheure Anstrengung.

Unbekannte Gefühle erwachten in David – Sicherheit, Erleichterung.

»Sie ... haben ihn also gesehen?«, hörte er sich selbst, trotz trockener Kehle, fragen. »Den Hund? Den ... Wolf?«

»Hund? Wolf?« Die Stimme hinter der Taschenlampe war schrecklich verzerrt. »Das war nichts Dergleichen. Es war ...« Mit diesen Worten brach die Stimme und klang wieder normal. »Großer Gott, junger Mann, wir müssen Sie rein schaffen!«

Das Wolfsfell

Graham Masterton

Zwei Tage später und fast 75 Kilometer entfernt betrat eine große Frau ein Antiquitätengeschäft in der Nähe des Buddenturms aus dem 13. Jahrhundert in der Domstadt Münster. Die Türglocke bimmelte, und das morgendliche Sonnenlicht beleuchtete Geweihe, Hirschköpfe und Vitrinen mit ausgestopften Füchsen.

Der Geschäftsinhaber trat durch einen Vorhang in den Laden. Er rauchte eine Zigarette. Die Frau stand im Gegenlicht, sodass es schwierig für ihn war, ihr Gesicht zu erkennen.

»Ich möchte eine Reisedecke«, sagte sie.

»Eine Reisedecke, gnädige Frau?«

»Ja. Ich möchte ein Wolfsfell.«

»Ein Wolfsfell? Das ist selten. Es ist ziemlich schwer, eins zu finden, verstehen Sie?«

»Ja, das glaube ich Ihnen. Aber Sie können eins für mich besorgen, nicht wahr?«

»Ich weiß nicht. Ich kann es versuchen.«

Die Frau nahm eine kleine Geldbörse aus der Tasche, öffnete den Verschluss und gab dem Geschäftsinhaber tausend Deutsche Mark, die säuberlich gefaltet waren. »Das ist natürlich nur eine Anzahlung«, sagte sie. »Wenn Sie mir ein Wolfsfell besorgen können, gebe ich Ihnen noch mehr. Weitaus mehr.«

Sie schrieb eine Telefonnummer auf die Rückseite einer seiner Karten, pustete darauf, bis die Schrift getrocknet war, und reichte sie ihm.

»Enttäuschen Sie mich nicht«, meinte sie.

Aber als sie den Laden verlassen hatte (wobei die Türglocke noch immer klingelte), blieb der Ladeninhaber eine ganze Zeit stumm an Ort und Stelle stehen. Dann öffnete er eine der Schubladen unter seinem Ladentisch und nahm einen dunkel angelaufenen Nagel heraus. Es war ein Stahlnagel, der dick mit Silber überzogen war.

Sie suchten nicht sehr oft nach Wolfsfellen, aber wenn doch, waren sie normalerweise verzweifelt, und das machte sie noch verwundbarer als je zuvor. Dennoch brauchte er die Übung. Er musste sie täuschen. Er musste dafür sorgen, dass sie sich Hoffnungen machte. Er musste sie dazu bringen, dass sie glaubte, hier gäbe es endlich einen Menschen, dem sie trauen konnte.

Dann wäre die Zeit für den Baum gekommen. Für den Hammer und das Herz.

Die Frau sah sich nicht noch einmal nach dem Laden um, als sie ihn verließ. Aber selbst wenn sie es getan hätte, hätte sie die Bedeutung des Geschäftsnamens vielleicht nicht verstanden. Immerhin übertrug eine Bestie einfach ihre Wildheit auf die nächste, ohne sich Gedanken über Namen, Erbe oder Eheversprechen zu machen. Das Einzige, was wichtig war, war das Fell, das Wolfsfell, die haarige Decke, die allem eine Bedeutung verlieh.

Der Name des Ladens lautete ›Bremke: Jagdkunst‹, und hier kümmerte man sich nicht nur um die Kunst und Artefakte des Jagens, sondern auch um die gnadenlose Verfolgung der Jäger selbst.

John fand den Wolf am dritten Tag, als alle anderen nach Paderborn zum Springreiten gefahren waren. Er hatte behauptet, Ohrenschmerzen zu haben. (Ohrenschmerzen waren immer das Beste, weil niemand beweisen konnte, dass man wirklich keine hatte, und man trotzdem noch lesen und Radio hören durfte.) Die Wahrheit war allerdings, dass er schon Heimweh hatte und keine Lust, irgendetwas anderes zu tun, als alleine herumzusitzen und niedergeschlagen an seine Mutti zu denken.

Die Smythe-Barnetts waren sehr freundlich zu ihm. Mrs Smythe-Barnett gab ihm immer einen Gutenachtkuss, und ihre beiden Töchter Penny und Veronica versuchten ihr Bestes, um ihn an allem teilhaben zu lassen, was sie so unternahmen. Aber eigentlich war er zu traurig, um Spaß zu haben, und er mied Zuneigungsbezeugungen, weil so immer ein furchtbarer Kloß wie ein Seeigel in seinem Hals aufstieg und sich seine Augen mit Tränen füllten.

Er stand im Erker vorne im Haus und sah durchs Fenster zu, wie die Smythe-Barnetts mit ihrem geschmackvoll lackierten Pferdetransporter im Schlepptau davonfuhren. Die Abgase von Colonel Smythe-Barnetts Landrover verloren sich zwischen den schäbigen Platanen, und über die Straße legte sich wieder Stille. Es war einer dieser farblosen Herbstmorgen, an denen es für John leicht war zu glauben, dass er nie wieder einen blauen Himmel sehen würde. Von Aachen bis zum Teutoburger Wald erstickte die Norddeutsche Tiefebene unter einer Decke aus gräulich weißen Wolken.

In der Küche konnte John das deutsche Hausmädchen beim Wischen des aus beigen Fliesen bestehenden Fußbodens singen hören – *Muss i denn zum Städtele hinaus,* das deutsche Original von Elvis Presleys *Wooden Heart*. Alle Leute sangen es, weil Elvis soeben den Film *G. I. Blues* herausgebracht hatte.

John wusste, dass nächste Woche alles besser sein würde. Sein Vater hatte zehn Tage Urlaub. Sie würden einen Rheindampfer nach Koblenz nehmen, und dann würden sie eine Woche im Truppenerholungszentrum in Winterberg verbringen, im sauerländischen Kiefernwald. Aber das konnte nicht das Heimweh lindern, das davon kam, dass er bei einer fremden Familie in einem fremden Land wohnen musste, nachdem seine Eltern erst kürzlich geschieden worden waren. Seine Großmutter hatte etwas gesagt wie »All diese langen Trennungen ... ein Mann ist auch nur ein Mensch, verstehst du«. John war sich nicht ganz sicher, was sie mit »nur ein Mensch« meinte. Es klang in seinen Ohren wie »nur gerade so ein

Mensch« – als ob unter diesen grünen Strickjacken und diesen bunten Karohemden das Herz eines viel primitiveren Wesens schlüge.

John hatte sogar einmal gehört, wie seine Mama über seinen Vater sagte: »Er kann manchmal eine richtige Bestie sein.« Er stellte sich vor, wie sein Vater seinen Kopf in den Nacken warf und die Zähne fletschte, die Augen blutunterlaufen und die Hände zu Klauen gekrümmt.

Er betrat die Küche, aber der Fußboden war noch nass, und das Hausmädchen verscheuchte ihn. Sie war eine Frau mit einem breiten Gesicht und schwarzer Kleidung und roch nach Kohl und Schweiß. John kam es so vor, als rochen alle Deutschen nach Kohl und Schweiß. Penny hatte ihn gestern Nachmittag im Bus nach Bielefeld mitgenommen und der Geruch nach Kohl und Schweiß war überwältigend gewesen.

Er lief in den Garten. Der Rasen war mit heruntergefallenen Äpfeln übersät. Er trat nach einem von ihnen, sodass er gegen die Seitenwand des Stalls prallte. John war bereits für den Versuch ausgeschimpft worden, das Pferd der Smythe-Barnetts mit Äpfeln zu füttern. »Dadurch bekommt er Koliken, du dummer Junge«, hatte Veronica ihn angefahren. Woher hätte er das denn wissen sollen? Das einzige Pferd, das er je von Nahem gesehen hatte, war das Pferd des Milchmanns gewesen, und das hatte ständig einen Futtersack vorm Maul getragen.

Er setzte sich auf die Schaukel und schaukelte eine Weile quietschend vor sich hin. Über den Garten lastete eine fast unerträglich Stille. Trotzdem war das hier besser, als all den laut lachenden Bekannten der Smythe-Barnetts in Paderborn vorgestellt zu werden. Er hatte gesehen, wie sie das Essen für ihr Picknick eingepackt hatten, und es hatte aus Dauerwurst und fettigen Rindfleischbroten bestanden.

Er blickte zu dem riesigen Vorstadthaus hinauf. Es war typisch für die großen Familienwohngebäude, die in Deutschland zwischen den Weltkriegen gebaut worden waren. Das Dach war mit orangefarbenen Dachziegeln gedeckt und hatte hellbraun verputzte Wände. Nebenan musste es ein ganz ähnliches Haus gegeben haben, aber Bielefeld war furchtbar bombardiert worden, und jetzt war nichts mehr davon übrig außer einem verwilderten Obstgarten und Backsteinfundamenten.

John hörte ein lautes Krächzen. Er schaute auf und entdeckte einen Storch auf dem Schornstein – einen richtigen, echten Storch. Es war der erste Storch, den er je gesehen hatte, und er konnte kaum glauben, dass er wirklich existierte. Es war wie ein Omen, eine Warnung vor Dingen, die passieren würden. Der Storch blieb nur eine kurze Weile auf dem Schornstein sitzen und drehte mit aufgeplusterten Federn seinen Schnabel herrisch von rechts nach links. Und dann flog er davon. *Flapp – flapp – flapp* hörte John die Flügel schlagen.

Als er nach oben blickte, bemerkte er zum ersten Mal, dass es im Dach ein Mansardenfenster gab. Ein ganz kleines. Es musste wohl einen Dachboden oder ein Schlafzimmer ganz oben im Haus geben. Wenn es einen Dachboden gab, dann war da vielleicht etwas Interessantes zu finden, wie Überreste vom Krieg, eine nicht explodierte Bombe oder Bücher über Sex. Er hatte auf dem Dachboden zu Hause ein Buch über Sex gefunden: *Alles, was Frischverheiratete wissen sollten.* Abbildung 6 – Die weibliche Vulva – hatte er nachgezeichnet und rosa ausgemalt.

Er ging zurück ins Haus. Das Hausmädchen war inzwischen im Wohnzimmer damit beschäftigt, die Möbel zu polieren und die Luft mit dem Aroma von Lavendel sowie von Kohl und Schweiß zu erfüllen. John stieg die Treppe bis zum ersten Treppenabsatz hinauf, wo an den Wänden Fotografien von Penny und Veronica auf Jupiter hingen. Jedes Foto war mit einer roten Rosette verziert. Er war froh, dass er nicht mit ihnen nach Paderborn gefahren war. Warum sollte es ihn interessieren, ob ihr dummes Pferd es schaffte, über eine Menge Stangen zu springen oder nicht?

Er lief die Treppe bis zum zweiten Treppenabsatz hinauf. Hier oben war er noch nicht gewesen. Hier hatten Colonel und Mrs Smythe-Barnett ihr »Sweet«. John wusste nicht, warum sie es für nötig hielten, ihre Nachspeise in ihrem Schlafzimmer zu essen. Er nahm an, dass das nur ein weiteres dieser Dinge war, die snobistische Leute wie die Smythe-Barnetts ständig taten, wie silberne Serviettenringe zu haben und Tomatenketchup in einer Schüssel zu servieren.

Die Bodendielen knarrten. Durch die halb geöffnete Tür konnte John die Ecke vom Bett der Smythe-Barnetts und Mrs Smythe-Barnetts Frisierkommode mit ihrer stattlichen Reihe von Haarbürsten mit silbernem Rückenteil erkennen. Er horchte einen Moment lang. Unten hatte das Hausmädchen gerade damit begonnen, den Teppich im Wohnzimmer zu saugen. Ihr Staubsauger brummte so laut wie ein deutscher Bomber. Sie würde ihn nicht hören.

Vorsichtig schlich er sich in das Schlafzimmer der Smythe-Barnetts und ging zur Frisierkommode. Im Spiegel konnte er einen ernsten elfjährigen Jungen mit einem weißen Gesicht, einer kurzen Stachelfrisur und Segelohren sehen. Das war natürlich nicht er, sondern bloß seine äußere Verkleidung, die körperliche Erscheinungsform, die er angenommen hatte, um während der Anwesenheitsüberprüfung in der Schule die Hand heben und sagen zu können: »Anwesend, Miss!«

Auf der Frisierkommode lag ein halb fertiger Brief auf blauem Büttenrandbriefpapier mit einem Füllfederhalter darauf. Dort stand: »Sehr verstört und verschlossen, aber ich nehme an, das ist unter diesen Umständen normal. Er weint sich jede Nacht in den Schlaf und leidet unter Albträumen. Außerdem scheint es ihm sehr schwerzufallen, sich mit anderen Kindern zu vertragen. Es wird offensichtlich eine ganze Weile dauern und ...«

John starrte sein blasses Gesicht im Spiegel an. Er ähnelte stark einem Foto seines Vaters, als dieser noch sehr jung gewesen war. *Sehr verstört und verschlossen.* Wie konnte Mrs Smythe-Barnett das über ihn schreiben? Er war nicht verstört und verschlossen. Es war nur so, dass er das, was in seinem

Inneren war, auch für sich behalten wollte. Warum sollte er Mrs Smythe-Barnett wissen lassen, wie unglücklich er war? Was hatte das mit *ihr* zu tun?

Er schlich aus dem Schlafzimmer der Smythe-Barnetts und schloss leise die Tür hinter sich. Das deutsche Hausmädchen führte immer noch einen Großangriff auf die Londoner Docks. Er schlenderte bis zum Ende des Korridors. Dort entdeckte er eine kleine, cremefarben gestrichene Tür, die offenbar zum Dachboden hinaufführte. Er öffnete sie. Im Inneren befand sich eine steile, mit Sackleinen bezogene Treppe. Dort oben war es sehr düster, obwohl ein kleiner Teil des gedämpften Tageslichtes grau hereindrang. John konnte Moder, Staub und einen eigenartigen Geruch wie von Zwiebelblumen riechen.

Er stieg die Stufen hinauf – und stand Auge in Auge mit dem Wolf.

Der Wolf lag flach auf dem Boden und sah ihn an. Seine Augen waren gelb und er fletschte die Zähne und seine trockene, purpurfarbene Zunge hing heraus. Seine behaarten Ohren waren leicht mottenzerfressen und an der Seite seiner Schnauze befand sich eine leicht kahle Stelle, aber das tat seiner Wildheit keinen Abbruch.

Obwohl sein Körper vollkommen hohl war und er jetzt als Teppich genutzt wurde, war er trotzdem immer noch ein Wolf, und ein riesiger Wolf noch dazu. Es war der größte Wolf, den John je gesehen hatte.

John schaute sich auf dem Dachboden um. Abgesehen von einem abgeteilten Bereich am anderen Ende des Zimmers, wo die Wassertanks standen, war er in ein sparsam ausgestattetes Schlafzimmer umgewandelt worden, das sich über die gesamte Länge und Breite des Hauses erstreckte. Hinter dem Wolf stand ein stabiles Messingbett, auf dem eine durchhängende Matratze lag. Drei schlecht zusammenpassende Sessel waren am Fenster aufgestellt und eine alte, lackierte Kommode stand unter dem niedrigsten Teil des Dachvorsprungs.

Neben dem Mansardenfenster hing eine gerahmte Fotografie. Der obere Teil des Rahmens war mit getrockneten Blumen geschmückt, die bereits vor langer Zeit jede Farbe verloren hatte. Das Foto zeigte ein blondes Mädchen. Sie stand am Rand irgendeiner Vorstadtstraße und kniff ein Auge zu, um sich vor dem Sonnenlicht zu schützen. Das Mädchen trug ein besticktes Kleid mit rückenfreiem Oberteil und eine weiße Bluse.

John kniete sich neben den Wolfsteppich und untersuchte ihn ganz genau. Er streckte die Hand aus und berührte die Spitzen der gebogenen Zähne. Es war unglaublich, sich vorzustellen, dass dieser Vorleger früher einmal ein richtiges Tier gewesen war, das durch den Wald lief und Hasen und Wild und vielleicht sogar Menschen jagte.

Er streichelte ihm über das Fell. Es war immer noch borstig und dicht, größtenteils schwarz, mit einigen grauen Streifen um den Hals herum. John fragte sich, wer ihn erschossen hatte, und warum. Wenn er einen Wolf hätte, würde er ihn nicht erschießen. Er würde ihn dazu abrichten, Menschen zur Strecke zu bringen und ihnen die Kehlen herauszureißen. Insbesondere bei seiner Mathematiklehrerin Mrs Bennett. Es würde ihr gut stehen, wenn ihr die Kehle herausgerissen würde. Das Blut würde über die Seiten von *Schulmathematik – Teil 1* von H. E. Parr laufen.

Er grub seine Nase in die Flanke des Wolfvorlegers und atmete ein, um herauszufinden, ob er überhaupt noch nach Tier roch. Allerdings war alles, was er wahrnehmen konnte, Staub und ein ganz schwach lederartiger Geruch. Wie stark nach Wolf diese Bestie früher auch einmal gerochen hatte, der Geruch war im Lauf der Jahre verflogen.

Für mehr als eine Stunde, bis es Zeit zum Mittagessen war, spielte John Jäger. Dann spielte er Tarzan und rang mit dem Wolfsfell, wobei er durch das ganze Schlafzimmer robbte. Er schloss das Maul des Wolfes um sein Handgelenk und ächzte und keuchte, in dem Bemühen, das Tier davon abzuhalten, ihm die Hand abzubeißen. Schließlich gelang es John, ihn auf den Rücken zu werfen. Jetzt stieß er wieder und wieder mit seinem riesigen imaginären Dschungelmesser zu, riss ihm die Eingeweide heraus und bohrte ihm die Klinge tief ins Herz.

Ein paar Minuten nach zwölf hörte er, wie das Hausmädchen nach ihm rief. Er rückte den Teppich wieder zurecht und lief flink und leise die Treppe hinunter. Das Hausmädchen war bereit zu gehen, bekleidet mit Hut, Mantel und Handschuhen, alles in schwarz. Auf dem Küchentisch standen ein Teller mit kalter Dauerwurst, Essiggurken und Butterbroten und ein großes Glas mit warmer Milch, auf deren Oberfläche die gelbe Sahne bereits angefangen hatte, eine Blasenansammlung zu bilden.

Nachdem die Smythe-Barnetts an diesem Abend zurückgekehrt waren, müde, lärmend und nach Pferden und Sherry riechend, lag John in seinem kleinen Bett, starrte an die Decke und dachte an den Wolf. Er war so stolz, so wild und trotzdem so tot, wie er da ausgeweidet auf dem Fußboden des Dachbodens lag, mit seinen Augen, die ins Leere starrten. Zeitweise war er eine Bestie gewesen, genau wie sein Vater, und vielleicht würde er eines Tages wieder eine Bestie sein. Das konnte man bei solchen Kreaturen nie so genau wissen, wie seine Großmutter einmal gesagt hatte, die Hand über den Telefonhörer gelegt, als könne er sie so nicht hören.

Der Wind frischte auf und vertrieb die Wolken, aber gleichzeitig sorgte er dafür, dass die Zweige der Platanen sich senkten und durch die Luft peitschten, sodass merkwürdige stachelige Schatten an der Decke von Johns Schlafzimmer zitterten und tanzten, Schatten wie Gottesanbeterinnen und Spinnenbeine und Wolfsklauen.

Inmitten des aufziehenden Sturms schloss er die Augen und versuchte zu schlafen. Aber die Spinnenbeine tanzten jetzt sogar noch wilder an der Decke, die Gottesanbeterinnen sanken nieder und stiegen wieder auf und zitterten und jede Viertelstunde spielte die Standuhr der Smythe-Barnetts den Westminsterschlag, als wollten sie sich die ganze Nacht lang selbst daran erinnern, wie korrekt sie waren, sowohl was die zeitliche Abstimmung als auch den Geschmack betraf.

Und dann hörte John um Viertel nach zwei morgens, wie ein scharrendes Geräusch die Dachbodentreppe herunterkam. Er war sich ganz sicher. Der Wolf! Der Wolf kletterte die Dachbodentreppe hinunter, mit Buckel und gesträubtem Schwanz, seine Augen glühten bernsteingelb in der Dunkelheit und er schnaufte *Hah-hah-HAH-hah! Hah-hah-HAH-hah!,* voller Raubgier und Blutdurst.

John hörte ihn durch den Flur laufen, an dem »Sweet« der Smythe-Barnetts vorbei, hungrig, hungrig, hungrig. Er hörte, wie der Wolf an Türschlössern schnüffelte und aus tiefer Kehle knurrte. Er hörte, wie er am Ende der oberen Treppe anhielt und dann nach unten stürmte, in Johns Richtung.

Jetzt begann er wirklich schnell zu rennen, und sein Schwanz schlug gegen die Wände des Korridors. Seine Augen öffneten sich weit und gelb, und seine Ohren stellten sich auf. Er kam, um John zu holen, kam, um Rache zu nehmen. John hätte nicht mit ihm kämpfen sollen, hätte nicht mit ihm ringen sollen. Obwohl sein Dschungelmesser nur eingebildet gewesen war, hatte er doch trotzdem vorgehabt, ihm das Herz herauszuschneiden, hatte es tun *wollen,* auch wenn er es eigentlich nicht getan hatte.

Er hörte den dumpfen Aufschlag von den Pfoten des Wolfes, der sich seiner Schlafzimmertür näherte, hörte, wie das Trappeln immer lauter wurde. Dann sprang die Tür auf, und John schoss in seinem Bett hoch. Er schrie und schrie, die Augen fest zusammengekniffen und die Hände zu Fäusten geballt, und in seiner panischen Angst machte er seinen Schlafanzug nass.

Mrs Smythe-Barnett kam ins Zimmer und nahm ihn in die Arme. Sie schaltete die Nachttischlampe ein, umarmte und beruhigte ihn. John ertrug ihre Umarmung zwei oder drei Minuten lang, dann musste er sich ihr entziehen. Seine nasse Pyjamahose kühlte schnell ab, und die Situation war ihm so peinlich, dass er in diesem Augenblick mit Freuden gestorben wäre. Dennoch hatte er keine Alternative, sondern musste zitternd in einem Bademantel herumstehen, während sie geduldig die Bettwäsche für ihn wechselte, ihm einen sauberen Schlafanzug brachte und ihn wieder ins Bett steckte. Eine große Frau mit großer Nase in einem langen Nachthemd, die einen Schal um den Kopf trug, um die Lockenwickler in ihrem Haar zu verdecken. Sie wirkte auf irgendeine Weise heilig, aber wie eine Bernini-Heilige, perfekt wie eine Marmorstatue, jederzeit allen Aufgaben gewachsen. Er vermisste so sehr seine Mami, die keiner Aufgabe gewachsen war, zumindest nicht sehr gut.

»Du hattest einen Albtraum«, sagte Mrs Smythe-Barnett und streichelte seine Stirn.

»Es ist in Ordnung. Mir geht es jetzt gut«, erwiderte John fast mürrisch.

»Wie geht es deinen Ohrenschmerzen?«

»Sie sind besser, danke. Ich habe einen Storch gesehen.«

»Das ist schön. Eigentlich sind Störche hier in der Gegend gar nichts Besonderes, aber die Leute hier im Ort glauben, dass sie Unglück bedeuten. Sie sagen, falls ein Storch auf deinem Dach sitzt, werden für jemanden im Haus die schlimmsten Befürchtungen wahr. Ich vermute, darum heißt es, dass die Störche die Babys bringen! Aber ich glaube nicht an solche Zauberdinge, du etwa?«

John schüttelte den Kopf. Er begriff nicht, wohin der Wolf verschwunden war. Er war die Treppe heruntergerannt und durch den Korridor gerannt, die zweite Treppe herunter, durch den nächsten Korridor und –

Und hier war Mrs Smythe-Barnett und streichelte ihm die Stirn.

Am nächsten Tag nahm John den Bus nach Bielefeld, diesmal allein. Er ertrug den Geruch nach Kohl und Schweiß und die *Ernte 23*-Zigaretten, eingezwängt zwischen einer riesigen Frau in schwarzer Kleidung und einem dünnen Jugendlichen, dem ein langes Haar aus dem Leberfleck an seinem Kinn wuchs.

Er ging in die Konditorei und kaufte sich einen Apfelstrudel mit einer Riesenportion Sahne, den er aß, während er die Straße entlangging. Als er sein Spiegelbild in den Schaufenstern sah, konnte er nicht glauben, wie jung er war. Er betrat einen Buchladen und blätterte mehrere illustrierte Kunstbände durch. In einigen von ihnen gab es Bilder von nackten Leuten. Er fand eine Radierung von Hans Bellmer, auf der eine schwangere Frau zu sehen war, die von zwei Männern gleichzeitig penetriert wurde. Ihr Baby wurde in der Gebärmutter von zwei eindringenden Penissen zur Seite gedrängt. Ihr Kopf war zurückgeworfen, um den Penis eines dritten Mannes zu schlucken, gesichtslos, anonym.

John wollte den Buchladen schon verlassen, als er an der Wand eine Radierung von einem Wolf sah. Als er sie näher betrachtete, stellte er jedoch fest, dass es sich überhaupt nicht um einen Wolf handelte, sondern um einen Mann mit dem Gesicht eines Wolfes. Der Titel des Bildes, der in schwarzer altdeutscher Schrift gedruckt war, lautete ›Wolfsmensch‹. John ging darauf zu und sah es sich genauer an. Der Mann-Wolf stand vor einer alten deutschen Stadt mit verwinkelten Dächern. Auf einem dieser Dächer saß ein Storch.

John starrte das Bild noch immer an, als der Inhaber des Buchladens auf ihm zukam, ein kleiner Mann mit schütterem Haar, hohlen Wangen und einer gelblichen Haut. Er trug einen verschlissenen grauen Anzug, und sein Atem stank nach Tabak.

»Du kommst aus England?«, fragte er.

John nickte.

»Du interessierst dich für Wolfsmenschen?«

»Ich weiß nicht. Nicht besonders.«

»Nun, auf diesem Bild, das dich so fesselt, ist jedenfalls unser berühmter Wolfsmensch aus Bielefeld zu sehen. Sein richtiger Name war Schmidt, Gunther Schmidt. Er lebte – hier siehst du die Daten – von 1887 bis 1923 und war der Sohn eines Schulmeisters.«

»Hat er jemals jemanden getötet?«

»Ja, so heißt es«, nickte der Buchladeninhaber. »Man sagt, er hätte viele junge Frauen getötet, als sie im Wald unterwegs waren.«

John sagte nichts dazu, sondern starrte den Wolfsmenschen beeindruckt an. Der Wolfsmensch sah dem Vorleger auf dem Dachboden der Smythe-Barnetts so ähnlich – die Augen, die Fänge und die haarigen Ohren – aber andererseits vermutete er, dass alle Wölfe ziemlich gleich aussahen. Wenn man einen Wolfsmenschen getroffen hatte, kannte man alle.

Der Buchladeninhaber nahm das Bild von der Wand. »Niemand weiß, wie Gunther Schmidt zu einem Wolfsmenschen wurde. Ein paar Leute sagen, dass sein Vorfahre während des Dreißigjährigen Krieges von einem Wolfsmensch-Söldner gebissen wurde. Es gibt die Legende, dass General Wallenstein, als er vom Reichstag zu Regensburg abgesetzt wurde, einige sehr seltsame Söldner einsetzte, die ihm helfen sollten. Er wurde in der Schlacht bei Lützen von Gustav geschlagen, aber viele von Gustavs Männern hatten schreckliche Wunden, aufgerissene Kehlen und dergleichen. Nun ja, vielleicht ist das ja gar nicht wahr. Aber es ist wahr, dass die Schlacht bei Lützen bei Vollmond ausgetragen wurde – und du weißt, was man über Wolfsmenschen sagt. Sowohl über Frauen als auch über Männer.«

»Werwölfe«, antwortete John ehrfürchtig.

»Genau, Werwölfe! Hier, lass mich dir dieses Buch zeigen. Darin sind Bilder von allen Werwolfzwischenfällen während der letzten fünfzig Jahre. Es ist ein sehr interessantes Buch, wenn du dich gerne gruselst!«

Aus dem Regal direkt über seiner Kasse nahm er ein großes Album heraus, das mit Packpapier bezogen war. Er schlug es auf und winkte John, es sich anzusehen.

»Hier, das ist etwas für Werwolffreunde! Lili Bauer, getötet in der Nacht des 20. April 1921 in Tecklenburg, ihre Kehle wurde aufgerissen. Und hier ist Maria Thiele, am 19. Juli 1921 in der Lippe tot aufgefunden, ihre Kehle wurde ebenfalls aufgerissen … und so weiter, und so weiter.«

»Wer ist das?«, fragte John. Er hatte eine Fotografie von

einem blondhaarigen Mädchen in einem Kleid mit rückenfreiem Oberteil und einer weißen Bluse gefunden. Sie stand an einer Vorstadtstraße und kniff ein Auge zu, um sich vor dem Sonnenlicht zu schützen.

»Diese hier ... Lotte Bremke, tot aufgefunden im Wald in der Nähe von Heepen, am 15. August 1923. Wieder mit aufgerissener Kehle. Das letzte Opfer, so heißt es. Danach hörte niemand mehr etwas von Gunther Schmidt ... obwohl, sieh mal hier. Ein menschliches Herz wurde in der Waldstraße gefunden, an einen Baum genagelt. Dabei fand man die Nachricht: ›Hier ist das Herz des Wolfes‹.«

John starrte das Foto von Lotte lange Zeit an. Er war sich sicher, dass es das gleiche Mädchen war, dessen Foto auf dem Dachboden der Smythe-Barnetts hing. Aber konnte das bedeuten, dass Lotte Bremke da früher einmal gelebt hatte? Und falls es so war – woher kam das Wolfsfell? Hatte Lotte Bremkes Vater vielleicht den Wolfsmenschen getötet, sein Herz an einen Baum genagelt und sein Fell als grausiges Souvenir behalten?

John klappte das Buch zu und gab es dem Mann zurück. Der Buchladeninhaber beobachtete ihn mit einem desinteressierten Blick aus blassen Augen. Ihre Pupillen hatten die Farbe von kaltem Tee.

»Nun«, fragte der Mann, »*was glaubst du?*«

»Ich bin eigentlich nicht sehr an Werwölfen interessiert«, erwiderte John. Da gab es wesentlich schlimmere Dinge als Werwölfe, wie zum Beispiel Bettnässen vor Mrs Smythe-Barnett.

»Aber du hast doch das Bild angestarrt«, meinte der Buchladeninhaber lächelnd.

»Es hat mich nur interessiert.«

»Nun ... natürlich. Aber vergiss nicht, dass die Bestie nicht in uns ist. Es ist wichtig, sich daran zu erinnern, wenn man es mit Wolfsmenschen zu tun bekommt. Die Bestie ist nicht in uns. Wir sind in der Bestie, verstehst du?«

John starrte ihn an. Er wusste nicht, was er sagen sollte. Er hatte das Gefühl, dieser Mann könne alles lesen, was er dachte.

Wie in einem aufgeschlagenen Buch, das in einem seichten Flussbett liegt. Alles, was notwendig war, um die Seiten umzublättern, war, sich die Finger nass zu machen.

John nahm den Bus zurück nach Heepen. Es war fast halb sechs, und der Himmel hatte sich indigoblau verfärbt. Der Mond hing über dem Teutoburger Wald wie das leuchtende Gesicht Gottes. Als er beim Haus der Smythe-Barnetts ankam, brannten alle Lampen, Penny und Veronica kicherten in der Küche und Colonel Smythe-Barnett unterhielt sich mit sechs oder sieben anderen Offizieren im Wohnzimmer (schallendes Gelächter, Wolken von Zigarettenrauch).

Mrs Smythe-Barnett kam in die Küche. Zum ersten Mal war John froh, sie zu sehen. Sie trug ein glitzerndes Cocktailkleid, aber ihr Gesicht war finster vor Wut.

»Wo warst du?«, schrie sie. Sie war so wütend, dass John einen Moment brauchte, um zu verstehen, dass sie ihn anschrie.

»Ich bin nochmal nach Bielefeld gefahren«, antwortete er verunsichert.

»Du bist nach Bielefeld gefahren, ohne uns Bescheid zu sagen! Wir waren verrückt vor Sorge! Gerald musste die Polizei anrufen, um Gottes willen, und du machst dir keine Vorstellung, wie sehr er es hasst, die Einheimischen um Hilfe zu bitten!«

»Es tut mir leid«, erklärte John. »Ich dachte, es wäre okay. Wir sind schon am Dienstag hingefahren. Ich dachte, es wäre in Ordnung, heute auch hinzufahren.«

»Um Gottes willen, reicht es etwa nicht, dass wir dich hier verhätscheln? Du bist erst seit vier Tagen hier und machst nichts als Ärger! Kein Wunder, dass deine Eltern sich getrennt haben!«

John saß mit hängendem Kopf da und schwieg. Er verstand die Betrunkenheit von Erwachsenen nicht. Er verstand nicht, dass Menschen Dinge übertreiben konnten, die sie ärgerten, ohne es wirklich so zu meinen, und sich dann am nächsten

Morgen entschuldigen konnten, und dann war für sie alles vergessen. Er war elf Jahre alt.

Veronica stellte ihm sein Abendessen hin. Es war ein kalter Hähnchenschenkel mit Essiggurken. Er hatte besonders darum gebeten, dass man ihm keine warme Milch mehr gab, weil er sie nicht mochte. Stattdessen bekam er jetzt ein Glas fade Coca-Cola.

In dieser Nacht rollte er sich im Bett zusammen und weinte, als zerfiele sein Herz in Stücke.

Doch um zwei Uhr morgens öffnete er die Augen und war vollkommen ruhig. Der Mond schien so hell durch seine Schlafzimmervorhänge, dass es auch Tag hätte sein können. Es war ein totes Tageslicht, aus der Welt der Toten, aber trotzdem Tageslicht.

Er stieg aus dem Bett und sah sich selbst in dem kleinen Spiegel an. Ein Junge mit einem Gesicht aus Silber. Er sagte: »Lotte Bremke.« Das war alles, was er sagen musste. Er wusste, dass sie hier gelebt hatte, als das Haus damals gebaut worden war. Er wusste, was mit ihr passiert war. Einige Dinge sind für Kinder so offensichtlich, dass sie sich maßlos wundern, wenn Erwachsene sie einfach nicht verstehen. Lotte Bremkes Vater hatte das getan, was jeder Vater tun würde: Er hatte den Wolfsmenschen zur Strecke gebracht, ihn irgendwie getötet und sein Herz (*Krach! Zitter! Krach! Zitter!*) an die nächste Platane genagelt.

John glitt zur Schlafzimmertür und öffnete sie. Er ging durch den Korridor, mit Füßen wie aus Glas. Er stieg die Treppe hinauf und durch den zweiten Korridor, mit Füßen wie aus Glas. Er erreichte die cremefarbene Tür, die zum Dachboden führte, und öffnete sie.

Er stieg auch diese Treppe hinauf.

Tatsächlich, der Wolfsteppich wartete auf ihn, mit funkelnden gelben Augen und gesträubtem Fell. John kroch auf allen vieren über das Sackleinen und streichelte ihn. Er flüsterte:

»Ein Wolfsmensch, das warst du. Bestreite es nicht. Du warst draußen, oder? Du warst die Haut. Das war der Unterschied. Das war das, was niemand verstanden hat. Werwölfe sind Wölfe, die in Menschen verwandelt sind, nicht Menschen, die in Wölfe verwandelt sind! Und du bist um ihre Häuser herumgelaufen, nicht wahr, und du bist durch ihre Wälder gelaufen, und hast sie gefangen und gebissen und ihnen die Kehlen herausgerissen und sie getötet!

Aber sie haben dich geschnappt, nicht wahr, Wolf, und sie haben den Mann aus dir entfernt, der sich in dir versteckt hat. Sie haben all das, was in dir war, herausgeholt und dir nichts gelassen außer deinem Fell.

Trotzdem solltest du dir keine Sorgen machen. Ich kann jetzt dein Mensch sein. Ich kann dich umhängen. Du kannst in der einen Minute ein Teppich sein und in der nächsten ein richtiger Wolf.«

John stand auf und hob den Vorleger vom Boden auf. Er hatte sich schwer angefühlt, als er an diesem Nachmittag mit ihm gerungen hatte, aber jetzt fühlte er sich noch schwerer an, fast so schwer wie ein lebender Wolf. Es verlangte ihm seine gesamte Kraft ab, sich das Wolfsfell um die Schultern zu legen und die hohlen Beine um seinen Körper herumzulegen. Er setzte den Wolfskopf auf seinen eigenen Kopf.

Dann drehte er Runden durch den Dachboden, immer und immer wieder. »Ich bin der Wolf, und der Wolf ist ich«, flüsterte er sich selbst zu. »Ich bin der Wolf, und der Wolf ist ich.«

Er schloss die Augen. Er blähte die Nasenflügel. Jetzt bin ich ein Wolf, dachte er. Wild und schnell und gefährlich. Er stellte sich vor, wie er selbst durch den Wald von Heepen hetzte, zwischen die Bäume ringsum, und seine Pfoten trotteten weich und tödlich über den dicken Teppich aus Kiefernnadeln.

Er öffnete die Augen wieder. Jetzt war die Zeit für seine Rache gekommen. Die Rache des Wolfes! Er stieg die Treppe hinunter und der Wolfsschwanz schlug dumpf gegen die Stufen, die er hinter sich ließ. Er drückte die Dachbodentür auf und begann in großen Sätzen durch den Flur zu springen, auf die leicht geöffnete Schlafzimmertür der Smythe-Barnetts zu.

Er knurrte tief in der Kehle, und Speichel begann ihm von den Lefzen zu tropfen. Er machte fast kein Geräusch, als er sich der Tür der Smythe-Barnetts näherte.

Ich bin der Wolf, und der Wolf ist ich.

Er war nur etwa einen Meter von der Tür entfernt, als diese sich ganz plötzlich lautlos öffnete und Mondlicht den Korridor durchflutete.

John zögerte einen Moment und knurrte dann erneut.

Da trat etwas aus dem Schlafzimmer der Smythe-Barnetts, das die echten Haare in seinem Nacken zu Berge stehen und sein Blut gefrieren ließ.

Es war Mrs Smythe-Barnett, aber gleichzeitig auch nicht. Sie war nackt – groß und nackt. Doch sie war mehr als nackt, sie war *roh*. An ihrem Körper glänzten weiße Knochen und straff gespannte Membranen, und John konnte sogar die pulsierenden Arterien und das fächerartige Flechtwerk ihrer Adern sehen.

In ihrem langen, engen Brustkorb hoben und senkten sich die Lungenflügel in einem raschen, obszönen Keuchen.

Ihr Gesicht sah grauenhaft aus. Es schien zu einer langen, knochigen Schnauze verlängert zu sein und ihre Lippen waren straff über ihre Zähne zurückgezogen. Ihre Augen glitzerten gelb. Wolfsgelb.

»*Wo ist mein Fell?*« Ihre Worte waren ein Mittelding zwischen Fauchen und Knurren. »*Was machst du mit meinem Fell?*«

John ließ das Wolfsfell von seinen Schultern fallen und zu Boden rutschen. Er brachte keinen Laut hervor. Er konnte nicht einmal atmen. Er sah in hilfloser Angst zu, wie Mrs Smythe-Barnett sich auf ihre Hände und Knie niederließ und in den Wolfsvorleger zu gleiten schien, wie eine bloße Hand in einen Pelzhandschuh gleitet.

»Ich *wollte* nicht ...«, brachte er keuchend hervor, aber die

Klauen durchdrangen seine Luftröhre. Er krachte rückwärts gegen die Wand. John wollte Luft holen, um zu schreien, aber alles, was er einatmete, war ein großer Schluck warmes Blut.

Der Wolfsteppich verfolgte ihn, und es gab nichts, was John tun konnte, um ihn aufzuhalten.

Johns Vater erreichte am nächsten Morgen kurz nach halb neun das Haus, so wie jeden Morgen, bevor er zur Arbeit ging. Sein deutscher Fahrer ließ den Motor des khakifarbenen Volkswagens laufen, weil es an diesem Morgen so kalt war, deutlich unter 15 Grad minus.

Er stieg die Stufen hinauf, sein Offiziersstöckchen unter den Arm geklemmt. Zu seiner Überraschung stand die Haustür weit offen. Er drückte die Klingel und trat dann ins Haus.

»David? Helen? Jemand zu Hause?«

Er hörte ein merkwürdiges miauendes Geräusch, das aus der Küche kam.

»Helen? Ist alles in Ordnung?«

Er durchquerte den Flur, bis er zum hinteren Teil des Hauses kam. In der Küche fand er das deutsche Hausmädchen am Tisch sitzend vor. Sie trug noch immer ihren Hut und ihren Mantel, und ihre Handtasche stand vor ihr. Sie zitterte und bebte vor Entsetzen.

»Was ist los?«, fragte Johns Vater. »Wo sind alle anderen?«

»*Etwas Schreckliches* ist passiert«, brachte das Hausmädchen bebend hervor. »Die ganze Familie ist tot.«

»Bitte? Was meinen Sie damit, dass die ganze Familie tot ist?«

»Oben«, sagte das Hausmädchen. »Die ganze Familie ist tot.«

»Rufen Sie meinen Fahrer. Sagen Sie ihm, er soll ins Haus kommen. Und dann rufen Sie die Polizei an. Die *Polizei,* verstanden?«

Erfüllt von einer schrecklichen Befürchtung stieg Johns Vater die Treppe hinauf. Auf dem ersten Treppenabsatz stellte er fest, dass die Schlafzimmertüren einen Spalt offen standen.

Sie waren mit Blut bespritzt. Die lächelnden Fotografien von Penny und Veronica lagen zerschmettert auf dem Boden, und die roten Gymkhana-Rosetten waren zertrampelt und zerfetzt.

Er ging auf die Schlafzimmertüren der Mädchen zu und blickte hinein. Penny lag ausgestreckt auf dem Rücken. Ihr Hals war so heftig aufgerissen worden, dass ihr Kopf beinahe vom Körper getrennt war. Veronica lag mit dem Gesicht nach unten da, ihr weißes Nachthemd offenbarte dunkelrote Blutflecke.

Mit grimmigem Gesicht ging Johns Vater zu dem Schlafzimmer, in dem John normalerweise schlief. Er öffnete die Tür. Das Bett im Zimmer war leer, und von John nichts zu sehen. Er schluckte trocken und bat stumm: *Bitte, Gott, lass ihn noch am Leben sein.*

Er stieg noch ein Stockwerk höher. Der Korridor hier war mit Schnörkeln und Fragezeichen aus Blut besprizt. Im Schlafzimmer der Smythe-Barnetts lag Colonel Smythe-Barnett auf dem Rücken und starrte an die Decke. Sein Kehlkopf war ihm herausgerissen worden. Er wirkte, als trüge er ein Lätzchen aus Blut. Von Helen Smythe-Barnett fehlte jede Spur.

Die Tür, die zum Dachboden führte, war über und über mit blutigen Handabdrücken bedeckt. Johns Vater öffnete sie, holte tief Luft und stieg langsam hinauf.

Sonnenlicht erfüllte den Raum. Als er nach oben kam, sah er sich mit einem Teppich konfrontiert, der aus einem Wolfsfell bestand. Der Wolfskopf hing noch immer am restlichen Fell fest. Das Maul des Wolfes glänzte dunkel vor geronnenem Blut und das Fell war verfilzt.

Unter dem Teppich lag etwas verborgen das eine kleine Erhebung bildete. Johns Vater zögerte für eine sehr lange Zeit. Dann ergriff er ein Ende des Teppichs und hob ihn an.

Darunter befanden sich die halb verdauten Überreste eines kleinen Jungen.

Originaltitel und Copyrightvermerke

George McDonald: Der graue Wolf
Originaltitel: The Gray Wolf. © 1871 by George McDonald.
Übersetzung von Marita Böhm.

Steve Vance: Der Mr-Hyde-Effekt
Originaltitel: The Hyde Effect. © 1989 by Steve Vance. (Auszug aus dem gleichnamigen Roman, Festa Verlag, Leipzig, 2005).
Übersetzung von Andreas Diesel.

Rudyard Kipling: Das Zeichen des Tieres
Originaltitel: The Mark of the Beast. © 1890 by Rudyard Kipling.
Übersetzung von Bruno Glaser, bearbeitet von Franz F. Heinrich.

Eric Count Stenbock: Die andere Seite
Originaltitel: The Other Side. © 1893 by Eric Count Stenbock.
Übersetzung von Michael Siefener.

H. Warner Munn: Der Werwolf von Ponkert
Originaltitel: The Werewolf of Ponkert. © 1925 by the Popular Fiction Company for Weird Tales Magazine.
Übersetzung von Marita Böhm.

John Donaldson: Pia!
Originaltitel: Pia! © 1969 by John Donaldson.
Übersetzung von Jutta Swietlinski.

Robert E. Howard: Wolfsgesicht
Originaltitel: Wolfshead. © 1926 by the Popular Fiction Company for Weird Tales Magazine. Übersetzung von Doris Hummel.

H. P. Lovecraft: Der Hund
Originaltitel: The Hound. © 1924 by the Popular Fiction Company
for Weird Tales Magazine.
Übersetzung von Andreas Diesel und Felix F. Frey.

Clemence Housman: Die Werwölfin
Originaltitel: The Were-wolf. © 1895 by Clemence Housman.
Übersetzung von Doris Hummel.

Peter Fleming: Die Jagdbeute
Originaltitel: The Kill. © 1942 by Peter Fleming.
Übersetzung von Marita Böhm.

Clark Ashton Smith: Die Zauberin von Sylaire
Originaltitel: The Enchantress of Sylaire. © 1941 by the Popular
Fiction Company for Weird Tales Magazine.
Übersetzung von Doris Hummel.

Saki: Gabriel-Ernest
Originaltitel: Gabriel-Ernest. © 1909 by Hector Hugh Munro.
Übersetzung von Doris Hummel.

Manly Banister: Eena
Originaltitel: Eena. © 1947 by the Popular Fiction Company for
Weird Tales Magazine.
Übersetzung von Doris Hummel.

Fritz Leiber: Der Wolfshund
Originaltitel: The Hound. © 1942 by the Popular Fiction Company
for Weird Tales Magazine.
Übersetzung von Doris Hummel.

Graham Masterton: Das Wolfsfell
Originaltitel: Rug. © 1994 by Graham Masterton.
Übersetzung von Jutta Swietlinski.